本书系华中农业大学自主科技创新基金"普列汉诺夫的文艺观研究"（2662021MYQD003）专项资助

PULIE HANNUOFU DE
WENYIGUAN YANJIU

Георгий Валентинович Плеханов

普列汉诺夫的
文艺观研究

张圆梦　著

人民出版社

目　录

序　言

　　格奥尔基·瓦连廷诺维奇·普列汉诺夫（1856—1918）作为俄国马克思主义的开山鼻祖，被誉为"俄国马克思主义之父"。在其短暂的一生中，他以马克思恩格斯为思想导师，上承车尔尼雪夫斯基、别林斯基等俄国革命民主主义者的现实主义传统，汲取黑格尔、康德等西方美学理论的合理因素，下启列宁等马克思主义革命家、理论家。他不仅充满着坚定和热忱的革命斗志，还积淀着深厚渊博的理论功底，他在历史学、哲学、文艺学、美学、社会学等诸多领域都作出了卓越又独树一帜的贡献。俄国马克思主义以他肇始，由其发盛，甚至可以说，他是俄国马克思主义文艺的奠基人。尽管普列汉诺夫晚年的政治路线出现机会主义、社会沙文主义的偏差，但总体看来，他的文艺理论仍是历史唯物主义在文艺领域的具体的运用。列宁认为他"采取了一种特殊的立场，好多次脱离了孟什维主义"，因此，不能将他与纯粹的孟什维克主义者相等同。正是因为普列汉诺夫的这种特殊的立场，使他在孟什维克时期仍然有可能在哲学和文艺学领域里，得出比较正确的结论。他始终坚持俄国具体实际，围绕时代和人民的诉求，提出并回答了文艺是什么、文艺的价值、文艺的起源和发展、文艺批评的原则等文艺的基本问题，促使马克思主义文艺学理论在俄国得到进一步发展，助推马克思主义美学在世界范围内的实践。研究其文艺理论具有深刻的理论和实践价值。在理论意义上，有助于推动对普列汉诺夫马克思主义思想的研究，同时有助于正确把握普列汉诺夫文艺观的历史定位，进一步丰富和发展整体马克思主义理论范式以及俄国和欧洲艺术史的研究。在实践意义上，普列汉诺夫理论与革命活动的主要时期正处于19世纪70年代后期到20世纪最初的10年，即俄国由自由资本主义向垄断资本主义转变的时代，他的文艺理论也在一定程度上体现了当时特殊社会背景下日趋激烈的阶级矛盾与风起云涌的社会主义工人运动状况，反映了他面对新旧时代转换时对俄国命运和前途所做出的重大思考。这些在马克思主义文艺领域成果丰硕、影响深远的思想成果，对于我国当前巩固马克思主义主流意识形态，应对复杂多样的西方文艺思潮，推动马克思主义文艺实践的发展有着重要的启示意义。如何正确看待普列汉诺夫文艺学理论的历史地位，也是当前时代背景下值得深入研究的课题之一。

　　普列汉诺夫文艺观的生成和发展有其特殊的时代背景和思想渊源。他生活的年代处于俄国社会面临剧变的时期：彼时俄国国内充斥着多重现实矛盾，农奴制改革一方面并未解决俄国封建农奴制的深刻弊端，反而加剧了农村积贫积弱的困境；另一方面却也一定程度上解放了农村生产力，促进了资本主义的发展，催生了工业无产阶级与资产阶级的对立。同时国内民族矛盾尖锐，可以说，俄国是帝国主义链条上的薄弱环节。但这并不意味着俄国文化环境恶劣，相反，俄国自19世纪至20世纪实现了文化发展的繁荣时代，俄罗斯文艺界成果丰硕、名家辈出。普列汉诺正是在这样一个矛盾重重、阶级对立剧烈、思想文化多元的环境中开始他的理论和实践活动。为了及时回应俄国的前途命运等重大课题，普列汉诺夫积极投身革命实践，潜心钻研理论工作，不仅浸淫了自由主义、现实主义的传统，同时脱胎于民粹主义和无政府主义，实现了民粹主义向真正的马克思主义者的转变。他凭借坚持不懈的理论精神和长期脚踏实地的实践活动，对马克思主义文艺学和美学理论有了更深层次、更为客观准确的把握，并将其具体运用在文艺批评实践之中，有力地回击了 20 世纪初的各类反马克思主义理论危机。

毋庸置疑，普列汉诺夫的文艺观也是阶段性和连续性的统一。连续性体现在他自民粹主义者转变为马克思主义者后，不论是面对 20 世纪初各类反马克思主义思潮，还是晚年政治路线出现偏差，他始终如一的坚持马克思主义世界观和方法论；阶段性则体现为其理论的整体生发和建构可随着其革命实践活动划分为不同的历史区间。具体表现为初步生发时期（1876—1897 年）、跃迁构建时期（1897—1905 年）、晚年探索时期（1905—1913 年）等三个时期。这几个阶段并不是相互孤立的因素，而是不断连续发展的结果，最终囊括了普列汉诺夫文艺理论的整体结构。

综合历时性和共时性角度，从中观视域扫描普列汉诺夫文艺理论的三维层次结构会发现，他关于其文艺观内容有着独特的阐述路径。关于"什么是文艺"方面，普列汉诺夫并未单纯将文艺看作是输出意识形态的工具，抑或是纯粹的感性形式美，而将其视作以艺术形象作为载体的情感与思想、内容与形式的统一。在唯物史观的基本原则下，坚持文艺的本质是社会生活的产物。不仅注重强调文艺的意识形态性和非意识形态性，同时批判了当时从社会生活的物质条件直接推论艺术现象的庸俗社会学观点。关于"文艺的价值"方面，普列汉诺夫既遵循建立在需要基础上的马克思主义哲学价值观原则，又同时观照文艺的审美价值和社会价值，不仅强调文艺与创作主体世界的关系，还注重文艺与接受主体世界的关系，对文艺价值做出层次性和动态性的分析，将文艺的价值构成由个体的感性生命层面上升到更为复杂的社会情感和道德层面，强调文艺价值审美、文化、道德、社会等多层面的功能整合，探讨整个人类社会进程中的存在命运和现实本质。关于"文艺的起源和发展"方面，普列汉诺夫从马克思主义人类学视域出发，基于历史唯物主义原理，揭示人类社会由原始社会发展到阶级社会中，艺术与劳动实践的关系，并创造性地揭示艺术起源和发展的动力机制，除了经济因素的终极意义外，还包括社会心理等中间环节的意义。他还在批判资产阶级艺术的内在缺陷的同时，表达了对于无产阶级艺术的殷切希望。关于"文艺研究与批评的方法论"方面，他致力于将美学建立在科学的史观上，在文艺批评实践中坚持现实主义美学传统，遵循唯物史观的逻辑理路对具体的文艺现象、文艺作品进行深入解读。

普列汉诺夫文艺观是时代的产物，具有科学性、革命性、人民性和实践性相统一的特点，是普列汉诺夫整体马克思主义思想的重要组成部分，创造性地继承与发展了马克思主义新美学理论，巩固了马克思主义在意识形态领域的主导地位。但他的思想仍存在一些认识上的矛盾和局限性，比如理论阐述时出现与唯物辩证法的偏离、具体观点呈现片面性和简单化倾向以及在批评实践过程中出现与既有理论的背道而驰等。这些局限性，特定历史时代的必然产物当然是彼时，但毫无疑问，普列汉诺夫是俄国第一位马克思主义文艺理论大师，对他留下的宝贵的思想遗产应结合具体时代特点进行科学、历史的分析，给予他应有的历史地位，既不能过分夸大也不能恶意毁谤。他的文艺思想创造性地继承与发展了马克思主义新美学理论，捍卫了马克思主义在文艺领域的主导地位，推动和启发了列宁文艺思想的形成与发展。同时，普列汉诺夫文艺理论对于繁荣当前社会主义文艺建设，巩固马克思主义在意识形态领域的主导地位也有着重要启示：要求我们坚持文艺的审美性与思想性相结合，坚持文艺的艺术性和功利性相结合，坚持文艺的人民性与党性相结合，坚持文艺的继承性与超越性相结合。

导论　普列汉诺夫文艺观的当代审视

　　普列汉诺夫，被誉为"俄国马克思主义之父"，他的一生为俄国乃至世界马克思主义发展史和社会主义共运史书写了浓墨重彩的一笔，列宁曾指出"不研究——正是研究——普列汉诺夫所写的全部哲学著作，就不能成为一个自觉的、真正的共产主义者"[①]。作为一位优秀的马克思主义理论工作者，普列汉诺夫一生理论成果丰硕，创作了大量的哲学、文艺学、美学、社会学、政治学和经济学等著作，从某种意义上来说，他是"在马克思和恩格斯之后、列宁之下理论上贡献最多最大的人物之一"[②]。作为一位杰出的马克思主义革命家，他是俄国第一个马克思主义传播者，第一个强有力的民粹主义和修正主义的批判者，第一个创立马克思主义团体的中坚力量，曾与列宁一道捍卫了无产阶级政党的原则和地位。

　　普列汉诺夫的一生也经历了十分曲折而又复杂的道路，贯穿着俄国社会从黑暗走向黎明。他出生的年代正值沙皇俄国废除农奴制初期，年少时期在母亲和学校老师的教育下酷爱阅读进步文学和写作，并在青年时期便积极投身革命实践。1883—1903 年是他从事理论和革命实践最为光辉的时期，在此期间他完成了从民粹主义者到一个马克思主义者的

[①]　《列宁全集》第 40 卷，人民出版社 2017 年版，第 295 页。
[②]　高放、高敬增：《普列汉诺夫评传》，中国人民大学出版社 1985 年版，第 663 页。

转变，建立了俄国第一个马克思主义团体"劳动解放社"，积极传播和介绍马克思主义理论，和列宁合作发行了《火星报》，使其成为俄国社会民主工党的思想武器，同时进行了大量的理论创作和研究工作。1903年后，普列汉诺夫在政治路线上出现严重的思想滑坡，陷入机会主义的泥潭。尽管普列汉诺夫后期的政治错误一定程度上影响了他的理论工作，但他仍为马克思主义理论建设作出了巨大的学术贡献。

普列汉诺夫自幼酷爱文学艺术，熟读康德、黑格尔、基佐、别林斯基、车尔尼雪夫斯基、杜勃罗留波夫等人的美学理论。在他成为一个马克思主义者之后，更将唯物史观方法论直接运用在文艺学领域，成为俄国第一个马克思主义文艺理论大师。普列汉诺夫继承了马克思恩格斯为马克思主义文艺学奠定的哲学世界观和方法论原则，坚持马克思主义文艺美学的基本概念范畴原则和学说，结合同时期俄国革命民主主义者的现实主义优势，站在整个马克思主义文艺发展史的高度，对于整个阶级社会乃至人类文化和艺术发展的历史进行了独到的解读。同时，他还对马克思恩格斯已提出而未能有机会详细阐述的美学命题进行了进一步的补充和丰富，并将马克思主义理论运用于批评实践中，评读了大量文学经典著作，为整个马克思主义美学理论体系的建设作出了突出的贡献，成为俄国马克思主义美学的奠基人。

学术界对于普列汉诺夫文艺学的研究也同样经历了曲折的道路。当前关于其整体文艺理论的研究也缺乏系统性和细致性。关于普列汉诺夫文艺观包含着的丰富内涵，关于其若干美学观点的学术争议，关于其理论形成过程中出现的矛盾与错误，关于其与同时期马克思主义文艺理论者与其他文艺理论家的比较，关于正确认识普列汉诺夫文艺学的历史定位等，对于马克思主义美学具有理论和实践的双重意义，也成为学术界亟待解决的课题。

一、普列汉诺夫文艺观研究的意义探寻

曾经是普列汉诺夫论争对手的卢那察尔斯基高度评价普列汉诺夫对于马克思主义文艺学的贡献，认为他"作为艺术学家，特别是作为文艺学家、文学批评家的巨大意义，是没有任何疑问的"①。尽管由于其文艺理论存在一些局限与错误，但他对于马克思主义文艺理论与美学作出的重大贡献影响了俄国、中国乃至世界的马克思主义文艺工作者，进一步揭露了旧美学的唯心主义本质，进一步建构和完善了以历史唯物主义为基础的马克思主义新美学大厦，推动了进步文艺的发展，在理论与实践上均对马克思主义文艺的发展产生重大影响。

（一）理论意义

1.深化认识，推动对普列汉诺夫马克思主义思想的研究

其一，普列汉诺夫文艺理论是普列汉诺夫整体马克思主义思想的重要组成部分。普列汉诺夫的文艺生涯发轫于他还是一个民粹主义者时期，而后他的一生笔耕不辍，写下了众多优秀的文艺和美学著作——甚至在他成为机会主义者的后期，仍对他前期未完成的马克思主义文艺学体系做了进一步的补充。同时他在文艺学领域研究的范围十分广泛，从艺术的起源到艺术在阶级社会的存在与发展，从艺术的本质到整个艺术史的生成。这些重要的文艺学著作和论断与普列汉诺

---

① 　[苏] 卢那察尔斯基：《关于艺术的对话》，吴谷鹰译，生活·读书·新知三联书店 1991 年版，第 30 页。

夫哲学、宗教学理论等共同构成普列汉诺夫关于意识形态的基本观点，使其更好的来"研究在一切领域内和一切地方的、人类的精神的发展的历史"①。

其二，普列汉诺夫文艺理论也是其唯物史观研究的重要构成。一方面，正如恩格斯所说，"必须重新研究全部历史，必须详细研究各种社会形态的存在条件，然后设法从这些条件中找出相应的政治、私法、美学、哲学等等的观点"②。普列汉诺夫运用唯物史观的原则来进行意识形态研究，去研究哲学、艺术、宗教等距离上层建筑较远的特殊的意识形态。也就是说，普列汉诺夫文艺学是他的唯物史观在文艺学领域的具体运用，他研究文艺的根本动因也是出自"对唯物史观研究的需要"③。另一方面，普列汉诺夫本身在理论上对文艺观与历史观的关系进行了科学的解读，通过考察 18 世纪前法国唯物主义者的美学观点而认为"必须把'历史的美学'建立在一个科学的史观上面"④，认为对于文艺观的研究必然受一定的社会历史观条件的制约。因此对普列汉诺夫文艺理论进行研究，有助于推动对普列汉诺夫的唯物史观和整体马克思主义思想的深入研究。

2.回应争议，有助于正确把握普列汉诺夫文艺观的历史定位

普列汉诺夫的一生是跌宕起伏的一生，也是充满争议的一生。对于他在文艺领域作出的突出理论贡献，学术界长期褒贬不一。一方面，他

---

① [俄]普列汉诺夫：《论西欧文学》，吕莹译，人民文学出版社 1957 年版，第 112 页。
② 《马克思恩格斯选集》第 4 卷，人民出版社 2012 年版，第 599 页。
③ 王秀芳：《美学·艺术·社会》，河北人民出版社 1987 年版，第 11 页。
④ 《普列汉诺夫哲学著作选集》第 5 卷，生活·读书·新知三联书店 1961 年版，第 350 页。

被很多人用错误的政治路线为借口进行教条主义的攻击，比如苏联学者福明娜曾批评普列汉诺夫"将人的美感起源生物学化了"①，这是一度非常流行的观点，很长一段时间甚至很多国内学者都抱着这个看法，认为普列汉诺夫文艺观具有人性论的错误；也有学者认为普列汉诺夫文艺观过度重视社会性而忽视艺术性，还有学者则曲解和过度放大普列汉诺夫文艺观中的阶级因素，直接将文艺作品等同于阶级论的产物。另一方面，他的理论被简单庸俗化，表现为对其思想观念的纯粹抽象。比如错误判断普列汉诺夫与马克思、恩格斯对于马克思主义文艺学的贡献，甚至直接抛弃马克思恩格斯的理论奠基人地位，将普列汉诺夫视作马克思主义美学的开创者等。20 世纪 80 年代之后，国内外学术界对于普列汉诺夫思想进行了重新审视，但仍存在众多争论。出现众多争议的原因有社会历史条件的变化、意识形态领域话语权的转换、研究者的个人认识水平与问题域的不同等等。在当前时代背景下，如何运用马克思主义世界观与方法论原则考察和分析普列汉诺夫文艺观的时代背景、发展历程和基本问题，对于普列汉诺夫文艺观甚至其整体思想"防止受情绪左右"②，做出客观的、历史的、公正的评价，具有重要的理论意义。

3. 学科发展，进一步丰富和发展马克思主义文艺理论

马克思恩格斯十分喜爱研究文艺和美学相关问题，他们曾经想写关于文艺学和美学的专著，但因为种种原因未能成行。但他们在其大量经济学哲学著作和友人的通信等对于文艺领域的重要问题与大量经典文艺作品进行了评述和解读。在马克思主义诞生以前的文艺学和美学一直以

---

① ［苏］福明娜：《普列汉诺夫的文学和艺术观》，张祺译，新文艺出版社 1958 年版，第 10 页。

② 《列宁全集》第 45 卷，人民出版社 2017 年版，第 165 页。

来是唯心主义美学占据主导地位，近代革命民主主义者别林斯基、车尔尼雪夫斯基和杜勃罗留波夫等人虽竭力摆脱唯心主义的束缚，但仍受费尔巴哈理论的影响，局限于形式逻辑的层次，无法从社会历史实践中把握美的内在规律和艺术的内在本质。马克思恩格斯创建的唯物史观则真正意义上实现了新旧美学的时代变革，为马克思主义新美学的发展奠定了世界观和方法论根基。普列汉诺夫的文艺理论则在马克思恩格斯开创的新美学大厦中进一步增砖添瓦：一方面，他继承马克思恩格斯创立的美学和文艺学基本原则基础，将唯物史观方法论具体运用在文艺研究上，对于文艺起源和发展、文艺的本质和功能、文艺的特征和倾向、文艺批评的原则和方法等均做出进一步的补充和完善，并写成大量影响深远的文艺学和美学专著；另一方面，他根据唯物史观对于文艺学提出建设性的新观点，比如社会心理思想、美感的二重性等，这些均巩固了马克思主义美学的根基，并对卢那察尔斯基、弗里契、列宁等马克思主义者的文艺思想提供良好的启示作用。因此，普列汉诺夫文艺理论在整个马克思主义文艺发展史中占据举足轻重的作用，研究普列汉诺夫的文艺观的有助于推动对于俄国艺术史和整个马克思主义文艺发展史的进一步研究，具有重要的理论意义。

4. 扩展研究，推动对俄国和欧洲艺术史的进一步研究

首先，从发生学的角度来看，普列汉诺夫文艺观的形成是以批判民粹派文学为开端，而后在其发展过程中普列汉诺夫在深入研究唯物史观的基础上，对于俄国启蒙运动批评家别林斯基、车尔尼雪夫斯基、皮萨列夫、杜勃罗留波夫的文艺思想进行具体的剖析，由此产生普列汉诺夫自身对于文艺观的进一步探究。在其文艺观思想逐渐成熟的过程中，普列汉诺夫在其批评实践里，回顾欧洲艺术发展史的过程，评价了大量经

典的文艺作品，譬如在多篇论文里分析 18 世纪法国戏剧和绘画的发展状况，在《无产阶级运动和资产阶级艺术》中对于威尼斯第六届国际艺术展览会上的许多现代派艺术进行评价。同时他以唯物史观为基础，对于文艺复兴时期艺术、莎士比亚、托尔斯泰、果戈里、普希金、车尔尼雪夫斯基、高尔基、福楼拜、大仲马等人的文艺作品和思想都进行了独特的解读和分析。这对于我们研究俄国和欧洲艺术史，更好的了解当时著名文艺理论家和作家的生平与思想有着积极的影响。其次，从共时性的角度来说，将普列汉诺夫与同时期文艺理论家的思想进行比较，比如与卢那察尔斯基的论争，与列宁和后期恩格斯文艺思想的比较，与同时期的拉法格和梅林的比较等，对于推动整个欧洲艺术批评史的研究有着重要意义。

（二）实践意义

正如"思想、观念、意识的生产最初是直接与人们的物质活动，于人民的物质交往，与现实生活的语言交织在一起的"①，普列汉诺夫理论与革命活动的主要时期正处于 19 世纪 70 年代后期到 20 世纪最初的 10 年，即俄国由自由资本主义向垄断资本主义转变的时代，他的文艺理论也在一定程度上体现了当时特殊社会背景下日趋激烈的阶级矛盾与风起云涌的社会主义工人运动状况，反映了他面对新旧时代转换时对俄国命运和前途所做出的重大思考。这些在马克思主义文艺领域成果丰硕、影响深远的思想成果，对于我国当前巩固马克思主义主流意识形态，应对复杂多样的西方文艺思潮，推动马克思主义文艺实践的发展有着重要的

---

① 《马克思恩格斯选集》第 1 卷．人民出版社 2012 年版，第 151 页。

启示意义。正如马克思所说："理论在一个国家实现的程度，总是决定于理论满足这个国家需要的程度。"① 当前中国处于飞速发展的新时代，也无疑是一个文化多元化的时代：一方面，传统与反传统、现代与后现代文化模式在中国呈现一个共时性的状态，并进行着前所未有的相互对抗和彼此冲击；另一方面，中国文艺界受到形式主义学派、结构主义、欧美"新批评"理论、符号学、弗洛伊德学说和存在主义等西方文艺思潮的影响，马克思主义文艺的主导地位受到一定冲击，非理性主义现象时有抬头。在这种情况下，重塑马克思主义在意识形态领域的指导地位具有重要的现实意义。而对于俄国马克思主义文艺的开创者普列汉诺夫的研究，有助于利用普列汉诺夫优秀的马克思主义文化遗产指导中国当前文艺实践，从而抵御西方错误的文艺思潮，巩固马克思主义文艺的主导地位，实现传统向现代的创造性转化，建设社会主义文化强国。

二、普列汉诺夫文艺观研究的现状概述

（一）国内研究综述

普列汉诺夫的文艺思想对中国现当代文艺学的发展产生重要影响，自 20 世纪 20 年代普列汉诺夫文艺思想传入中国以来，学术界便对其著作进行整理与编译工作，对当时的无产阶级革命文学产生重大影响。随着中华人民共和国成立后普列汉诺夫文艺理论被大量翻译和出版，中国文艺理论界在 20 世纪 80 年代开始，又掀起对其文艺思想的深入研究热，

① 《马克思恩格斯选集》第 1 卷，人民出版社 2012 年版，第 11 页。

产生了一批重要的普列汉诺夫文艺理论的研究性著作和论文。一般来说，我国文艺界对于普列汉诺夫文艺理论的研究集中出现过三次高潮，即二三十年代、50 年代后期和 30 年代。

　　20 年代后期到 30 年代早期，这是继普列汉诺夫文艺思想首次传入中国后，学术界对其著作编译出版的第一次高潮时期。1925 年，任国桢首次将普列汉诺夫文艺思想介绍到中国。他翻译苏联人瓦勒夫松的《蒲力汗诺夫与艺术问题》一文，附在其翻译的论文集《苏俄的文艺论战》[①] 中，鲁迅校订并撰写了前记，并指出"《蒲力汗诺夫与艺术问题》一篇是用马克思主义于文艺的研究的"[②]。1929 年，首位直接翻译普列汉诺夫文艺学原著的译者是林柏，用英文译出《艺术论》（即《没有地址的信》）[③]，同年冯雪峰自日文译出《艺术与社会生活》，又以画室为笔名翻泽《论法兰西的悲剧与演剧》（即《从社会学观点论 18 世纪法国戏剧文学和法国绘画》节选），分别发表在《朝花旬刊》第一卷的第一期和第二期上。[④] 而后 5 年时间内，出现了普列汉诺夫文艺著作在中国集中出版的现象，贡献比较突出的主要有鲁迅、瞿秋白等人。1930 年，鲁迅根据藏原惟人的日译本重译了普列汉诺夫的《艺术论》，不仅为其做序，还将普列汉诺夫在 1908 年为论文集《二十年间》所写的第三版序翻译出来，收入《艺术论》的附录中。[⑤] 同年，鲁迅在第一期的《文艺研究》上刊登了他翻译的《〈车勒丙绥夫斯基的文学观〉第一章》（即

---

①　任国桢译：《苏俄的文艺论战》，其中包括苏联褚沙克等论文，为《未名丛刊》之一，北新书局 1925 年版。

②　《鲁迅全集》第 7 卷，人民文学出版社 2005 年版，第 212 页。

③　[俄] 蒲列哈诺夫（普列汉诺夫）：《艺术论》，林柏重译，南强书局 1929 年版。

④　《朝花旬刊》第 1 卷，朝花社 1929 年版。

⑤　[俄] 蒲力汗诺夫（普列汉诺夫）：《艺术论》，鲁迅译，《科学的艺术论丛书》之一，光华书局 1930 年版。

《尼·加·车尔尼雪夫斯基》节选)。[1]1932 年，瞿秋白从俄文翻译了普列汉诺夫的《易卜生的成功》、《别林斯基的百年纪念》、《法国的戏剧文学和法国的图画》和《唯物史观的艺术论》，这四篇译文汇集为一部文艺论文集《现实》，被收进 1936 年由鲁迅编辑出版的瞿秋白译文集《海上述林》中。[2]1934 年，何畏和克己自日文转译了普列汉诺夫论文集《托尔斯泰论》，收入普列汉诺夫的三篇论文：《从这里到那里》、《概念的混乱（托尔斯泰的教义)》、《加尔·马克斯与莱夫·托尔斯泰》（即《卡尔·马克思与列夫·托尔斯泰》)以及列宁关于托尔斯泰的四篇文章。[3]

这一时期，也是普列汉诺夫文艺理论在中国的初步研究时期。鲁迅在其《艺术论》序言和他为普列汉诺夫文集《二十年间》第三版序言所写的"译后附记"中，"既讲到普列汉诺夫在社会主义理论方面的贡献，又肯定他是马克思主义文艺理论的奠基人"[4]，鲁迅称普列汉诺夫"是用马克思主义的锄锹，掘通了文艺领域的第一个"[5]。与鲁迅有所不同的是，瞿秋白在其《现实》论文集中收录的他关于普列汉诺夫文艺观的研究性论文《文艺理论家的普列哈诺夫》中虽然肯定普列汉诺夫文艺理论的功绩"固然很大"，但并不认为他是马克思主义文艺的奠基人，他在文章开篇便指出马克思主义文艺的理论基础"从马克思、恩格斯的时候

---

[1] 鲁迅主编：《文艺研究》第 1 期，大江书店印行，1930 年 2 月 15 日，该刊为季刊，只出版了一册便被禁，此篇也未被译完。

[2] 鲁迅编：《海上述林》，瞿秋白译，东北新华书店辽东分店 1936 年版。该书以"诸夏怀霜社"的名义出版，是鲁迅为纪念 1935 年遭国民党反动派杀害的瞿秋白而编成的译作，鲁迅编好《海上述林》上卷，交开明书店的美成印刷厂打好纸型，然后托友人内山完造寄往日本东京印制。

[3] [俄] 乌里雅诺夫、普列哈诺夫：《托尔斯泰论》，何畏、克己合译，思潮出版社 1934 年版。

[4] 高放、高敬增：《鲁迅与普列汉诺夫》，《天津社会科学》1983 年第 3 期。

[5] 《鲁迅全集》第 10 卷，人民文学出版社 2005 年版，第 347 页。

就已经打定的了。列宁在文艺问题上也有许多原则上的指示"①。另一位研究者胡秋原在 1930 年写的《唯物史观艺术论——朴列汉诺夫及其艺术理论之研究》②则受苏联"正统派"的影响，"忽视文艺的阶级性，有'艺术至上'的倾向。在文艺与政治的关系等问题上，他与左翼作家展开激烈的争论"③。这一时期对于普列汉诺夫文艺思想的研究主要适应了当时革命知识分子对于革命文艺和无产阶级文艺的迫切需要，对中国 20—30 年代的左翼文学运动产生重要影响，同时也极大程度引进和传播了马克思主义文艺思想。但也可看出，这一时期的研究实际上深受苏联理论界"正统派"的影响。

30 年代后期到 50 年代初期相对于前一个阶段，中国理论界关于普列汉诺夫文艺理论的研究和译介相对冷清，进入一段时间的"沉寂期"，这 20 年间除多次重译再版普列汉诺夫的几篇经典论文和评论其文艺思想的文章，就是周扬编《马克思主义与文艺》一书中收录普列汉诺夫文艺观点的摘录。④这一时期缺少新译和新的研究观点，主要原因一是学术界的理论研究重点转移到直接进行马克思、恩格斯、列宁等经典著作的翻译研究工作上，二是一定程度上受苏联理论界对于普列汉诺夫哲学和文艺观的批判影响。

50 年代中后期到 60 年代初期，我国学术界关于普列汉诺夫文艺理论的研究迎来了第二次高潮。这一时期，对于普列汉诺夫文艺著作迎来了新一轮的重译和编译工作。陈冰夷全译了《从社会学观点论十八世纪

---

① 《瞿秋白文集》（文学编）第 4 卷，人民文学出版社 1986 年版，第 55 页。
② 胡秋原：《唯物史观艺术论——朴列汉诺夫及其艺术理论之研究》，上海神州国光社 1932 年版。
③ 何梓焜：《评胡秋原对普列汉诺夫艺术理论的研究》，《江汉论坛》1990 年第 9 期。
④ 周扬：《马克思主义与文艺》，解放社 1949 年版。

法国戏剧文学和法国绘画》①，重译了《艺术与社会生活》②，新译了《俄国批评的命运——评伏伦斯基〈俄国批评家。文学概论〉》③，吕荧新译了《论西欧文学》④。1962年，曹葆华翻译的《没有地址的信》和丰陈宝、杨民望翻译的《艺术与社会生活》被编进《没有地址的信·艺术与社会生活》合集出版⑤。而后《没有地址的信》又被多次编译、补充与出版。1963年，中央将普列汉诺夫著作三本列为干部学习书目，更加促进普列汉诺夫编译、出版和研究工作的推进。

与此同时期，我国理论界还出版了一系列苏联对于普列汉诺夫文艺思想的研究著作和论文，我国学者对这些研究成果予以评论和研究。比如翻译出版苏联学者福明娜写成的《普列汉诺夫的哲学观点》一书，并单独编译出版了其中的第8章《普列汉诺夫的文学和艺术观》⑥。这一时期理论界研究普列汉诺夫热度持续高涨，主要是因为中华人民共和国的成立奠定了稳定的社会基础，理论工作者工作热情高涨。同时在国际条件上，苏联学术界对于普列汉诺夫思想也展开了重新认识，1956年举行纪念普列汉诺夫诞辰100周年活动上对其理论地位进行了重新评价，这对国内学术界的研究也产生了一定积极意义。

80年代以来，我国对于普列汉诺夫整体及文艺思想的研究迎来了全新的历史时期，对于其文艺著作进行集中编译出版。1983年，陕西

---

① 此篇为中华人民共和国成立后第一篇普列汉诺夫文艺著作的中译本，载《译文》，人民文学出版社1956年版。

② 译文载于《世界文学》，世界文学社1960年2、3、4号。

③ 载《世界文学》，世界文学社1961年11月号。

④ 该书除了《亨利克·易卜生》一文的第九章，其余均为中文新译，人民文学出版社1957年版。

⑤ ［俄］普列汉诺夫：《没有地址的信·艺术与社会生活》，曹葆华、丰陈宝、杨民望译，人民文学出版社1962年版。

⑥ ［苏］福明娜：《普列汉诺夫的文学和艺术观》，张祺译，新文艺出版社1958年版。

人民出版社出版了由程代熙选译的《普列汉诺夫美学论文选》，其中多数文章在中国还是第一次被译。[①]1985 年又出版了曹葆华选译的《普列汉诺夫美学论文集》，收录普列汉诺夫 1888 年至 1913 年间有关美学的论文 19 篇。[②]

除了对其文艺著作的重新编译出版以外，学术界开始对其主要文艺思想进行研究，产生了一批重要的评论性专著和论文。专著方面：比如王秀芳著《美学·艺术·社会》一书，从纵向方面梳理了普列汉诺夫文艺思想的形成史和研究发展情况，同时横向对艺术的起源、本质、与社会心理的关系进行分析探讨，并与同时期车尔尼雪夫斯基、别林斯基的文艺思想做比较。[③]该书"最突出的一个特色体现在对待有争论性的问题上，作者能面对国内外学术界各种不同、甚至相互矛盾的观点，大胆而明确地从正面提出自己的观点，在某些问题上作了有独创意义的新探索"[④]。马奇的《艺术的社会学解释——普列汉诺夫美学思想述评》侧重于考察普列汉诺夫的文艺社会学思想。[⑤]楼昔勇的《普列汉诺夫美学思想研究》则将普列汉诺夫整体美学思想划分为三大部分"审美的一般理论""艺术的一般理论""艺术批评的理论"，并从历史联系中考察普列汉诺夫美学思想和历史地位。[⑥]知网上，以"普列汉诺夫文艺"为搜索路径，从 80 年代至今共有 260 多篇学术论文。关于其文艺思想的研究

① ［俄］普列汉诺夫：《普列汉诺夫美学论文选》，程代熙译，陕西人民出版社 1983 年版。

② ［俄］普列汉诺夫：《普列汉诺夫美学论文集》，曹葆华译，人民出版社 1985 年版。

③ 参见王秀芳：《美学·艺术·社会》，河北人民出版社 1987 年版。

④ 贺水贤、孙志娟：《一本研究普列汉诺夫美学思想的专著——评〈美学·艺术·社会〉一书》，《山西师大学报》（社会科学版）1988 年第 3 期。

⑤ 马奇：《艺术的社会学解释——普列汉诺夫美学思想述评》，中国人民大学出版社 1988 年版。

⑥ 楼昔勇：《普列汉诺夫美学思想研究》，上海人民出版社 1990 年版。

内容主要集中在以下方面。

第一，关于艺术起源问题的探讨。对于艺术起源问题，理论界产生一系列争议。其中关于普列汉诺夫是否提出劳动是艺术的起源的问题。一般来说，学术界大多数认为普列汉诺夫将劳动看成是艺术的起源。80年代有学者认为普列汉诺夫用历史唯物主义的观点阐明了文艺起源于劳动这一马克思主义思想。[①]但近年来，越来越多学者对此观点提出异议。有学者认为"《没有地址的信》全书并没有出现'艺术起源于劳动'这样的语句"，"说普列汉诺夫论证和坚持了'艺术起源于劳动'，这显然是后来的某些理论家主观地对《没有地址的信》里有关观点和材料进行加工改造的结果"。[②]有学者认为"艺术源于功利活动"的表述，似乎更合乎普列汉诺夫的原意。[③]

第二，关于文艺社会学的研究。首先是对于文艺与社会心理关系的研究。有学者从基本概念入手，来理解普列汉诺夫整个社会结构的五项因素的公式。[④]有学者考察普列汉诺夫提出"文艺社会心理学说"的过程，认为"社会心理属确定性中介，它与思想体系联系紧密，具有稳定性、必然性，是经济基础与思想体系间最重要、最基本的中介"[⑤]。有学者则深入研究普列汉诺夫社会心理学说的内容实质，认为"实践对社会心理有基础性的决定作用"，并认为"社会心理具有时代性、民族性、阶级

---

① 朱梁：《普列汉诺夫论原始民族的艺术》，《江苏师院学报》1980 年第 3 期。

② 刘求长：《还原普列汉诺夫的艺术起源论思想——〈没有地址的信〉的艺术起源论思想探析》，《汕头大学学报》（人文社会科学版）2014 年第 5 期。

③ 王庆卫：《马克思主义人类学批评中的艺术起源问题》，《文艺理论与批评》2016 年第 5 期。

④ 参见何梓煜：《对"社会心理是文艺与社会存在的中间环节"的一些理解》，《学术研究》1993 年第 1 期。

⑤ 王永芬：《普列汉诺夫的社会心理中介理论阐释》，《重庆师院学报哲社版》1998 年第 4 期。

性和历史继承性"①。

其次是关于普列汉诺夫文艺社会学的起源问题。有学者认为普列汉诺夫持审美感和审美理想的人性论观点，认为应"批判普列汉诺夫思想中的这种生物学的人性论"②。但有学者则不同意该观点，认为普列汉诺夫"不仅详尽地阐述了美感生成的社会根源，而且也注意到了美感生成的生物、生理性根源"③。有学者认为普列汉诺夫将文艺看成一种社会现象，本身就是其"建立唯物史观的文艺社会学的第一个响亮的口号"④。

第三，关于文艺现实主义的思想。有学者探讨了普列汉诺夫在 20世纪 80 年代提出现实主义问题的深刻原因，认为"文艺和现实的关系，是普列汉诺夫文艺理论的基本问题"，现实主义和倾向性与现实主义和文艺的人民性这两个问题是普列汉诺夫现实主义理论的重要方面，探讨了文艺真实论、人物与环境的关系等文艺现实主义的基本原则等，并认为"普列汉诺夫关于新型的现实主义的思想，同恩格斯致玛·哈克奈斯信中所表达的思想，是一脉相通的"⑤。有学者认为"普列汉诺夫的现实主义理论有着极为丰富的内容。我们认为其中还有一点值得注意的，就是他提出一个'新的、上升的'阶级的艺术往往是'现实主义与理想主义的独特的混合物'这样一个重要的思想"⑥。

---

① 贾孝敏：《论普列汉诺夫的社会心理思想及其当代价值》，《江汉论坛》2018 年第 2 期。
② 黄药眠：《试评普列汉诺夫的审美理想之生物学的人性论及其他》，《文艺理论研究》1980 年第 2 期。
③ 柳正昌：《普列汉诺夫美感理论的再评价——兼与计永佑同志商榷》，《郑州大学学报》（哲学社会科学版）1988 年第 1 期。
④ 赵宪章：《浅谈普列汉诺夫的文艺社会学理论》，《社会学研究》1986 年第 2 期。
⑤ 吴元迈：《普列汉诺夫论现实主义》，《文学评论》1980 年第 5 期。
⑥ 吕德申：《普列汉诺夫文艺思想的几个重要方面》，《北京大学学报》（哲学社会科学版）1985 年第 5 期。

　　第四，关于功利主义艺术观。有学者认为由于普列汉诺夫混淆了艺术的功利要求与功利主义艺术观的概念，因而在文艺批评史上"是第一个详细论述功利主义艺术观的人"，并认为这种功利主义艺术观忽视审美特质，不利于艺术的发展。① 也有学者侧重于肯定普列汉诺夫对"纯艺术论"的批判，揭示他对"纯艺术论"的荒谬性、产生原因及其对文艺展的影响的深入剖析，并提出"文艺的功利性是普遍恒久地存在的"②。

　　第五，关于文艺批评思想。有学者重点分析马克思主义文艺批评的心理分析方法，认为"在马克思主义文艺批评史上，普列汉诺夫的创造性体现在，他不仅从理论上解决了对艺术的心理分析与社会历史批评的联系，为马克思主义的心理分析批评奠定了理论基础，而且以其批评的实践，为其心理分析批评提供了方法论的依据"③。有学者侧重对普列汉诺夫批评理论的逻辑考察，分析其批评理论的任务及其理论基础，揭示其文艺批评的主要原则为"科学性、客观性与倾向性"，并指出他"文艺批评标准的相对性与客观性"④。有学者则从其批评理论启示角度出发，认为"对历史和社会生活作抽象和具体结合式，从理性和感性的结合上去获取美学理论，是科学的文艺批评不可或缺的重要的理论基础"⑤。

　　第六，关于普列汉诺夫文艺观的地位和影响。首先是对于中国现当

① 参见王又如：《试评普列汉诺夫关于功利主义艺术观的论述》，《复旦学报》（社会科学版）1981 年第 4 期。

② 刘文斌：《文艺的功利性是普遍恒久地存在的——普列汉诺夫对"纯艺术"论的批判》，《内蒙古大学学报》（人文社会科学版）1997 年第 3 期。

③ 冯宪光：《马克思主义文艺批评的心理分析方法》，《四川大学学报》（哲学社会科学版）1997 年第 4 期。

④ 王秀芳：《普列汉诺夫论文艺批评》，《江汉论坛》1984 年第 5 期。

⑤ 吴章胜：《普列汉诺夫文艺批评思想探析》，《安徽大学学报》（哲学社会科学版）1985 年第 2 期。

代文学家和文艺理论家的影响。有学者重点关注普列汉诺夫与茅盾的关系，认为普列汉诺夫的文学理论为苏联的成立创造了思想条件，也在一定程度上构成"30年代文学"时期（1928—1937）茅盾思想"变化的潜在背景"，并提出"茅盾在思想上与普列汉诺夫的亲近，反映了那个时代的知识分子与马克思主义文艺理论的密切联系，在根本上却是源于他恪守的现实主义写作立场与普列汉诺夫的文学观的高度契合"①。有学者考察鲁迅翻译普列汉诺夫文论的手稿情况，分析其对普列汉诺夫文论的手稿中字、词、句修改状况，认为"从整体上来说，鲁迅的译文还是能够表达出普列汉诺夫俄文原文的主要意思"，并提出其不足之处在于采取"直译"的方式，"造成了这篇译文意思的曲折难懂"，并认为"鲁迅终止这篇文章的翻译并不标志着鲁迅在文艺理论上与普列汉诺夫的文艺理论的疏离"②。有学者分析瞿秋白译介普列汉诺夫文艺理论的历史是非，认为瞿秋白"对普列汉诺夫文艺理论的认识与评估更多地表现出'纠察'的立场与姿态"，他对"普氏哲学理论体系的批判是其政治上或党派立场上的选择"，认为"历史地看，瞿秋白对普氏的评价比列宁的判断左了一层，也退了一步"③。

其次是对于整体中国文艺发展史的影响。有学者整体考察普列汉诺夫文艺理论对于中国20—30年代左翼文学运动的影响，认为鲁迅与冯雪峰的译介工作，"他们输进唯物史观的文艺论，来治疗革命文学家们的左倾综合症"④。也有学者认为"翻译介绍苏俄理论著作和文艺作品，

---

① 张琼：《"30年代文学"时期的茅盾与普列汉诺夫》，《名作欣赏》2015年第19期。
② 葛涛：《鲁迅翻译普列汉诺夫文论的手稿研究》，《鲁迅研究月刊》2017年第9期。
③ 胡明：《经典的流播与纠察——瞿秋白译介普列汉诺夫文艺理论的历史是非》，《陕西师范大学学报》（哲学社会科学版）2008年第1期。
④ 吴中杰：《"左联"与左翼文学》，《鲁迅研究月刊》1993年第4期。

加以横向移植，构成了中国革命文学运动的起点"，认为"普列汉诺夫的文艺思想在 20 世纪的中国产生的影响是深刻和广泛的"，普列汉诺夫成为中国左翼文艺运动最重要的思想理论资源。①

最后是对于整体马克思主义文艺发展史的影响。有学者认为普列汉诺夫在"人的审美感觉和审美趣味从何而来这一问题"、"人们的功利观点先于审美观点而存在"以及"关于美感的继承性和发展性"这几个方面发展了马克思主义美学。②

经过近一个世纪的理论研究，我国学术界对于普列汉诺夫文艺观的研究呈现以下特点：

1. 研究过程曲折反复，前后差异大、争论多。20 世纪 80 年代以来，我国理论界对于普列汉诺夫文艺观的研究大致经历三次高潮和三次相对沉寂期，80 年代以后的理论研究高潮也集中于 80 年代到 90 年代中期。其间部分理论观点争论较多。随着时代的变革，后期有学者对前期理论研究的结果提出疑问，甚至就今天来说，关于普列汉诺夫文艺观有一些基本问题仍旧饱受争议，缺乏定论。

2. 研究范围较宽泛，缺乏较为系统性的研究。我国学术界最初对于普列汉诺夫文艺理论的研究以对其著作的编译工作为主，而后转向对其具体理论的研究，系统的评论型专著较为缺乏。90 年代后的研究主要集中在对于其某一具体观点的研究，未能形成较为成熟和系统的学科范式。

3. 集中于文本理论研究，缺乏对于现实启示性的挖掘。关于普列汉诺夫文艺理论的文本研究较为集中，却很少看见其相关理论的现实反思。实际上，普列汉诺夫很多关于文艺和美学领域的观点对于当代马克

---

① 代迅：《不应遗忘的文艺思想史：普列汉诺夫与现代中国》，《学习与探索》2003 年第 3 期。
② 陈辽：《论普列汉诺夫对马克思主义美学思想的发展》，《齐鲁学刊》1986 年第 2 期。

思主义文艺发展的实践有着重要的启示作用，是可以用来指导实践的。

（二）国外研究综述

普列汉诺夫的文艺著作在其出版发行后不久便被翻译成多种语言在世界各地进行传播。国外研究成果比较突出的国家主要有俄苏和保加利亚。

1. 俄苏的研究情况

列宁在世时，非常重视对普列汉诺夫理论著作的编辑出版和研究工作，他在 1921 年 1 月对全国人民发出号召："不研究——正是研究——普列汉诺夫所写的全部哲学著作，就不能成为一个觉悟的、真正的共产主义者，因为这是整个国际马克思主义文献中的优秀著作。"①1922 年列宁提议出版普列汉诺夫的著作，于是在 20 年代集中出版了普列汉诺夫的一些名篇名著。这包括 1923 年至 1927 年出版的《普列汉诺夫全集》第一卷到第二十四卷，1922 年出版的普列汉诺夫论文集《论艺术》②以及一些单行本，1925 年又出版了《俄国社会思想史》③。1928 年苏联政府在列宁格勒建立普列汉诺夫纪念馆，其中收录大量普列汉诺夫的文献资料。

这一时期在苏联曾出现过高评价普列汉诺夫的现象，被称为"普列汉诺夫正统论"思潮，主要代表人物有德波林、卢波尔、弗里契、卡列夫等人。1922 年至 1930 年德波林任《在马克思主义旗帜下》杂志编辑

---

① 《列宁全集》第 27 卷，人民出版社 1958 年版，第 274 页。
② ［俄］普列汉诺夫：《论艺术》，新莫斯科出版社 1922 年版，该书附有柳·阿克雪里罗得和弗·弗里契的两篇关于普列汉诺夫文艺理论的文章作为序言。
③ ［俄］普列汉诺夫：《俄国社会思想史》，莫斯科—列宁格勒国家出版社 1925 年版。

期间，以该杂志为前沿阵地，刊登多篇关于普列汉诺夫的研究性论文。德波林发表一系列文章过高评价普列汉诺夫的历史地位，譬如在《战斗唯物主义者列宁》一文中，认为"普列汉诺夫首先是理论家。列宁首先是实践家"①，严重贬低列宁的理论贡献。在文艺领域，弗里契的《普列汉诺夫与科学美学》、《普列汉诺夫与艺术论》等抬高普列汉诺夫对马克思主义文艺发展史的贡献，甚至将他看成马克思主义美学的奠基人。弗里契等人在评价普列汉诺夫文艺观时也体现其庸俗社会学的错误倾向，过度强调阶级和物质条件对于艺术发展的作用，却严重忽视艺术作为特殊的精神生产方式而具有特殊规律。

30 年代《普列汉诺夫遗著》八卷和一些比较著名的著作单行本如《战斗的唯物主义》、《反对哲学中的修正主义》以及两卷本《普列汉诺夫的文艺论著》等相继出版，40 年代又出版了普列汉诺夫经典著作的一些单行本，如《论一元论历史观之发展》、《论个人在历史上的作用》、《马克思主义的基本点问题》、《论历史唯物主义》等，以及在 1948 年由国家艺术文学出版社出版了他的论文集《文学与艺术》。50 年代出版了 5 卷本的《普列汉诺夫哲学著作选集》。这一时期对于普列汉诺夫文艺观的研究主要受米丁派的影响。米丁派在意识形态领域对于苏联正统派作出批判，否认普列汉诺夫在马克思主义发展史上的地位，认为"真正的马克思主义发展史是从马克思恩格斯到列宁，绝不经过普列汉诺夫"②，甚至还有人将普列汉诺夫视作"纯粹的孟什维克文艺理论家"③。米丁派充分肯定了列宁文艺理论的重要地位，却过度强调阶级性对普列汉诺夫

---

① ［苏］德波林：《战斗唯物主义者列宁》，《在马克思主义旗帜下》（俄文版）1924 年第 1 期。

② ［苏］米丁：《唯物辩证法的首要问题》，1936 年俄文版，第 56 页。

③ 王秀芳：《美学·艺术·社会》，河北人民出版社 1987 年版，第 20 页。

理论研究工作的影响，严重贬低了他对于马克思主义文艺发展史的贡献。除了米丁派对于普列汉诺夫在哲学领域的批判之外，30年代仍有少数对其文艺观持肯定态度的评论性文章。例如卢那察尔斯基的长文《文艺学家和文学批评家普列汉诺夫》①。但总体来说，这一时期关于普列汉诺夫文艺理论的研究成果不多，进展较小。

50年代中期开始，随着苏联理论界对于个人崇拜的清算，关于普列汉诺夫思想的研究出现了一定的转机。1955年福明娜的《普列汉诺夫的哲学观点》提出了与先前理论界不同的观点，虽然仍存在一些错误认知，但已经表明苏联理论界对于普列汉诺夫的研究产生新的变化。早期对于普列汉诺夫思想地位显著分歧的米丁和德波林而后也在这一问题上趋向一致。1956年米丁在纪念普列汉诺夫诞辰100周年活动上做了学术报告，德波林也做了专题报告，一定程度上肯定了普列汉诺夫的历史地位。这一纪念活动期间也产生了大量关于普列汉诺夫思想的研究性论文，在文艺学领域比较有名的有谢尔宾的《普列汉诺夫的美学思想》②。从1956年开始，关于普列汉诺夫文艺思想的研究成果也日益丰富。《普列汉诺夫哲学著作选集》5卷本③陆续出版，其中也包括他关于文艺和美学的重要论述。60年代，苏联理论界掀起一波重新评价普列汉诺夫历史地位的学术浪潮，出版了一系列肯定普列汉诺夫价值的著作：约夫楚克的《普列汉诺夫及其有关哲学史的著作》、恰根的《普列汉诺夫和他在马克思主义哲学发展中的作用》、尼科拉也夫的

---

① ［苏］卢那察尔斯基：《文艺学家和文学批评家普列汉诺夫》，《文学批评家》1935年第7期。

② ［苏］谢尔宾：《普列汉诺夫的美学思想》，苏联《哲学问题》1956年第6期。

③ 该书由苏联社会经济出版社在1956年至1958年出版，后被转译成中文由生活·读书·新知三联书店出版发行。

《格·瓦·普列汉诺夫的美学和文艺理论》等。①70年代又出版了《普列汉诺夫哲学遗著》1—3卷和两本关于普列汉诺夫的重要传记，分别为1973年出版的恰根和库尔巴托娃的《普列汉诺夫》②以及1977年约夫楚克和库尔巴托娃合著的《普列汉诺夫传》③。这两本传记表明苏联70年代关于普列汉诺夫研究的进一步深入，但也在学术上存在一些对其思想的认识错误和引用的史料错误。

纵观20世纪20年代到80年代的60年间，由于受政治环境和认识水平变化的影响，苏联理论界对于普列汉诺夫文艺思想的认识经历了较为曲折的发展道路，但到后期基本肯定普列汉诺夫的文艺理论在马克思主义文艺发展史上的作用，对于马克思主义美学大厦的独创性贡献，同时也对于其后期的理论转向进行了一定客观的评价。

2.世界其他国家的研究情况

普列汉诺夫的思想在世界各地都得到广泛的传播，世界其他国家也产生了一批影响重大的研究性著作和论文。在保加利亚，早在1924年就开始宣传普列汉诺夫思想，其中《普列汉诺夫在保加利亚》④是保加利亚第一篇介绍普列汉诺夫思想的文章。1978年保加利亚共产党出版社出版的《普列汉诺夫和保加利亚的社会主义运动》反映了普列汉诺夫对于保加利亚社会主义工人运动的深刻影响。⑤在日本，早在20年代

---

① 转引自高放、高净增：《普列汉诺夫传》，中国人民大学出版社1985年版，第648—649页。

② ［苏］恰根、库尔巴托娃：《普列汉诺夫》，莫斯科青年近卫军出版社1973年版。

③ ［苏］约夫楚克、库尔巴托娃：《普列汉诺夫传》，莫斯科青年近卫军出版社1977年版。

④ ［保加利亚］格奥尔基·巴卡洛夫：《普列汉诺夫在保加利亚》，《新道路》1924年。

⑤ ［保加利亚］安格尔·维科夫：《普列汉诺夫和保加利亚的社会主义运动》，保加利亚共产党出版社1978年版。

开始，藏原惟人、川内唯彦等人就开始翻译普列汉诺夫的著作。藏原惟人在 1980 年出版的《藏原惟人评论集》① 中专门论述普列汉诺夫的文艺批评观点和在俄国近代文艺批评史的意义。在南斯拉夫，1957 年出版了佩特洛维奇的《格·瓦·普列汉诺夫的哲学观点》②。在波兰，1970 年出版了卢卡弗斯基的《格奥尔基·普列汉诺夫》，介绍普列汉诺夫的生平和思想。普列汉诺夫著作在西方也不断地被编译出版和研究。这不仅表现在普列汉诺夫的多篇文章被多次重译出版，还产生一批研究性论著。其中美国研究普列汉诺夫的专家巴伦教授在 1963 年出版的关于普列汉诺夫的传记性著作《俄国马克思主义创始人普列汉诺夫》，内容翔实，史料充足。③ 在荷兰，1979 年出版了由瑞士学者施韦德斯基（Edward M. Swiderski）的著作《苏联美学的哲学基础》一书，其中详细介绍了普列汉诺夫美学思想的贡献，认为普列汉诺夫美学思想发展了马克思主义美学基础，并对列宁文艺和美学思想有一定启示。④ 英国学者阿兰·斯威伍德（Alan Swingewood）则侧重于文艺社会学的角度，认为普列汉诺夫文艺学思想充分体现社会学美学的特点，并着重阐述了其对社会学美学领域有重要贡献。⑤ 意大利学者 Daniela Steila 在其著作《普列汉诺夫认识论的起源和发展》（*Genesis and Development of Plekhanov's Theory of Knowledge*）中高度评价普列汉诺夫对于俄国马克思主义发展

---

① ［日］藏原惟人：《藏原惟人评论集》第 2 卷题为《确立俄国社会的文艺批评的时代》，新日本出版社 1980 年版。

② ［南斯拉夫］佩特洛维奇：《格·瓦·普列汉诺夫的哲学观点》，萨格勒布文化出版社 1957 年版。

③ ［美］塞缪尔·哈谢尔·巴伦：《俄国马克思主义创始人普列汉诺夫》，斯坦福大学出版社 1963 年版。

④ Swiderski E. M., *The Philosophical Foundations of Soviet Aesthetics*, D. Reidel Publishing Company, 1979.

⑤ Alan Swingewood, *Sociological Poetics and Aesthetic Theory*, Palgrave Macmillan, 1987.

史的贡献，认为他发扬了俄国的唯物主义传统，运用马克思主义理论对俄国进行现实的整体的分析，所以被称为"俄国马克思主义之父"。①近年来，西方学者关于普利汉诺夫思想的研究相对丰富。美国芝加哥洛约拉大学学者罗伯特·迈耶（Robert Mayer）对普列汉诺夫和列宁的社会主义思想进行了比较研究，分析列宁和普列汉诺夫关于工人阶级意识问题上的分歧②、二者在无产阶级专政思想上的异同等③。英国学者福尔克斯在其所写的经济学辞典中专门用一章对普列汉诺夫的政治和经济哲学贡献做出评述，认为他确实是除了马克思以外被列宁明确承认的重要理论人物之一④。

国外研究特点：

第一，具有广泛性和多样化特征。对于普列汉诺夫理论的研究在世界范围内遍及三大洲，横跨东西方的文化鸿沟，研究者众多，研究范围广泛，在文艺领域就对其观点有多重解读。

第二，具有连续性和整体性的特征。世界范围对普列汉诺夫的研究从历时性来看，即使受到社会环境和时代变化的影响，但仍没有断过。几十年间，研究者对其的兴趣依旧盎然，同时注重对于普列汉诺夫整体思想的研究。在对其整体思想有宏观性把握的基础上，对于文艺领域有所涉及。

---

① Daniela Steila, *Genesis and Development of Plekhanov's Theory of Knowledge, A Marxist Between Anthropological Materialism and Physiology*, Kluwer Academic Publishers, 1991.

② Robert Mayer, "Plekhanov, Lenin and Working-Class Consciousness", *Studies in East European Thought*, Vol.49, No.3,1997, pp.159-185.

③ Robert Mayer, "The Dictatorship of the Proletariat from Plekhanov to Lenin", *Studies in East European Thought*, Vol.45, No.4, 1993, pp.255-280.

④ M. Falkus, "Plekhanov, Georgii Valentinovich（1856–1918）", in *The New Palgrave Dictionary of Economics*, Palgrave Macmillan, 2008.

第三，受政治环境和阶级性的影响，对其评价褒贬不一。不论是苏联还是世界其他国家研究人员，对于普列汉诺夫思想地位的评价始终未能达成一致，基于不同的政治立场，要么评价过高，要么一味贬低，缺乏客观而全面的认知。

第四，集中于哲学社会学领或，缺乏对文艺领域较为深度的研究。国外对于普列汉诺夫的研究重点集中在哲学领域，成果众多，对于文艺领域的研究往往也在哲学研究中附带，缺乏具体的有深度的学科研究。

第一章　普列汉诺夫文艺观
形成的历史条件

"一切划时代的体系的真正的内容都是由于产生这些体系的那个时期的需要而形成起来的。所有这些体系都是以本国过去的整个历史发展为基础的，是以阶级关系的历史形式及其政治的、道德的、哲学的以及其他的后果为基础的"①。在世纪之交时期俄国面临着多重困境，可以说，普列汉诺夫的文艺理论不仅是俄国社会历史发展的产物，也是运用马克思主义普遍真理探索俄国革命现实发展道路的产物，具体说来包括国内环境、国际背景、思想渊源和个人原因几个方面。

一、普列汉诺夫文艺观形成的国内环境

普列汉诺夫理论贡献最为丰硕的时期集中于 19 世纪末和 20 世纪初，他生活的年代也是处于这个阶段。而 19 世纪和 20 世纪之交是资本主义经济、社会、政治、文化等各方面发生剧变的时代，普列汉诺夫文艺理论也是发轫于俄国社会激烈动荡的时代，具体包括以下几个方面：

---

① 《马克思恩格斯全集》第 3 卷，人民出版社 1960 年版，第 544 页。

（一）世纪之交时期俄国现实的多重矛盾

封建农奴和沙皇专制统治的矛盾。普列汉诺夫出生的年代恰恰处于沙皇俄国专制统治的时代。广大农民在大量土地占有制和沙皇专制制度的压迫下，没有任何政治权利和人身自由。普列汉诺夫曾探讨过整个俄国农奴制的起源和发展问题。俄国自古以来就有奴隶制的存在，但实行奴隶制的范围还相当有限，只是王公、贵族和富有地主的家庭仆役。农民开始时仍旧是自由人，但一是由于农民从穷地主到富地主的自由转移引发穷地主的不满，二是农民自由迁移给国库带来了直接损失，为保证地主利益和财政收入，沙皇政府便逐步取消了农民的自由转移权，"农民落到了完全依附于地主和国家的农奴从属地位"[1]。但此时，农奴在法律意义上还并不是奴隶，"完全把俄国农民变为农奴的荣誉，应当归之于伟大的俄国改革者彼得一世和大名鼎鼎的北方的梅萨利娜——叶卡特林娜二世"[2]。沙皇彼得一世在位期间，不再按照私人契约履行农奴义务，而只要在国家法令下的人口调查名册上被列入门下的就被认为是农奴，"农奴在人身上依附于地主，而同时还依附于本阶层，甚至地主都不能使他们脱离本阶层，他们永远是国家的义务纳税人"[3]。自此以后，农奴不仅在数量上急剧增多，对于封建地主的人身依附程度也进一步加深，贵族和地主对于农奴的统治权进一步扩大。在叶卡特林娜当政时期，直接剥夺了农民自由迁徙的权利，默认农奴是农业地主财产的组成部分，在法律上赋予地主更为广泛的权力。政府对于农奴的束缚和奴役

---

① 《普列汉诺夫著作选集》第 4 卷，生活·读书·新知三联书店 1974 年版，第 5 页。
② 《普列汉诺夫著作选集》第 4 卷，生活·读书·新知三联书店 1974 年版，第 6 页。
③ ［俄］瓦·奥·克柳切夫斯基：《俄国史教程》第四卷，张咏白、郝建恒、高文风、徐景南译，商务印书馆 2013 年版，第 127 页。

愈发严重导致了激烈的阶级矛盾，爆发了各种规模不等的农民起义，克里米亚战争的失败愈加暴露封建农奴制和沙皇专制制度的腐朽。战争期间，人们的生活更加恶化，同时也加剧了社会矛盾，"1858 年在俄属欧洲的 25 个州都掀起农民起义的浪潮"①。同时，19 世纪后半期的俄国工业发展也需要大量的自由工人，为了增加国家税收，"为了新的经济生活形式的发展，首先必须使它摆脱农奴制的沉重桎梏"②，因此沙皇政府被迫于 1861 年实行废除农奴制改革。

但正如普列汉诺夫所指出的，"俄国农民对他们所耕种的土地的历史权利是无可置疑的。但是，政府的解放计划却不以这种权利作为根据。政府考虑的只是怎样使它能从农民那里榨取到尽可能多的劳动（在服徭役的情况下）和货币"③，沙皇政府解放农奴的目的并非是连同土地解放农民，保障农民对土地的历史权利，而是为了进一步剥削和压榨农民，"一切开销都落在农民身上"④，强迫农民交付大大超过地价的土地赎买金，满足政府和地主利益，缓和地主情绪却加剧农民与地主的阶级对立。普列汉诺夫曾赞同民粹派作家卡罗宁对俄国当时农村现状的描述，"在农奴制度被废除的时期，或者不如说，在对地主的农奴从属地位，被对国家的农奴从属地位所代替的时期，他们分配到了'沼泽地'的份地"，"'沼泽地'的权力不可能是牢固的。况且得到沼泽地这份奖赏的巴拉什金村人负上了毫无道理的赋税重担。在这种情况下，只要有几个年头歉收、牲畜倒毙或类似的情况，就足以使他们完全焦急不安。不用说，这类的灾难看起来是偶然的，然而其实是由农民在经济上的不

---

① 乔明顺：《简明世界史》，北京大学出版社 1991 年版，第 414 页。
② 《普列汉诺夫著作选集》第 4 卷，生活·读书·新知三联书店 1974 年版，第 9 页。
③ 《普列汉诺夫著作选集》第 4 卷，生活·读书·新知三联书店 1974 年版，第 10 页。
④ 《普列汉诺夫著作选集》第 4 卷，生活·读书·新知三联书店 1974 年版，第 13 页。

富足所造成的"①。也就是说，废除农奴制的改革并未解决社会矛盾，反而更加剧了俄国农村的贫困状态，保留了大量的封建残余，农民缺乏土地和基本生活资料而陷入极度艰难的处境。

无产阶级和资产阶级的矛盾。1861 年的农奴制改革实质上是一次资产阶级性质的改革，尽管改革是不彻底的，但其结果是一定程度上为俄国资本主义的发展开辟了道路。列宁曾说"在俄国，农奴制崩溃以后，城市的发展、工厂的增加、铁路的修建愈来愈迅速了。农奴制的俄国被资本主义的俄国代替了"②，沙皇政府的加工订货、直接投资、保护关税等措施，以及外国资本和技术的大量输入，使得俄国工业得到一定发展。俄国尽管是后起的资本主义国家，但到 80 年代也基本完成了产业革命，19 世纪 80 年代出现了第一批垄断组织，主要形式为辛迪加，工业生产也有了大幅度增长，到 20 世纪初银行资本也迅速集中起来。第一次世界大战以前，金融资本家垄断全国半数以上的工业和运输业的股票，工业资本也大量投资于银行，银行资本与工业资本结合起来的财政资本控制着俄国的经济命脉。马克思曾说过，西欧大陆的国家不仅苦于资本主义生产的发展，也苦于资本主义生产的不发展③，俄国资本主义的发展不仅催生了俄国资产阶级的形成，同时也造就了他的掘墓人——俄国无产阶级，"无产阶级的形成过程在西欧老牌资本主义国家中用了一百多年的时间，而在俄国只用了几十年"④。"1865—1890 年间，仅大工厂、采矿和铁路的工人就由 70 多万人增加到 143 万人。俄国工

---

① 《普列汉诺夫著作选集》第 5 卷，生活·读书·新知三联书店 1984 年版，第 79 页。
② 《列宁全集》第 20 卷，人民出版社 2017 年版，第 143 页。
③ 参见《马克思恩格斯选集》第 4 卷，人民出版社 2012 年版，第 322 页。
④ 孙来斌：《列宁的马克思主义理论教育思想研究》，中国社会科学出版社 2003 年版，第 12 页。

人身受封建残余和国内外资本的三重压迫，状况极其恶劣，工作日一般是 12—14 小时，有的长达 16—18 小时，工资也远远低于欧美资本主义国家"①，俄国工人受到封建贵族和资产阶级的双重压榨，政治上无劳动立法和基本权利，经济上没有任何物质保障。这些非人的待遇催生了工人阶级强烈的不满情绪，从 19 世纪 70 年代起，俄国工人阶级便开始走上了革命斗争的道路，1870—1875 年间，俄国总共爆发了 105 次罢工，54 次暴动。1870 年 5 月彼得堡的纺织工人罢工后，工人运动更加频繁。经过斗争实践后，工人觉悟不断提高，认识到组织起来进行斗争的必要性。1875 年，在濒临黑海的敖德萨市成立了工人第一个独立组织"南俄工人协会"，章程规定将"工人从资本和特权的压迫下解放出来"，但这个协会只坚持了 8 个月就被沙皇政府强行解散。1878 年，"南俄工人协会"的领导人之一奥布诺尔斯基逃到国外目睹了西欧工人运动后，回国和工人活动家哈尔士林在首都彼得堡又成立了"俄国北方工人协会"，纲领要求仿效西欧各国社会主义政党领导工人进行革命斗争，推翻国内现存政治经济制度，最近任务则是争取言论、出版、集会等自由和缩短工作日时长。1880 年，这个组织也被宪兵破获。这两个工人协会虽然仍旧没有摆脱民粹派看重农民公社和个人恐怖行为的影响，但总体来说，体现了工人阶级的革命斗志，促进工人阶级的革命团结，标志着俄国工人阶级已经登上历史舞台。由此可以看出，俄国无产阶级和资产阶级的阶级对立十分尖锐。

普列汉诺夫对于俄国北方工人协会的建立表示了祝贺并感到欢欣鼓舞，"他还曾经积极支持和帮助这两个协会开展活动。他和北方工人协会的创建人哈尔士林来往密切，对他印象深刻，认为'革命的热情、深

---

① 乔明顺：《简明世界史》，北京大学出版社 1991 年版，第 472 页。

思熟虑和自我牺牲精神，这一切都完满地结合在他身上'"①。

80 年代，俄国工人运动继续向前发展，普列汉诺夫、查苏利奇、阿克雪里罗得等人于 1883 年创立了俄国第一个马克思主义组织劳动解放社，其中普列汉诺夫的贡献最为突出，他直接提出倡议，拟定纲领，并亲自翻译和出版了大量马克思恩格斯的著作。劳动解放社第一次直接向民粹派宣战，第一次有计划有目的性的向俄国传播马克思主义思想，积极参与国际工人运动，为俄国建立无产阶级政党扫清道路，列宁称之为"俄国社会民主主义运动的先驱之一"②。但"当时'劳动解放社'只是在理论上为社会民主主义奠定了基础，只走了迎接工人运动的第一步"③。

沙皇俄国同其他国家、地区的矛盾。由于沙俄政府力图通过野蛮的剥削和掠夺来弥补其财政的不足，俄国广大劳动群众和少数民族受到极其严重的压榨，国内市场一分狭小，生产力较为低下不能与其他列强竞争，因而加大对外扩张和侵略。1883 年，征服了希瓦汗国，1876 年吞并浩罕汗国，1885 年占领土库曼大部分地区，获得了中亚的殖民统治权。1877—1878 年，俄国进行了对土耳其的战争，占据了巴尔干岛的优势，同时进一步掠夺东亚。"沙皇俄国通过不断的扩张，到 1914 年，已占有 1740 万平方公里、3320 万人口的殖民地。"④ 沙皇政府对广大殖民地和附属国极尽剥削之能事，不断进行经济和军事压迫，造成巨大的殖民矛盾。同时俄国还是西方帝国主义的后备军，亲自参与对意大利、波兰等国革命的残酷镇压活动，成为欧洲反动势力的强

---

① 高放、高敬增：《普列汉诺夫评传》，中国人民大学出版社 1985 年版，第 48 页。
② 《列宁全集》第 53 卷，人民出版社 2017 年版，第 597 页。
③ 《列宁全集》第 20 卷，人民出版社 1958 年版，第 275 页。
④ 乔明顺：《简明世界史》，北京大学出版社 1991 年版，第 472 页。

大支柱和堡垒。

俄国内部也充满着民族矛盾。沙皇政府对内奉行大俄罗斯主义，"在政治上，占总人口多数的非俄罗斯民族完全没有权利。在非俄罗斯民族集中居住的地方，国家公职几乎完全由俄罗斯人充任。沙皇政府还规定，所有机关、学校、法院必须一律使用俄语"①。列宁曾对此评价说："世界上没有一个地方像在俄国那样对国内的多数居民进行这样的压迫：大俄罗斯人只占人口的43%，即不到一半，而其余一切民族都被当作异族看待，没有任何权利。在俄国的17000万人口中，有近1亿的居民遭受压迫，没有权利。沙皇政府进行战争是为了夺取加里西亚并彻底扼杀乌克兰人的自由，是为了夺取亚美尼亚和君士坦丁堡等地。沙皇政府把这场战争看作是转移人们对国内日益增长的不满情绪的注意力和镇压日益高涨的革命运动的一种手段。现在，俄国平均每两个大俄罗斯人压迫着两三个无权的'异族人'。"②

帝国主义的各种矛盾在沙皇俄国表现的尤为明显，同时还涉及与西方帝国主义的利益交织，这使它被卷入帝国主义体系并成为帝国主义链条上的薄弱环节。俄国帝国主义把封建的、资本主义的、民族的和外国资本的种种压迫和剥削集中起来，成为帝国主义体系内的矛盾焦点。恩格斯曾对俄国革命未来做出预言："这个国家正在接近它的1789年。革命一定会在某一时刻爆发；它每天都可能爆发。在这种情况下，这个国家就像一颗装上炸药的地雷，所差的就是点导火线了。"③历史深刻表明，俄国无产阶级便是这点火人。

---

① 孙来斌：《列宁的马克思主义理论教育思想研究》，中国社会科学出版社2003年版，第12页。
② 《列宁选集》第2卷，人民出版社1995年版，第517页。
③ 《马克思恩格斯选集》第4卷，人民出版社2012年版，第574—575页。

（二）19 世纪中后期俄国社会的道路之争

19 世纪初，俄国在西欧资本主义猛烈冲击下，究竟何去何从？正如列宁所描述的那样："俄国进步的思想界在空前野蛮和反动的沙皇制度的压迫之下，曾如饥如渴地寻找正确的革命理论，专心致志地、密切地注视着欧美在这方面的每一种'最新成就'。"① 换言之，俄国先进的知识分子对于俄国未来发展道路做出了一系列艰难的探索和争论。

西欧思想界为了反抗资本主义的压迫，出现了一种否定资本主义、幻想无剥削的乌托邦社会的浪漫主义思想，俄国先进知识分子将这一思想引入俄国，并加以改造，形成民粹主义思想。民粹主义心目中的人民就是当时占俄国人口绝大多数的农民，他们否定一切资本主义的生产和生活方式，避免俄国走资本主义道路，反对封建沙皇专制，幻想保持农村公社的完整性，将农村公社作为俄国实现社会主义的胚胎和基础。这一理论由赫尔岑在 19 世纪四五十年代提出，车尔尼雪夫斯基等人在 60 年代进行了进一步发挥，到 70 年代才完全形成。普列汉诺夫曾高度评价民粹派初期对于沙皇专制制度的坚决否定态度，"受过教育的平民知识分子，是新俄国的报信者，他向旧制度宣战，并在这场无情的生死决战中担当了开路先锋的角色"，他认为"直到 70 年代末，俄国革命运动史主要是俄国的这个居民阶层对沙皇制度的斗争史"②。1873—1874 年，革命的民粹派已经不满足在理论上进行斗争，开始了到民间去的运动，有部分革命青年纷纷下乡，深入考察农民生活，了解农民要求，试图发动农民反抗沙皇统治，也有部分民粹派小组在城市工人中活动，积极发

① 《列宁选集》第 4 卷，人民出版社 2012 年版，第 136 页。
② 《普列汉诺夫著作选集》第 4 卷，生活·读书·新知三联书店 1974 年版，第 17 页。

展学生加入民粹派组织。1875 年，普列汉诺夫在彼得堡矿业学院学习时接触到了民粹派活动家谢·克拉夫钦斯基，以及后来成为和他一道成立劳动解放社的巴·波·阿克雪里罗得和列·格·捷依奇等，并加入了民粹派小组，第一次接触到了马克思的政治经济学理论。需要指出的是，此时的他并未接受马克思主义的基本观点，他虽然认识到只有社会主义能拯救俄国，但他理解的社会主义还是民粹主义推翻沙皇统治、保留农村公社的村社社会主义思潮。1876 年普列汉诺夫开始与首都的革命工人建立联系，参与成立秘密革命团体"土地和自由社"，固定在农村建立据点，并制定活动计划和组织纪律，使民粹派运动转入统一集中领导的新阶段。

但 80 年代后，一方面由于民粹派运动受到沙皇政府的严厉镇压，民粹派开始退缩了，他们放弃了反对沙皇专制统治的革命斗争，转而鼓吹同沙皇政府妥协；另一方面又因为资本主义的进一步发展使得古老的农村公社逐渐瓦解，原来的公社成员已经分化为人口占大多数的贫雇农和少数富农两大对立阶级，长时间与人民群众缺乏密切联系的多数民粹分子便成为维护富农利益的卫道士——也就是说，他们已经由革命民主主义蜕变为自由主义的民粹派。随着俄国资本主义的发展、工人运动的高涨、马克思主义在俄国的传播，民粹主义理论越来越阻碍俄国无产阶级运动的进一步开展和马克思主义的传播，普列汉诺夫认识到民粹派运动脱离现实的错误，他开始第一个站出来，用马克思主义理论作为批判民粹派的有力武器，同时对民粹派文学也做出了深刻的评价。

（三）19 世纪至 20 世纪俄国的多元文化环境

19 世纪至 20 世纪是俄国历史的转折时代，也是俄罗斯文艺发展的特殊时期。在 18—19 世纪之交，西方各种美学、史学、哲学、文学思想和观念传入俄罗斯，沙皇亚历山大一世登基后的国内外一系列重大历史事件的发生，都使俄国社会思想空前活跃。19 世纪俄国文学界涌现出大量文学杂志和社团，成为俄国文人发表和讨论文学作品的阵地，也是宣传他们进步思想的讲台，培养和锻造了大批文学理论人才。最为突出的是诗人普希金，他被称为"19 世纪俄罗斯文学乃至 19 世纪俄罗斯文化的象征，是 19 世纪前 30 年代俄罗斯社会文学运动的一面旗帜"[①]。他不仅是俄罗斯浪漫主义的杰出代表，同时也是俄罗斯现实主义的奠基人，他极大地启发了后来以果戈里为代表的自然派。俄罗斯批判现实主义也是在这个时期应运而生，并在以别林斯基、车尔尼雪夫斯基为首的现实主义文学批评的指导下，在六七十年代达到了空前的繁荣，涌现出像托尔斯泰、陀思妥耶夫斯基、契诃夫等这样标志着 19 世纪俄罗斯文学发展方向的文学大师。它的批判锋芒直指封建农奴制及其残余，揭露封建专制制度的腐朽和没落，表现出推翻沙皇专制制度的政治要求，到后期随着资本主义的进一步发展，则加强了对资本主义的批判，"因此，俄国现实主义文学具有很强的革命性、战斗性和民主倾向"[②]。浪漫主义和现实主义在这个时期是俄罗斯文艺的两大主要流派，涌现出符合俄罗斯社会艺术发展、具有俄罗斯民族和时代特色的俄罗斯文学精品。到了19 世纪八九十年代，俄罗斯文化走向多元发展阶段，适应了当时的社会历史条件和俄国先进知识分子对于俄国未来发展道路的种种探索。

如果 19 世纪可被称为俄国文艺的黄金时代，那么 19 世纪末 20 世纪初的世纪之交则可以被称为俄罗斯文化复兴时代，或者白银时代。这

---

① 任光宣主编：《俄罗斯文学简史》，北京大学出版社 2006 年版，第 46 页。

② 郑克鲁主编：《外国文学史》（修订版）上，高等教育出版社 2006 年版，第 235 页。

个时期，俄罗斯文坛百花齐放，各种文学流派和思潮共时存在，各种创作风格争相发展，是俄罗斯文艺发展的多元时期。既有现实主义文学的创作，又有比如象征主义、未来主义等西方现代派艺术，也有新古典主义以及现实主义和现代派相结合的作品。这个时期的俄罗斯文艺界，呈现出创作风格多样化、题材和体裁独特化、文学理论丰富化的繁荣发展态势。俄罗斯文学在长达两个世纪的空前发展，以及文艺理论界的多元文化境域，也在客观上为普列汉诺夫的文学批评实践提供对象和素材。

二、普列汉诺夫文艺观形成的国际背景

19世纪中后期至20世纪初也是资本主义世界发生激烈动荡的年代，无产阶级日益壮大，工人运动风起云涌，马克思主义在世界范围内一方面得到广泛传播，另一方面却也遇到了前所未有的理论危机。普列汉诺夫文艺观形成和发展时期正是处于这一复杂的国际环境中，有着其独特的国际背景。

（一）资本主义世界的新变化

19世纪末到20世纪初，资本主义社会经济关系发生了剧烈的变化，资本主义时代出现了巨大的转折，主要集中于生产力和生产关系两个方面。从生产力方面来说，欧美主要国家在19世纪30年代发生了以电力为广泛应用特征的第二次产业革命。电力的广泛应用带来汽车制造业、钢铁工业、冶炼工业、化学工业等新兴产业的迅速发展，推动社会生产结构由以轻纺织业为主向重工业发展，资本主义国家的社会生产力得到迅速提高。

正如"在资本主义发展到一定的、很高的阶段，资本主义的某些基本特性开始转化成自己的对立面，从资本主义到更高级的社会经济结构的过渡时代的特点已经全面形成和暴露出来的时候，资本主义才变成了资本帝国主义。在这一过程中，经济上的基本事实，就是资本主义的自由竞争为资本主义的垄断所代替"①，生产力决定生产关系，生产力的发展必然带来生产关系的变革，资本主义由自由竞争过渡到垄断的资本主义国家是资本主义生产关系变革的重要表现。首先表现为信用制度的发展变化。从最初的商业信用逐步发展到银行信用，进而发展到更高的形式即国家信用。同时信用制度的广泛发展，不断推动着资本的集中。资本集中代表着社会上流通的货币资金逐渐集中在一少部分资本家手中，这些资本家可能是独立的也可能是联合在一起的。在资本集中的潮流下，一种新型的企业组织形式即股份公司从世纪初的时候开始出现。马克思指出，"信用制度是资本主义的私人企业逐渐转化为资本主义的股份公司的主要基础"②，资本主义信用制度和股份公司的广泛发展，加剧了资本和生产的日益集中。与此同时，资本主义国家频繁的经济危机，造成资本和生产迅速集中到大资本手中。在激烈的竞争中，大企业往往凭借自己在经济上的优势，不断排挤和吞并中小企业，使生产资料、劳动力和劳动产品的生产日益集中于自己手中。竞争的趋势总是大企业战胜小企业，大资本吞噬或控制小资本，从而导致垄断。随着垄断产生，垄断组织的形式也在各个主要的资本主义国家日益发展。垄断的实质是控制某种或者几种商品的绝大部分生产和销售的大资本家的联合，通过

---

① 《列宁选集》第 2 卷，人民出版社 2012 年版，第 650 页。
② 《马克思恩格斯文集》第 7 卷，人民出版社 2009 年版，第 499 页。

限制生产规模、瓜分市场、控制原材料、制定垄断价格等一切手段来攫取高额垄断利润，实现对整个国家社会经济生活的统治。

经济上的变化也导致资本主义社会的政治关系的巨大改变。资产阶级调整了统治策略，由以往单一的暴力镇压转变为暴力镇压和怀柔让步两手并用的统治方式，并有限度地扩大民主，实行资产阶级改良政策；无产阶级反对资产阶级的"合法"斗争特别是议会斗争，取得了很大胜利，导致无产阶级革命意识淡化，无产阶级与资产阶级的矛盾得到一定程度的"缓和"。资产阶级对待无产阶级的政策变化，从根本上讲是为了更好维护资产阶级自身的统治。资产阶级通过适当的让步，给予工人阶级政党一定的合法性，可以诱使一部分工人阶级放弃暴力抗争，利用所谓的和平手段参与到议会中。对资产阶级而言，由于始终掌握国家政权，暂时的让步和适当的妥协，不会从根本上危害自己的统治利益；相反，阶级矛盾的适度缓和，更有利于长久维护自己的统治利益。而作为资产阶级对立面的无产阶级，自觉不自觉地配合资产阶级这种指导思想，放弃暴力革命的手段，采取所谓"和平"、"合法"的斗争方式，这种指导思想的变化值得关注。同时，欧美工业化强国加紧殖民主义扩张，完成了帝国主义转型。资本主义对外经济关系由商品输出转向资本输出，从而形成国际卡特尔，即国际垄断同盟。国际垄断同盟按资本、实力对世界市场进行瓜分世界的行为，掀起帝国主义瓜分世界的狂潮，"资本家同盟之间在从经济上瓜分世界的基础上形成了一定的关系，而与此同时，与此相联系，各个政治同盟、各个国家之间在从领土上瓜分世界、争夺殖民地、'争夺经济领土'的基础上也形成了一定的关系"①。资本主义国家在经济和政治上出现的这些新

---

① 《列宁选集》第2卷，人民出版社2012年版，第639页。

变化在一定程度上甚至激化了资本主义社会的固有矛盾。随着无产阶级生活状态的日趋恶化，工人运动风起云涌，无产阶级政党的政治觉悟进一步提升，无产阶级和资产阶级矛盾更加尖锐化，资本主义各个国家的实力变化和矛盾激化，导致资本主义国家与殖民地、半殖民地、附属国之间矛盾日趋白热化。

（二）风起云涌的工人运动

随着资本主义社会生产力的发展，资本主义社会矛盾日益凸显，引发无产阶级与资产阶级的矛盾更加尖锐，两大对立阶级的斗争经过了自发性的群众运动到自觉联合起来的反抗运动的阶段。19世纪三四十年代最著名的1831年和1834年法国里昂工人起义、1836—1848年英国宪章运动以及1844年德国西里西亚纺织工人起义这三大工人运动标志着欧洲的工人运动进入到新的独立政治运动的时期，无产阶级已作为独立的政治力量登上历史舞台，开始了直接反对资产阶级的斗争。到了19世纪七八十年代，资本主义由自由竞争状态发展到垄断阶段，劳资矛盾进一步加剧，马克思主义的广泛传播进一步推动了工人运动的高涨。英国作为老牌资本主义国家，通过殖民扩张赚取了大量超额利润。英国资产阶级长期实行对无产阶级的分化和收买政策，英国工人运动发展缓慢。随着美国、德国、法国等其他资本主义国家的日益崛起，英国逐渐丧失了在资本主义世界的主导地位，英国资产阶级撕下了其虚伪和温情的面具，加剧对本国无产阶级的剥削和压迫，社会矛盾日益激烈。英国工人积极参加斗争，争取改善生活、劳动条件和民主权利，并摒弃老工联注重防卫的旧口号，建立新的工会组织。"在新工会领导下，1889年，伦敦6万码头工人为增加工资、争取8小时工作日团结一致地坚持了两个月的罢工斗争，迫使资方让步，终于取得了胜利"[1]。美国作为新兴的资本主义国家，工业生产大幅度增长，工人运动不断壮大。80年代，为了争取实现8小时工作日，美国各地35万工人于1886年5月1日走上街头，举行示威罢工。这次罢工规模宏大，波及11000多个工矿企业，震撼美国各界，18.5万工人实现了8小时工作日。但在这次罢工中，芝加哥工人遭到政府的残酷镇压，"5月3日，资产阶级民团打死了6名工人，5月4日，13000名工人在干草场举行大会，声讨资产阶级罪行，破坏分子投掷炸弹，军警开枪射击，打死7人，伤200多人，数百人被捕，4名工人领袖被处死刑"[2]。但1886年5月1日这次罢工却产生了巨大的国际意义，1889年第二国际成立大会通过决议，规定5月1日为国际劳动节。19世纪七八十年代，美国社会主义运动也在不断开展，1867年成立了第一国际支部，第一国际解散后，1876年社会主义者在费城成立了"美国社会劳工党"，第二年改名为"美国社会主义工党"。但这个党大部分成员是德国移民，与其他国家移民联系较少，所以主要局限在议会斗争，而未能将马克思主义与美国革命实践相结合。进入到帝国主义阶段后，美国工人运动更加高涨，1898—1905年，"共发生1200次罢工，参加者有200万人之多。1908—1913年，罢工的人数达530万人"，"1900年成立的美国社会党引导工人从经济斗争转向政治斗争，1912年，社会党党员发展到125000人，有不少人被选为州议会会员"。[3]

巴黎公社失败后，法国工人运动处于低潮，到70年代末期，又重新发展起来。在盖德和拉法格的领导下，1879年在马赛召开工人代表

---

① 《国际共产主义运动史》，人民出版社、高等教育出版社2012年版，第82页。

② 乔明顺：《简明世界史》，北京大学出版社1991年版，第465页。

③ 乔明顺：《简明世界史》，北京大学出版社1991年版，第467页。

大会，成立法国工人党。马克思恩格斯为党纲制定了总纲，明确指出法国工人必须通过革命手段，推翻资产阶级统治，建立无产阶级政权。工人运动的组织性也得以加强，工会、合作社等得到迅速发展。工会数目从 1884 年的 68 个增长到 1890 年的 1006 个，工会会员接近 14 万。1886 年，在里昂成立了法国全国工会联合会。在工会领导下，19 世纪 80—90 年代，法国工人举行了一系列罢工和示威游行。最有影响的是 1886 年德卡兹维尔煤矿工人大罢工，前后持续了 6 个月，众议院为此曾展开激烈辩论，并首次成立了和资产阶级政党相对立的工人党团。恩格斯认为，"这是可以与美国工人'五一'大罢工相比拟的一件大事"①。

这一时期的工人运动范围广泛，不仅在主要资本主义国家继续扩展和深入，在中东欧如波兰、匈牙利、捷克等地也得到较快的发展，工人运动的规模、方式和激烈程度也得到很大提高。普列汉诺夫常年旅居海外的经历，使得他逐渐认识各国著名的社会主义政党领导人，比如拉法格、卢森堡、考茨基、倍倍尔、盖德、蔡特金、梅林等人，并保持着对于瑞士、法国、德国、意大利等国社会主义政党的密切联系。他在巴黎期间，经常参加法国工人的集会，听从法国工人党领袖盖德的演讲，并通过妻子给盖德治病的关系认识了盖德，向盖德请教许多革命理论问题；他还阅读德国社会民主党创办的《社会民主党报》，参与他们组织的群众集会，学习他们如何开展社会主义的宣传工作。这些如火如荼的工人运动促进了普列汉诺夫世界观的转变，是他从一名民粹主义者迈向真正的马克思主义者的必要环节。

---

① 《国际共产主义运动史》，人民出版社、高等教育出版社 2012 年版，第 83 页。

（三）马克思主义的理论危机

普列汉诺夫文艺观的形成与当时特定历史条件下马克思主义面对的各种理论危机有着密切联系，它是伴随着普列汉诺夫对于各种反马克思主义思潮的深刻批判而逐渐生成的。资本主义世界在进入 20 世纪后发展到了帝国主义阶段，垄断资产阶级一方面利用其在殖民地大肆掠夺和搜刮的巨额垄断利润，在工人阶级中积极拉拢和扶持一小撮代理人，企图分化和收买工人阶级；同时，它们又一定程度上实行一些资产阶级改良措施，进一步麻痹无产阶级和人民群众。另一方面，资产阶级继续推行反革命政策，加深对工人反抗运动的暴力镇压。"资产阶级策略的曲折变化，使修正主义在工人运动中猖獗起来，往往把工人运动内部的分歧引向公开的分裂"①，这些反马克思主义的敌人便佯装马克思主义的旗号，实际上公然歪曲和反对马克思主义。

首先，资产阶级思想家对于马克思主义疯狂攻击，强行将马克思主义曲解为经济唯物主义，并妄图用因素论、种族论和地理环境决定论来替代马克思主义。普列汉诺夫对此做出深刻的批判，他认为唯物史观绝不会承认社会历史发展的唯一因素是经济，"如果是这样，那我就有充分权利向卡列也夫先生指出：拥护唯物主义历史观的人们绝不把唯一的作用归之于他所了解的那种经济因素，即归之于旨在专事满足人的肉体需要的那种活动。我当然也有同样的权利可以补充说，如果'经济唯物主义者们'确实有他所加到他们身上的那些观点，那末拥护唯物主义历史观的人们与这些奇怪的唯物主义者们是毫无共同之点的"②。他认为辩

---

① 《列宁全集》第 20 卷，人民出版社 2017 年版，第 69 页。
② 《普列汉诺夫哲学著作选集》第 2 卷，生活·读书·新知三联书店 1962 年版，第 298 页。

证唯物主义者"一点也不否认历史发展的各不同'因素'间的相互作用。他们只是说，相互作用本身并不能说明什么问题"①。

其次，马克思主义内部的思想分歧。以伯恩施坦为代表的修正主义者以正统的马克思主义者自居，声称某些马克思主义基本原理已经过时，必须对其进行系统修正。他通过否定黑格尔的矛盾辩证法来歪曲唯物辩证法，将唯物史观歪曲成一种庸俗经济学和历史宿命论，鼓吹用新康德主义、马赫主义等对马克思主义进行修正。普列汉诺夫指出伯恩施坦之流的资产阶级唯心主义本质，"不过这些先生们不是公开攻击它。相反地，他们自称是拥护它的，但是他们把它解释得完全脱离了唯物主义的立场而回到唯心主义，或者更正确些说，回到折衷主义"②，并于 1898 年 5 月底写成了第一篇批判修正主义的文章《伯恩斯坦与唯物主义》，辛辣地批判伯恩施坦修正主义的实质，"伯恩施坦把最新的资产阶级经济学的'真理'端来给我们，而且还自以为是在把马克思的理论从伟大思想家所业已达到的地方向前'发展'。这是多么奇怪的妄想"③。他深刻指出一旦无产阶级内部接受修正主义的党员越多，必然会对无产阶级队伍产生腐蚀作用，"最主要的是，在和伯恩施坦重新开始论争的时候，我们必须记住我所引用的李卜克内西的话：如果伯恩施坦是对的，我们就只有把我们的纲领和自己的整个过去都埋葬掉。我们必须坚持这点并向我们的读者们公开解释，今天的问题就是谁埋葬谁的问题：是伯恩施坦埋葬社会民主党，还是社会民主党

---

① 《普列汉诺夫哲学著作选集》第 2 卷，生活·读书·新知三联书店 1962 年版，第 224 页。
② 《普列汉诺夫哲学著作选集》第 2 卷，生活·读书·新知三联书店 1962 年版，第 388 页。
③ 《普列汉诺夫哲学著作选集》第 2 卷，生活·读书·新知三联书店 1962 年版，第 409 页。

埋葬伯恩施坦"①。同时坚决捍卫了唯物主义历史观的根本地位，指出伯恩施坦鼓吹的从哲学上回到康德的口号，肆意抹杀了唯物主义和唯心主义的界限，否认社会历史发展的必然性，否定唯物辩证法的做法是"哲学的无知"，"只限于使唯物主义'归宿于'（这是何等的笨拙和幼稚！）唯心主义"②，他多次表示伯恩施坦的"哲学知识如何少得可惊，他关于唯物主义的认识，一般地说，是如何错误"③。普列汉诺夫对于伯恩施坦修正主义的批判是深刻的，列宁后来指出"在国际社会民主党中，普列汉诺夫是从彻底的辩证唯物主义观点批判过修正主义者在这方面大肆散播的庸俗不堪的滥调的惟一的马克思主义者"④，但是"由于他不了解世纪之交资本主义时代的性质和特征，不了解俄国无产阶级在资产阶级革命中的领导作用，过高地估计了自由资产阶级的作用，过低地估计了农民的革命作用等，因而他在对马克思主义思考时，在一些理论观点上是不彻底的、不科学的。真正对世纪之交资本主义时代的特征作出科学分析、对马克思主义作出创造性发展的是列宁"⑤。

也有部分马克思主义者对于马克思主义基本原理存在着教条化、公式化地认识和理解，比如德国社会民主党内的"青年派"遵循教条主义路线，无法正确理解经济基础与上层建筑辩证关系以及意识形态相对独立性等。恩格斯在分别给布洛赫和康德拉·施密特写的信中指出，青年们过分重视

---

① 《普列汉诺夫哲学著作选集》第 2 卷，生活·读书·新知三联书店 1962 年版，第 418 页。

② 《普列汉诺夫哲学著作选集》第 2 卷，生活·读书·新知三联书店 1962 年版，第 432 页。

③ 《普列汉诺夫哲学著作选集》第 2 卷，生活·读书·新知三联书店 1962 年版，第 414 页。

④ 《列宁全集》第 17 卷，人民出版社 2017 年版，第 13—14 页。

⑤ 庄福龄：《简明马克思主义史》，人民出版社 2004 年版，第 191 页。

经济方面，而忽视了别的作用因素．并批评了德国许多青年作家把"唯物主义"这个词当作套语和标签贴的做法。普列汉诺夫对恩格斯的意识形态独立性思想进行了更加具体和详尽的阐发与论证，同时对社会意识各种具体形式比如艺术、哲学、法权等相对独立性问题也分别进行了深入的探究，重点揭示了文艺这一意识形态形式发展的内在机制问题。

三、普列汉诺夫文艺观形成的思想渊源

恩格斯曾在 1893 年致梅林的信中指出，"（……一切属于社会而不是单纯属于自然界的领域的简单概括）在每一科学领域中都有一定的材料，这些材料是从以前的各代人的思维中独立形成的，并且在这些世代相继的人们的头脑中经过了自己的独立的发展道路"①，普列汉诺夫文艺观的形成有着深刻而又独特的理论渊源。马克思恩格斯的文艺理论对普列汉诺夫文艺观的形成起到了决定性作用，俄国革命民主主义者别林斯基、车尔尼雪夫斯基等人的现实主义美学遗产也对其形成发挥了重要影响，同时他还扬弃了西方启蒙学者、黑格尔、康德美学以及空想社会主义者文艺观中的合理因素，他文艺观的理论来源与其整体思想的理论来源基本上是一致的。

（一）理论基础：马克思、恩格斯的文艺思想

马克思、恩格斯的文艺理论是普列汉诺夫文艺观的思想基石，为其

---

① 《马克思恩格斯选集》第 4 卷，人民出版社 2012 年版，第 642—643 页。

形成和发展提供了世界观和方法论的基本原则、基本概念和基本范畴。普列汉诺夫的文艺理论继承马克思恩格斯创立的美学和文艺学基本原则与基础，将唯物史观方法论具体运用在文艺研究上，同时根据唯物史观对文艺学提出了富有建设性的新观点、新思想和新论点，进一步建构和完善了以历史唯物主义为基础的马克思主义新美学大厦，推动了马克思主义文艺的发展。

第一，马克思主义文艺学的总体性原则为普列汉诺夫文艺观的形成奠定了整体世界观和方法论基础。普列汉诺夫指出，"创造现代唯物主义的最主要的功绩，毫无疑问，是应当属于马克思和他的友人恩格斯的。这个世界观的历史方面和经济方面，也就是所谓历史唯物主义以及同它有密切关系的对于政治经济学的任务、方法和范畴的见解，对于社会经济发展。尤其是资本主义社会经济发展的各种见解的总和，它们的基本原则差不多完全是马克思和恩格斯所发现的"①。辩证唯物主义和历史唯物主义是马克思主义的总体世界观和方法论，二者是统一的。马克思恩格斯关于人类的起源、思维和存在的关系、关于经济基础和上层建筑的关系学说，科学地揭示了文艺的社会本质，辩证地说明了文艺与生活、文艺与政治及经济的关系，这些为普列汉诺夫探索审美意识的起源、挖掘文艺产生和发展规律指出了正确的途径。马克思恩格斯关于人的本质的科学阐述，强调艺术掌握世界这一特殊的精神生产方式，强调现实的人在反映和表现对象世界时的能动作用。"人的本质不是单个人所固有的抽象物，在其现实性上，它是一切社会关系的总和"②，这为普列汉诺夫进一步揭示文艺的对象，探讨文艺的特点、规律提供了重要的

---

① 《普列汉诺夫哲学著作选集》第 3 卷，生活·读书·新知三联书店 1962 年版，第 134 页。

② 《马克思恩格斯选集》第 1 卷，人民出版社 2012 年版，第 139 页。

理论价值和方法论意义。马克思恩格斯对于文艺生产和消费辩证关系的揭露，论述了人民群众作为艺术消费主体对艺术生产的决定性影响，为普列汉诺夫的文艺批评理论打下坚实的理论基础。普列汉诺夫将唯物史观具体运用在文艺领域，他明确表明"在这里我毫不含糊地说，我对于艺术，就像对于一切社会现象一样，是从唯物史观的观点来观察的"[1]。这些原先著作中的"简化字"，现在引用必须改过来。

第二，马克思恩格斯的社会结构理论对于普列汉诺夫提出五项因素公式有着重要启示。普列汉诺夫曾反复援引马克思在《〈政治经济学批判〉序言》中关于唯物史观的经典论述——"我所得到的，并且一经得到就用于指导我的研究工作的总的结果，可以简要地表述如下：人们在自己生活的社会生产中发生一定的、必然的、不以他们的意志为转移的关系，即同他们的物质生产力的一定发展阶段相适合的生产关系。这些生产关系的总和构成社会的经济结构，即有法律的和政治的上层建筑竖立其上并有一定社会意识形式与之相适应的现实基础。物质生活的生产方式制约着整个社会生活、政治生活和精神生活的过程。不是人们的意识决定人们的存在相反，是人们的社会存在决定人们的意识。社会的物质生产力发展到一定阶段，便同它们一直在其中运动的现存生产关系或财产关系（这只是生产关系的法律用语）发生矛盾。于是这些关系便由生产力的发展形式变成生产力的桎梏。那时社会革命的时代就到来了。随着经济基础的变更，全部庞大的上层建筑也或慢或快地发生变革。在考察这些变革时，必须时刻把下面两者区分开来：一种是生产的经济条件所发生的物质的、可以用自然科学的精确性指明的变革，一种是人们借以意

---

① 《普列汉诺夫哲学著作选集》第 5 卷，生活·读书·新知三联书店 1984 年版，第309 页。

识到这个冲突并力求把它克服的那些法律的、政治的、宗教的、艺术的或哲学的，简言之，意识形态的形式。我们判断一个人不能以他对自己的看法为根据，同样，我们判断这样一个变革时代也不能以它的意识为根据；相反，这个意识必须从物质生活的矛盾中，从社会生产力和生产关系之间的现存冲突中去解释。"① 马克思的这一关于历史唯物主义的经典公式被普列汉诺夫予以极高的评价。他反复强调尽管马克思的《〈政治经济学批判〉序言》非常简短，但它仍然是科学社会学的导论，其社会结构发展理论阐明了社会结构是由人类社会经济、政治和文化等要素之间联系和互相作用构成的有机整体，在此基础上普列汉诺夫创造性的提出"五项因素公式"，将人类社会看作是一个"有完全生命的有机体"②，揭示经济通过政治、社会心理等中间因素，作用于思想体系的过程。

第三，马克思恩格斯的意识形态理论对于普列汉诺夫突出文艺的意识形态性、建构无产阶级文艺思想提供重要影响。马克思明确将"法律的、政治的、宗教的、艺术的或哲学的"视作"意识形态的形式"③。意识形态相较于意识形态的形式有着明显差别：一方面，意识形态可作为一种内在规定性存在于不同意识形态形式的物质实体中，是客观的、本质的、必然的属性；另一方面，意识形态的形式则是意识形态这个总体性概念下的具体表现形式，可分为艺术、哲学、宗教等不同形式。二者应做到物质存在形式与内在属性的统一，既不能二元对立又不能绝对同一，避免怀疑论与折衷主义的出现。由于生前未能接触到《德意志意识形态》中的理论，普列汉诺夫对于社会意识形式的理解主要集中在对于

① 《马克思恩格斯选集》第2卷，人民出版社2012年版，第2—3页。
② 《普列汉诺夫哲学著作选集》第1卷，生活·读书·新知三联书店1959年版，第754页。
③ 《马克思恩格斯选集》第2卷，人民出版社2012年版，第2—3页。

马克思在《〈政治经济学批判〉序言》的研究之上，同时又出于无产阶级运动需要建构马克思主义意识形态的实践需要。普列汉诺夫首次明确了中性视域下的意识形态概念，将马克思"意识形态的形式"提炼成"意识形态的上层建筑"[①]。他一方面扩展了意识形态形式内涵的外延，认为意识形态这一总体性概念囊括社会科学思想体系和自然科学思想体系；另一方面，区分了意识形态的不同形式。他虽未直接提出文艺的意识形态性这一基本概念，却实际从认识论、反映论和实践论的多重视角对于文艺的意识形态性问题进行历史唯物主义的阐释。在对意识形态的物质性本质的认识下，充分建构了其内在特殊性，从具体的人的能动活动方面，揭示了意识形态与外部世界的关系，突出了文艺作为一种特殊的意识形态形式的阶级性、现实性、功利性和独立性，发展了马克思恩格斯的意识形态理论，并从社会生产出发，深入到微观心理层面，对意识形态的生成机制进行深刻剖析。他坚持"没有革命的理论就没有名副其实的革命运动"[②]，希望发挥意识形态的实践动员作用，将革命的、先进的意识形态灌输给无产阶级，"竭力想在工人的头脑中造成一种资产阶级和无产阶级的利益根本对立的最明确的意识"[③]，使其形成点燃无产阶级革命意识的思想火炬。也就是说他研究关于文艺意识形态观的目的在于建构马克思主义意识形态的现实考虑，并希望通过文艺激发无产阶级参与革命的积极性与信心，从而适应了无产阶级革命运动的需要。

[①] 《普列汉诺夫哲学著作选集》第 1 卷，生活·读书·新知三联书店 1959 年版，第719 页。

[②] 《普列汉诺夫哲学著作选集》第 1 卷，生活·读书·新知三联书店 1959 年版，第98 页。

[③] 《普列汉诺夫哲学著作选集》第 3 卷，生活·读书·新知三联书店 1962 年版，第181 页。

（二）思想继承：俄国革命民主主义者优秀的文艺遗产

俄国革命民主主义者别林斯基、车尔尼雪夫斯基、赫尔岑思想对普列汉诺夫的一生也起到了至关重要的作用：一方面，他们对于俄国未来发展道路的探索激励着年轻的普列汉诺夫走向民主革命的道路；另一方面，普列汉诺夫对于他们优秀的文艺遗产进行批判性的继承，评读了大量他们的美学和文艺学专著，而后对于他自身文艺观的形成有着重要启示。

车尔尼雪夫斯基作为一名俄国启蒙运动"最杰出的代表"[①]和唯物主义哲学家及美学家，普列汉诺夫认为他本人是俄国社会主义者应该"热爱和这种深挚的尊敬的对象"[②]，他的文学理论和实践"构成了我国文学史上的整整一个时代"[③]，"他的美学观点，对于俄国批评的进一步发展具有重大的影响"[④]。他高度评价车尔尼雪夫斯基的文学作品《怎么办?》，认为尽管它带有一定的倾向性，但实际上也是富有艺术性，"但是让他们向我们举出哪怕一部最出色的、真正富有艺术性的俄国文学作品，它在对国家的精神和思想发展的影响上能够与《怎么办?》这部小说相匹敌吧！谁都举不出这样的作品来，因为它在过去没有，现在没有，将来也不会有"[⑤]。普列汉

---

① 《普列汉诺夫哲学著作选集》第 5 卷，生活·读书·新知三联书店 1984 年版，第
255 页。
② 《普列汉诺夫哲学著作选集》第 4 卷，生活·读书·新知三联书店 1974 年版，第
29 页。
③ 《普列汉诺夫哲学著作选集》第 4 卷，生活·读书·新知三联书店 1974 年版，第
25 页。
④ 《普列汉诺夫哲学著作选集》第 5 卷，生活·读书·新知三联书店 1984 年版，第
255 页。
⑤ 《普列汉诺夫哲学著作选集》第 4 卷，生活·读书·新知三联书店 1974 年版，第
131 页。

诺夫明确"我自己的思想是在车尔尼雪夫斯基的极大影响下完成的，分析他的观点成为我的文学生活中的一件大事"[1]，他发表了多篇文章对于车尔尼雪夫斯基的文学观点进行评述。

首先，关于车尔尼雪夫斯基的美是生活的理论。车尔尼雪夫斯基曾在自己的学位论文中将美的概念定义为生活，普列汉诺夫认为"他这样做不仅不破坏美学这门科学，而相反，倒是把美学放在坚实的唯物主义基础上，至少是大体上指出了应当到哪里去寻找解决早由别林斯基向关心美学理论的人提出的那个任务的关键"[2]，但他认为车尔尼雪夫斯基在对生活进行解释时，却又回到了意见支配世界的唯心主义观点，用人性来解释社会历史的发展。车尔尼雪夫斯基将现实美与艺术美进行比较，认为现实美远高于艺术美，普列汉诺夫认为这一观点只有在一定意义上是对的，认为其不够全面。普列汉诺夫指出，由于车尔尼雪夫斯基的这一观点缺乏唯物史观的科学基础，因而未能对生活做出正确的理解，"只有当正确的'生活'学说产生的时候，才能站在牢固的基础上"[3]。同时，车尔尼雪夫斯基将艺术之于现实的关系比作"版画对于原画"的关系，"版画不能比原画更好，但是原画只有一幅，而版画可以印成许许多多散布到全世界去，让那些也许永远也看不到原画的人们去享受"[4]，普列汉诺夫认为这个比喻虽然有可取之处，

---

[1] 《普列汉诺夫哲学著作选集》第 4 卷，生活·读书·新知三联书店 1974 年版，第 433 页。

[2] 《普列汉诺夫哲学著作选集》第 4 卷，生活·读书·新知三联书店 1974 年版，第 404 页。

[3] 《普列汉诺夫哲学著作选集》第 5 卷，生活·读书·新知三联书店 1984 年版，第 302 页。

[4] 《普列汉诺夫哲学著作选集》第 5 卷，生活·读书·新知三联书店 1984 年版，第 278 页。

在绘画等很多艺术创作中确实需要对客观世界的摹写，"他在相当大的程度上是正确的"①，但其实仍然是有其片面性的：艺术不仅有现实主义成分，但不仅仅是简单的复制生活，也有作者按照主观理想改造现实、补充现实的部分。

其次，关于车尔尼雪夫斯基的文艺社会功利论。车尔尼雪夫斯基认为社会历史运动的根本动力是人类智力的进步，文学是"智力生活的表现"②，他认为文明史上起主要作用的是科学，然后是文学。普列汉诺夫认为车尔尼雪夫斯基关注的并非是自己的名声，"他关心的只有一个问题：他能否把生气勃勃的思想和感情保持到我们的文学真正有益于社会的美好时代"③，即他将文艺作为思想启蒙，传达政治思想的手段，"向社会传播健全概念"④是其唯一目标，如果有更方便快捷的方式，他们可能就不会使用文艺这一渠道。他发现先进阶级对于文学最感兴趣，就会按照社会发展需求来调整自己的研究方向。一方面普列汉诺夫认同车尔尼雪夫斯基的观点，认为文学是某个社会阶层自觉的表现，体现为统治阶级的趣味、观点和意图，"老实说，没有一种文学不是产生它的社会或某个社会阶层的自觉的表现。甚至在所谓为艺术而艺术的理论居于占统治的时代，在看来艺术家对与社会利益有关的一切都置之不理的时代，文学也表现为社会中的统治阶级的趣味、

---

① 《普列汉诺夫哲学著作选集》第 5 卷，生活·读书·新知三联书店 1984 年版，第 303 页。
② 《普列汉诺夫哲学著作选集》第 4 卷，生活·读书·新知三联书店 1974 年版，第 348 页。
③ 《普列汉诺夫哲学著作选集》第 4 卷，生活·读书·新知三联书店 1974 年版，第 111 页。
④ 《普列汉诺夫哲学著作选集》第 5 卷，生活·读书·新知三联书店 1984 年版，第 265 页。

观点和意图"①。在车尔尼雪夫其基看来，俄国文学从果戈里时期才开始表现社会意义，他将"否定社会制度的因素称为社会自觉的开始"，"在他看来，文学批评的最主要的义务，就是在艺术家中间普及这种自觉性"。②普列汉诺夫认为虽然不能完全判定普希金的作品（比如《叶甫盖尼·奥涅金》）只重视形式正忽视内容，但是"在《叶甫盖尼·奥涅金》与《钦差大臣》或《死魂灵》之间，在艺术家对被描写的现象的态度方面有着很大的差别"③，在普希金的作品中尽管体现上流社会空虚自私奢靡的风气，但确实不存在涉及对社会生活的否定。在这里，普列汉诺夫实际上认同车尔尼雪夫斯基关于文学可以承担重大的社会使命，起到伟大的社会作用这一观点。

但另一方面，他批评车尔尼雪夫斯基等启蒙学者过于偏重理性，他认为车尔尼雪夫斯基美学理论本身实际上"并不排斥对艺术作品的美学价值的兴趣"④，但他认为美不能完全包括艺术这一内容，还需要联系现实的人的生活。普列汉诺夫认为这一理论本身没错，"科学的美学的任务并不限于确认以下这个事实，即艺术总是不仅表现美的'观念'，而且还表现人的其他追求（对真理、爱情等等的追求）。它的任务主要是说明：人的这些其他的追求怎样表现在他的美的概念中，在社会发展过程中自身发生改变的这些追求怎样使美的'观念'也发生

---

① 《普列汉诺夫哲学著作选集》第 4 卷，生活·读书·新知三联书店 1974 年版，第 351 页。
② 《普列汉诺夫哲学著作选集》第 4 卷，生活·读书·新知三联书店 1974 年版，第 352 页。
③ 《普列汉诺夫哲学著作选集》第 4 卷，生活·读书·新知三联书店 1974 年版，第 351 页。
④ 《普列汉诺夫哲学著作选集》第 4 卷，生活·读书·新知三联书店 1974 年版，第 357 页。

改变"①。但车尔尼雪夫斯基认为艺术一方面表现美，一方面表现生活，实际上是割裂了这两个方面：美本身就是依赖于人的生活而存在，本身就渗透出生活实际的愿望，"假如说艺术作品除了美的观念以外——因而，要不依赖于美的观念——还表现某些道德和实际的愿望，那末批评家就有权把自己的主要注意力正式集中于这些愿望，而把这些愿望在他所分析的作品中以何种程度获得自己的艺术表现的问题弃置一旁"②，将美的概念与生活概念相剥离便自然会在批评实践中偏重理性，注重艺术的功利实际价值而忽视艺术性，使文艺批评带有道德说教的意味。

别林斯基也是俄国杰出的革命民主主义者，同时也是优秀的文艺批评家和哲学家，普列汉诺夫将其誉为"俄国启蒙主义者的始祖"③，他曾对于别林斯基的哲学和美学思想做了重要的论述。首先对于别林斯基文艺批评思想的评论。普列汉诺夫认为别林斯基对 19 世纪 40 年代纯艺术论者的抨击是出于对于农民解放利益的考虑，是值得肯定的，但他们缺乏历史的观点，对普希金的批评有失偏颇，"这是由于他们在同敌对者们争论中不善于采取历史的观点"④ 而采取抽象的观点。别林斯基认为哲学批评要重视作品的思想内容，而作品的主题思想是可以全面把握整体事物，是具体的思想。别林斯基的哲学批评任务是"从局部和有限当

---

① 《普列汉诺夫哲学著作选集》第 4 卷，生活·读书·新知三联书店 1974 年版，第 360 页。

② 《普列汉诺夫哲学著作选集》第 4 卷，生活·读书·新知三联书店 1974 年版，第 361 页。

③ 《普列汉诺夫哲学著作选集》第 5 卷，生活·读书·新知三联书店 1984 年版，第 255 页。

④ 《普列汉诺夫哲学著作选集》第 5 卷，生活·读书·新知三联书店 1984 年版，第 237 页。

中找出一般和无限的表现"①，普列汉诺夫认为这无疑不是件容易的事，可以将其看成是一种理想。"这对于我们是有益的"②。别林斯基的哲学批评非常重视艺术价值，他认为"哲学批评应当毫不留情地对待那些完全没有艺术价值的作品，而应当十分细心地对待那些只在某种程度上缺少这种价值的作品"③，同时也重视作品的历史意义，他认为对于具有重大历史意义而缺乏艺术价值的作品不能全盘否定，应在肯定其历史意义的基础上批评其缺少艺术价值——法国的历史批评主要缺点就在于"不承认美的规律和不注意作品的艺术价值"④，别林斯基认为法国的历史批评只是"对文艺作品的注释"⑤。但别林斯基在其思想调和时期犯了忽视作者周围社会历史条件作用的错误，认为了解作者的生活细节是毫无用处的，普列汉诺夫批评了这点，认为"法国的历史的批判在艺术作品方面简直什么也没有说明，但是它在讲到，比方说，伏尔泰的没有艺术意义而只有历史意义的作品的地方，也还有自己的价值"⑥。普列汉诺夫认为"真正的批评"是兼具历史的批评和艺术的批评。他后来肯定别林斯基摒弃绝对观念的错误而接受到辩证观点时的转变，认同他从社会意义和艺术价值两个方面来评判艺术作品，"后来他完全转到辩证的观点时，

---

① 《普列汉诺夫哲学著作选集》第 5 卷，生活·读书·新知三联书店 1984 年版，第 201 页。
② 《普列汉诺夫哲学著作选集》第 5 卷，生活·读书·新知三联书店 1984 年版，第 201 页。
③ 《普列汉诺夫哲学著作选集》第 5 卷，生活·读书·新知三联书店 1984 年版，第 201 页。
④ 《普列汉诺夫哲学著作选集》第 5 卷，生活·读书·新知三联书店 1984 年版，第 202 页。
⑤ 《普列汉诺夫哲学著作选集》第 5 卷，生活·读书·新知三联书店 1984 年版，第 202 页。
⑥ 《普列汉诺夫哲学著作选集》第 5 卷，生活·读书·新知三联书店 1984 年版，第 203 页。

就更清楚地理解莱蒙托夫创作的社会意义，可是对于它的艺术方面他继续象从前一样的看待"①。

其次，关于别林斯基美学宝典的评论。普列汉诺夫赞同别林斯基美学宝典的第一条基本规律认为，诗人应运用形象思维借助形象直观来表达真理的内容，而不能只具备抽象的意义，"诗人应当表明，而不应当证明；'是用形象和图画来思维，而不是用三段论法和两端论法来思维'"，他由此认为"诗是对真理的直接直观或用形象思维"②。但普列汉诺夫认为别林斯基的美学宝典并不是完全正确的，受德国唯心主义的影响，他本人也不是始终如一坚持的。比如别林斯基认为艺术作品的思想应囊括对象的各个方面，普列汉诺夫认为在其思想调和时期，则意味着文艺作品必须表现合理的现实，否则就是不全面的、片面的思想。普列汉诺夫认为涵盖一切社会关系和社会方面的具体思想不可能存在，"因为生活史太复杂了，以致于我们无法这样做"③。现实关系是丰富多样的，别林斯基之所以那时会抱有这个观点无疑是受黑格尔绝对观念的影响；而后别林斯基转变了观点，开始赞美乔治桑的作品，而之前他认为其是片面的。

（三）批判借鉴：西欧美学理论的合理因素

关于黑格尔的美学思想。普列汉诺夫曾高度评价黑格尔美学的理

---

① 《普列汉诺夫哲学著作选集》第 5 卷，生活·读书·新知三联书店 1984 年版，第 219 页。

② 《普列汉诺夫哲学著作选集》第 5 卷，生活·读书·新知三联书店 1984 年版，第 220 页。

③ 《普列汉诺夫哲学著作选集》第 4 卷，生活·读书·新知三联书店 1974 年版，第 585 页。

论价值，认为"他的美学也是哲学在理解艺术的实质和历史方面的一大进步。他的美学对于俄国的评价界——以别林斯基为代表——发生巨大的影响，单凭这一点，他的美学的基本原则就值得俄国读者加以极大的注意"[①]。黑格尔认为艺术不是对现存事物的简单复制，而要描绘真实的现实，他认为"艺术的理想是纯粹的现实"[②]，"是摆脱了在任何有限存在中都不可避免的偶然因素的现实"[③]，因而他将艺术理想的发展阶段同历史发展阶段相联系。他认为艺术的目的是用感性形式来表现精神内容，古典艺术表现的人的形体是符合于精神的最佳感性形式，因而他认为古典艺术最美，也认为雕刻这类重视体现外在感性形式的艺术是古典艺术的代表。普列汉诺夫认为黑格尔美学同他的历史哲学有着紧密的联系，"两者的方法相同，出发点相同：精神运动被宣称为发展的基本原因。因此，这两方面具有同样的缺点：为了把发展进程描绘成为精神运动的结果，有时不得不任意对待材料"[④]，黑格尔美学旨在说明精神是世界的本原，因而把艺术发展视作绝对精神运动的结果，为了达到这一目的，"有时不得不任意对待材料"[⑤]。但普列汉诺夫仍高度肯定黑格尔美学的"惊人的深刻性"[⑥]。比如在论及艺术内

[①]　《普列汉诺夫哲学著作选集》第 3 卷，生活·读书·新知三联书店 1962 年版，第 740 页。

[②]　《普列汉诺夫哲学著作选集》第 3 卷，生活·读书·新知三联书店 1962 年版，第 742 页。

[③]　《普列汉诺夫哲学著作选集》第 3 卷，生活·读书·新知三联书店 1962 年版，第 742 页。

[④]　《普列汉诺夫哲学著作选集》第 3 卷，生活·读书·新知三联书店 1962 年版，第 743 页。

[⑤]　《普列汉诺夫哲学著作选集》第 3 卷，生活·读书·新知三联书店 1962 年版，第 743 页。

[⑥]　《普列汉诺夫哲学著作选集》第 3 卷，生活·读书·新知三联书店 1962 年版，第 743 页。

容与形式的关系时，他认同黑格尔美学中对于内容的重视，批评文艺作品缺乏重大的内容，认为"内容在黑格尔的心目中是一件大事"①。黑格尔认为古典艺术在形式内容上的比重是均衡的，而浪漫主义艺术内容比重高于形式，普列汉诺夫认为这个见解也是"非常有意思的意见"②。但他认为黑格尔虽能认识到古典艺术与浪漫艺术在形式与内容上的区分，但由于其唯心主义美学局限，无法指出造成其差异背后的原因。又比如在论及艺术史和社会史的关系时，他认为黑格尔作为唯心主义大师，偶尔也会将其美学的种子散播到现实的土地上。在黑格尔谈及荷兰绘画时，曾从当时的社会生活和社会心理来分析荷兰绘画的特征，而将艺术史与社会生活史相结合，避免陷入庸俗社会学和唯心主义的泥潭。

关于 19 世纪空想社会主义者的美学思想。普列汉诺夫曾深入分析 19 世纪法国空想社会主义者的理论背景、思想内涵、发展脉络和历史地位，具体探讨了欧文、圣西门等人的空想社会主义理论，认为其理论上受 18 世纪启蒙主义者天赋人权思想的影响和唯物主义观点影响，实践上受英国产业革命和法国大革命的政治影响。普列汉诺夫认为，不管是英国空想社会主义者还是法国空想社会主义者，其共同处在"不愿意把他们的改革计划的实现寄托于阶级斗争。在这方面，他们同大部分法国社会主义者并没有任何区别"③，"空想社会主义者在对工人阶级的悲惨境遇深表同情，并且全心全意地力图帮助他们的同

① 《普列汉诺夫哲学著作选集》第 5 卷，生活·读书·新知三联书店 1984 年版，第 187 页。
② 《普列汉诺夫哲学著作选集》第 5 卷，生活·读书·新知三联书店 1984 年版，第 172 页。
③ 《普列汉诺夫哲学著作选集》第 3 卷，生活·读书·新知三联书店 1962 年版，第 671 页。

时，却不相信他们的独立性，即使相信他们的独立性，也害怕这种独立性"①。尽管如此，普列汉诺夫乃肯定了空想社会主义者的历史功绩，"空想社会主义者在社会上传布了一种伟大的思想，这种思想后来一深入工人的头脑，便成为十九世纪最强大的精神力量。这种思想的传布几乎可以说是空想社会主义的最大的功绩"②。

他同时也强调19世纪法国空想社会主义者的艺术观点。"勒鲁断言，艺术既不是复制自然，也不是模仿自然。同样，它也不能模仿艺术，这就是说，一个时代的艺术不可能是另一个时代的艺术的翻版。任何一个历史时期的真正艺术，它所表现的就是该时期的要求"③，普列汉诺夫赞成勒鲁的观点，艺术不可能与另一时代完全复制、相同，每个时代都有其鲜明的特点。艺术不仅仅体现美的原则，艺术美高于现实美，现实中远非一切都是美的，艺术要真实体现社会生活的方面，美的方面要体现，丑的方面也要揭露，其实这飞是普列汉诺夫为了批判资本主义社会现实，适应当时社会主义革命的需要，"画家往往描绘不美的、讨厌的、甚至简直是可怕的事物。艺术的领域要比美的领域广阔得多，因为艺术是生活的艺术表现，而在生活中远非一切都是美的"。他还赞同勒鲁关于纯艺术论是艺术家对周围环境不满的产物这一思想，"为艺术而艺术，在勒鲁看来，'是一种特殊的利己主义'。不过，他认为，'为艺术而艺术'仍然是艺术家对其周围的社会环境不满的产物。因此，他宁愿要这种艺术，也不要那种表现资产阶级社会低级的——勒鲁说是'低级唯物

① 《普列汉诺夫哲学著作选集》第3卷，生活·读书·新知三联书店1962年版，第674页。
② 《普列汉诺夫哲学著作选集》第3卷，生活·读书·新知三联书店1962年版，第679页。
③ 《普列汉诺夫哲学著作选集》第3卷，生活·读书·新知三联书店1962年版，第682页。

主义的'——倾向的庸俗艺术"①。

四、普列汉诺夫文艺观形成的个人原因

普列汉诺夫文艺观的形成不仅是客观社会历史条件的结果，也是他个体能动性的体现，与他坚实深厚的理论基础、坚持不懈的理论精神和长期旅居海外的经历有着密切联系。

（一）文化素养：坚实深厚的理论基础

1856 年 12 月 11 日，格奥尔基·瓦连廷诺维奇·普列汉诺夫出生在俄罗斯中部唐波夫省利佩茨克县古达洛夫卡村一个小地主家庭。他的父亲瓦连廷·彼得罗维奇·普列汉诺夫曾经是一名骑兵上尉，参加过克里米亚战争和参与镇压过波兰起义，退伍后在一个地方自治组织机构中从事行政管理工作。同时又是一个坐拥 100 俄亩土地庄园和 50 名农奴的世袭贵族。普列汉诺夫的母亲马丽娅·费得洛夫娜出生于贵族家庭，是别林斯基的侄孙女，她思想开明、学识广博、温和勤俭。老普列汉诺夫对于年少时期的普列汉诺夫要求严格，鼓励儿子参加体育活动，培养他勇敢独立的意志，这对于他从事革命和理论工作具有巨大的帮助。他母亲则亲自指导她的学习，给予他耐心细致的家庭教育，给他讲文学历史故事，教他俄语、法语、算数和音乐等。"他母亲除了教他勤奋学习、

---

① 《普列汉诺夫哲学著作选集》第 3 卷，生活·读书·新知三联书店 1962 年版，第 685 页。

博闻强记之外，在追求真理、向往正义、敏察事物、热爱生活、关心他人等方面言传身教都给他以很大的影响。他后来曾经这样说过：'我身上一切好的，都是从母亲那里继承来的'。"① 而后他在陆军中学学习5年期间勤奋学习、热爱文学，他深受语文教师布纳可夫的影响，阅读俄国和世界进步文学，包括普希金、拜伦、海涅的文学名篇，学习车尔尼雪夫斯基和别林斯基的文学理论。"这位语文教师给予普列汉诺夫很深刻的影响，指引他热爱文学艺术，教导他通晓文章规范，帮助他掌握写作技巧。据说有一次布纳可夫读毕他的一篇作文之后曾经寄予厚望地讲过：'普列汉诺夫，你将成为一个大文豪'。"② 在校期间他甚至因为阅读课外读物不重视军事训练而成绩下滑。学生时代良好的文学基础对普列汉诺夫日后进行文艺理论研究有着重要的作用。

1873年从陆军中学毕业后，进入彼得堡的康士坦丁诺夫炮兵军官学校学习，其间大量阅读进步文学作品。1874年9月，他考取了彼得堡矿业学院，除了学习自然科学课程外，他还学习了法语、德语等，广泛阅读经济学、历史学、地理学和文学艺术的书籍，以及各种进步报刊，"漫步书林，开物成务，读书和思考已成为他精神上的享受，生活上的嗜好。特别是革命民主主义者车尔尼雪夫斯基的作品，对于他革命世界观和人生观的形成起了巨大的作用"③ 普列汉诺夫在1876年参加国内民粹派运动时就曾阅读过马克思的《资本论》，但理解尚浅；在1880年逃亡欧洲之后，他经常去聆听一些人文社会科学和自然科学界

---

① 转引自高放、高敬增：《普列汉诺夫评传》，中国人民大学出版社1985年版，第6页。

② 转引自高放、高敬增：《普列汉诺夫评传》，中国人民大学出版社1985年版，第7页。

③ 转引自高放、高敬增：《普列汉诺夫评传》，中国人民大学出版社1985年版，第14页。

专家教授所作的各类学术演讲，学习了英文和多种斯拉夫文，系统接触了马克思主义理论，发愤学习马克思恩格斯的著作，并进行了大量的翻译工作，这些均为他日后的理论工作打下了坚实的基础。

（二）个人品格：坚持不懈的理论精神

普列汉诺夫曾经因为参加民粹派革命运动三次被捕，两次流亡海外，生活十分拮据，因为贫穷接连失去子女，但他始终保持坚持不懈的理论和斗争精神；在他成为一个马克思主义者后更是如此，不管生活环境多么艰辛，不管面临着多少困难和危险，不管自己身体多么虚弱，可他从未动摇过自己的革命理想，从未泯灭过自己的革命热情。

1881 年 5 月，他移居到房租较为低廉的巴黎郊区，在那里写完了《卡尔·洛贝尔图斯-亚格措夫的经济理论》。8 月，普列汉诺夫在巴黎召开全体俄国侨民大会，在大会上他谴责了民意党人的个人恐怖行为，会后搬到帕斯卡利街和阿拉戈林荫道拐角处的一处住宅，"家里一贫如洗，靠给别人抄写信封得到一点收入"[①]。他曾经为了增加收入，给住在克拉伦的一个俄国地主之子补习功课。即使得了肺结核在达沃斯疗养院期间，他也心系工人运动，建议阿克雪里罗德编写德国工人运动史或巴枯宁传。他在 1894 年 8 月给李卜克内西写信说道，尽管小女儿去世他很悲痛，但已经动手写作批判无政府主义的文章。他在被瑞士政府驱逐出境时期，只能暂住在一位侨居的德国社会民主党人家中；不过他多次拜见恩格斯，并在伦敦写成名篇《论一元论历史观的发展》。他曾表示"在体温四十度的时候，应该找轻松的、不使脑筋疲倦的工作做，在人种学、绘画史、

---

① 参见高放、高敬增：《普列汉诺夫评传》，中国人民大学出版社 1985 年版，第 6 页。

音乐方面可阅读索福克勒斯、欧里庇得斯、埃斯库罗斯（即希腊三大悲剧作家——引者注）的作品。在体温三十九度、三十八度半的时候，我能够'尽全力'工作"[1]，他的名著《我们的意见分歧》的最后热烈争论的部分，就是在高烧 40 摄氏度的情况下完成的。正如他自己在 1905 年所写的："随时随地都可以学习。只要珍惜自己的时间，只要充分利用一分一秒的空闲来充实自己的知识。'[2] 他将每天都安排妥当，连每个小时都要排满任务，午饭之后会在附近公园边读书边散步，只要没有生病，便不会午休。正是因为普列汉诺夫一生迎难而上、孜孜不倦、持之以恒的理论研究精神，才为我们留下博大精深、卷帙浩繁的理论成果。这种坚持不懈的学术精神，对于后人仍有重要的启发和裨益。

（三）环境熏陶：长期的海外旅居生活

普列汉诺夫形成自身思想转变的关键时期就是在旅居西欧时度过的。他吸收了西欧先进哲学思想，积极参与西欧工人运动，深刻理解了马克思主义的理论精神，同西欧工人领袖和社会各界都建立了广泛而深厚的联系。他经常会去游览西欧文化古迹，欣赏艺术表演和展览，多次参加威尼斯国际艺术展览会等艺术文化活动，并于参观第六次威尼斯国际艺术展览会后写下名篇《无产阶级运动和资产阶级文艺》——在其中揭示了现代派艺术的本质和特点，殷切呼唤无产阶级艺术的到来。他深入学习西欧文学大家的著作，比如歌德、雪莱、拜伦、普希金等人的诗句，莎士比亚、巴尔扎克、左拉、福楼拜、莫泊桑、莫里

---

[1]　[苏] 福明娜：《普列汉诺夫的哲学遗产》，上海人民出版社 1957 年版，第 61 页。
[2]　高放、高敬增：《普列汉诺夫年谱》，中国人民大学出版社 1986 年版，第 670 页。

哀等人的小说戏剧，细致领会黑格尔、康德、费尔巴哈等西欧哲学大家的思想精华，更重要的是亲自聆听马克思和恩格斯的教诲。从他的著作中，可以看到丰富的研究资料，对于西欧当时的历史文化资源也有个人独特的理解。这些为普列汉诺夫的文艺理论研究提供了良好的学术环境。

第二章　普列汉诺夫文艺观形成和发展的历史脉络

　　普列汉诺夫文艺观的形成与发展不仅是主客观因素结合的时代产物，同时也是一个历时性的过程，它的形成逻辑伴随着普列汉诺夫的整体马克思主义观形成的理论路线，也与他一生的政治和理论工作有着密切联系。也就是说，普列汉诺夫文艺观是以他转变为一个马克思主义者之后为正式形成的重要节点，也受到他政治路线产生错误偏差的影响。把握普列汉诺夫文艺观形成和发展的历史过程，不仅能更为清晰和深入的理解他文艺理论的生成机制和内在规律，更好的还原普列汉诺夫一生的政治和理论成果，而且可以帮助我们更为深刻的领会他的文艺理论内容。

　　研究普列汉诺夫文艺观形成和发展的历史分期问题，必须遵循以下方法论原则：

　　第一，坚持阶段性与连续性相统一的原则。既要考察普列汉诺夫在文艺和美学领域富有代表性和标志性的理论成果，又要将其中的有关思想纳入整体普列汉诺夫文艺观的发展脉络，将其看作是一个前后联系，不断变化和发展的过程。

　　第二，坚持逻辑与历史、理论与实践相结合的原则。普列汉诺夫曾指出思想的前进道路并非是直线的，而是在不断发现和解决现实矛盾中曲折前进，"社会生活变化着，跟着它科学理论亦变化着。这些变化的结果最后便出现了全面地观察现实，因此亦即是出现了客观真理"①。他坚持思想理论的演变必然要观照现实，回应社会历史发展的现实需要，他的文艺理论的形成与发展过程背后必然存在着一定的实践动因。总体来说，普列汉诺夫文艺观与他的政治革命生涯有着密切联系，在他转变为一名真正的马克思主义者后，他对于民粹派思想进行了激烈的批判，其中对于民粹派文学的批判可以视作他研究文艺理论的开始。而后他的文艺理论活动更是适应了他进行俄国社会革命的要求，他研究文艺理论的出发点正是为了在文艺领域更好地阐发历史唯物主义，更好地满足无产阶级革命的斗争需要。

但尤其要注意的是，绝不能简单将理论的发展视作与社会历史的发展完全同步，"实际上，任何思想的形成和发展，可以能超前于历史事件的发生，也可能滞后于重大历史事件的发生。思想历史的进程和重大历史事件的变化同步是偶然的、异步是常规的。在思想史的研究中，把握思想发展的脉络，当然要关注社会历史事件，但是不能认为发生了重大的历史事件，思想历史就发生了变化"②。普列汉诺夫在转向孟什维克错误立场后，虽然他在与革命实践活动联系紧密的理论问题上出现了一些错误，但这并未完全抹杀掉他整体文艺理论的前后联系。换言之，在他的政治思想转折时期，其文艺理论同样实现了前后相继的理论跃迁，在构建无产阶级文艺和抵制资产阶级文艺以及文艺批评等方面实现了重要的理论成果。我们既要分清普列汉诺夫文艺观与他的政治立场、政治思想的联系与区别，又要结合其文艺理论生成于发展的实践动因，避免从

---

① 《普列汉诺夫哲学著作选集》第 1 卷，生活·读书·新知三联书店 1959 年版，第 743 页。

② 顾海良：《马克思主义发展史研究的若干问题——访国家教育行政学院院长顾海良教授》，《马克思主义研究》2012 年第 10 期。

特定的政治观点角度对他的文艺理论作出随意性的阐释和主观化的评判。

第三，坚持系统性和整体性的原则。对于普列汉诺夫文艺观的形成与发展进行历史分期，必须将其与普列汉诺夫整体理论体系相结合，从对总体的考察和分析中把握部分，从对部分的分析中丰富对总体的研究。普列汉诺夫文艺理论是普列汉诺夫整体马克思主义思想的重要组成部分，也是其唯物史观研究的重要构成，我们要将普列汉诺夫文艺观置于他的整体理论框架中，与他的其他哲学、社会学、历史学等思想联系起来考察。

因此，根据以上历史划分原则和已有的历史划分方法，按照普列汉诺夫文艺观的历史演进理路，大致可分为初步生发期、跃迁构建期和晚年探索期。

这一时期主要伴随着普列汉若夫由一个民粹主义者转变为马克思主义者的历史时期：普列汉诺夫在转向马克思主义之后，对于民粹派文学进行系统的批判和研究，历旦分析了民粹派文学的特殊时代特征，深刻剖析了民粹派文学的理论实质和理论缺陷，并探索了俄国文艺未来需要遵循历史唯物主义的发展方向。

一、普列汉诺夫文艺观的初步生发时期（1876—1897 年）

（一）从民粹主义走向马克思主义

实际上要弄清楚普列汉诺夫文艺观的生成问题，首先要搞清楚普列汉诺夫如何从革命的民粹主义者是如何转变为一名真正的马克思主义者，通常认为 1875 年至 1881 年是普列汉诺夫政治生涯的第一阶段，即革命的民粹派；从 1882 年到 1883 年，是他从民粹主义者转变为马克思主义者的时期。

普列汉诺夫参加民粹派的活动主要集中在 19 世纪 70 年代，他参与建立"北方革命民粹派小组"，深入群众进行革命宣传，这个团体后更名为"土地和自由社"，主张俄国人民拥有土地和自由的权利，并在农村建立固定的宣传据点，制定详细的组织章程和计划。当时民粹派主要有以彼得·拉甫罗维奇·拉甫罗夫为首的宣传派，主张民粹派知识分子去民间宣传社会主义——这里的社会主义实质上是建立在农村公社基础上的农民社会主义，还有以巴枯宁为代表的暴动派，主张依靠罪犯等实行暴动，短期内推翻政权。在 1876 年年初，普列汉诺夫第一次深入研读了《资本论》，首次接触到了马克思主义理论，但此时的他对于马克思主义的理解还建立在巴枯宁那种半民粹主义和半无政府主义的曲解基础上。1876 年 12 月，普列汉诺夫组织首都工人在喀山大教堂前进行政治示威，由于受到当局迫害在国外流亡 7 个月，其间认识了一些德国社会民主党人，了解了德国工人运动的情况，并拜访了民粹派领袖拉甫罗夫。普列汉诺夫于 1877 年结束流亡生涯，来到伏尔加河畔的萨拉托夫，并在萨拉托夫工厂的工人间组织地方民粹派小组，由于受到当地警察严密搜查，只能又回到了彼得堡。1878 年 3 月由于领导新纱厂工人罢工而第三次被捕。普列汉诺夫就这次工人运动在报刊上匿名发表多篇评论性和指导性的文章，热情讴歌工人的无畏精神。

1878 年春天，普列汉诺夫首次受到委托参与土地和自由社纲领草案的定稿工作，这时的纲领仍旧是平均分配土地、实现工人自治，实质上是一种小资产阶级的无政府主义——这表明普列汉诺夫此时依然是民粹主义者。在领导哥萨克青年争取自由的斗争失败后，普列汉诺夫更加认识到组织工人参加革命运动的重要性。他在进行理论研究工作时，认为民粹派低估了城市工人的作用，提出应加强对工人群众的宣传组织工作，说明他已初步认识到工人阶级实践经验对于未来社会主义运动的突出意义。而此时的民粹派到民间去的运动接连遭到失败，已逐渐衰落，土地和自由社分裂为主张暗杀和政治报复的民意派与主张继续去农村发动群众的农村派，普列汉诺夫就是其中之一。他激烈批判民意党人的暗杀行为，认为此种只会让镇压活动更加残忍，但他的意见却并未得到多少支持，他认为"民意党"人用炸弹"不仅杀死了亚历山大二世，而且也杀死了民粹主义理论"①，随即便退出了土地和自由社。但这一时期普列汉诺夫的思想仍尚未完全脱离民粹主义的窠臼，他一方面看到资本主义工业在俄国农村的破坏程度，意识到工人阶级的重要性，看到了资本主义在俄国发展的必然趋势；但另一方面仍坚持俄国农村公社是实现社会主义的基础，坚持平均分配土地，要求实现农村公社自治。不过需要指出的是，此时的他已经看到农村公社中商品经济出现的必然趋势，使得他对民粹主义认为俄国可避免资本主义而走农民社会主义道路的观点产生怀疑，同时民粹派革命运动的失败和衰落也促使他对于民粹派革命实践的可能性产生矛盾和反省。

　　在 1880 年后流亡西欧以后，他开始勤奋系统地对马克思恩格斯的经典著作进行研究。即使在瑞士日内瓦居住期间，没有任何经济来源的情况下，不惜重金购买马克思的《哲学的贫困》和恩格斯的《反杜林论》等，并做了读书笔记。在移居巴黎期间，经常去图书馆阅读，并结识了德国社会民主党的重要领导人。1881 年秋回到瑞士之后，仔细阅读了《共产党宣言》，这对于他整体世界观的转变起到了重要的作用，"后来

---

① 　[苏] 福明娜:《普列汉诺夫的哲学观点》，汝信译，生活·读书·新知三联书店 1975 年版，第 31 页。

他写道：'关于我自己可以说，阅读《共产党宣言》成为我一生中的一个转折。我被《宣言》所鼓舞，并马上决定把它译成俄文'"①。在翻译《共产党宣言》时，他还邀请马克思恩格斯为《共产党宣言》俄译版写序。1882 年春天在伯尔尼图书馆，详细研究了之前在巴黎未能读到的马克思的《政治经济学批判》和马克思恩格斯的《神圣家族》，也做了详细的摘要笔记。而后 1883 年，他建立了俄国第一个马克思主义团体"劳动解放社"，并出版了他的第一部马克思主义著作《社会主义和政治斗争》，而后又出版了《我们的意见分歧》，此时的普列汉诺夫真正的走向了一名马克思主义者，开启了他跌宕起伏的无产阶级革命生涯。

（二）对民粹派文学的批判

普列汉诺夫对于文艺理论的研究发轫于他转变成一名马克思主义者后，即对于民粹派文学的批判之时，主要思想体现为《格·伊·乌斯宾斯基》、《斯·卡罗宁》和《尼·伊·纳乌莫夫》这三篇文章之中。普列汉诺夫曾将这三篇文章冠以《俄国民粹派小说家》的总标题，收入他的《二十年间》文集中，它们也是普列汉诺夫批判民粹派社会历史观的继续。普列汉诺夫认为出于社会改造的功利性需要，民粹派文学家"社会的兴趣在他们那里就胜过了其他一切的兴趣。纯粹文学的问题使他们感到的兴趣比较小"②，他们对于文艺艺术价值的追求具有偶然性，他们更注重的是带有倾向性的社会政治问题。他在《格·伊·乌斯宾斯基》中将民

---

① 转引自高放、高敬增：《普列汉诺夫年谱》，中国人民大学出版社 1986 年版，第 46 页。

② 《普列汉诺夫哲学著作选集》第 5 卷，生活·读书·新知三联书店 1984 年版，第 4 页。

粹派小说家乌斯宾斯基与屠格涅夫作出比较，认为二者虽然都是重视社会问题，但前者纯粹是从政论的角度进行创作，后者则更关注的是艺术审美特点。他指出了民粹派文学的致命缺陷在于无法塑造出生动的形象和鲜明的人物个性，"民粹派小说给我们描述的，既不是个人的性格，也不是个人的精神激动，而是群众的习惯、观点，主要是他们的社会生活。这种小说在人民当中寻求的不是具有自己的强烈情感和精神激动的一般的人，而是某一社会阶级的代表，某些社会理想的体现者。在民粹派小说家想象的视野前掠过的，不是鲜明突出的艺术形象，而是平淡无奇的、虽然也是迫切的国民经济问题"，他甚至将民粹派小说家称为"社会学家艺术家"①。当然，他并未全盘否定民粹派文学的价值，认为它们是特定历史时代的产物，为当时俄国社会发展服务，"我国的民粹派小说是完全现实主义的，而且不是现代法国样式下的现实主义，因为它的现实主义充满着感情，浸透着思想"②，反映了俄国现实主义的优秀传统。

在《格·伊·乌斯宾斯基》中，普列汉诺夫进一步批评了民粹派的政治主张，民粹派作家乌斯宾斯基认为农业生产条件是永恒不变的，人对于自然界是直接依存的关系，产品本应该属于生产者，从而坚持农村公社必然存在且无法被改变。但实际上人对自然条件的依赖是变化的和有限度的，人在实践中不断提升自己改造自然和支配自然的能力，表现在社会生产力的发展上。劳动产品属于生产者在原始狩猎公社也是存在的，现代农村随着社会生产力的发展、私有制的产生，这个原则反而随之瓦解。因此普列汉诺夫认为，"假如格·乌斯宾斯基想到农民生活的

---

① 《普列汉诺夫哲学著作选集》第 5 卷，生活·读书·新知三联书店 1984 年版，第 7 页。

② 《普列汉诺夫哲学著作选集》第 5 卷，生活·读书·新知三联书店 1984 年版，第 8—9 页。

整个方式取决于农业劳动条件而力求阐明关于这些条件的概念，那末他就不会陷入这样的矛盾了。这对于他会是更加轻而易举的，因为人类的前进运动依赖于生产力发展的学说早已在西欧著作中探讨过了。马克思的历史思想是会把许多'严整性'带到格·乌斯宾斯基的世界观中的"①。尽管他的作品认识不到社会历史发展的根本动因，但"包含着丰富的材料，可以判断他所描绘的人民生活的图景符合什么样的生产力状况"②。普列汉诺夫认为格·伊·乌斯宾斯基等民粹派文学家作品出现矛盾的原因在于他们本身民粹主义思想的错误引导，他认为文艺作品应该坚持马克思主义的基本立场和方法论，"我们并不是建议我国合法的著作家们宣传马克思主义的最后结论，并且自己承担起倍倍尔或李卜克内西的角色。我们只是奉劝他们掌握这个学说的基本前提"③。

在《斯·卡罗宁》中，他认为民粹派文学家卡罗宁尽管仍坚持保证农村公社严整性的民粹主义观点，却是具有某种独创力的，"卡罗宁先生的独创性是在于，他尽管具有民粹主义的一切偏好和成见，仍然从事于描述我国农民生活的这样一些方面"④。他值得肯定的地方就在于他真实的展现了农民生活，如实反映俄国农村社会的新变化——即使他表现出来的现实的农民生活与他民粹主义理想不相符，甚至遭到民粹派批评家的冷眼相待。他将 70 年代后半期的格·乌斯宾斯基风格与斯·卡罗

---

① 《普列汉诺夫哲学著作选集》第 5 卷，生活·读书·新知三联书店 1984 年版，第 23 页。

② 《普列汉诺夫哲学著作选集》第 5 卷，生活·读书·新知三联书店 1984 年版，第 23 页。

③ 《普列汉诺夫哲学著作选集》第 5 卷，生活·读书·新知三联书店 1984 年版，第 68 页。

④ 《普列汉诺夫哲学著作选集》第 5 卷，生活·读书·新知三联书店 1984 年版，第 72 页。

宁的作品做出比较后，认为二者虽然同样真实体现了农民公社现状，但乌斯宾斯基不仅是进行描绘，还直接发表议论，而卡罗宁则是通过生动具体的形象和情节进行描绘，"他让读者自己去议论"①。普列汉诺夫无疑是赞成后者的做法。尽管存在着生硬、粗糙、松散的缺陷，但卡罗宁真实反映了农民力求改变贫穷现状的努力，表现了俄国农村出现的新变化，体现了农民被禁锢在现代农村环境中的病态的精神状态，"卡罗宁先生的特写和短篇小说的主要优点在于，它们反映了我国现代社会过程中最重要的东西：旧的农村制度的瓦解，农民的天真心境的消失，人民走出自己发展的儿童时代，人民身上新感情的出现、对事物的新看法以及新的智力需求"②。普列汉诺夫在这里分析了俄国公社瓦解和资本主义发展的必然趋势，他认为一是自从彼得大帝改革开始，俄国的农民经济已经逐渐从自然经济转化为商品经济，只是封建君主专制制度制约了俄国资本主义经济的后续发展；二是俄国生产力发展的必然趋势，即"国民经济关系的内在逻辑"③ 必然导致俄国资本主义在农村的发展。

普列汉诺夫认为俄国农民要想真正实现人格独立摆脱人身依附，消极的抵抗是无用的，需要彻底摆脱旧环境旧的生产关系，城市工人才是俄国社会发展的新生力量，代表着俄国社会历史发展的方向，"在这些工人大队中新的历史力量王成熟着。推动他们去和政府进行斗争的，不是自发的、强盗式的抗议，而是根据新的原则和根据他们在工厂劳

---

① 《普列汉诺夫哲学著作选集》第 5 卷，生活·读书·新知三联书店 1984 年版，第 74 页。

② 《普列汉诺夫哲学著作选集》第 5 卷，生活·读书·新知三联书店 1984 年版，第 76 页。

③ 《普列汉诺夫哲学著作选集》第 5 卷，生活·读书·新知三联书店 1984 年版，第 99 页。

动所造成的强大生产力来改造社会建筑物的自觉的愿望"①，工人阶级作为"一种新的历史力量正在成长，它将来必将解放全国的一切劳动居民"②。普列汉诺夫认为民粹派尽管看不到社会历史发展的正确潮流而采取倒退的观点，但比那些对于社会历史进程漠不关心的人要好一些，后者"是历史的懒汉。他们从来不问任何人的冷暖。但是那些不断地谈论人民的前进运动而顽固地向后看的人，比他们稍为好些。这些人是注定要失败和失望的，因为他们自愿地背向着历史。只有那些不怕斗争、善于根据社会发展进程指导自己的努力的人，才能够是有益于人的活动家"③。

普列汉诺夫在《尼·伊·纳乌莫夫》中批评了民粹派作家纳乌莫夫的作品与其他民粹派文学家作品相比，纯粹是干巴巴的政治原则的阐述，"艺术的成分完全服从于政论的成分"④。他认为纳乌莫夫笔下的人物不是具体生动的艺术形象，而是用抽象的政治道理拼凑起来的、拟人的政治符号，借以传达政治思想的工具和傀儡，"其中的登场人物不是活生生的人，而是拟人的抽象的东西，它们从作者那里得到说话的才能，说得明白些，是夸夸其谈的才能，并且滥用这种才能来教育读者"⑤。他继续批判了民粹派的错误"在于把我国古老的、当时已经迅速地在瓦解着的经

---

① 《普列汉诺夫哲学著作选集》第 5 卷，生活·读书·新知三联书店 1984 年版，第 98 页。
② 《普列汉诺夫哲学著作选集》第 5 卷，生活·读书·新知三联书店 1984 年版，第 126 页。
③ 《普列汉诺夫哲学著作选集》第 5 卷，生活·读书·新知三联书店 1984 年版，第 126 页。
④ 《普列汉诺夫哲学著作选集》第 5 卷，生活·读书·新知三联书店 1984 年版，第 127 页。
⑤ 《普列汉诺夫哲学著作选集》第 5 卷，生活·读书·新知三联书店 1984 年版，第 128 页。

济、制度轻率地加以理想化了"①，他们认为农民之间因为缺乏外界援助和相互联系才导致失败的结局，因此坚持保守的生产关系停滞不前。优秀的民粹派作品尽管展现了俄国商品经济的发展面貌，"在他们的作品中描绘的仅仅是我们所经历过程的消极方面，至于积极的方面他们也许只是无意地、不由自主地、顺便地接触到罢了"②，即使他们深切的同情农民的艰难处境，但"他们仍然是从上而下地看待农民群众，把他们肯成是自己行善的历史试验的好材料。民粹派自己有着相当的老爷习气"③。

这些文章虽然集中于批判民粹派文学家的社会观对创作的影响，但也贯穿了普列汉诺夫对于文艺社会功利价值、作品的形式和内容、文艺与现实的关系等基本文艺学原则。

二、普列汉诺夫文艺观的跃迁构建时期（1897—1905 年）

普列汉诺夫在转变为一名马克思主义者后，基于唯物史观基本方法论原则，扎根于俄国具体的文艺学和美学实践，进一步发展了马克思主义文艺理论。这一时期他的文艺观可以称之为跃迁式的大幅度飞跃阶段，产生了众多创造性的理论成果，比如关于车尔尼雪夫斯基、别林斯基等人的文艺批评理论，艺术起源论，文艺社会心理中介论等，论述了文艺与社会的关系、文艺与现实的关系，探讨了社会意识的独立性和文

---

① 《普列汉诺夫哲学著作选集》第 5 卷，生活·读书·新知三联书店 1984 年版，第 139 页。
② 《普列汉诺夫哲学著作选集》第 5 卷，生活·读书·新知三联书店 1984 年版，第 153 页。
③ 《普列汉诺夫哲学著作选集》第 5 卷，生活·读书·新知三联书店 1984 年版，第 153 页。

艺在阶级社会的发展等马克思主义文艺的基本理论问题。可以说，这一时期是他整体文艺理论的成熟时期，基本建构起以唯物史观为基础的文艺社会学的系统化理论。

对于俄国现实主义美学理论的代表别林斯基、车尔尼雪夫斯基等人的文艺思想和美学观点的研究。从 90 年代初开始，普列汉诺夫陆续发表了《别林斯基与合理的现实》（1897）、《维·格·别林斯基的文学观点》（1897）、《尼·加·车尔尼雪夫斯基的美学理论》（1897）、《维·格·别林斯基》（1898）等论著。在这些论著中，普列汉诺夫充分肯定了别林斯基和车尔尼雪夫斯基在文艺与社会生活的关系，文艺的社会价值，文艺通过形象塑造体现一定的思想内容、文艺的阶级性等方面的正确观点，同时又强调和挖掘到他们的哲学世界观对于文艺观的制约作用。

运用唯物史观进一步丰富文艺观的基本理论，对于艺术起源与发展、艺术与社会生活的关系、艺术的本质与价值、文艺批评等问题的全面探讨，这是普列汉诺夫文艺观在这一时期所体现的主要内容。他深入探讨了文艺起源于发展的普遍规律，具体剖析了原始社会艺术和 18 世纪法国艺术。他曾提到自己重点研究这两个时期艺术的原因在于"艺术的领域非常广阔。艺术的历史包括整整一个巨大的时期，这个时期从最低的（我们知道的）发展阶段一直伸展到我们今天。……因此，必须作某种选择。……我以为，最方便的将是，第一，只选取艺术的若干部门，例如，诗歌和绘画，第二，只探讨这两种艺术发展上的若干时代。如果我能够对付得了这种有限领域中的这种材料，那末我的听众至少会明白我怎样研究其他艺术领域和它们在其他发展时期的种种现象"[1]。普

---

① 《普列汉诺夫哲学著作选集》第 5 卷，生活·读书·新知三联书店 1984 年版，第960 页。

列汉诺夫认为，文明民族由于经济和技术的影响，导致社会分工和阶级对抗加剧，对艺术研究的干扰因素较多，"一个部落离划分为阶级的社会愈远，它就给我的研究提供愈加合适的材料。不过，哪些部落距离文明民族所特有的社会制度最远，即距离划分为各个阶级的社会最远呢？就是那些生产力最不发达的部落。可是所谓的狩猎部落，其生产力就是最不发达的，这些部落是以捕鱼、打猎和采集野生植物的果子和根为生的"①，也就是说原始社会未出现阶级划分，社会结构相对简单，距离文明民族的社会制度较远，最为朴实、贴近生活，因此与经济的直接因果关系较为鲜明，便于研究和探讨。同时，正如普列汉诺夫所说"在原始社会的意识形态中间，现在研究得最好的要算是艺术"②，近代关于原始社会大量考古学、人类学、民族学等研究成果也为原始社会艺术研究提供了丰富的感性材料。

而后普列汉诺夫着重以法国 17、18 世纪即路易十四时代到法国浪漫主义的产生时期法国艺术为例，探讨文艺在阶级社会的发展规律。由于"法国从中世纪起到 1871 年为止一直是社会政治的发展和社会各阶级的相互斗争采取了西欧最典型的性质的一个国家，在这个国家里，要发现那种发展和那种斗争跟思想史的因果关系是非常容易的"③，因而普列汉诺夫认为这一时期的法国是非常发达的文明社会，阶级冲突激烈，阶级矛盾明显，是研究文明社会文艺发展问题的典型材料。他 1904 年所作的《艺术讲演提纲》和 1905 年发表的《从社会学观点论十八世纪

---

① 《普列汉诺夫哲学著作选集》第 5 卷，生活·读书·新知三联书店 1984 年版，第 400 页。

② 《普列汉诺夫哲学著作选集》第 3 卷，生活·读书·新知三联书店 1962 年版，第 174 页。

③ 《普列汉诺夫哲学著作选集》第 3 卷，生活·读书·新知三联书店 1962 年版，第 199 页。

法国戏剧文学和法国绘画》以及《无产阶级运动和资产阶级艺术》中通过对 18 世纪法国艺术的考察和剖析，阐发了阶级社会艺术演进的规律，这些著作是唯物史观在文艺领域的具体运用，也是普列汉诺夫文艺观的重要组成部分。同时，他的艺术和美学理论还贯穿于他对历史唯物主义进行阐发的一系列文章中，比如在《论一元论历史观之发展》（1895）、《论唯物主义的历史观》（1897）、《论"经济因素"》（1897）、《阶级斗争学说的最初阶段》（1898）、《唯物主义历史观》（1901）、《马克思主义的基本问题》（1908）等论文和专著中，他对于艺术与经济、艺术与政治、艺术与社会心理、艺术与其他社会意识形式的关系以及艺术的历史继承性、艺术与社会经济发展不平衡性作出了精辟的论述，具有重要的理论和实践价值。

三、普列汉诺夫文艺观的晚年探索时期（1905—1913 年）

1905 年俄国爆发了著名的资产阶级民主革命，当时居住在瑞士日内瓦的普列汉诺夫从报纸上得知消息后深受鼓舞。此时的沙皇政府妄图绞杀革命，资产阶级利用两面派手法试图窃取政权，无产阶级则坚持将民主革命进行到底，将资产阶级民主革命转变为社会主义革命。在俄国革命的紧要关头，一方面，普列汉诺夫高度关注革命的进展，高举反抗沙皇俄国专制统治的大旗；同时，在无产阶级政党内部关于革命领导权归属问题的分歧问题上，普列汉诺夫也仍然贯彻了他在 1903 年开始出现的关于党的组织原则和革命策略的错误倾向，即一种过高估计资产阶级而轻视无产阶级作用的机会主义错误路线，鼓吹无产阶级放弃革命的领导权而让位给自由资产阶级。但尤其要注意的是，这个时期他的文艺观既与他的政治路线脱不了干系，但也并不能完全否定他的理论贡献，特别是关于资产阶级文艺和无产阶级文艺的研究与他的一系列文艺批评成果。

关于无产阶级和资产阶级文艺的研究。随着资产阶级现代派艺术的兴起，普列汉诺夫继对原始民族艺术和 18 世纪法国艺术进行深入细致地探讨后，开始了转向对资产阶级艺术的研究。他在《亨利克·易卜生》（1906）、《斯多克芒医生的儿子》（1910）以及《无产阶级运动和资产阶级艺术》（1905）中阐发了资产阶级错误立场会损害作品的美学价值。他认为读者可通过艺术家对于主人公形象各种方式的态度来推断出艺术家本人的态度，"我十分清楚，艺术家对他的主人公所讲的话是不负责任的。但是他往往用这样或那样的方式使人了解他对这些话所采取的态度，因此我们就有可能判断他自己的观点"[1]，"一个有才能的艺术家要是被错误的思想所鼓舞，那他一定会损害自己的作品。一个现代艺术家如果在资产阶级与无产阶级的斗争中愿意维护资产者，他也就不可能被正确的思想所鼓舞"[2]。同时他在这几篇著作中表达了对于无产阶级艺术的殷切呼唤，他曾批评威尼斯艺术展中的无产阶级艺术家只表现工人阶级的驯服，却未能体现工人阶级的革命斗争精神，认为创造无产阶级艺术只能靠无产阶级自身。他在《谈谈工人运动的心理》（1907）中高度赞同高尔基的《仇敌》成功表现了工人阶级的群众运动，"高尔基的《仇敌》提供了丰富的材料来正确理解工人策略的心理基础"[3]，同时肯定高尔基的无产积极革命立场，"高尔基，他本人出身于无产阶级，他知道

---

① 《普列汉诺夫哲学著作选集》第 5 卷，生活·读书·新知三联书店 1984 年版，第 856 页。

② 《普列汉诺夫哲学著作选集》第 5 卷，生活·读书·新知三联书店 1984 年版，第 863 页。

③ 《普列汉诺夫哲学著作选集》第 5 卷，生活·读书·新知三联书店 1984 年版，第 596 页。

这是多么地不正确，他以艺术家的资格，通过很有意思的艺术形象向我们表明了这一点"①，并且赞赏高尔基表现的工人阶级形象，"充满着最崇高的自我牺牲精神"②，这均体现了他对于无产阶级艺术家和文艺作品的要求。在《艺术与社会生活》（1912—1913）中深刻剖析了资产阶级现代派艺术产生的社会根源、本质特征和思想基础。其社会基础是资本主义的腐朽统治，"现代的阶级斗争所造成的资产阶级'思想界'的情绪，必然使现代艺术萎靡不振。资本主义在生产方面成为运用现代人类所拥有的一切生产力的阻碍，它在艺术创作方面也是障碍物"③，思想基础是极端个人主义的主观唯心主义思想，本质上是"社会思想贫乏"的表现④，进一步指出无产阶级艺术代替资产阶级艺术的必然性。

关于文艺批评的论文。这个时期，他对于西欧文学中的易卜生、哈姆生等资产阶级作家作出评价，并对俄国作家高尔基和托尔斯泰也作出了自己的评价。他对于托尔斯泰评价的动机在于批判借用托尔斯泰的理论来试图消弭无产阶级革命情绪的资产阶级做法，"如果工人阶级的某些思想家现在把托尔斯泰称为'生活的导师'，他们就大错特错了，因为无产阶级完全不可能去向托尔斯泰伯爵'学习生活'"，他认为托尔斯泰的学说"是一种以宗教作基础的悲观主义"，"从这方面来看，正如从其他一切方面来看一样，这个学说是同马克思的学说针锋

---

① 《普列汉诺夫哲学著作选集》第 5 卷，生活·读书·新知三联书店 1984 年版，第 605 页。
② 《普列汉诺夫哲学著作选集》第 5 卷，生活·读书·新知三联书店 1984 年版，第 599 页。
③ 《普列汉诺夫哲学著作选集》第 5 卷，生活·读书·新知三联书店 1984 年版，第 589 页。
④ 《普列汉诺夫哲学著作选集》第 5 卷，生活·读书·新知三联书店 1984 年版，第 531 页。

相对的"①，这些在当时对抗资产阶级反动派大肆宣扬托尔斯泰的宗教观念和"勿以暴抗恶"消极思想是十分可贵并且具有独到价值的。但这些文章基本是在他在政治路线上转向孟什维克立场之后写成的，不可避免的产生了一些错误和偏颇 但仍然不能否定他在文艺领域上的重要贡献。

---

① 《普列汉诺夫哲学著作选集》第5卷，生活·读书·新知三联书店1984年版，第751页。

第三章　普列汉诺夫关于"什么是文艺"的考辨

自"艺术"一词从拉丁文"ars"中生成而来，西方美学史就未曾断绝过对艺术定义的漫长探索。柏拉图和亚里士多德将艺术定义为"模仿"，康德将艺术视为一种审美愉悦，英国的克莱夫·贝尔认为艺术是"有意识的形式"，苏珊·朗格则认为艺术是人类情感的符号表达。古希腊哲学中的模仿说只强调艺术对于现实和自然的简单再现，却忽视了艺术主体对现实世界的能动创造，康德、贝尔、朗格等人则是纯粹的唯心主义美学观。普列汉诺夫在扬弃黑格尔美学基础上，批判托尔斯泰对艺术的定义，将艺术视作情感与思想、内容与形式的双向互动，运用唯物史观将社会生活看成是艺术的本质，将形象视为实现艺术美这个基本属性的外在表现形式，充分体现了马克思主义文艺美学的逻辑体系。

一、关于文艺的定义：使用形象的精神交往手段

马克思曾在《手稿》中指出，"人不仅像在意识中那样理智地复现自己，而且能动地、现实地复现自己，从而在他所创造的世界中直观自身"[1]，马

---

[1]　《马克思恩格斯选集》第 1 卷，人民出版社 2012 年版，第 57 页。

克思在这里说明了不论是人的精神活动还是物质生产活动，无非都为人在对象世界中实现自我并直观自身的活动，人类的艺术活动其本质意义上说是人自由自在的生命活动，是人自身生存状态的体现，充分展示了马克思主义人类学的光辉。普列汉诺夫关于文艺的定义正是马克思主义人类学在文艺本体论问题上的集中体现。普列汉诺夫在提出对文艺的定义前，首先批评了托尔斯泰关于文艺的定义。

（一）对托尔斯泰的文艺内函论的批判

普列汉诺夫在《艺术讲演提纲》中开篇便指出，他会运用唯物史观来阐释什么是艺术。在下自己的定义前，他运用归谬法对一个先前的、暂时的定义假定其是正确的，而后指出其不合理之处，试图用一个"最终的术语"[1] 来替代它。这个即将被替代的暂时的术语便是托尔斯泰在其《艺术论》中对艺术的定义。托尔斯泰认为"艺术是人与人之间的交往手段之一，这种交往的手段不同于通过语言的［交往］的特点在于：一个人使用语言向别人传达自己的思想，而人们使用艺术互相传达自己的感情"[2]，在这里，托尔斯泰认为人用语言传递思想，用艺术传达感情。他认为艺术是由人将自己体验过的情感传递给别人，不仅使对方知道这种情感，同时也在自己心里重新唤起情感，并将其通过外在形式表达出来，将艺术看成纯粹情感的表达。

---

① 《普列汉诺夫哲学著作选集》第 5 卷，生活·读书·新知三联书店 1984 年版，第 448 页。

② 《普列汉诺夫哲学著作选集》第 5 卷，生活·读书·新知三联书店 1984 年版，第 449 页。

普列汉诺夫认为托尔斯泰的这一定义放大了艺术的情感因素，却忽视艺术应该承载的思想价值。他从以下这三点批判了托尔斯泰关于艺术的定义。首先，普列汉诺夫认为，艺术不仅仅需要情感，也同样需要语言。他举例诗歌这一文艺形式就需要语言作为物质手段，既表达情感，又表现思想。这也就表明艺术除了表现人们的情感之外，同样也可以涵盖丰富的思想内容。其次，并不是所有传递情感的意识形式都是艺术。普列汉诺夫举出雄辩术的反例。中世纪曾将语法、逻辑和雄辩作为大学的初级课程，将语法视为语言机制，而雄辩作为交流机制。普列汉诺夫认为雄辩术尽管传递情感，却并非是一种艺术①。因此，普列汉诺夫认为托尔斯泰对于艺术的定义与黑格尔的定义有着共同之处，同样是唯心主义观点，前者为主观唯心主义，而后者认为艺术"用感性的形象来表达理念"，即为客观唯心主义思想。最后，艺术表现情感的实质并非是托尔斯泰所说的宗教意识。情感因素是艺术创作和艺术欣赏的重要组成，正是因为把握住艺术形象与人类情感的某种心理对应，创作主体可以传递人类的某种内心深处的微妙情感，欣赏主体才形成艺术想象的顿悟和感受。审美意象的构成不可能离开特定的情感。事实上，普列汉诺夫并未全然否定艺术的情感因素，他在承认"艺术是人们在其中用生动的形象来互相传达自己的感情的一种活动"②的前提下，侧重于批评托尔斯泰所说的情感因素的实质。在普列汉诺夫看来，托尔斯泰

---

① 此处注：雄辩术在古罗马时期被列为"七艺"之中，是作为艺术出现的，但随着社会历史时代的发展，雄辩术逐渐丧失其艺术性而愈加具有社会功能，从而并未将其作为一门艺术进行审视。

② 《普列汉诺夫哲学著作选集》第 5 卷，生活·读书·新知三联书店 1984 年版，第 449 页。

的世界观"充满宗教虔诚"①，他的学说是"一种以宗教作基础的悲观主义"②。

他同时分析了托尔斯泰皈依宗教的原因，一是由于儿童时期虔诚信教的深刻影响，二是托尔斯泰在他的个人和社会生活中找不到解决自身思想苦闷和矛盾的方法，而感到"精神上的空虚"，无奈从现实世界转向天国世界。因此托尔斯泰认为一切艺术都是宗教意识的表现，将艺术情感的实质全部归咎于宗教意识 "在一个民族中，凡表达出从这一民族的人所共有的宗教意识中流露出的感情的艺术总是被认为好的，并且受到鼓励；而表达出和这一宗教意识相抵触的感情的艺术被认为坏的，并且被人否定"③，在他看来，评价艺术作品好坏的标准就是是否具备宗教意识和宗教感情。对此，普列汉诺夫进行了激烈的批判。普列汉诺夫在《没有地址的信》中曾叙述过宗教与原始艺术起源的关系，他明确指出万物有灵论源自原始生产力水平不够，对自然的认识水平和控制能力低下，原始艺术中的宗教因素归根结底都是由经济因素而决定。他以原始舞蹈艺术为例，说明原始民族的舞蹈跟其所处的社会生活息息相关，"表现和描述在他们生活中具有重大意义的情感和动作"，实际上也就是说同托尔斯泰所言的宗教意识毫无关系，因此"列夫·托尔斯泰伯爵的意见甚至应用到中世纪天主教民族身上也是错误的"④。

---

① 《普列汉诺夫哲学著作选集》第 5 卷，生活·读书·新知三联书店 1984 年版，第 754 页。
② 《普列汉诺夫哲学著作选集》第 5 卷，生活·读书·新知三联书店 1984 年版，第 751 页。
③ [俄] 列夫·托尔斯泰：《艺术论》，张昕畅、刘岩、赵雪予译，中国人民大学出版社 2005 年版，第 52 页。
④ 《普列汉诺夫哲学著作选集》第 5 卷，生活·读书·新知三联书店 1984 年版，第 408 页。

（二）普列汉诺夫对文艺概念的界定

在运用唯物史观对托尔斯泰关于艺术的定义进行重新审视后，普列汉诺夫随即提出自己对文艺是什么的相关论断。他明确指出："艺术是人与人之间交往的手段之一。它是一种使用形象的交往。它表现原始的人们认为是好的东西。这种关于什么是好的东西的意识，与托尔斯泰的意见相反，并不是宗教的意识。它或者是直接由经济和生产技术决定的，或者是由在这种基础上成长起来的那些社会的需求和关系决定的。"①从中可以看出，普列汉诺夫将文艺视作一种人与人精神交往的手段，精神交往得以实现的载体是艺术形象。主要包含以下含义：

首先，情感因素是艺术创作与艺术欣赏的必然渗透，构成人与人进行精神层面交往的手段。马克思认为"在不同的财产形式上，在社会生存条件上，耸立着由各种不同的，表现独特的情感、幻想、思想方式和人生观构成的整个上层建筑"②。也就是说马克思将情感列为构成上层建筑的一种形式，那么审美情感无疑也可以构成上层建筑。艺术作为一种审美实践不仅创造了审美的对象世界，同时也是主体认识世界和改造世界的必要手段。文艺创作是艺术家个体对客观世界的审美观照，充满着主体生命情感，文艺欣赏则是欣赏者对艺术对象的审美感知，通过灌注自身的情感和想象，对于文本产生审美愉悦和本质领悟。这种情感因素的渗透恰恰体现艺术是一种体现人自由的生命本质的感性活动，因此普列汉诺夫将艺术看作融入情感因子的人与人精神交往的手段是合乎规律性的。

---

① 《普列汉诺夫哲学著作选集》第 5 卷，生活·读书·新知三联书店 1984 年版，第 458 页。
② 《马克思恩格斯选集》第 1 卷，人民出版社 2012 年版，第 695 页。

其次，艺术通过生动的形象来实现精神交往。艺术是主客观相统一的产物，主体将个人情感内化于对客观对象的描绘之中，意味着艺术必然融入了主体自身对现实生活的态度、期盼、判断等。尽管作者未必会意识或者承认自己的主观倾向，比如福楼拜力图保证其创作方法的客观性，反映当时的社会心理，却无法避免其对社会运动的评价夹带主观倾向，否定民主政治和社会主义。但现实实践中自然形成的隐藏于主体内心深处的情感、道德、理想、观念等必然会借助主体塑造的艺术形象传达给读者，并对于读者产生一种潜移默化的价值导向作用，读者不仅可以通过艺术形象了解到作者的审美情趣审美理想，同时也会产生价值认同，影响其实践活动。因而，普列汉诺夫将艺术作为作者与读者之间在精神层面上的双向沟通交往手段，即"人与人之间交往的东西"，交往的范围取决于社会关系影响下社会整体的文化高度，在阶级社会则取决于阶级关系和阶级发展阶段，"以各个阶级之间的相互关系以及各个阶级在当时所处的发展阶段为转移"[1]。最后，艺术情感意识的本质有其独特的物质基础。普列汉诺夫坚持唯物史观，坚决反对托尔斯泰将情感意识的本质归咎于宗教等虚幻的因素。恰恰相反，情感意识不是来自虚无缥缈的精神世界，而是来自活生生的世俗世界，不是主观自生的，而是来源于社会生活的客观物质世界，由各种各样的社会关系所决定。

（三）文艺的表现范围：现实中一切能使人发生兴趣的事物

普列汉诺夫曾对于艺术的表现范围作出明确的界定，他认为艺术该

---

[1] 《普列汉诺夫哲学著作选集》第 5 卷，生活·读书·新知三联书店 1984 年版，第851 页。

表现的是现实中各种复杂的社会关系，他将艺术的任务看作"描写一切使社会的人感到兴趣和激动的东西"①。这里就涉及以下方面。

第一，艺术与自然。马克思在《1844年经济学哲学手稿》中将实践作为人的感性活动，将人看作是社会历史活动的产物，奠定了马克思主义人类学的理论基础，同时也成为马克思主义文艺学研究的出发点。他一方面认为自然界给人类生存提供了物质生活基础，"人的普遍性正表现在把整个自然界——首先作为人的直接的生活资料，其次作为人的生命活动的材料、对象和工具——变成人的无机的身体"；另一方面他认为自然界也是理论研究的重要领域，"植物、动物、石头、空气、光等等，一方面作为自然科学的对象，一方面作为艺术的对象，都是人的意识的一部分，是人的精神的无机界，是人必须事先进行加工以便享用的消化的精神食粮"。在这里，马克思实际上从人类学角度将自然界视为人化的自然界，赋予自然界以人生命活动的痕迹。也就是说这里的自然界不仅是客体的直观的形式，更是人将自身价值旨趣、理想意愿按照事物内在尺度融入改造对象的一种实践活动。普列汉诺夫对于文艺表现内容的看法正是体现了马克思的人类学思想。

在普列汉诺夫之前，车尔尼雪夫斯基也曾对此问题作出自己的看法。车尔尼雪夫斯基认为柏拉图、亚里士多德等人将艺术定义为模仿，模仿的内容并非是自然而是人生，"人、人的行为、人的遭遇"②。因而他明确提出画家模仿的范本并不是狭义的自然，而是生动的人的现实生活。普列汉诺夫则充分肯定车尔尼雪夫斯基这一观点，他认为艺术作

---

① 《普列汉诺夫哲学著作选集》第5卷，生活·读书·新知三联书店1984年版，第510页。
② 《普列汉诺夫哲学著作选集》第4卷，生活·读书·新知三联书店1974年版，第369页。

品中应体现的自然，不应是与人的社会生活无关的纯粹的"自在之物"，而是由作者创造的有灵有性的艺术形象，不仅为艺术形象提供活动的客观环境，而且本身便是鲜活灵动的，充满了各种各样的生活情趣。普列汉诺夫就曾高度称赞托尔斯泰以高超的艺术才能描写了自然，他认为"托尔斯泰喜爱自然，并且以好像从来没有任何人达到过的那么高的技巧描写了自然，这是所有读过他的作品的人都知道的。自然在我们的伟大艺术家的笔下不是被描写出来的，而是活着的"①。

随后，普列汉诺夫又分析了托尔斯泰之所以能以高超的艺术技巧描写自然的原因，认为其是主客观因素的结合。从主体因素上看，他是"自然美的最富有同情心的鉴赏者"②；从客体因素上看，则是因为存在那些"能唤醒他意识到他和自然浑然一体的自然景色"③，自然使托尔斯泰产生强烈的情感共鸣，给他的心灵带来"生命的真正快乐"④。因此可以看出，普列汉诺夫认为在艺术领域，人化的自然不仅是物质生活所必需的客观认识对象，更是审美意识产生的现实基础，艺术不仅仅是在描绘自然风景，深层次体现的仍是人的生活状态。

第二，艺术与生活。车尔尼雪夫斯基认为美并非完全是艺术的主要内容，在他看来，艺术"不是因为对美（美的观念）的抽象的追求而产生的，而是活生生的人的一切力量和才能的共同行动"，"脱离现实生活

---

① 《普列汉诺夫哲学著作选集》第 5 卷，生活·读书·新知三联书店 1984 年版，第 718 页。

② 《普列汉诺夫哲学著作选集》第 5 卷，生活·读书·新知三联书店 1984 年版，第 719 页。

③ 《普列汉诺夫哲学著作选集》第 5 卷，生活·读书·新知三联书店 1984 年版，第 719 页。

④ 《普列汉诺夫哲学著作选集》第 5 卷，生活·读书·新知三联书店 1984 年版，第 719 页。

的抽象的追求，是没有力量的"①，普列汉诺夫认为"车尔尼雪夫斯基的这个思想也是正确的"②，也就是说艺术不能单纯的表现抽象的观念，而是要联系现实的人的生活。他认为科学的美学的任务在于说明人的其他追求如何通过美的形式反映出来并如何发展，"科学的美学的任务并不限于确认以下这个事实，即艺术总是不仅表现美的'观念'。而且还表现人的其他追求（对真理、爱情等等的追求）。它的任务主要是说明：人的这些其他的追求怎样表现在美的概念中，在社会发展过程中自身发生改变的这些追求怎样使美的'观念'也发生改变"③。但车尔尼雪夫斯基将美的概念中蕴含着的生活概念相剥离，认为艺术一方面表现美，一方面表现生活中的功利目的。普列汉诺夫并不同意将美的概念与道德、实际的愿望相割裂，他认为美本身就是依赖于人的生活存在，美本身就渗透着生活中实际的愿望，如果将二者强行割裂，势必会在批评实践中犯偏重理性的错误。

因此，普列汉诺夫在发展了车尔尼雪夫斯基关于文艺表现范围思想的基础上，强调了"艺术的任务就是描写一切使社会的人感到兴趣和激动的东西"④。从中可以看出，普列汉诺夫不仅认为艺术的表现对象是生活中"使人发生兴趣的事物"，而且还强调创作主体的情感投入，认为表现对象应还是"使人激动的东西"。艺术作品作为创作主体的精神产

---

① 《普列汉诺夫哲学著作选集》第 4 卷，生活·读书·新知三联书店 1974 年版，第 359 页。

② 《普列汉诺夫哲学著作选集》第 4 卷，生活·读书·新知三联书店 1974 年版，第 360 页。

③ 《普列汉诺夫哲学著作选集》第 4 卷，生活·读书·新知三联书店 1974 年版，第 360 页。

④ 《普列汉诺夫哲学著作选集》第 5 卷，生活·读书·新知三联书店 1984 年版，第 510 页。

物，无疑会融入主体的思想情感、道德观念等。借景抒情、借物言志、抑或透过形象化的具象塑造寄托自身的愿望与感情。创作主体必须实现艺术形象与情感双向融合，才能造就具有深刻意蕴和独特形态的审美效果。

在这里要注意的有两点：一是现实生活不仅包括客观现实世界还包括个人的内心世界。普列汉诺夫引用了车尔尼雪夫斯基关于这个问题的重要补充。车尔尼雪夫斯基的原话是"当然，所谓现实生活不仅是指一个人对客观世界的事物和人们的关系，而且也指（一个人）的内心生活；有时候人生活在幻想里——这时候幻想对他来说就有着（在一定程度上和一定时间内）某种客观东西的意义，更为经常的是一个人生活在自己的感情世界中；这些状态如果达到引起兴趣的地步，也可以被艺术再现出来"①——普列汉诺夫认为这点应该"加以十分重视"②。这同样也是契合他所重视的情感因素，艺术家丰富的内心情感世界在形象化的艺术创作中得以充分显现。

二是他反对印象主义将光线效果作为唯一目的，坚决认为艺术作品应该表现复杂现实关系中人的生活体验和内心情感。他批评印象派有些作品只注重光线效果，"丝毫没有把这些画所应当表达的东西表达出来"③。他在第六届威尼斯展览会上，还评价了印象派画家拉尔森的作品，认为其作品朴素而自然，因为拉尔森"注意的不仅仅是光的效果；在他看来，光是手段，而不是他的艺术品的主要人物。从他的水彩画上

---

① 《普列汉诺夫哲学著作选集》第 5 卷，生活·读书·新知三联书店 1984 年版，第 278—279 页。

② 《普列汉诺夫哲学著作选集》第 5 卷，生活·读书·新知三联书店 1984 年版，第 279 页。

③ 《普列汉诺夫哲学著作选集》第 5 卷，生活·读书·新知三联书店 1984 年版，第 505 页。

你可以看到真生的、'活生生的、并非杜撰的生活'",“他的画是以活生生的生活的全部力量来吸引人们的”①。最后普列汉诺夫借用维克托·雨果的话来再一次明确文艺作品应表现人的内心世界、人的思想情感和人的生活,“真正美妙的艺术作品总是表现'伟大心灵的抒情'”②,倘若舍弃了人,而过多注重光影效果等物质形态,则就是失去艺术作品的灵魂。

二、文艺本质论：特殊的意识形态形式

普列汉诺夫站在历史唯物主义的逻辑起点,从社会经济生活出发,充分认识到文艺独特的意识形态特征。很显然,他是从社会存在和社会意识的关系出发去揭示艺术的本质,强调艺术是受社会生活制约,并拥有区别于其他意识形态形式的特殊本质。

（一）文艺不能等同于全部的意识形态

马克思明确将“法律的、政治的、宗教的、艺术的或哲学的”视作“意识形态的形式”③。意识形态相较于意识形态的形式有着明显差别。一方面,意识形态可作为一种内在规定性存在于不同意识形态形式的物

---

① 《普列汉诺夫哲学著作选集》第 5 卷,生活·读书·新知三联书店 1984 年版,第 507 页。
② 《普列汉诺夫哲学著作选集》第 5 卷,生活·读书·新知三联书店 1984 年版,第 521 页。
③ 《马克思恩格斯选集》第 4 卷,人民出版社 2012 年版,第 256 页。

质实体中，是客观的、本质的、必然的属性；另一方面，意识形态的形
式则是意识形态这个总体性概念下的具体表现形式，可分为艺术、哲
学、宗教等不同形式。若简单将艺术、哲学、宗教等均视为意识形态，
则混淆了意识形态的具体形式与总体集合的差别，陷入艺术是意识形
态，意识形态又是哲学、宗教等非艺术的悖论中。因而，意识形态形式
与意识形态这二者应做到物质存在形式与内在属性的统一，既不能二元
对立，又不能绝对同一，避免怀疑论与折衷主义的出现。

　　由于生前未能接触到《德意志意识形态》中的理论，普列汉诺夫对
于社会意识形式的理解主要集中在对于马克思《〈政治经济学批判〉序言》
的研究之上。同时又出于无产阶级运动需要建构马克思主义意识形态的
实践需要，他首次将马克思的"意识形态的形式"提炼成"意识形态的
上层建筑"①这一中性概念。他一方面扩展了意识形态形式概念的内涵外
延，认为意识形态这一总体性概念囊括社会科学思想体系和自然科学思
想体系；另一方面，区分了意识形态的不同形式。尽管普列汉诺夫在《论
一元论历史观的发展中》曾说"法权无疑地是一种意识形态"②，但紧接
着他对意识形态作出划分，将法权视作低级的意识形态，科学、哲学、
艺术等视为高级的意识形态。这充分说明普列汉诺夫发展了马克思关于
社会意识具有不同形式的思想，并未将艺术、哲学、宗教、法权等等同
于全部社会意识形态。他在《论经济因素》中谈到意识形态间的相互作
用时，曾提到过"任何一种意识形态"和"其他各种意识形态"③，在《从

---

① 《普列汉诺夫哲学著作选集》第 1 卷，生活·读书·新知三联书店 1959 年版，第
　　719 页。
② 《普列汉诺夫哲学著作选集》第 1 卷，生活·读书·新知三联书店 1959 年版，第
　　720 页。
③ 《普列汉诺夫哲学著作选集》第 2 卷，生活·读书·新知三联书店 1962 年版，第
　　236 页。

唯心主义到唯物主义》中批评黑格尔将绝对精神看作社会历史发展的根本动力时，也明确将"艺术、宗教、哲学"等置入"意识形态的全部总和"①中，这些均表明他已运用类别法将意识形态这一总体集合中的不同样式加以区分和体现。同时普列汉诺夫认为"在这些意识形态的发展上，经济在这个意味上是基础"②，笔者认为这其实包括两层含义，一是强调不同社会意识形态的样式必须遵循"经济基础—上层建筑"这一基本逻辑建构；二是表现文艺与其他意识形态的形式有共通之处，也有其特殊性质。

（二）文艺是一种特殊的意识形态形式

普列汉诺夫认为文艺并不等同于意识形态的全部，而只是意识形态的一种特殊形式，区别于其他意识形态的形式，具体表现于以下几个方面：

第一，不同的思维方式。别林斯基美学宝典的第一条规律便是，诗人应该"用形象和图画来思维，而不是用三段论法和两端论法来思维"③。普列汉诺夫高度评价这一点，他认为诗人应该借助形象直观和形象思维来生成审美体验。他将这种感性的直观能力称为审美直觉，认为审美直觉不同于逻辑思维能力，前者直接通过形象来获取审美判断。艺术主体选取现实中的感性认识，找寻这些表象中与主体思想感情相通的

---

① 《普列汉诺夫哲学著作选集》第 3 卷，生活·读书·新知三联书店 1962 年版，第 735 页。

② 《普列汉诺夫哲学著作选集》第 1 卷，生活·读书·新知三联书店 1959 年版，第 720 页。

③ 《普列汉诺夫哲学著作选集》第 5 卷，生活·读书·新知三联书店 1984 年版，第 220 页。

因素，通过生动的具象进行外在的加工，这些生动的具象便是艺术形象，这个保持感性特点的思维方式便是形象思维。形象思维可将人带入作者建构的情境中，引发丰富的联想。逻辑思维过程则侧重于对完整的表象进行分析和综合，运用推理、逻辑、分析等逻辑思维方式得到一个科学、准确的判断与结论。普列汉诺夫十分重视文艺作品的思想内核，但他多次强调艺术作品的思想要内化于复杂生动的形象中，通过对艺术形象的塑造，潜在的体现某种思想内容，正如"艺术家用形象来表达自己的思想，而政论家则借助逻辑的推论来证明自己的思想"①，这一点与恩格斯强调艺术不应只做时代的传声筒的思想是相通的。

第二，独特的情感表达。托尔斯泰认为艺术表现情感，语言体现思想，普列汉诺夫则不同意托尔斯泰对艺术的这个定义。他认为艺术不单纯只体现情感，而是情感与思想的结合，艺术通过形象传递情感。对此普列汉诺夫对艺术作出自己的定义，认为艺术"是人与人交往的手段之一。它是一种使用形象的交往。它表现原始的人们认为是好的东西"②。艺术是主客观相统一的产物，隐藏于艺术主体内心深处的情感、道德、理想、观念等通常会借助主体塑造的艺术形象传达给读者，读者不仅可以通过艺术形象了解到作者的审美情趣审美理想，同时也会产生价值认同，影响其实践活动。因而，普列汉诺夫将艺术作为作者与读者之间在精神层面上的双向情感交往手段，将情感融入艺术创作与欣赏中。而在理论思维过程中，思维主体则应尽量抛弃情感等心理因素，对客观事物的认识从感性逐步上升到理性，从而获得客观真理。

---

① 《普列汉诺夫哲学著作选集》第 5 卷，生活·读书·新知三联书店 1984 年版，第836 页。

② 《普列汉诺夫哲学著作选集》第 5 卷，生活·读书·新知三联书店 1984 年版，第458 页。

第三，特殊的审美本性。文艺不同于科学、哲学、宗教等其他意识形态形式的根本区别在于文艺是一种特殊的审美实践活动，必须观照审美价值。人们将自己在长期实践中形成的审美经验、审美理想、审美要求等物化成一种内在的尺度，在审美创造活动中运用这种内在尺度，发挥自身的审美想象，形成众多的美感形象或艺术情境，从而实现人"本质力量的独特性"①。普列汉诺夫十分注重文艺的意识形态性与其审美本性的和谐共生，一方面，他坚决批评一味追求意识形态性的政治因素，却忽视作品美学价值的做法。批判早期民粹派文学"社会兴趣胜过了文学兴趣"②，批评杜勃罗留波夫的文艺批评政论色彩过多，缺乏美学的性质。他认为，一个优秀的批评家必须要将"极为发达的思想能力同极为发达的审美感觉结合在一起"③。另一方面，他认为艺术作品审美属性的实现离不开正确的思想倾向。普列汉诺夫认为错误的意识形态倾向性甚至会使作品固有的审美价值大打折扣，比如普列汉诺夫批评资产阶级反动作家哈姆生的作品，认为其"现代'英雄式的'小市民的反无产阶级的倾向，大大地损害着艺术的利益"④。但尤其要注意的是，普列汉诺夫所说的审美本性并不意味着艺术的表现对象必须是美的，艺术的表现领域并不局限于美的事物，他在这里主要侧重的是艺术的表现形式美，他是认同车尔尼雪夫斯基关于"一切艺术作品的形式应当是美的"⑤ 这一观点的。

---

① 《马克思恩格斯全集》第 3 卷，人民出版社 2002 年版，第 305 页。
② 《普列汉诺夫哲学著作选集》第 5 卷，生活·读书·新知三联书店 1984 年版，第 6 页。
③ 《普列汉诺夫哲学著作选集》第 5 卷，生活·读书·新知三联书店 1984 年版，第 260 页。
④ 《普列汉诺夫哲学著作选集》第 5 卷，生活·读书·新知三联书店 1984 年版，第 784 页。
⑤ 《普列汉诺夫哲学著作选集》第 5 卷，生活·读书·新知三联书店 1984 年版，第 261 页。

三、文艺特征论："生动的形象"

马克思曾说："任何神话都是用想象和借助想象以征服自然力，支配自然力，把自然力加以形象化。"[①]在此处，马克思的表述其实也说明了神话作为一种艺术形式，既是想象的产物，也是一种形象化的思维结果。自然和社会美经过形象化的加工创造，在其自然形态和生活原型的基础上感性、具体的表现出来。艺术通过形象这一独特的加工形式实现其独特的审美和创造特性。普列汉诺夫利用历史唯物主义的阐释路径，对艺术的特征问题作出进一步分析，明确"生动的形象"是"艺术的最主要的特点"[②]。

（一）形式美是"构成一切艺术作品的必要素质"

艺术对象的美和艺术形式的美不同。车尔尼雪夫斯基认为美不是艺术表现的唯一内容，"艺术也不是因为对美（美的观念）的抽象的追求而产生的，而是活生生的人的一切力量和才能的共同行动"，"脱离现实生活的抽象的追求，是没有力量的"[③]。普列汉诺夫无疑认同车尔尼雪夫斯基的这一观点，认为科学的美学的任务在于说明人的其他追求如何通过美的形式反映出来并如何发展，"科学的美学的任务并不限于确认以

---

① 《马克思恩格斯选集》第 2 卷，人民出版社 2012 年版，第 711 页。
② 《普列汉诺夫哲学著作选集》第 5 卷，生活·读书·新知三联书店 1984 年版，第 308 页。
③ 《普列汉诺夫哲学著作选集》第 4 卷，生活·读书·新知三联书店 1962 年版，第 359 页。

下这个事实，即艺术总是不仅表现美的'观念'。而且还表现人的其他追求（对真理、爱情等等的追求）。它的任务主要是说明：人的这些其他的追求怎样表现在美的概念中，在社会发展过程中自身发生改变的这些追求怎样使美的'观念'也发生改变"①。也就是说生活是复杂多样的，既有真善美的存在也有假恶丑的现象，事物的美丑共属于事物的两面属性，均是文艺的表现对象。但艺术的形式却并非如此，普列汉诺夫认为艺术的形式必须是美的，"美的形式—真正构成一切艺术作品的必要素质"②。

（二）文艺的主要特点：寓思想情感于形象中

艺术形象的一大特征就在于其情感性特征，普列汉诺夫明确认为"艺术既表现人们的情感，也表现人们的思想，但是并非抽象地表现，而是用生动的形象来表现。艺术的最主要特点就在于此"③。他认为艺术是情感与思想的结合，并通过形象化的手段加以体现，"艺术开始于一个人在自己心里重新唤起他在周围现实的影响下所体验过的感情和思想，并且给予它们以一定的形象的表现"④。

艺术是主客观相统一的产物，正如普列汉诺夫所提出的，"我十分

---

① 《普列汉诺夫哲学著作选集》第 4 卷，生活·读书·新知三联书店 1962 年版，第 360 页。
② 《普列汉诺夫哲学著作选集》第 5 卷，生活·读书·新知三联书店 1984 年版，第 261 页。
③ 《普列汉诺夫哲学著作选集》第 5 卷，生活·读书·新知三联书店 1984 年版，第 308 页。
④ 《普列汉诺夫哲学著作选集》第 5 卷，生活·读书·新知三联书店 1984 年版，第 308 页。

清楚，艺术家对他的主人公所讲的话是不负责任的。但是他往往用这样或那样的方式使人了解他对这些话所采取的态度，因此我们就有可能判断他自己的观点"[1]。也就是说，在普列汉诺夫看来，主体将个人情感内化于对客观对象的描绘之中，意味着艺术必然融入了主体自身对现实生活的态度、期盼、判断等，尽管作者未必会意识到或者承认自己的主观倾向，比如福楼拜力图保证其创作方法的客观性，反映当时的社会心理，却无法避免其对社会运动的评价夹带主观倾向，否定民主政治和社会主义。艺术不同于哲学和科学等之处，也在于其是一种包含主体生命和情感的形象表现。由于客观世界和现实事物本身便已存在着一种微妙的情感关系，艺术创作者便可通过艺术形象传递情感，艺术欣赏者则可通过艺术形象感受情感。普列汉诺夫关于艺术形象情感性特征的观点还包括以下内容：

其一，文艺作品应表现崇高的思想感情。文艺作品的审美情感与审美意识往往是可以融合的，情感可以渗透在思想中，思想也可以情感化。一方面，文艺中的思想通过审美情感来表现，另一方面审美情感又蕴含了理性为基础的思想内容。错误的思想感情严重影响着作品审美价值和社会价值的实现。普列汉诺夫认为，艺术作品的价值决定于"它所表现的情绪的高度"[2]，他进一步指出，"艺术是人与人之间精神交往的一种手段。一部艺术作品所表现的感情愈是崇高，它在其他同等条件之下就愈加容易显出它作为上述手段的作用"[3]。他认为崇高

---

[1] 《普列汉诺夫哲学著作选集》第 5 卷，生活·读书·新知三联书店 1984 年版，第 856 页。

[2] 《普列汉诺夫哲学著作选集》第 5 卷，生活·读书·新知三联书店 1984 年版，第 837 页。

[3] 《普列汉诺夫哲学著作选集》第 5 卷，生活·读书·新知三联书店 1984 年版，第 837 页。

不是黑格尔唯心主义美学所认为的是绝对理念的显现，崇高不单纯是事物体积、大小、重量等自然属性，更多在于它唤起了个体种种观念的联想，是人赋予崇高事物本身以崇高的意义。因此需要艺术创作者扎根社会现实，顺应时代潮流，通过塑造崇高的艺术形象来体现崇高的思想感情。

其二，文艺作品并不单单只需要表现对社会重大意义的情感，也不排斥其他个人情感。普列汉诺夫并不是纯粹将文艺价值看成单一的社会功利价值，他认为文艺作品不仅可以表达具有崇高社会价值的思想情感，也可以体现日常生活的感情，比如爱情、亲情等。他认为，"艺术家在自己作品中所描写的真实，可以是或多或少深刻和完满的"[①]，这说明普列汉诺夫视角里的文艺功能是多元化而非单一质的，即艺术既要真实表现生活又可以表现深刻性，日常生活世界中的各类细微情感同样也是艺术作品的表现对象。他曾谈到不同社会阶级对亲人具有相似的怀念情感，但由于二者处于不同的经济地位和环境，由怀念情感而引起的对亲人相处的回忆与联想却颇为不同。穷人联想到的是物质层面的"小木屋和小皮袄"，富人则更多的是联想到与亲人交往的情感层面，相互陪伴互相关爱的场景。尽管他强调的是情感背后的不同物质基础，但也从中可以看到普列汉诺夫并没有要求文艺形象体现绝对的政治理想化的思想感情，日常生活中美好的个人情感也是构成美好生活的重要方面，"真正美妙的艺术作品总是表现'伟大心灵的抒情'"[②]。

---

① 《普列汉诺夫哲学著作选集》第 5 卷，生活·读书·新知三联书店 1984 年版，第 794 页。

② 《普列汉诺夫哲学著作选集》第 5 卷，生活·读书·新知三联书店 1984 年版，第 521 页。

（三）艺术作品的主要标志：形式与内容的一致

艺术美由内在思想层次和外在形式共同构成，形象化方式作为建立二者审美联系的中介。正如"如具形式不是有内容的形式，那么它就没有任何价值了"①，要想实现艺术美，必然要实现内容美与形式美的完美融合，不可割裂任何一方。艺术内容美仅在创作者的脑海中存在便无法外化成物质符号，必须通过一定的形式来实现艺术主体的想象与构思。普列汉诺夫坚持马克思主义美学的基本思想，同时强调内容与形式兼具的重要性，认为"如果形式与内容的完全一致是真正艺术作品的第一个主要的标志，那就不能不承认原始民族的战争舞就是一种名副其实的艺术的东西"②，将二者的和谐统一视为评价艺术作品的圭臬，并将其看成是艺术作品一经诞生便已具备的特性，主要涉及以下问题。

第一，反对绝对的形式主义，认为艺术作品的形式与内容需要有机结合。一方面，西方理性文化蕴含着逻各斯精神和努斯精神的对立统一，前者即逻各斯精神的原意便为语言文字的结构逻辑，西方文化自古希腊哲学开始便注重从语言规范的角度探寻本体的意义，具有强调形式的传统；另一方面，一般来说，体裁、结构、语言、色彩、手法等作为形式美构成的感性显现是最容易吸引人们审美感官的，因而西方美学一直以来坚持形式美的重要性。比如纯艺术论者戈底叶曾认为，诗的美完全取决于它的音乐和韵律，而不在于它在叙述什么，比如有的印象派画家仅仅成功的表现大自然间纷繁复杂的光影图案，但却忽视思想性，将光线效果作为追求的唯一目标。后者其实符合近代形式主义美学观点，

---

① 《马克思恩格斯全集》第 1 卷，人民出版社 1956 年版，第 179 页。

② 《普列汉诺夫哲学著作选集》第 5 卷，生活·读书·新知三联书店 1984 年版，第403 页。

认为线条和色彩因素的组合使人产生审美情感，从而构成有意味的形式，这种有意味的形式是艺术的根本性质。形式主义美学无法从主客观结合的条件下去解释形式的来源，最终陷入神秘主义困境。

普列汉诺夫则极力反对只重视形式而忽视内容的艺术作品，他分析作家过分追求形式的原因在于"对社会和政治漠不关心的结果"①。譬如法国浪漫主义者和高蹈派诗人宣扬艺术是独立自主的，崇尚艺术形式，无视社会斗争，是由于他们与周围的环境相处不协调而不得不采取绝望和否定的态度。他们不反对资本主义生产关系，却又愤怒资产阶级登上历史舞台后产生的"腐化、无聊和庸俗"习气②，认为作品表现思想和实现社会功能便是为他们所厌恶的资产阶级而服务。普列汉诺夫认为客观的美的标准是存在的，"艺术作品的形式同它的思想愈相符合，那末这种描绘就愈加成功"③，他认为这就是判断一个艺术构思的客观的标准，这个标准适用于"艺术的整个宽广的领域中"④。他在其批评实践中，从内容和形式两方面来考察法国古典主义悲剧：从形式方面来看，法国古典主义悲剧采用三一律的文学形式，情节、时间与地点必须保持高度整一，文艺复兴时期已出现，17 世纪古典主义理论家发展的更为明确，围绕单一剧情排除次要插曲，在一天和同一地点中进行，实际上是为了迎合上层阶级的严格要求；从内容方面，三一律实际上折射和模仿了贵

---

① 《普列汉诺夫哲学著作选集》第 5 卷，生活·读书·新知三联书店 1984 年版，第 836 页。

② 《普列汉诺夫哲学著作选集》第 5 卷，生活·读书·新知三联书店 1984 年版，第 825 页。

③ 《普列汉诺夫哲学著作选集》第 5 卷，生活·读书·新知三联书店 1984 年版，第 887 页。

④ 《普列汉诺夫哲学著作选集》第 5 卷，生活·读书·新知三联书店 1984 年版，第 888 页。

族趣味的"精巧细致","对于上层阶级来说，前一个时代的舞台上的幼稚而又荒谬的玩艺已经变成不能容忍的了"①。

第二，在内容与形式这对美学范畴中，注重思想内容的重要意义。普列汉诺夫认为文艺作品是主体内在情感的流露与外在客观对象的描绘相结合，必然体现一定的内容，内容对文艺作品的形式和价值起支配作用，"没有思想内容的艺术作品是不可能有的。甚至连那些只重视形式而不关心内容的作家的作品，也还是运用这种或那种方式来表达某种思想的"，"艺术作品的价值归根结蒂取决于它的内容的比重"②。他不仅批评伏伦斯基只会说漂亮话，却"把他的思想装扮得简直糟糕透了"③，同时还批评为艺术而艺术论者轻视作品的思想内容。

一方面，他界定了文艺作品主题思想的范围由社会环境所决定。普列汉诺夫在批判伏伦斯基认为文艺作品的主题思想来源于人的精神深处这一唯心主义思想时指出，文艺作品的主题思想是每个时代的缩影，归根结底由作者周围的社会环境所决定，社会环境不仅给予作者以广阔的创作空间，提供给他们丰富的创作素材，还决定着作者思想的广度与深度。"诗的观念所仿佛'穿过'的材料，是艺术家周围的社会环境提供的，而且诗的观念本身，无论在什么'精神深处'产生，都不能不受到这个环境的影响。"④他在《论西欧文学》中也强调文艺作品的思想性质

① 《普列汉诺夫哲学著作选集》第 5 卷，生活·读书·新知三联书店 1984 年版，第 470 页。

② 《普列汉诺夫哲学著作选集》第 5 卷，生活·读书·新知三联书店 1984 年版，第 836 页。

③ 《普列汉诺夫哲学著作选集》第 5 卷，生活·读书·新知三联书店 1984 年版，第 157 页。

④ 《普列汉诺夫哲学著作选集》第 5 卷，生活·读书·新知三联书店 1984 年版，第 170 页。

由时代的性质所决定，"任何文学作品都是它的时代的表现。它的内容和它的形式是由这个时代的趣味、习惯、憧憬决定的，而且愈是大作家，他的作品的性质由他的时代的性质而定的这种关联也就愈强烈愈明显，——也就是，换而言之：在他的作品里可以称之为个人的那种'余物'也就愈少"①。

另一方面，他认为作品错误的思想倾向会严重损害作品的价值，文艺社会价值的实现必须要体现崇高的感情，"艺术作品的价值决定于它所表现的情绪的高度"②。他批评反动的资产阶级作家哈姆生的作品，其反动的资产阶级立场导致极端仇视无产阶级和无产阶级运动，认为劳动人民是粗野的愚蠢的，甚至将工人阶级比喻为"寄生者"③，"哈姆生的剧本在这个方面一定会给其他一切的人留下一种臆造的，不符合真实的毫无艺术趣味的印象"④，被剥削者反而变身压迫者，完全"不符合真实的毫无艺术趣味"⑤，这种错误的思想内容严重损害了剧本的艺术价值。

第三，艺术作品形式与内容的结合不是简单的叠加，二者的结合应是自然而然的艺术的融合。他批评民粹派小说家纳乌莫夫的作品是完全缺乏艺术性的，"艺术的成分完全服从于政论的成分"⑥，艺术的形

---

① [俄]普列汉诺夫:《论西欧文学》，吕荧译，人民文学出版社 1957 年版，第 121—122 页。

② 《普列汉诺夫哲学著作选集》第 5 卷，生活·读书·新知三联书店 1984 年版，第 837 页。

③ 《普列汉诺夫哲学著作选集》第 5 卷，生活·读书·新知三联书店 1984 年版，第 765 页。

④ 《普列汉诺夫哲学著作选集》第 5 卷，生活·读书·新知三联书店 1984 年版，第 777 页。

⑤ 《普列汉诺夫哲学著作选集》第 5 卷，生活·读书·新知三联书店 1984 年版，第 777 页。

⑥ 《普列汉诺夫哲学著作选集》第 5 卷，生活·读书·新知三联书店 1984 年版，第 127 页。

式是表面的、机械附加到作品思想上，纯粹是烘托其政治思想的幌子，"他所有的作品都具有小说的形式，但是甚至浮面地阅读一下，也可以看出，这种形式不过是它们的某种表面的、人为地加在它们上面的东西"①。

恩格斯也曾对这个问题发表过类似看法，认为"倾向应当从场面和情节中自然而然地流露出来，而无需特别把它指点出来；同时我认为，作家不必把他所描写的社会冲突的历史的未来的解决办法硬塞给读者"②，艺术作品思想内容的表达不能纯粹是作者道德与政治观的传声筒，脱离美的形式就只能沦为政治宣传的工具，对此普列汉诺夫认为美好的思想内容和情感即"伟大心灵的抒情"，应通过"美的形式"传达出去，内容和形式不是简单的叠加，而是通过形象来体现。也就是说注重思想内容的同时，必须认识到思想价值不是空谈，不是简单的道德说教，而是渗透在审美形象中，在强调思想内容的同时，也重视形式美的实现。

但格外要注意的是，普列汉诺夫并未忽视形式美的意义，始终重视形式在艺术中的作用。他批评伏伦斯基的语言装腔作势"任何一本作品首先令人注目的就是它的文字外表，根据这种'衣裳'，我们对于作者可以得到一个相当准确的概念"③。艺术美离开形式美的感性显现，则无法实现其审美魅力。优秀的批评家和艺术家通常在内容和形式的统一中凸显他成熟的艺术个性和审美才能。普列汉诺夫赞同别林斯基将作品

① 《普列汉诺夫哲学著作选集》第5卷，生活·读书·新知三联书店1984年版，第128页。
② 《马克思恩格斯选集》第4卷，人民出版社1995年版，第673页。
③ 《普列汉诺夫哲学著作选集》第5卷，生活·读书·新知三联书店1984年版，第155页。

思想和内容相统一起来进行评价，"分析艺术作品就是了解它的观念和评价它的形式。批评家应当既评判内容，也评判形式；他应当既是美学家，又是思想家"①。

（四）形象的典型性与个性

普列汉诺夫曾在批评伏伦斯基的文学批评中指出，"艺术家应当把构成他的作品的内容的一般东西加以个性化"②。他认为应该通过剧中人物形象的心理上升到某个社会阶级心理的描绘和分析，即"剧中人的心理在我们心目中之所以具有巨大的重要性，是因为它是整个社会阶级或者至少整个社会阶层的心理，因而个别人物心灵中发生的过程就是历史运动反映"③，因此文艺批评家所需要分析的艺术形象并不是一种抽象的概念，而是具体的个人，也就是普列汉诺夫强调艺术创作形象时的个性化问题。

形象作为艺术美的主要加工形式，是典型性与个性的统一。若用抽象的概念来代替鲜活的人物形象，容易导致这类型的人物形象缺乏个性色彩，单一而固定，而若将个人作为独立的精神和社会实体来看待，简单将个别人物形象概括为"一般"，又容易导致反典型化倾向。就此恩格斯曾直接将艺术形象的典型性作为马克思主义现实主义美学的重要范畴，并强调其共性和个性的统一。他在评论《弗兰茨·冯·济金根》时，

---

① 《普列汉诺夫哲学著作选集》第 5 卷，生活·读书·新知三联书店 1984 年版，第 260 页。

② 《普列汉诺夫哲学著作选集》第 5 卷，生活·读书·新知三联书店 1984 年版，第 186 页。

③ 《普列汉诺夫哲学著作选集》第 5 卷，生活·读书·新知三联书店 1984 年版，第 187 页。

曾肯定过拉萨尔对巴尔塔扎尔和特利尔大主教两个具有代表性的人物形象的刻画。他后来在致敏·考茨基的信中，进一步概括了典型形象的特点，"每个人都是典型，但同时又是一定的单个人，正如老黑格尔所说的，是一个'这个'，而且应当是如此"[①]——这里的典型既是某一特定时代或阶级思想倾向的代表，也是具体的富有个性的人。个性使每个人物形象具有区别于其他人物形象的特征，同时又受具体社会环境的制约，是人物形象的共性和普遍性借以存在和表现的实体。普列汉诺夫要求无产阶级作家善于表现广大工人阶级的心理，体现群众心理。他曾表示，群众的心理是由拥有不同个性特征的个人心理构成，个人是群众的组成部分，个人心理也是群众心理的构成要素，同时群众心理体现个人心理普遍的情感和要求，群众的心理是个性与共性的统一。在这里，体现个人和社会群体的外在感性形式就是形象，艺术作品通过塑造个人和群体典型人物的形象，来反映当时特定时代的整体社会心理和社会历史特征。

艺术家在塑造艺术典型形象时，必然要遵循个性化和共性化辩证统一的规律，必须要遵守塑造艺术典型性的内在规律。恩格斯在给敏·考茨基的信中，也是强调反对从观念原则出发，抹杀人物形象个性的行为。他认为《旧人与新人》□的主要人物形象阿尔诺德被描写的"太完美无缺了"，个性"更多地消融到原则里去了"，他认为这是由于"作者过分欣赏自己的主人公"[②]而造成的结果。正是因为作者在塑造阿尔诺德这个人物形象时从自己的喜好出发，让自己的观念支配人物，而不是从人生和生活出发，使人物形象脱离人物自身的个性和社会现实状况而

[①]　《马克思恩格斯选集》第 4 卷，人民出版社 2012 年版，第 578 页。
[②]　《马克思恩格斯选集》第 4 卷，人民出版社 2012 年版，第 579 页。

严重失真。从中可以看出恩格斯要求塑造人物形象的典型性时，必然要注重人物自身个性，要真正从现实生活出发，避免人物个性过度理想化。普列汉诺夫对此也持相同看法，他始终强调"不是人为了美而存在，而是美为了人而存在"[①]，艺术的表现对象是生活中"使人发生兴趣的事物"[②]。也就是说普列汉诺夫坚持从具体的人的心理过程和独特人生出发，而不是以抽象的理想、观念出发去塑造人物形象的个性。这就需要从生活中精心选取并生动描绘具备个性特征的事物，对其形象进行深化和概括并加以艺术加工。具体说来就是必须要将特殊与一般结合起来，借助创作想象、幻想、虚构等物质化手段共同实现艺术形象的加工与创造。

---

① 《马克思恩格斯选集》第 4 卷，人民出版社 2012 年版，第 498 页。
② 《马克思恩格斯选集》第 4 卷，人民出版社 2012 年版，第 510 页。

第四章　普列汉诺夫关于文艺价值的探讨

　　关于文艺本体论问题的研究，其所要探讨的对象不仅仅是文艺存在的方式，即本质特征问题，也包括文艺的存在和生成的意义和价值问题，即文艺为何存在的问题。从存在方式进入存在价值的逻辑路径，由现象本体深入到价值本体，探讨的便是文艺的存在形态和意义生成问题。虽然马克思主义经典作家并未建立起完整的文艺价值论的理论范式，但马克思恩格斯在哲学和经济学上关于价值问题的探讨为文艺领域价值论的形成提供普遍的指导意义。他们也在文艺领域中多次使用"价值"的概念，恩格斯曾写道："任何一个人在文学上的价值都不是他自己决定的，而只是同整体的比较当中决定的"[①]，"而席勒的《阴谋与爱情》的主要价值就在于它是德国第一部有政治倾向的戏剧"[②]。普列汉诺夫正是基于马克思主义唯物史观，既遵循建立在需要基础上的哲学价值观原则，又从文艺特质出发，以审美情感的体验为基础，通过审美价值的生成和实现为中介，从感性生命层面进入到社会道德层面，同时兼顾文艺自我价值和文艺的社会价值，凸显文艺价值的层次性、动态性和多样化特征。

[①]　《马克思恩格斯全集》第 2 卷，人民出版社 2005 年版，第 449 页。
[②]　《马克思恩格斯选集》第 4 卷，人民出版社 2012 年版，第 579 页。

一、文艺审美价值说："引起审美快感"

马克思指出了哲学意义上的价值概念，他认为"'价值'这个普遍的概念是从人们对待满足他们需要的外界物的关系中产生的"[①]。也就是说，价值是作为主体的人的需要和作为客体的外在客观世界之间一种满足或者排斥的关系，当物的属性具备满足人的需要这个条件后，它才具有价值。同样，马克思实际上也是在使用价值的意义上探讨审美价值，他曾指出金银除了执行货币职能以外，本身还具有使用价值，是显示奢侈、装饰和华丽的材料。[②] 实际上，审美价值和使用价值具有共同性，即金银具备审美价值的条件便在于金银具有可以满足人的审美需要的属性。普列汉诺夫十分强调文艺的审美价值，他高度评价别林斯基后期美学观点的转变，认为"他完全转到辩证的观点时，就更清楚地理解莱蒙托夫创作的社会意义，可是对于它的艺术方面他继续象从前一样地看待"[③]，认为成为优秀批评家的条件应当是"极为发达的思想能力同极为发达的审美感觉结合在一起"[④]。他既提出完整的美感学说，同时又从发生学角度揭示使用价值和审美价值的关系，他的审美价值学说和关于审美的一般理论对于马克思主义美学的发展有着重要影响。

---

① 《马克思恩格斯全集》第 19 卷，人民出版社 1963 年版，第 406 页。
② 《马克思恩格斯全集》第 46 卷，人民出版社 1974 年版，第 459 页。
③ 《普列汉诺夫哲学著作选集》第 5 卷，生活·读书·新知三联书店 1984 年版，第 219 页。
④ 《普列汉诺夫哲学著作选集》第 5 卷，生活·读书·新知三联书店 1984 年版，第 260 页。

（一）审美感的生成：源于生理与心理的双重作用

普列汉诺夫关于审美问题的探讨建立在对于达尔文美感理论的批判之上。普列汉诺夫对于当时一度十分流行的达尔文物种进化论给予了很大的关注，在其物种起源理论中，达尔文涉及了许多关于动物和人类美感的问题。普列汉诺夫一方面肯定了达尔文学说对于生物学领域的理论贡献，"在当时作为生物科学发展史上的一个巨大的必然的进步而出现的，并且完全满足了这一科学当时向它的工作者们所能提出的最严格的要求"①，认为达尔文的理论从生物角度来说是正确的；另一方面又指出美感的生成必须具备社会条件，认为唯物主义者的研究领域"恰恰开始于达尔文主义者的研究领域终结的地方"，在他看来对于美学领域的研究必须要走出简单自然生物学说的窠臼，而走向社会学领域。

在《没有地址的信》中，普列汉诺夫列举了达尔文美感学说的相关内容。首先，达尔文认为美感并不是人类所专有的，有时下等动物和人相似，也可以享有审美快感。普列汉诺夫引用达尔文的原话，"美感——这种感觉也曾经被宣称为人类专有的特点。但是，如果我们记得某些鸟类在雌鸟面前有意地展示自己的羽毛，炫耀鲜艳的色彩，而其他没有美丽羽毛的鸟类就不这样卖弄风情，那末，当然我们就不会怀疑雌鸟是欣赏雄鸟的美丽了……"②其次，达尔文认为野蛮人的审美能力比下等动物还不如，他举例说明野蛮人所喜欢的装饰和音乐是"令人讨厌

---

① 《普列汉诺夫哲学著作选集》第5卷，生活·读书·新知三联书店1984年版，第318页。

② 《普列汉诺夫哲学著作选集》第5卷，生活·读书·新知三联书店1984年版，第312页。

的"①，在他看来野蛮人的"美的概念较之某种下等动物，例如鸟类，是更不发达的"②；最后，达尔文认为不同人种对于美的概念的看法是不同的。他认为文明人和野蛮人的美感不同，"在文明人那里，美的感觉是与许多复杂的观念联系着的"③。针对这一点，普列汉诺夫运用原始社会的材料借以说明并不是只有在文明社会中，美的感觉与复杂的观念联系在一起。他认为在原始社会中，动物的皮、爪和牙齿最初只是用来作为勇敢、灵巧和有力的标志，因而对于原始人来说，美感也是可以和复杂的观念联系在一起的。

普列汉诺夫运用唯物史观对于达尔文的美感理论进行了分析和评判。首先，他发现了达尔文美感理论的前后矛盾之处，假设美感对于野蛮人和文明人而言，都是与复杂的观念产生的联想有关，那动物何尝有复杂的观念呢？这便与之前他对于动物也有可能具备美感的观点自相矛盾。普列汉诺夫运用唯物史观揭示了达尔文美感理论的这一矛盾之处，他认为"回答这些问题的不能是生物学家，而只能是社会学家"④，"唯物史观比任何其他历史观更有助于解决这些问题"⑤。其次，普列汉诺夫批评达尔文过度贬低野蛮人的美感能力和美感活动。他认为野蛮人完全不能等同于动物，他运用大量材料证明共同劳动对于原始狩猎民族的意义，正是由于其已经进

---

① 《普列汉诺夫哲学著作选集》第 5 卷，生活·读书·新知三联书店 1984 年版，第 313 页。
② 《普列汉诺夫哲学著作选集》第 5 卷，生活·读书·新知三联书店 1984 年版，第 313 页。
③ 《普列汉诺夫哲学著作选集》第 5 卷，生活·读书·新知三联书店 1984 年版，第 314 页。
④ 《普列汉诺夫哲学著作选集》第 5 卷，生活·读书·新知三联书店 1984 年版，第 317 页。
⑤ 《普列汉诺夫哲学著作选集》第 5 卷，生活·读书·新知三联书店 1984 年版，第 317 页。

入社会性的物质劳动生产，从中才引发对于艺术起源的观念联想，倘若没有为争夺狩猎权利和人而进行的原始战争，没有武器这种掠夺工具，就不会有原始战争舞的起源。最后，普列汉诺夫认为达尔文并未揭示出审美趣味背后的真正起源，当然"更不能说明它们的历史发展"①。从生物学角度来看，人的生理机能的变化其实并不算太大，但审美趣味却随着历史和时代的改变发生巨大的改变，甚至同一时代审美趣向也有着明显不同，这些历史变化显然不能用生理学知识来进行解释。

但普列汉诺夫并未全盘否定达尔文的美感理论，他在生物学角度肯定其对于美感产生的生理和心理基础的看法，并运用唯物史观在达尔文、费尔巴哈等旧唯物主义者研究终结的地方开始了自己的研究，提出了美感生成的两条件说，虽然存在一些不足，但相比较前人研究而言，终归是进步了。普列汉诺夫认为，"人的本性使他能够有审美的趣味和概念。他周围的条件决定着这个可能性怎样转变为现实；这些条件说明了一定的社会的人（即一定的社会、一定的民族、一定的阶级）正是有着这些而非其他的审美的趣味和概念"②。从中很显然可以看出，他将美感形成的条件划分为人的本性和社会性两种因素。可以从以下方面加以理解：

首先，普列汉诺夫所说的人的本性实际上超越抽象的自然属性，应该理解为一种历史的范畴。毫无疑问，普列汉诺夫承认人的本性确实包括"神经系统的生理本性"③，也就是达尔文所说的人与动物共同具有的

---

① 《普列汉诺夫哲学著作选集》第 5 卷，生活·读书·新知三联书店 1984 年版，第 313 页。
② 《普列汉诺夫哲学著作选集》第 5 卷，生活·读书·新知三联书店 1984 年版，第 320 页。
③ 《普列汉诺夫哲学著作选集》第 5 卷，生活·读书·新知三联书店 1984 年版，第 320 页。

美感，侧重于对审美对象色彩、形状、声音等自然或物种属性等作出的生理、心理反应，这个是人从动物进化而来所不可避免的生理特性。恩格斯曾说："人来源于动物界这一事实已经决定人永远不能完全摆脱兽性，所以问题永远只能在于摆脱的多些或少些，在于兽性或人性的程度上的差异。"①这表明人与动物本身便存在生理上的共同点，比如生存本能、防御本能、性本能等。但尽管人与动物都是依托自然在进行物质生产，但本质确是完全不同的，他们按照不同的尺度进行生产。"动物只生产它自己或它的幼仔所直接需要的东西；动物的生产是片面的，而人的生产是全面的……动物只是按照它所属的那个种的尺度和需要来构造，而人却懂得按照任何一个种的尺度来进行生产。并且懂得按照任何一个种的尺度来进行生产，并且懂得处处都把固有的尺度运用于对象；因此，人也按照美的规律来构造。"②这一经典论述实际上表明，尽管有的动物可能会在生理本能上优于人类，比如狗的嗅觉、猎豹的速度、鹰的视觉等，但动物的活动终究是为了满足其肉体本能的需要，是为了顺应自然，而人的活动是改造自然的活动，在这个过程中融入了人自身的理想、意愿、价值等，按照内在的尺度，使物向人生成。因此，在马克思主义看来，人的本性概念不仅包括人的自然生理本性，更包括区别于动物的社会本性。

普列汉诺夫充分实践了这一观点，他的人性观点跨越生物学领域而进入到社会学领域。他高度赞赏马克思的观点，认为人在改造自然的实践中也改变着自己的天性，"当人通过自己的劳动影响他以外的自然时，也就使他自己的本性发生了变化。因此人性本身就有一个

---

① 《马克思恩格斯选集》第 3 卷，人民出版社 1995 年版，第 442 页。
② 《马克思恩格斯选集》第 1 卷，人民出版社 2012 年版，第 57 页。

历史，要辨明这个历史，必须了解人是怎样影响他以外的自然的"①。他在《没有地址的信》中举出大量事例证明这一点，比如原始部落中拍子的产生决定于"生产过程的技术操作性质，决定于一定生产的技术"②。他肯定对节奏的敏感是人的一种生理本能，但歌的节奏严格按照生产劳动的节奏进行，原始部落中歌的拍子总是适应于生产动作的节奏，也就是说人虽然有感受节奏的生理能力，但节奏归根到底是在生产技术过程中产生的，在生产过程中人运用觉察节奏的能力去感受和欣赏节奏美，也就是说，"人的本性（他的神经系统的生理本性）给了他觉察节奏的音乐性和欣赏它的能力，而他的生产技术决定了这种能力后来的命运"③。因此，普列汉诺夫并未将人性看作是抽象的一成不变的，而是将其看作是与社会具体历史进程息息相关的，进入到社会学领域。

其次，强调美感产生的社会性条件。普列汉诺夫在这里所说的社会条件实际上指的是"由一定社会的生产力状况和它的经济所制约和创造的"④社会环境。包括了体现时代和阶级社会心理的历史环境和影响审美个体、审美心理的具体小环境。一方面，它是审美主体的审美能力得以实现的基本条件。普列汉诺夫强调审美机制的两个方面，一是需要健全的审美感官，使审美主体从生理基础上具备"体验一种特殊的（'审

① 《普列汉诺夫哲学著作选集》第2卷，生活·读书·新知三联书店1962年版，第163页。
② 《普列汉诺夫哲学著作选集》第5卷，生活·读书·新知三联书店1984年版，第339页。
③ 《普列汉诺夫哲学著作选集》第5卷，生活·读书·新知三联书店1984年版，第341页。
④ 《普列汉诺夫哲学著作选集》第5卷，生活·读书·新知三联书店1984年版，第317页。

美的'快感的能力)"[1]，在此基础上产生社会化的审美感官和观念的联想。他举例说，原始野蛮人用野兽的皮、爪和牙齿来装饰自己，不单单是这些物品的色彩和线条的组合吸引了他们，而是由于它们由原先纯粹的自在之物转化为具有社会意义的"为我之物"。人们战胜自然界的野兽后将其变为自己的战利品，显示了人类能动改造自然和征服自然的本质力量，激起了人对勇敢、灵巧和有力这些观念的联想，引起"审美的感觉"[2]，从而赋予野兽身上的皮、爪和牙齿以社会价值和审美价值。也可以说明这些动物的皮、爪和牙齿只有进入人类物质生产生活中才具备全新的意义。马克思在《1844 年经济学哲学手稿》中明确提出，"人不仅像在意识中那样理智地复现自己，而且能动地、现实地复现自己，从而在他所创造的世界中直观自身"，这段话普列汉诺夫虽未读到，但他的观点是符合马克思的论断的。非洲很多黑人妇女喜欢在手上和脚上戴铁环，因为在她们眼里，铁是贵重的金属可引发对"富的观念"联想，"贵重的东西显得是美的，因为同它一起联想起来的是富的观念"[3]。普列汉诺夫认为对象的美不是自在存在的，也不是理念的投影，根源于由人在社会生产活动中产生的观念的联想。主体潜在的社会能力在社会条件中得以实现和转化，引发人们观念的联想而产生美的感觉。另一方面，社会条件决定主体审美活动的性质和方向，决定着人们为何会产生这样而非那样的审美趣味。审美对象之所以能从感受对象的外在形式入手而深入到内在根据，根源受到一定社会历史条件的制约。

---

① 《普列汉诺夫哲学著作选集》第 5 卷，生活·读书·新知三联书店 1984 年版，第 319 页。

② 《普列汉诺夫哲学著作选集》第 5 卷，生活·读书·新知三联书店 1984 年版，第 315 页。

③ 《普列汉诺夫哲学著作选集》第 5 卷，生活·读书·新知三联书店 1984 年版，第 315 页。

对于美感的人性生理条件和社会条件的关系，普列汉诺夫认为，人的本性提供产生美感的可能性，而社会条件则将这种可能性转化为现实，生成具体的美感。如果没有社会条件作为客观现实基础，人的潜在生理能力便不可能得到发挥，只是作为一种具有实在内容的精神现象，一种无法转化为现实的可能性。因此普列汉诺夫认为"自然给予人能力，而这种能力的练习和实际运用则由他的文化的发展进程所决定"①。

普列汉诺夫关于"人的本性"理论不仅包括生理因素，还包括心理因素。他认为美感的感受可由人的生理感官到内在心理机制逐步推进，从审美对象的外在形式入手，体会其内在意蕴。他按照达尔文的观点，着重强调了模仿的倾向、矛盾的倾向、节奏感和对称感，但尤其要注意的是，普列汉诺夫是结合人的具体的社会历史条件来论述这四个规律。

第一，模仿的倾向。普列汉诺夫认为"人的本性"中渗透着一种模仿的规律，"在我们的观念、趣味、风尚和习俗的历史上起过很大的作用，这是毫无疑问的"②。模仿心理的核心其实是顺众，是一种求知的表现，推动着人类社会的进步。普列汉诺夫将模仿心理应用于审美领域，认为原始民族的艺术创作活动与这种心理活动有着密切联系。他认为原始民族的舞蹈有时候就是对动物动作的简单模仿，比如澳洲土人的青蛙舞、蝴蝶舞、袋鼠舞等，以及北美印第安人的熊舞和水牛舞等均属于此；而有时候也是对"生产过程的简单描写"，比如澳洲土人的划桨舞或者新西兰人表演的造船舞。很显然，动物与生俱来模仿这种心理倾向，在本能的驱使下机械的模仿，但人在审美过程中的模仿心理并不是

---

① 《普列汉诺夫哲学著作选集》第 5 卷，生活·读书·新知三联书店 1984 年版，第 343 页。

② 《普列汉诺夫哲学著作选集》第 5 卷，生活·读书·新知三联书店 1984 年版，第 320 页。

对于客观世界的简单复制，而是一种积极的审美再创造，基于现实的一种有目的、有意识的能动实践活动，这就比德谟克利特和亚里士多德的模仿本能说要进步很多。但普列汉诺夫举例 17 世纪一定时期内，法国资产阶级模仿贵族的社会现象表明模仿的心理归根结底还由社会条件所决定，认为"我们可以说，虽然人无疑地有强烈的模仿的倾向，但是这种倾向只是在一定的社会关系中"①。

第二，矛盾的倾向。普列汉诺夫认为这就是达尔文所说的对立的原理，譬如狗在主人面前肚皮朝上仰卧，与平时表现不同，实际上是对主人表示驯服。非洲黑人部落在经过敌对部落所在的村落时，非但没有佩戴武装，而且会解除武装，但在他们自己家里，则会用棍子武装自己。同样，在生活习俗中大量事实证明对立原则的存在，通常表现为不是顺从必然而采取的相反的行动。普列汉诺夫将达尔文所说的对立的原则运用在审美领域，认为"我们的审美趣味的发展，部分地也是在它的影响下进行的"②。在非洲，富有的黑人妇女穿着很小的鞋子，步态别扭，却被认为是很有诱惑力的。但贫穷的妇女不穿那种鞋子，步态便是普通的。普列汉诺夫认为富人妇女的步态本身是毫无意义的，但由于她们不需要劳作，便与时常劳作的贫穷妇人形成对比而富有风情。因此他认为矛盾的倾向的形成在这里还有社会原因，由于非洲黑人间普遍存在的贫富差距和社会财产分配不均所造成。他又举例英国斯图亚特王朝复辟后，英国旧贵族不仅没有模仿英国革命的小资产阶级的生活规则、道德习俗和审美趣味，反而表现出了与资产阶级完全相反的兴趣和习惯。普

① 《普列汉诺夫哲学著作选集》第 5 卷，生活·读书·新知三联书店 1984 年版，第 322 页。
② 《普列汉诺夫哲学著作选集》第 5 卷，生活·读书·新知三联书店 1984 年版，第 326 页。

列汉诺夫认为这是因为贵族与第三等级之间激烈的矛盾冲突所造成的，阶级矛盾带来的政治利益冲突使贵族对于政敌的习惯无法顺从，资产阶级道德于贵族阶级而言是无益的，甚至是极端仇恨的，"这里起作用的不是模仿，而是矛盾，它显然也是起源于人类本性的特质"①。因此，矛盾心理倾向的根源仍在于复杂的社会关系，"归根到底是由社会原因所引起的"②。

第三，对节奏的敏感。普列汉诺夫认为对节奏的敏感也是人的一种生理和心理本能。他在这里同意达尔文的看法，认为这种生理本能并不单单属于人类所特有，而是自然界一切动物所具备的正常生理反应。节奏不仅在生理上给予人类自然舒适感，同时也是构成形式美的重要方面。它既存在于美的领域，同时也存在于人体本身，人类的呼吸系统、循环系统、运动系统等都遵循一定的规律运动，因此人在生理特性上便具备适应节奏的能力，也就自然而然运用节奏的尺度感受客观世界。但要使规律的节奏形成歌曲音乐等，必然要渗透进社会性的内容。毫无疑问，节奏是音乐的充分不必要条件，也就是说并不是所有的节奏都是音乐，但音乐必然要遵循一定的节奏。普列汉诺夫认为，原始音乐的拍子依据的是生产动作的节奏，"歌的节奏总是严格地由生产过程的节奏决定的。不仅如此。生产过程的技术操作性质，对于伴随工作的歌的内容，也有着决定性的影响"③。他认为，"人的本性（他的神经系统的生理本性）给了他以觉察节奏的音乐性和欣赏它的能力，而他的生产技术

---

① 《普列汉诺夫哲学著作选集》第 5 卷，生活·读书·新知三联书店 1984 年版，第 321 页。

② 《普列汉诺夫哲学著作选集》第 5 卷，生活·读书·新知三联书店 1984 年版，第 328 页。

③ 《普列汉诺夫哲学著作选集》第 5 卷，生活·读书·新知三联书店 1984 年版，第 340 页。

决定了这种能力后来的命运"①。在这里，他仍然强调的是社会因素的决定性作用。

第四，对称的规律。对称的规律同样也是客观事物符合规律的存在形式，是构成形式美的重要方面。普列汉诺夫认为人和动物自身的身体机构就是遵循对称规律的，因而人天生具有欣赏对称的能力。但他又明确指出，如果没有社会生活的原因，这种能力就得不到发展。原始人的武器和用具因为其在生产过程中的性质和用途，往往要求采取对称的形式。生理方面的原因给予人类以对称的尺度感受对象，后天的社会原因使人在审美领域有目的有意识的发展对称的规律，正如"自然给予人以能力，而这种能力的练习和实际运用则由他的文化的发展进程所决定"②。总之，普列汉诺夫在论述美感产生的条件时，在承认人的生理和心理条件的前提下，更为强调阶级关系、生产劳动等社会因素作用。他的研究领域"恰恰开始于达尔文主义者的研究领域终结的地方"③，他从达尔文的生物学知识出发得到了社会学结论，因此不能将其简单看成是达尔文人性论者。

（二）使用价值先于审美价值：兼谈审美的功利性与非功利性

马克思人类学本体论的核心内容便是人与自然、人与社会关系中所体现的自由自觉特质。马克思曾在《詹姆斯·穆勒〈政治经济学原理〉

---

① 《普列汉诺夫哲学著作选集》第 5 卷，生活·读书·新知三联书店 1984 年版，第 341 页。

② 《普列汉诺夫哲学著作选集》第 5 卷，生活·读书·新知三联书店 1984 年版，第 343 页。

③ 《普列汉诺夫哲学著作选集》第 5 卷，生活·读书·新知三联书店 1984 年版，第 318 页。

一书摘要》中指出，人的活动具有两种功能，一种是谋生的功能，这种活动是"劳动者的直接的生活来源"①；另一种是乐生的功能，这种活动是人的"自由的生命表现，因此是生活的乐趣"②。也就是说在实践活动中，人能够根据自身需要，通过对客体的认识和把握，摆脱对物的依赖，实现对物的改造，利用其特性和规律为自身所用。人类的谋生活动是一种有意识有目的的活动，通过对物质世界客观规律的认识，劳动活动完成了向自由王国的过渡。这就正如马克思所言，"我在我的生产中物化了我的个性和我的个性的特点，因此我既在活动中享受了个人的生命表现，又在对产品的直观中由于认识到我的个性是物质的，可以直观地感知的因而是毫无疑问的权力而感受到个人的乐趣"③。换言之，人类在求生过程中维持了自身生存的需要，同时展现了自身巨大的发展潜能，感受到了自身征服和战胜自然的积极肯定意识，由此产生一种满足精神需要的个人趣味，艺术就是这种精神需要的体现。普列汉诺夫对于审美意识问题的相关论述也遵循了马克思主义人类学本体论的基本路径，从求生和乐生需要出发，强调审美意识产生的实用价值和审美快感，即建立在求生活动基础上的满足自我精神需要，引起自我肯定、自我意识的审美愉悦，艺术和审美活动兼具功利性和非功利性的存在。

在叙述普列汉诺夫审美与功利的关系问题前，先不妨看看他提到的两个概念，分别为"普通的快乐"和"审美的快乐"。唯物史观认为，人类从意识到自己是"有生命的个人存在"起，就决定了自身存在和发展的两个向度：一是对"为了能够'创造历史'，必须能够生活"的物质生活的需求；二是对"已经得到满足的第一个需要本身、满足需要的活

---

① 《马克思恩格斯全集》第42卷，人民出版社1979年版，第28页。
② 《马克思恩格斯全集》第42卷，人民出版社1979年版，第38页。
③ 《马克思恩格斯全集》第42卷，人民出版社1979年版，第37页。

动"而"引起新的需要"的精神生活的需求。文艺这个特殊的审美创造活动，实际上就是在满足实用目的基础上生成的文艺主体与客体之间独特的审美体验。普列汉诺夫将实用欲望得到满足后获取的快乐称为"普通的快乐"，对人们的物质生产生活造成直接与间接的影响。比如原始人用泥土、某些植物的汁液等涂抹身体，为了保护自己免受自然昆虫和光线的伤害，用动物鲜血涂抹全身最初是为了在战场上吓退敌人，在身上涂画某种标记来满足医疗、出生证、护照、备忘录等实际的需要。人们从中获得的快感是实用效益得到满足的愉悦和快乐。当人们基于物质实用需求满足后而萌生了精神需求后，正如"原始人最初之所以用粘土、油脂或植物汁液来涂抹身体，是因为这是有益的。后来逐渐觉得这样涂抹的身体是美丽的，于是就开始为了审美的快感而涂抹起身体"①，那样，便产生一种由对象的形式而引发的审美快感，普列汉诺夫称其为"审美的快乐"，这种审美快乐"使人的心情舒畅，使人的灵魂崇高起来"②。

在这里，普列汉诺夫一方面强调了审美活动与物质生活的因果联系，物质求生活动是一切活动包括审美活动的基础，原始人类最初在鼻子、嘴唇或耳朵上穿孔也是为了作为自身"力量、勇气或灵巧的证明和标记"③，为了夸耀自己的勇武和忍受肉体之痛的能力。因而，人类为了再度体验实际生活中运用自身本质力量的快乐，即劳动时改造自然的生命表现、对象实用价值给予的快乐，便产生了审美意识和审美活动。另一方面，普列汉诺夫同时也强调审美快感本身是一种不考虑对象的实

---

① 《普列汉诺夫哲学著作选集》第 5 卷，生活·读书·新知三联书店 1984 年版，第 411 页。

② 《普列汉诺夫哲学著作选集》第 4 卷，生活·读书·新知三联书店 1974 年版，第 354 页。

③ 《普列汉诺夫哲学著作选集》第 5 卷，生活·读书·新知三联书店 1984 年版，第 419 页。

用价值而出于满足审美需要的快感。他认为"当狩猎的胜利品开始以它的样子引起愉快的感觉，而不管是否有意识地想到它所装饰的那个猎人的力量或灵巧的时候，它就成为审美快感的对象，于是它的颜色和形式也就具有巨大而独立的意义了"①，这里的形式对于审美是具有独立的意义，实际上也是人类创造性实践活动的产物，已不属于单纯的自在之物，经过了人的创造性改造而实现了内容与形式的统一。"普通的快乐"的"审美的快乐"内在的包含了审美活动的功利性与非功利性的特征。

其一，普列汉诺夫是从发生学角度阐明审美与功利的关系，即审美在前，功利在后，认为审美活动是功利活动的派生现象。他批评了游戏说和摹仿说，用大量绘画、舞蹈、音乐节奏、装饰、文身等事实证明功利活动先于审美活动，先有有用物品的生产，"人最初是从功利观点来观察事物和现象，只是后来才站到审美的观点上来看待它们"②。他以原始维达人装饰艺术的起源来说明"原始狩猎者的艺术活动的性质十分明确地证明了，有用物品的生产和一般的经济活动，在他们那里是先于艺术的产生，并且给艺术打下了最鲜明的印记"③。未受外来文化影响的维达人不知道装饰是什么，但那时他们却已经可以制造简单的劳动工具和武器用以维持生存的需要，很显然的是在维达人那里，"以制造武器为目的的加工工业，先于以制造装饰品为目的的加工工业"④。毕歇尔认为

---

① 《普列汉诺夫哲学著作选集》第 5 卷，生活·读书·新知三联书店 1984 年版，第 420 页。

② 《普列汉诺夫哲学著作选集》第 5 卷，生活·读书·新知三联书店 1984 年版，第 376 页。

③ 《普列汉诺夫哲学著作选集》第 5 卷，生活·读书·新知三联书店 1984 年版，第 395 页。

④ 《普列汉诺夫哲学著作选集》第 5 卷，生活·读书·新知三联书店 1984 年版，第 394 页。

人类的加工工业是源于给自身涂抹各种颜色、文身等，他认为技能是在游戏中得到的，"游戏先于劳动，而艺术先于有用物品的生产"①。

　　普列汉诺夫驳斥了这一观点，他认为"游戏是由于要把力量的实际使用所引起的快乐再度体验一番的冲动而产生的。力量的储蓄愈大，游戏的冲动也就愈大"②。也就是说，普列汉诺夫认为人类的审美活动是人类社会发展到一定阶段的产物，人们在生产活动中产生一定的快感，为了再次体验生产活动的快感从而产生艺术，从而将文艺起源于具体的现实的人的活动相结合。实际上，马克思认为人类的审美活动是一种劳动对象化的活动，"随着对象性的现实在社会中对人来说到处成为人的本质力量的现实，成为人的现实，因而成为人自己的本质力量的现实，一切对象对他来说也就成为他自身的对象化，成为确证和实现他的个性的对象，成为他的对象，这就是说，对象成为他自身"③——即人从出于自身的审美需要，通过劳动这一感性的劳动实践活动，将自己的本质力量、个性等转化为现实，改造自然物的客观形态，使对象打下人和人生活的烙印。

　　普列汉诺夫的这一思想是符合马克思的观点。随着人类实践活动的不断深入和扩大，知识理性的不断丰富，人们的社会关系愈加多样化，产生更多精神上的需求，不仅满足人们的实用需要，也满足人的审美需要，从获取普通的快乐进而到拥有审美的快乐，从而产生自觉的审美创造活动。因此，审美活动是基于功利活动，是一个历史性的对象化的实

---

① 《普列汉诺夫哲学著作选集》第 5 卷，生活·读书·新知三联书店 1984 年版，第 374 页。

② 《普列汉诺夫哲学著作选集》第 5 卷，生活·读书·新知三联书店 1984 年版，第 395 页。

③ 《马克思恩格斯文集》第 1 卷，人民出版社 2009 年版，第 190—191 页。

践活动，从其发生学的角度来讲，无疑具有功利性的特征。

其二，普列汉诺夫在批判康德美感非功利性思想的基础上，明确提出功利性是客观存在的。康德曾在美学史上第一个系统提出审美无利害关系论，他在其《判断力批判》这一著作中提出审美不涉利害这一先验美学的命题，他在开篇"美的分析"这一节中提出"那规定鉴赏判断的愉悦是不带任何利害的"①，他将快感规定为感官上的快乐引起的快感、道德上的赞许或尊重引起的快感和欣赏美的事物而引起的快感。他认为感官快适是主体与对象表象的联系，纯粹由对象的质料和内容引发的官能快感，善的愉快体现了主体的理性追求，融合了人的目的与理性原则，二者均是带有功利色彩，他认为美感则是不涉及利害计较，不受对象制约、不含功利目的，仅从形式直观出发的纯粹的快感。这里实际上只是将美视作对于对象的纯形式观照，无视对象的内容和性质，最后在审美对象与客观目的性的关系中陷入了"美没有明确目的而却有符合目的性的矛盾或二律背反"②。普列汉诺夫将美感与功利性相统一，认为康德的观点适合于个体的研究，但从"社会的观点上来考察的时候，情形就改变了"③。因而也可以说，普列汉诺夫是从文艺社会学的角度出发，批驳了康德的这一观点。他以原始艺术为例，认为功利性是客观存在的，人可能主观上意识不到审美活动中的功利因素，无意识的实现有意识的实用目的。

"艺术家在遵循有意识的意图的地方，往往是无意识的行动着，他并不总是只关心美，除去对美的企望之外，也还有其他的企望"④，但一

---

① [德] 康德：《判断力批判》，邓晓芒译，人民出版社 2002 年版，第 38 页。
② 朱光潜：《西方美学史》，人民文学出版社 2017 年版，第 360 页。
③ 《普列汉诺夫哲学著作选集》第 5 卷，生活·读书·新知三联书店 1984 年版，第 497 页。
④ 《普列汉诺夫哲学著作选集》第 5 卷，生活·读书·新知三联书店 1984 年版，第 280 页。

定的东西在原始人的眼中一旦获得了某种审美价值之后，"他就力求仅仅为了这一价值去获得这些东西，而忘掉这些东西的价值的来源，甚至连想都不想一下"①，甚至原始狩猎者本身就对交换价值这一概念理解模糊，为了生存需要很多交换行为是自然而然实现的，"一件物品交换另一件物品时的数量比例，最初大部分是偶然的"②。社会学家安东尼·吉登斯将其称为来自多次重复实践而产生的日程生活中无意识的惯习，他认为人们在重复这种日常生活中无意识的惯习时自然而然产生本体的安全感，维系着人们对日常生活的例行化和秩序化的稳定感和认同感。荣格则认为，人的无意识大量存在于生活之中，可能微弱到无法被意识到的存在，某种无意识的行为经过多次重复可以自然而然形成有意识的习惯行为。因此，功利性是客观存在的，尽管人可能在主观上意识不到审美活动的功利作用，但这并不妨碍功利性潜在的、必然的隐藏于社会无意识中，作用于人的审美判断，对象只有具备使用价值，是对社会人的生活和发展是有用的，才具备审美的意义，"只有对他们有用的东西……在它们看来才是美的"③。他认为，当人在进行审美判断时，运用理性思维进行思考而不是简单的直接经验获得对美的理解时，均是一种功利性的体现。

其三，普列汉诺夫也并未将功利与审美相等同，简单将审美活动当作功利活动，他也注意到了非功利性因素的影响。这其中包括两个内容：一方面，审美判断不以明确的功利要求为首要目标。马克

---

① 《普列汉诺夫哲学著作选集》第 5 卷，生活·读书·新知三联书店 1984 年版，第 427 页。
② 《普列汉诺夫哲学著作选集》第 5 卷，生活·读书·新知三联书店 1984 年版，第 427 页。
③ 《普列汉诺夫哲学著作选集》第 5 卷，生活·读书·新知三联书店 1984 年版，第 497 页。

思主义美学认为，人类的审美感觉不是对物的抽象的实用性质的感觉，而是对物的感性存在尤其是感性形式的感觉，正如"忧心忡忡的、贫穷的人对最美丽的景色都没有什么感觉；经营矿物的商人只看到矿物的商业价值，而看不到矿物的美和独特性；他没有矿物学的感觉"①。矿物除了一般的实用价值和作为商品的交换价值外，还有审美价值，在实用和交换的场合，人对于矿物的感觉都是非审美的，审美感觉是对矿物审美价值的感觉，具有非功利性的特征。

　　普列汉诺夫的审美非功利性观点实际上与马克思关于审美特征的这一观点相通。他认为"当狩猎的胜利品开始以它的样子引起愉快的感觉，而不管是否有意识地想到它所装饰的那个猎人的力量或灵巧的时候，它就成为审美快感的对象，于是它的颜色和形式也就具有巨大而独立的意义了"②，因而在他看来，审美感的非功利性是单纯从对象的颜色和形式上获得愉快的感觉，而不考虑实用目的。这里所说的审美对象已经是人类劳动创造的产品，内在的包含了实用和功利的因素，并非是纯粹自在、未经改造过的自然物——在这里强调的形式实际上是形式与内容的统一，并非简单的形式主义。这种审美的快乐实际上表现为人们获得一种"纯真的喜悦的感觉"③，是发自内心的超脱功利欲望的情感。尽管普列汉诺夫注重文艺的社会价值，但他又认为"伟大心灵的抒情"应通过"美的形式"④表现出来而被人们所认识和欣赏，

---

① 《马克思恩格斯全集》第3卷，人民出版社2002年版，第305—306页。

② 《普列汉诺夫哲学著作选集》第5卷，生活·读书·新知三联书店1984年版，第420页。

③ 《普列汉诺夫哲学著作选集》第5卷，生活·读书·新知三联书店1984年版，第260页。

④ 《普列汉诺夫哲学著作选集》第5卷，生活·读书·新知三联书店1984年版，第521页。

正如"兴趣的判断毫无疑问是以作这种判断的个人没有任何功利的想法为前提"①，审美活动的前提是要保证审美快感的实现而不是纯粹的功利效益。

另一方面，审美判断必然是超脱个人的狭隘功利要求。普列汉诺夫认为康德的审美无利害论"应用到个别人的身上是十分正确的"，"但我们站在社会的观点上来考察的时候，情形就改变了"②。也就是说他侧重于社会的人角度，强调审美判断不应掺和个人狭隘的功利要求。他举例人欣赏一幅画，不是因为出售它而获取交换价值而喜欢它，而是由于画作可以激发人自由的想象力，获得审美的愉悦。这里的审美快感摆脱了纯粹功利的目的，是自由的。

但尤其要注意的是，普列汉诺夫在论述审美与功利性问题上过分强调了个人与社会的二元对立。他在批评康德审美超功利思想时，认为其思想"应用到个别人的身上是十分正确的"，"但我们站在社会的观点上来考察的时候，情形就改变了"③。在强调审美功利性时，认为"不是人为了美而存在，而是美为了人而存在"，但又认为"我们指的不是个别的人，而是社会（部落、民族、阶级）"④，将个人和社会对立起来的观点无疑是不正确的。因为个人是社会的产物，社会由无数个个人所构成，个人的观点总是这样或那样地表现着社会的观点，没有

---

① 《普列汉诺夫哲学著作选集》第 5 卷，生活·读书·新知三联书店 1984 年版，第 498 页。

② 《普列汉诺夫哲学著作选集》第 5 卷，生活·读书·新知三联书店 1984 年版，第 498 页。

③ 《普列汉诺夫哲学著作选集》第 5 卷，生活·读书·新知三联书店 1984 年版，第 498 页。

④ 《普列汉诺夫哲学著作选集》第 5 卷，生活·读书·新知三联书店 1984 年版，第 498 页。

离开社会的个人观点，也没有离开一切个人的观点的社会的观点。审美的功利性与非功利性特征对于个人和社会的审美活动都同样适用。马克思的观点对于这个问题作出了很好的解读，他认为人类的审美感觉是社会的产物，超越动物式和非社会的人的感觉，"囿于粗陋的实际需要的感觉也只具有有限的意义。对于一个忍饥挨饿的人说来并不存在人的食物形式，而只有作为食物的抽象存在；食物同样也可能具有最粗糙的形式，而且不能说，这种进食活动与动物的进食活动有什么不同"[①]。

（三）审美判断的"直觉能力"

审美的功利性与非功利性是从主体与外部对象的关系来区分审美的特征，倘若从主体的内部心理出发来探讨审美与非审美感的区别，则体现为审美的直觉性问题。直觉作为一种感性能力，一直是西方美学史重要的审美范畴。但由于西方理性主义的长期主导，直觉直到近代才日渐被美学理论界重视。鲍姆嘉通第一次对直觉这一审美一大特征进行了重新审视，使康德认识到了审美活动中直觉的意义，克罗齐和柏格森则系统的阐释了审美直觉理论。克罗齐认为直觉即艺术，也是抒情的表现，艺术欣赏就是用直觉来再造艺术家所创造的抒情意象，从而得到与作者本人大致相同的体会与感动。普列汉诺夫也强调审美的直觉性，他认为"功利是凭借理智来认识的；美是凭借直觉能力来认识的。前者的领域是打算；后者的领域是本能"[②]，他关于审美功利性的看法包括以下两个方面。

---

① 《马克思恩格斯全集》第 3 卷，人民出版社 2002 年版，第 305 页。
② 《普列汉诺夫哲学著作选集》第 5 卷，生活·读书·新知三联书店 1984 年版，第 497 页。

第一，普列汉诺夫认为审美直觉性指的是直接从形象获取审美感受。正如"审美的享受的主要特点是它的直接性"①，审美形象是直觉的对象，直觉是主体的活动，这个直接性的特点根源于主客体之间的关系。普列汉诺夫认为审美直觉专注于对象的外在表现形式，而不考虑其实用效益，"一件艺术品，不论使用的手段是形象或声音，总是对我们的直观能力发生作用，而不是对我们的逻辑能力发生作用"②，人们在审美过程中对审美对象通过审美感官本身，作出迅速的判断。马克思主义认识论实际上认为形象思维和抽象思维是人们认识世界的两种思维方式，利用抽象思维的理论的方式是"不同于对于世界的艺术精神的，宗教精神的，实践精神的掌握的"③。抽象思维、逻辑思维这种理论的方式不同于艺术的方式就在于，前者将"完整的表象蒸发为抽象的规定"继而"抽象的规定在思维行程中导致具体的再现"④，也就是对现实表象进行抽象分析和概括，抽取个别中的共同本质，舍弃具体形象，进行判断推理，在理论中得到结论，实现众多抽象的总和，而后者则必须依赖于形象，把个性中的共同本质抽取出来形成艺术的典型。也就是说，抽象思维的结果的具体是不可直观的，而现实里具体的表象是可以直观的。抽象思维、逻辑思维一般指的是形式逻辑的思维方式，也就包括了演绎的推理方式，也就是普列汉诺夫所论及的"三段论法"以及归纳的方法。"三段论法"即是从已有的概念范畴出发，通过三段论进行的推理和判断。

普列汉诺夫在评价别林斯基的美学宝典时，认同他其中列出的第

---

① 《普列汉诺夫哲学著作选集》第 5 卷，生活·读书·新知三联书店 1984 年版，第 497 页。
② 《普列汉诺夫哲学著作选集》第 5 卷，生活·读书·新知三联书店 1984 年版，第 409 页。
③ 《马克思恩格斯选集》第 2 卷，人民出版社 2012 年版，第 701 页。
④ 《马克思恩格斯选集》第 2 卷，人民出版社 2012 年版，第 701 页。

一条，"诗人应当表明，而不应当证明；'是用形象和图画来思维，而不是用三段论法和两端论法来思维'"，他由此认为"诗是对真理的直接直观或用形象思维"①，诗人应运用形象思维借助形象直观来表达真理的内容，而不能只具备抽象的意义。这要求欣赏主体只关注到意象本身却不产生更多与现实世界的联想意义，摆脱生活中的知识和经验，将意象世界隔绝于实用世界，凝神专注，实现物我合一的状态。也就是直觉只能感知到形象，如果离开了具体的形象，也就没有美。朱光潜先生称这种形象的直觉为"美感经验"，"直觉是突然间心里见到一个形象或意象，其实就是创造，形象便是创造成的艺术。因此，我们说美感经验是形象的直觉，就无异于说它是艺术的创造"②。

　　第二，普列汉诺夫认为审美的直觉性还包括审美直觉的无意识性。普列汉诺夫提出，"属于直觉能力的领域要比理智的领域广阔得不知道多少：在享受他们觉得美的对象的时候，社会的人几乎从来没有认识清楚那同他们关于这个对象的观念联系在一起的功利。在极大多数场合下，这种功利只有科学的分析才能够发现出来"③，这里的"没有认识清楚"指的就是无意识性，即没有自觉明确的意识到。普列汉诺夫无疑是赞同别林斯基关于艺术创作中的无意识性的观点，认为"无意识性是任何诗的创作的主要特征和必要条件"，认为别林斯基"从来没有停止过认为无意识性在真正艺术家的活动中具有巨大意义"④。这在他将别林

---

① 《普列汉诺夫哲学著作选集》第 5 卷，生活·读书·新知三联书店 1984 年版，第 220 页。
② 朱光潜：《文艺心理学》，华东师范大学 2015 年版，第 12 页。
③ 《普列汉诺夫哲学著作选集》第 5 卷，生活·读书·新知三联书店 1984 年版，第 497 页。
④ 《普列汉诺夫哲学著作选集》第 5 卷，生活·读书·新知三联书店 1984 年版，第 222 页。

斯基与皮萨列夫进行对比中表现突出，他认为，"我们之所以认为必须在这里指出别林斯基的这个观点，是因为在 60 年代，我国的启蒙主义者们，特别是皮萨列夫，曾经否定了艺术创作中有任何无意识性的因素"①。显然在这里他批评了皮萨列夫单纯的将艺术变为传达作者思想的传声筒的观点，在他看来作者自身不可直接地、硬生生地在作品中表达政治议论，其政治思想倾向应需要通过艺术形象自然而然的流露出来，实际上从这里可见他是间接上肯定了别林斯基的观点。尽管他并没提出"无意识性"的影响范围有多大，但其实也肯定了艺术作品中无意识性因素的存在。

二、文艺社会价值说："为社会而艺术"

文艺价值其实是一个具有层次性和动态性的特殊构成，审美创造活动首先解决文艺与创作主体世界的关系，继而解决文艺与接受主体的关系，不论是文艺创作主体还是接受主体，均是处于复杂社会关系中的现实的主体，是社会性的个人，因而文艺价值也从个体的感性生命层面要上升到整体社会的审美文化层面。但近代美学史针对文艺价值的构成问题长期以来莫衷一是，有一味强调文艺的自我价值，将文艺文本看作孤立封闭的个体，有认为文艺需要观照社会道德价值，坚持文艺需要观照人类现实命运和存在本质。普列汉诺夫按照历史唯物主义原理，从文艺的特质出发，超越文艺的感性生命层面，立足于情感、道德、社会多重

---

① 《普列汉诺夫哲学著作选集》第 5 卷，生活·读书·新知三联书店 1984 年版，第222 页。

因素，使文艺价值由纯粹的个体活动向社会领域延伸，文艺创作不仅仅是简单的文本与创作主体的沟通，更是文本与群体、社会的能动的实践活动。但他对纯艺术论并未一味地否定，而是根据具体历史条件进行具体的、历史的分析，对其作出了较为客观的评价。

（一）两种理论向度：纯艺术论与功利主义艺术观

普列汉诺夫立足于文艺社会学谱系，将艺术与社会生活的关系这个问题上两种对立的观点概括为为艺术而艺术的"纯艺术论"和为社会而艺术的功利主义艺术观。前者认为"艺术本身就是目的"，后者认为"艺术应当促进人的意识的发展和社会制度的改善"[①]。普列汉诺夫在对这两个观点进行评价时，不同于持二者其中之一观点的文艺理论家一味贬低和否认另一方观点，他认为单纯评价二者谁更正确这个问题本身的"提法就不恰当"[②]："因为在一种社会条件下他们受到一种情绪的支配，而在另一种社会条件下又受到另一种情绪的支配"[③]，因而要结合特定的历史条件，对这两个观点进行具体的剖析，包括以下内容：

第一，普列汉诺夫论"为艺术而艺术"。首先，普列汉诺夫认为纯艺术论者的出现不是偶然的，而是有其深刻而独特的社会历史条件。他以普希金为例，他认为普希金处于亚历山大一世的年代也是渴望战斗

---

① 《普列汉诺夫哲学著作选集》第 5 卷，生活·读书·新知三联书店 1984 年版，第815 页。

② 《普列汉诺夫哲学著作选集》第 5 卷，生活·读书·新知三联书店 1984 年版，第818 页。

③ 《普列汉诺夫哲学著作选集》第 5 卷，生活·读书·新知三联书店 1984 年版，第819 页。

的，写下了诸如《自由颂》等饱含战斗主义光辉的诗歌，这时候他的作品是兼顾社会价值的；但在尼古拉一世时代，他的创作态度和理念却发生变化。原因在于尼古拉一世上台后，十二月党人的革命活动遭到失败，面对封建沙皇的腐朽庸俗的统治现实，"当时'社会'上最有教养和最先进的代表人物都退出了舞台"，普希金情绪也随之发生变化，他既不想成为沙皇政府的统治工具又无力改变现状，因而"不仅为他周围的社会的庸俗所苦恼"，同时与统治阶级的关系"使他十分愤懑"①，无奈之下，他只好躲进艺术的象牙塔内进行文艺创作。

因此，普列汉诺夫认为"处在这样的情况之下，普希金十分自然地会成为为艺术而艺术的理论的拥护者"，他由此得出结论"凡是在艺术家和他们周围的社会环境之间存在着不协调的地方，就会产生为艺术而艺术的倾向"②。普列汉诺夫又举例分析与普希金同时代的法国浪漫主义者戈底叶等人坚持纯艺术论的原因，也是如此。戈底叶等人认为艺术是绝对独立自主的，不允许艺术除美感以外其他目的的，坚决反对艺术体现社会斗争。普列汉诺夫认为"浪漫主义者和他们周围的资产阶级社会之间确实是不协调的"③。他认为法国浪漫主义者看到资产阶级登上政治舞台后的资产阶级腐化倾向，产生对其腐化、无聊、庸俗的生活方式的愤怒和厌恶情绪，认为艺术要是有除美感外的其他功能就是意味着为资产阶级所服务，因而普列汉诺夫认为这也是艺术家与社会现实不协调的产物。但他也看到不论是普希金还是戈底叶等人，他们并没有期待社会

① 《普列汉诺夫哲学著作选集》第 5 卷，生活·读书·新知三联书店 1984 年版，第 820 页。
② 《普列汉诺夫哲学著作选集》第 5 卷，生活·读书·新知三联书店 1984 年版，第 822 页。
③ 《普列汉诺夫哲学著作选集》第 5 卷，生活·读书·新知三联书店 1984 年版，第 825 页。

制度和社会关系的变革，因而他们的反抗是苍白无力的，更加"染上了悲观主义的色彩"①。

其次，对纯艺术论的评价要随着具体时间和地点的转移而转移。普列汉诺夫认为，"像一切社会生活和社会思想的问题一样，这个问题也不容许绝对的解决。任何事情都取决于时间和地点的条件"②，倘若普希金屈服于尼古拉一世的淫威，为其专制统治而服务，那么他的作品就会"大大地丧失自己的真实性、力量和吸引力"③。假如戈底叶等与周围的资产阶级环境相妥协，同样也会大大降低作品的艺术价值，只有纯艺术论者与周围环境的"这种不协调帮助艺术家超乎他们周围环境的限度内，它就会对艺术创作产生有利的影响"④。恰恰又是因为浪漫主义者"这种漠不关心的态度"⑤反对的只是资产阶级生活风气，却不是社会制度，导致他们"对于整个社会生活的革新为目标的新思潮的盲目无知，使他们的观点变成错误、狭隘和片面，并且降低了他们的作品中所表现的质量"⑥。普希金生活的年代则由于俄国社会经济十分落后，还未出现与封建阶级相抗衡的新的阶级，而未给普希金的创作产生不好的影响，使普希金避免了"戈底叶所作的那样不妥当的议

---

① 《普列汉诺夫哲学著作选集》第 5 卷，生活·读书·新知三联书店 1984 年版，第 828 页。
② 《普列汉诺夫哲学著作选集》第 5 卷，生活·读书·新知三联书店 1984 年版，第 835 页。
③ 《普列汉诺夫哲学著作选集》第 5 卷，生活·读书·新知三联书店 1984 年版，第 835 页。
④ 《普列汉诺夫哲学著作选集》第 5 卷，生活·读书·新知三联书店 1984 年版，第 849 页。
⑤ 《普列汉诺夫哲学著作选集》第 5 卷，生活·读书·新知三联书店 1984 年版，第 840 页。
⑥ 《普列汉诺夫哲学著作选集》第 5 卷，生活·读书·新知三联书店 1984 年版，第 849 页。

论"①。因而在不同的历史条件下，纯艺术论者的理论对艺术发展的作用是不同的，当社会进步力量出现后，纯艺术论者如果还是坚持反对社会功能，则势必会站在社会进步的对立面，艺术作品便自然会体现为进步力量的反动倾向。

最后，纯艺术论者的极端表现为资本主义社会衰落时期的极端个人主义倾向，在艺术上则体现为颓废派艺术和形式主义倾向。普列汉诺夫认为在无产阶级队伍日益壮大，资本主义日益衰退的社会条件下，"为艺术而艺术不会结出什么美好的果实来"。因为"资产阶级衰落时期的极端个人主义把艺术家的真正灵感的一切源泉全给堵塞住了"②。他们坚持的是资产阶级的极端利己心理，在无产阶级和资产阶级斗争日益激烈的情况下，畏惧无产阶级运动，感到原有的道德、情感原则破灭殆尽，找不到现实的出路，因而认为除了自我是现实的，其他外部世界都是虚幻的。换言之，一旦切断个人与社会环境的一切交往关系，便会堕落为一个神秘主义者，"它使艺术家完全看不见社会生活中所发生的一切，并使艺术家无谓地纠缠于毫无内容的个人体验和荒诞到病态地步的臆造"③。社会主义社会消除了产生庸俗、枯燥、虚伪道德的社会制度条件，也就消弭了纯艺术论产生的社会条件，"迷醉于为艺术而艺术，纯粹从逻辑上说，已经变成不可能了"④。

---

① 《普列汉诺夫哲学著作选集》第 5 卷，生活·读书·新知三联书店 1984 年版，第 850 页。

② 《普列汉诺夫哲学著作选集》第 5 卷，生活·读书·新知三联书店 1984 年版，第 879 页。

③ 《普列汉诺夫哲学著作选集》第 5 卷，生活·读书·新知三联书店 1984 年版，第 879 页。

④ 《普列汉诺夫哲学著作选集》第 5 卷，生活·读书·新知三联书店 1984 年版，第 882 页。

第二，普列汉诺夫论功利主义艺术观。首先，普列汉诺夫认为功利主义艺术观的产生也有其历史必然性。他认为关心政治生活的人必然会希望借助艺术的社会价值帮助其建设自身事业，也就是说倾向于功利主义艺术观的"只须有一个先决条件，就是对某一种—不论哪一种都一样—社会制度或社会理想具有浓厚和强烈的兴趣"[1]。例如，车尔尼雪夫斯基和启蒙运动者将艺术的本质看成是"生活的教科书"，强调文艺的社会启迪作用，认为"促进社会的智力发展"[2]是艺术的主要使命，智力的进步可带来一定的物质利益，反驳纯艺术论者批评功利论者注重物质利益轻视精神财富，实际上与60年代民粹派知识分子重视智力在社会文明进步中的作用有关。启蒙学者只是将文艺作为思想启蒙，传达政治思想的手段，"向社会传播健全概念"[3]是其唯一目标，如果有更方便快捷的方式，他们可能就不会使用文艺这一渠道。

其次，功利艺术论在不同的历史条件下会产生积极和消极两种截然不同的意义。当艺术成为掌权统治者用来维护其政治统治的宣传工具时，"大多数情况下都是保守的，甚至是十分反动的"[4]。掌权的统治者重视艺术的社会功能，会衡量文艺作品是否符合他们要求的道德标准，希望意识形态为自己的统治事业服务。比如沙皇尼古拉一世本人从道德的观点来考察艺术的任务，不符合其统治道德目的的作品会被立刻查

---

[1] 《普列汉诺夫哲学著作选集》第5卷，生活·读书·新知三联书店1984年版，第834页。

[2] 《普列汉诺夫哲学著作选集》第5卷，生活·读书·新知三联书店1984年版，第262页。

[3] 《普列汉诺夫哲学著作选集》第5卷，生活·读书·新知三联书店1984年版，第265页。

[4] 《普列汉诺夫哲学著作选集》第5卷，生活·读书·新知三联书店1984年版，第830页。

禁。同样坚信艺术本身不是目的，而应为其道德目的服务的专制统治者
还有路易十四和拿破仑一世等。当艺术成为反对社会变革的旧制度的保
护者维护现存秩序的工具时，功利主义艺术观同样也展示出"保守的情
绪"①，例如小仲马、拉马丁和杜康等人反对"为艺术而艺术论"只是为
了巩固被无产阶级动摇的资产阶级关系，"完全不是由于任何进步的理
由"②而排斥纯艺术论。普列汉诺夫认为功利主义艺术家如果借助文艺
作品实现社会理想，必然要顺应社会历史发展潮流，把握时代情绪和人
民群众的心声，"如果看不见当代最重要的社会思潮，那末他的作品中
所表达的思想实质的内在价值就会大大地降低。这些作品也就必然因此
而受到损害"③。

（二）文艺社会价值的实现路径：注重"内容的比重"，表现"崇
高的感情"

正如马克思所提出的，"一个存在物如果本身不是第三存在物的对
象，就没有任何存在物作为自己的对象，也就是说，它没有对象性的关
系，它的存在就不是对象性的存在"④，文本一经生成便成为一种社会存
在，必然要经过接受主体的鉴赏和审美活动而走向社会，内化于文本中
的创作主体的审美情感、道德判断等因素必然也会潜移默化地影响着读

① 《普列汉诺夫哲学著作选集》第 5 卷，生活·读书·新知三联书店 1984 年版，第
834 页。
② 《普列汉诺夫哲学著作选集》第 5 卷，生活·读书·新知三联书店 1984 年版，第
833 页。
③ 《普列汉诺夫哲学著作选集》第 5 卷，生活·读书·新知三联书店 1984 年版，第
848 页。
④ 《马克思恩格斯全集》第 3 卷，人民出版社 2002 年版，第 325 页。

者和社会群体的精神领域。文艺作品只有在满足社会主体的审美文化需求和合乎社会历史发展规律的情况下才能发挥其最大限度的价值。从前文的表述中可以得知，在普列汉诺夫眼中，文艺的表现范围是丰富多样的社会生活，可以表现美的内容也可以表现丑的内容，但他仍然强调弘扬社会正面积极的因素，认为文艺作品应表现社会利益而非个人私利，"随着阶级的消灭，这种狭隘的功利主义——自私心的近亲，也将消失了。自私心与美学没有任何共通之处，因为趣味的判断总是以不考虑个人利益为前提。但是，个人利益是一回事，而社会利益又是另一回事。作为古代美德的基础的为社会造福的愿望，是自我牺牲精神的源泉，而自我牺牲的行为很容易成为，而且正如艺术史所表明的，经常是这样成为美的描写的对象"①。那如何评判文艺的价值，如何实现文艺的社会价值呢？

首先，普列汉诺夫认为'文艺作品的价值归根结蒂取决于它的内容的比重"②。这其实包括两点：一是他认为文艺作品的内容对其外在形式起到支配性作用。文艺作品是三客观结合的产物，必然表现一定的内容。不论是用隐晦的还是鲜明的方式表现出来，"没有思想内容的艺术作品是不可能有的"③，作品的思想内容需要通过形象渗透出来，而不能简单将文艺作品当成作者思想的传声筒，创作主体要做艺术家而非政论家。二是作品错误的思想倾向会严重损害作品的价值。他认为一个艺术家若有反对无产阶级的阶级立场，则无法拥有正确的思想。他批评反动

---

① 《普列汉诺夫哲学著作选集》第 5 卷，生活·读书·新知三联书店 1984 年版，第 882 页。

② 《普列汉诺夫哲学著作选集》第 5 卷，生活·读书·新知三联书店 1984 年版，第 836 页。

③ 《普列汉诺夫哲学著作选集》第 5 卷，生活·读书·新知三联书店 1984 年版，第 836 页。

资产阶级作家哈姆生的作品，哈姆生极端仇视无产阶级和无产阶级运动，认为劳动人民是粗野的愚蠢的（哈姆生认为随着技术和生产力的进步，无产阶级的地位日益多余，甚至将工人阶级比喻为"寄生者"①，认为他们的生存毫无价值，他塑造的主人公卡列诺消灭工人阶级的思想也是彻底反人类的），普列汉诺夫认为其作品中"现代'英雄式的'小市民的反无产阶级的倾向，大大地损害着艺术的利益"②。

其次，普列汉诺夫提出社会价值的实现需要表现正确的思想倾向。也就是他所说的"艺术作品的价值决定于它所表现的情绪高度"③，要求文艺作品体现崇高的思想价值。他认为"艺术是人与人之间精神交往的一种手段。一部艺术作品所表现的感情愈是崇高，它在其他同等条件之下就愈加容易显出它作为上述手段的作用"④。普列汉诺夫实际上认为崇高不是黑格尔美学所认为的是绝对理念的显现，也不单纯是康德所认为的事物数量、体积、大小、重量等自然属性的体现，更多在于它唤起了人种种观念的联想，是人赋予崇高事物本身以崇高的意义。尽管艺术家对塑造的主人公的行为方式和语言方式不用负责，但欣赏主体实际上可通过他对于形象各种行为方式的态度来推断出艺术家本人的态度，"我十分清楚，艺术家对他的主人公所讲的话是不负责任的。但是他往往用这样或那样的方式使人了解他对这些话所采取的

---

① 《普列汉诺夫哲学著作选集》第 5 卷，生活·读书·新知三联书店 1984 年版，第 765 页。
② 《普列汉诺夫哲学著作选集》第 5 卷，生活·读书·新知三联书店 1984 年版，第 784 页。
③ 《普列汉诺夫哲学著作选集》第 5 卷，生活·读书·新知三联书店 1984 年版，第 837 页。
④ 《普列汉诺夫哲学著作选集》第 5 卷，生活·读书·新知三联书店 1984 年版，第 837 页。

态度，因此我们就有可能判断他自己的观点"①。因而要求艺术家应顺应时代潮流，反映群众心声，表现时代进步之音，提升作品的内在价值，"但是一个艺术家如果看不见当代最重要的社会思潮，那末他的作品中所表达的思想实质的内在价值就会大大地降低。这些作品也就必然因此而受到损害"②。他举例自然主义者回避群众运动，对描绘对象缺乏应有的同情，"保守的、部分地甚至是反动的思想方式，并没有妨碍他们很好地研究他们周围的环境并创造出在艺术上很有价值的东西来。但是这种思想方式大大地缩小了他们的视野"③，"他们对于整个社会生活的革新为目标的新思潮的盲目无知，使他们的观点变成错误、狭隘和片面，并且降低了他们的作品中所表现的思想的质量"④。因此，普列汉诺夫认为艺术家不仅要有时代的解放思想，还要得心应手地在创作中表现这一思想，"但是不管怎样，可以肯定地说，任何一个多少有点艺术才能的人，只要具有我们时代的伟大的解放思想，他的力量就会大大地增强。只是必须使这些思想成为他的血肉，使得他正象一个艺术家那样把这些思想表达出来"⑤。

普列汉诺夫之所以强调文艺的社会作用，实际上是希望发挥意识形态的实践动员作用，坚持"没有革命的理论就没有名副其实的革命运

---

① 《普列汉诺夫哲学著作选集》第 5 卷，生活·读书·新知三联书店 1984 年版，第856 页。

② 《普列汉诺夫哲学著作选集》第 5 卷，生活·读书·新知三联书店 1984 年版，第848 页。

③ 《普列汉诺夫哲学著作选集》第 5 卷，生活·读书·新知三联书店 1984 年版，第846 页。

④ 《普列汉诺夫哲学著作选集》第 5 卷，生活·读书·新知三联书店 1984 年版，第849 页。

⑤ 《普列汉诺夫哲学著作选集》第 5 卷，生活·读书·新知三联书店 1984 年版，第886 页。

动"①，希望将革命的、先进的意识形态灌输给无产阶级，"竭力想在工人的头脑中造成一种资产阶级和无产阶级的利益根本对立的最明确的意识"②，使其形成点燃无产阶级革命意识的思想火炬。这其实也适应了当时俄国革命形势发展的需要。

（三）文艺社会价值随着时代的变化而变化

文艺价值的生成与实现活动，包括作者自身构成的创作主体世界和由"读者—社会"构成的接受主体世界。不论是主体创作还是读者接受，实际上远非独立的个体行为，而是处于复杂社会关系中的社会群体行为，因而随着多样化文本的展开，文艺价值选择本身也呈现多样化趋向，可表现为不同价值主体的对于同一客体形成的差异化价值评价，也可表现为文艺价值在不同社会环境、不同阶级中生成的不同价值意义，也就是文艺价值随社会条件更迭的动态变化性。

屠格涅夫曾经说过，弥罗岛的维纳斯比1789年的原则更不容怀疑。他本意实际上是为了反对功利主义艺术观，但普列汉诺夫从这句话中得出了艺术价值的动态变化性这一重要的美学命题。西方社会对于维纳斯的美学判断是随着历史条件变化而变化的。一个霍屯督人有其独特的审美趣味，认为维纳斯的美并不完全符合其对于美的理想，但随着资产阶级力量的壮大，资产阶级社会的确立，把人从中世纪的神学枷锁中解放出来，重新肯定了人性解放和人格尊严，中世纪曾被看成是女妖的维纳

---

① 《普列汉诺夫哲学著作选集》第 1 卷，生活·读书·新知三联书店 1959 年版，第 98 页。

② 《普列汉诺夫哲学著作选集》第 3 卷，生活·读书·新知三联书店 1962 年版，第 181 页。

斯满足了资产阶级对"女人外形的理想"①，因此又重新被视为爱与美的象征而深受资产阶级社会所喜爱。事实上，资产阶级确立统治地位后，他们便不再承认当初革命时的誓言和原则，比如人民有反抗压迫的权利等，相反他们畏惧群众运动，想方设法维护其统治，而弥罗岛的维纳斯塑像满足了市民社会产生的世俗理想，适应了资产阶级的审美需要，这种对于维纳斯塑像的美学共识可能比资产阶级革命时确立的1789年原则还要不容撼动。同样，普列汉诺夫又举例文艺复兴时期拉斐尔的圣母像，认为其也是世俗生活的反映."通过这些圣母像的宗教的外形，可以看到一种纯粹属于世俗生活的一分巨大的力量和十分健全的快乐"②，与拜占庭帝国时期纯粹的宗教神像的意义则毫无共同之处，后者"很少是'绝对艺术'的作品"③。

　　普列汉诺夫曾赞成法国空想社会主义者勒鲁的一个美学观点，艺术不可能与另一时代完全复制、相同，每个时代都有其鲜明的特点，"勒鲁断言，艺术既不是复制自然，也不是模仿自然。同样，它也不能模仿艺术，这就是说，一个时代的艺术不可能是另一个时代的艺术的翻版。任何一个历史时期的真正艺术，它所表现的就是该时期的要求"④。也就是说，艺术社会价值的生成和实现在每个时代每个民族是有变化的、是不同的。艺术作品一经离开创作主体，便接受社会大众审美的考验。普

---

① 《普列汉诺夫哲学著作选集》第5卷，生活·读书·新知三联书店1984年版，第838页。

② 《普列汉诺夫哲学著作选集》第5卷，生活·读书·新知三联书店1984年版，第840页。

③ 《普列汉诺夫哲学著作选集》第5卷，生活·读书·新知三联书店1984年版，第840页。

④ 《普列汉诺夫哲学著作选集》第2卷，生活·读书·新知三联书店1962年版，第682页。

列汉诺夫曾借用爱尔维修对于美学趣味变化的论述："因为一个民族的习惯并不是永远不变的，所以它对于艺术品和自然事物的美感和判断，也同样是变化的。"①实际上这里的习惯就是普列汉诺夫日后所提炼出的重要美学范畴"社会心理"的问题——艺术作品在社会的接受和流通程度，是随着社会心理变化而变化的，归根结底是由社会历史条件的变化而决定。

---

① 《普列汉诺夫哲学著作选集》第2卷，生活·读书·新知三联书店1962年版，第113页。

第五章 普列汉诺夫关于文艺起源和发展的思考

艺术起源问题是马克思主义人类学的重要美学命题。马克思主义人类学视域中的艺术起源问题，实际上是将人的审美和创造活动置于历史发展的宏观背景下，从人与自然、人与社会的广泛联系中，以人的物质关系为基础来代替抽象的人格关系，在劳动实践中揭示出创造主体的能动价值和自由自觉的生命本质。普列汉诺夫基于唯物史观，站在马克思主义人类学的高度，从研究原始艺术出发，批驳了游戏说和模仿说，从发生学角度阐明功利活动先于审美活动，劳动先于艺术。而后普列汉诺夫基于历史唯物主义原理揭示人类发展到阶级社会中，艺术与劳动实践的关系。关于推动艺术起源和发展的动力机制问题方面，除了经济因素的终极意义外，他还注意到社会心理等中间环节的意义。可以说，普列汉诺夫的文艺起源和发展论不仅在 19 世纪生物进化论主导的当时有着积极的批判意义，甚至对后来马克思主义人类学和社会学的发展也起着承前启后的作用。

一、文艺起源论：“劳动先于艺术”的多维透视

普列汉诺夫是通过对原始艺术的研究为起点，开启了他对于文艺起

源和发展的思考，他曾论及将原始艺术与文明民族艺术分开讨论的原因在于：文明民族受技术和经济的影响，出现社会分工和阶级对抗，影响艺术发展的因素超越了纯粹经济因素的范畴，"一个部落离划分为阶级的社会愈远，它就给我的研究提供愈加合适的材料，不过，哪些部落距离文明民族所特有的社会制度最远，即距离划分为各个阶级的社会最远呢？就是那些生产力最不发达的部落。可是所谓的狩猎部落，其生产力就是最不发达的，这些部落是以捕鱼、打猎和采集野生植物的果子和根为生的"[①]。也就是说，他认为原始社会生产力最不发展，距离文明民族的社会制度较远，因此原始狩猎民族的艺术最为朴实，最为贴近生活，他的研究正是基于此起步的。

（一）劳动说的展开：对"模仿说"和"游戏说"的批判

普列汉诺夫在探讨文艺起源问题之前，首先确定了原始社会的社会组织形态和生产方式问题。毕歇尔等人认为原始社会是个人主义经济，他坚持个人寻求食物以及私有制是永恒不变的理论。普列汉诺夫不同意这点，他试图证明原始经济和生产是集体性、社会性的公共事业，认为即便原始社会群体成员分散开来，但彼此还是集体生活，同时他举出大量原始部落经济生活的例子，来证明原始经济和生产是集体性和社会性的公共财产，以及原始民族生活中共同劳动的意义。他认为布什门人即使分散活动，但彼此仍保持紧密联系，仍属于集体生活。以维达人、明科比人、涅格里托人等原始部落生活为例，说明他们以血缘联合为基础

---

① 《普列汉诺夫哲学著作选集》第 5 卷，生活·读书·新知三联书店 1984 年版，第 400 页。

建立氏族生活，集体狩猎、享有共同产品，平均分配所得产品，"这不是个人主义。而是协作，甚至是分工"①。生产力发展较高阶段的原始民族的经济生活也证实了他们属于集体经济，通过群体的共同力量来实现生存目的，随着农业的产生，集体耕种逐渐取代集体狩猎在原始经济中的作用，给共同协作开辟更为广大的空间。"事实充分确凿地表明了，在野蛮人那里占主要地位的，不是毕歇尔所说的个人寻找食物，而是持齐伯尔和科瓦列夫斯基观点的作者们所说的，以或多或少广泛的整个血统联合的共同力量为生存而奋斗。这个结论，在我们的艺术研究中，将是非常有用处的。我们必须牢牢地把它记住。"②

普列汉诺夫之所以使用各种原始民族生活史料来证明原始社会是集体经济、共同生活，具有社会性的活动，一是由于他将艺术本就看成是一种社会现象，他坚持用社会学的观点审视艺术的起源和发展问题；二是由于原始个人只有是社会性的，他们所创造的艺术成果才具有进行普遍和深入研究的价值，如果野蛮人是十足的个人主义者，则他们的审美趣味完全是个人喜好，呈现多样化的倾向，无普遍和共通之处，"我们就用不着问自己，他们的艺术是什么样的，我们在他们那里也不会发现任何艺术活动的迹象"③。其实由他后文的论证可以看出来，普列汉诺夫认为艺术起源问题的基本物质条件就是建立在原始共产主义的集体劳动生产方式基础之上。

随后，他批驳了著名的"游戏说"。艺术起源游戏说的理论基础实

① 《普列汉诺夫哲学著作选集》第 5 卷，生活·读书·新知三联书店 1984 年版，第 360 页。

② 《普列汉诺夫哲学著作选集》第 5 卷，生活·读书·新知三联书店 1984 年版，第 364 页。

③ 《普列汉诺夫哲学著作选集》第 5 卷，生活·读书·新知三联书店 1984 年版，第 392 页。

际上是由康德提出来的，他认为艺术不同于手工艺，前者是自由的，而后者则是雇佣的，"艺术还有别于手工艺，艺术是自由的，手工艺也可以叫做挣报酬的艺术。人们把艺术看作仿佛是一种游戏，这是本身就愉快的一件事情，达到了这一点，就算是符合目的；手工艺却是一种劳动（工作），这是本身就不愉快（痛苦）的一种事情，只有通过它的效果（例如报酬），它才有些吸引力，因而它是被强迫的"①。因此，康德认为艺术与游戏在自由本质这点上是相通的，均可以获得纯粹的愉快的生理满足感。尽管康德未直接提出艺术起源于游戏，但他关于艺术和游戏的本质都是获得生命自由这个观点后来成了整个游戏说的理论基石。但实际上，康德之所以将劳动与艺术对立也是有其深刻的社会历史原因，他所处的资产阶级社会的劳动形式确确实实体现为异化的劳动，强制性、必须性地进行，在现实中戕害着劳动者的智力、体力，限制了人的自由与发展，并不符合马克思主义人类学将艺术和审美活动也看成是一种非异化的、人的自由的生命表现。最早在此基础上提出游戏说的是德国著名美学家、文学家席勒，他认为在现实生活中人总是会受到各种形式的制约，需要用游戏来获得快乐和自由，在他看来，艺术的本质就是游戏，艺术就如同游戏可以"把任性、轻浮和粗野从他们的娱乐中排除出去，从而使你也就能够不知不觉地把这一切从他们的行动中，最终从他们的意向中驱除出去了"②。斯宾塞进一步发展了席勒的精力过剩的观点，他认为美感源于游戏的冲动，艺术和游戏均是人过剩精力的发泄，他认为游戏的主要特征是对于维持生活所必需的活动没有直接的帮助，游戏和艺术均不追求功利的目的。在他看来，下等动物的机体完全是为了维持

---

① 朱光潜：《西方美学史》，人民文学出版社 1979 年版，第 374 页。

② ［法］弗里德里希·席勒：《审美教育书简》，范大灿、冯至译，北京大学出版社 1985 年版，第 12 页。

生存的功利活动，到动物发展的较高阶段，身体便产生了过剩精力，这也是游戏和艺术的由来。德国美学家格鲁斯尽管接受游戏说的观点，但他不同意精力过剩的说法。他认为小狗和儿童尽管玩的疲惫不堪，但经过短暂休息后也立即开始游戏，无须休息很长时间和积蓄剩余体力。他认为不论是人类还是动物，幼龄的个体的活动对单个个体甚至是整个族类都是有益的练习，游戏可以训练幼龄的动物适应未来的生存活动。他其实认为"劳动是游戏的产儿"①。毕歇尔则从另一个角度提出类似的看法，他认为人类最初是为了娱乐才开始饲养动物，而后才为了实现功利目的，人类加工工业的产生也是源于人类给自己身体不同形式的装饰——比如文身、穿孔或者给身体涂抹各种颜色等。也就是说人类在游戏中获得生存和发展所需要的技能，从而逐渐进行实际的应用。他认为"游戏先于劳动，而艺术先于有用物品的生产"②。普列汉诺夫对于游戏说进行了详细的阐释和评析，他主要从以下几个方面批驳了游戏说：

首先，他批驳了游戏先于劳动的观点。一方面，他认为游戏实际上是功利活动的结果，劳动是因游戏是果，游戏说显然混淆了二者的因果联系。"游戏是由于要把力量的实际使用所引起的快乐再度体验一番的冲动而产生的"③，游戏的产生是为了再度体验劳动时带来的快感。譬如野蛮人在自己的舞蹈中有模仿动物的动作，普列汉诺夫认为这与原始狩猎活动息息相关：先有狩猎活动，再有描绘狩猎动物形象的冲动，"当狩猎者有了想把由于狩猎时使用力气所引起的快乐再度体验一番的冲

---

① 《普列汉诺夫哲学著作选集》第 5 卷，生活·读书·新知三联书店 1984 年版，第 380 页。
② 《普列汉诺夫哲学著作选集》第 5 卷，生活·读书·新知三联书店 1984 年版，第 374 页。
③ 《普列汉诺夫哲学著作选集》第 5 卷，生活·读书·新知三联书店 1984 年版，第 376 页。

动，他就再度从事模仿动物的动作，创造自己独特的狩猎舞"①。另一方面，他认为游戏的内容和性质也是由劳动所决定。他又举例原始社会的战争舞，是先有战争，而后为了再现战争的场面而产生了描绘战争的舞蹈。普列汉诺夫也赞同从单个人方面来说，游戏确实先于功利活动，但"从社会的角度看来，功利活动先于游戏"②。战争游戏的产生基础是真正的战争和为了适应战争需要而塑造的训练有素的优秀战士，（也就是先有真正的战争，而后产生关于战争的游戏）。普列汉诺夫认为格鲁斯和毕歇尔在探讨游戏与劳动关系的时候，都是抛弃了社会学的观点，"我们从社会的观点出发，就会很容易发现在个人生活中游戏先于劳动而出现的原因"③。

其次，他反对将劳动等同于游戏。毕歇尔认为原始民族的劳动在形式和内容上都接近于游戏。事实上，普列汉诺夫认为在低级狩猎部落所处的历史阶段上，狩猎和战争有着明确的功利目的，为了"维持生存"和"进行自卫"，"只有过分地和几乎是有意识地滥用名词，才会把它们跟恰恰没有这种目的的游戏等同起来"④。他认为，毕歇尔将成年野蛮人的劳动说成娱乐是错误的，狩猎对于野蛮人而言，是一种维持生存必需的活动。他举例北美洲的红种人跳野牛舞最初并不是为了娱乐，而是害怕被饿死而加紧寻找食物的时候，在印第安人眼里，舞蹈和野牛的出现

---

① 《普列汉诺夫哲学著作选集》第 5 卷，生活·读书·新知三联书店 1984 年版，第 377 页。

② 《普列汉诺夫哲学著作选集》第 5 卷，生活·读书·新知三联书店 1984 年版，第 381 页。

③ 《普列汉诺夫哲学著作选集》第 5 卷，生活·读书·新知三联书店 1984 年版，第 382 页。

④ 《普列汉诺夫哲学著作选集》第 5 卷，生活·读书·新知三联书店 1984 年版，第 377 页。

之间存在着因果联系，"在这里舞蹈本身就是追求功利目的的活动，并且与红种人的主要生活活动密切联系着"①。这就与劳动这一"十分明确的经济活动"② 有着显著区别。

但是，普列汉诺夫并未如车尔尼雪夫斯基那样对游戏说进行全盘否定。车尔尼雪夫斯基认为游戏的概念指的是无意思的消遣，普列汉诺夫不同意这点。他认为车尔尼雪夫斯基关于游戏概念的看法只有在一定条件下才会存在，也就是当特定生产关系下有游手好闲的阶级存在时，游戏才会成为一种无意思的消遣，"正因为游戏是劳动的产儿，所以它往往不是有意思的消遣"③。同时他认为游戏与艺术还是有着共同之处，并非如车尔尼雪夫斯基所说的二者毫无关联：其一，二者都再现生活。如果依照车尔尼雪夫斯基认为艺术的本质是再现生活，"那末就绝对应该承认艺术与游戏相近，因为游戏也再现生活，不仅人的游戏而且动物的游戏也再现生活。在游戏或艺术中再现生活，具有巨大的社会学意义"④。艺术再现的是人的社会生活，体现不同阶级的审美趣味，游戏则再现游手好闲阶级无聊的生活，"问题不在于'游戏'，而在于游戏的内容是什么"⑤。其二，无论艺术还是游戏，都是劳动的派生，都是"劳动的产儿"⑥。

---

① 《普列汉诺夫哲学著作选集》第 5 卷，生活·读书·新知三联书店 1984 年版，第 384 页。
② 《普列汉诺夫哲学著作选集》第 5 卷，生活·读书·新知三联书店 1984 年版，第 385 页。
③ 《普列汉诺夫哲学著作选集》第 4 卷，生活·读书·新知三联书店 1974 年版，第 362 页。
④ 《普列汉诺夫哲学著作选集》第 4 卷，生活·读书·新知三联书店 1974 年版，第 363 页。
⑤ 《普列汉诺夫哲学著作选集》第 4 卷，生活·读书·新知三联书店 1974 年版，第 363 页。
⑥ 《普列汉诺夫哲学著作选集》第 4 卷，生活·读书·新知三联书店 1974 年版，第 362 页。

　　随后，普列汉诺夫用大量绘画、舞蹈、音乐节奏、装饰、文身等事实证明功利活动先于审美活动，先于有用物品的生产。他直接提出"劳动先于艺术"，"人最初是从功利观点来观察事物和现象，只是后来才站到审美的观点上来看待它们"① 等观点。具体说来，他是从以下角度进行阐述的：

　　第一，劳动生产生成了产生艺术活动的心理冲动。普列汉诺夫同意威廉·冯特的观点，认为人可以在劳动中体验一种"自己力量的实际使用"② 的快乐。野蛮人在狩猎活动中模仿动物的动作，实际上也是为了再度体验狩猎时产生的快感。模仿这种生理本能，只能为人的审美理想的实现提供生物学条件，本质来说还是取决于人的物质生产生活。先是有狩猎农业等社会性的劳动，才有狩猎和农业舞蹈的产生：普列汉诺夫举例巴戈包人一边种稻一边跳舞，将劳动和舞蹈有机结合，边辛勤有序地劳作，边再度体验种稻过程的快乐。普列汉诺夫在这里不仅看到了艺术产生的心理冲动，更强调了心理冲动背后的根本物质动因。马克思恩格斯同样强调了劳动为艺术奠定的心理基础。正如恩格斯强调的"动物仅仅利用外部自然界，简单地通过自身的存在在自然界中引起变化；而人则通过他所作出的改变来使自然界为自己的目的服务，来支配自然界"③ 那样，他们认为人和动物的主要区别在于，人的活动是有计划和有目的的，人可以改造自然物以满足自身的需要，实现自我个性和能动性。而艺术创造活动离不开主体的能动创造，劳动中的自我意识为艺术的创造生成提供了心理条件。普列汉诺夫和马克思恩格斯均强调了心理

---

① 《普列汉诺夫哲学著作选集》第 5 卷，生活·读书·新知三联书店 1984 年版，第 395 页。

② 《普列汉诺夫哲学著作选集》第 5 卷，生活·读书·新知三联书店 1984 年版，第 376 页。

③ 《马克思恩格斯选集》第 3 卷，人民出版社 2012 年版，第 997—998 页。

动机最终由社会生产活动所决定，前者注重的是艺术审美快感的生理冲动，后者则从人与动物的区别出发，强调人超越动物的自觉创造性。

第二，劳动生产决定了艺术的内容和性质。普列汉诺夫赞同毕歇尔关于原始民族的音乐、诗歌起源于劳动的观点，即"歌的节奏恰恰再现者工作的节奏，——音乐起源于劳动"①，"诗歌起源于劳动"②。音乐、诗歌和劳动的关系，主要体现在对节奏的把控上。人具有觉察节奏的生理本能，使原始社会的劳动者在社会生产中服从一定的节拍，并运用生产性的肢体运动伴随唱的声音和挂在身体上的东西发出有节奏的声响，"歌的节奏总是严格地由生产过程的节奏决定的"③。他认为，生产过程的技术操作性质不仅决定了节奏，还决定了歌的内容，"艺术是生产过程的直接形象"④。对于原始民族而言，当他们的劳动工具与其对象相接触所发出的声音，便可成为其音乐作品的内容（而劳动工具则衍变为日后的乐器）。比如笛子的演奏往往伴随着某些协同的劳动，使劳动更具有准确的节奏。因此，普列汉诺夫认为："身体的有节奏和有韵律的动作使模范的韵文有了它的结合的规律。这是更可信的，因为在发展的低级阶段上，这种有节奏的动作通常都伴有歌唱。但是用什么来解释身体运动的配合呢？是用生产过程的性质。"⑤他在这里既肯定了毕歇尔在

① 《普列汉诺夫哲学著作选集》第 2 卷，生活·读书·新知三联书店 1962 年版，第 755 页。
② 《普列汉诺夫哲学著作选集》第 5 卷，生活·读书·新知三联书店 1984 年版，第 468 页。
③ 《普列汉诺夫哲学著作选集》第 5 卷，生活·读书·新知三联书店 1984 年版，第 340 页。
④ 《普列汉诺夫哲学著作选集》第 2 卷，生活·读书·新知三联书店 1962 年版，第 754 页。
⑤ 《普列汉诺夫哲学著作选集》第 3 卷，生活·读书·新知三联书店 1962 年版，第 176 页。

《劳动和节奏》中关于劳动、音乐和诗歌三位一体的关系中最基本要素是劳动这一思想，但也批评了毕歇尔在后来的批评实践中悖离了自己的结论即犯下艺术先于劳动的错误。

第三，劳动生产实现了艺术从功利活动到审美活动的过渡。普列汉诺夫坚持强调"从历史上说，以有意识的功利观点来看待事物，往往是先于以审美的观点来看待事物的"[①]，先有有用物品的生产，而后才有艺术生产。他在《没有地址的信》中试图用劳动生产来实现二者的转化和过渡：一方面，审美感和审美活动本身就是在劳动生产过程中生成的。普列汉诺夫以装饰艺术的产生为例，最初装饰艺术的产生是由于野蛮人利用植物汁液涂抹身体以免受昆虫侵扰，用黏土涂抹皮肤也是保持皮肤清洁避免蚊虫叮咬，到后面才发觉这样做是美的而进一步装饰涂抹身体，"装饰的东西最初因为它们有用才被人们知道"[②]。非洲一些部落后由简单的涂抹皮肤发展成涂画皮肤，用牛油、牛粪等涂抹身体。占有牛油、牛粪的前提是占有牛，是畜牧业发展的结果，因而从木灰过渡到牛油或者牛粪，"是由于畜牧业的发展，是由于纯粹功利的考虑"[③]。但通过牛油或牛粪装饰的身体进而产生了愉快的美感，并可以作为财富的象征，这个意义上来讲，实际上同时实现了"普通的快乐"和"审美快乐"。

另一方面，生产劳动提供了功利活动向审美活动转化的需要和能力。普列汉诺夫认为"需要是最好的教师。它教会了原始狩猎者画地图，它也把我们种地的农民完全不知道的其他一些艺术教给了他们，这就

---

① 《普列汉诺夫哲学著作选集》第5卷，生活·读书·新知三联书店1984年版，第410页。

② 《普列汉诺夫哲学著作选集》第5卷，生活·读书·新知三联书店1984年版，第411页。

③ 《普列汉诺夫哲学著作选集》第5卷，生活·读书·新知三联书店1984年版，第414页。

是绘画和雕刻"①。他举例石头和石斧最初只是用来作为劳动工具和武器的，将斧柄和斧头连接到一起摆放便形成许多相互交叉的平行线条，也就出现了几何图形的装饰——很多几何图形是描绘动物图形，但同时也有作为地图的需要。原始狩猎民族热衷于描绘各种动物和狩猎生活的场面，也就是说，"以狩猎为生并过着游牧生活的人们，比起我们美好古代的种地的农民来，对于这种地图的需要是更大得多的，因为这些农民往往一辈子也走不出自己的乡村"②。并且，普列汉诺夫强调，正是原始生活生存条件的这些特性和原始社会劳动生产的性质，给予了原始狩猎民族巨大的绘画才能。他们由于独特的生产活动特性，更加需要以传递消息为目的的符号，也就逐渐训练出细致的观察能力和灵巧的双手，具备成为画家的能力，"他的艺术活动是生存斗争在他们身上锻炼出来的那些特性的表现，当生存斗争的条件随着向畜牧和农业的过渡而改变的时候，原始人就在很大程度上丧失了在狩猎时期成为他们的特色的对绘画的喜爱和能力"③。也就是说，生产活动的性质提供了原始民族开展艺术审美活动的需要，赋予了他们独特的艺术才能。

（二）艺术起源的多重因素和终极因素

普列汉诺夫关于艺术起源因素的观点并非是简单片面的，而是全面又辩证的，他认识到"甚至在原始狩猎社会里，技术和经济并非总是直

---

① 《普列汉诺夫哲学著作选集》第 5 卷，生活·读书·新知三联书店 1984 年版，第 434 页。

② 《普列汉诺夫哲学著作选集》第 5 卷，生活·读书·新知三联书店 1984 年版，第 434 页。

③ 《普列汉诺夫哲学著作选集》第 5 卷，生活·读书·新知三联书店 1984 年版，第 441 页。

接决定审美趣味的。往往是在那里发生作用的是相当多的和各种各样的中间'因素'"①。在此意义上，他运用实例来分析艺术起源的其他中间因素，包括原始战争、原始宗教等复杂的社会原因。

原始战争。普列汉诺夫认为原始民族的战争舞是名副其实的艺术作品，实现了形式与内容的统一。与原始狩猎生活方式相适应的是社会性的、聚集性的群居社会组织，这种彼此独立的社会组织使得一群狩猎者容易和另一群狩猎者争夺猎物与地盘而发生冲突。从某种意义上来说，原始战争是原始狩猎活动的变种，最根本动机在于"争夺某一区域的狩猎权利"②，同时也直接涉及对人自身的掠夺，"人成为人的猎物"③，狩猎工具成为他们的武器。原始部落之间愈演愈烈的敌对冲突，更加加深了他们的相互仇恨和不能满足的复仇心理，反过来又激化了进一步的冲突——原始狩猎民族需要时刻做好战斗的准备，人数和武器的限制使其被迫将"每一个猎人同时也必须是战士，因此，理想的战士就成为男人的理想了"，"社会舆论的全部力量是在于使青年成为无畏的战士，养成他们对战斗荣誉的渴望"④，催生了反映战争场面和状态的艺术作品。普列汉诺夫举例说，比如原始战士在出发打仗或者准备跳战争舞时，总要把身体涂成红色是因为红色代表着血的颜色，是一种具备勇敢的战斗精神的象征，展现自己的男性气概也以此来取悦和吸引女性（由于战争对

---

① 《普列汉诺夫哲学著作选集》第 5 卷，生活·读书·新知三联书店 1984 年版，第 430 页。

② 《普列汉诺夫哲学著作选集》第 5 卷，生活·读书·新知三联书店 1984 年版，第 402 页。

③ 《普列汉诺夫哲学著作选集》第 2 卷，生活·读书·新知三联书店 1962 年版，第 754 页。

④ 《普列汉诺夫哲学著作选集》第 5 卷，生活·读书·新知三联书店 1984 年版，第 403 页。

于力量和勇气的特殊需要，也构成了装饰艺术的生成因素之一）。

但普列汉诺夫始终强调，"生产力的状况归根结底是决定着他们的战争舞的性质的"[1]，甚至连战争本身都是由社会生产力状况所决定。就这一点普列汉诺夫曾在《论一元论历史观的发展》和《马克思主义的基本问题》中作出了详细的阐释：一是战争的动机本身就出于经济的原因，复辟时代历史学家梯叶里普用征服来解释社会阶级和等级的来源，普列汉诺夫严正驳斥了这点．他认为"征服本身不是目的，在'征服'之下有着某种'现实的'即经济的利益"[2]。二是不论原始狩猎民族还是文明民族，战争的胜败与武装力量的强大与否都存在着联系，"他们的武装确实取决于他们的生产力状况、他们的经济以及在经济基础上生长起来的社会关系"[3]，即武装配备根本上与所属民族的物质生产力水平有关，"某一部落或某一民族的生产力愈发展，则它为了生存竞争而改良自己的武装的可能性（至少是可能性）也愈大"[4]，尽管生产力水平较低的阶段，武装力量的差距不是特别明显，但仍旧存在这种差异。三是战争的胜负与经济发展的水平也直接相关，经济发展迅速的民族"有时候会使它的战斗力减少，以致无力抵抗在经济上比较落后的但却习惯于战争的敌人"[5]，但最终经济落后的民族会被经济较发达的民族所影响

---

[1]　《普列汉诺夫哲学著作选集》第 5 卷，生活·读书·新知三联书店 1984 年版，第 404 页。

[2]　《普列汉诺夫哲学著作选集》第 1 卷，生活·读书·新知三联书店 1959 年版，第 589 页。

[3]　《普列汉诺夫哲学著作选集》第 3 卷，生活·读书·新知三联书店 1962 年版，第 168 页。

[4]　《普列汉诺夫哲学著作选集》第 3 卷，生活·读书·新知三联书店 1962 年版，第 169 页。

[5]　《普列汉诺夫哲学著作选集》第 3 卷，生活·读书·新知三联书店 1962 年版，第 169 页。

甚至同化。普列汉诺夫特意引用斯坦莱对于战争舞的一长段描述来体现战争舞宏大的场面，"每一行列由三十三人组成的三十三个行列同时跳起来，又同时匍伏在地上。……一千个脑袋仿佛是一个脑袋似的，起初他们同时仰起来，显出昂扬的气魄，然后同时低垂下去，发出凄切的哼叫声。……他们的心灵影响了在场的人们，这些在场者站在周围，眼睛发亮，充满热情，摇动着高举起的右手的拳头"①。他认为，原始狩猎民族的生产力状况决定原始民族的情感和理想，也决定了战争舞的性质，"既然他们的生活方式完全决定于他们的生产力的状况，所以我们必须承认，生产力的状况归根结底是决定着他们的战争舞的性质的"②。

原始宗教。普列汉诺夫认为原始人的知识十分贫乏，将自然界的一切现象看成是"有意识的力量的故意的行为"③，崇尚万物有灵论。他认为万物有灵论的产生是与人对自然界的控制能力有关，随着人对于自然界的控制力增强而影响力减少。原始人将自我的个性嫁接到外部世界的某些物体或生物上，"他们设想不出没有意志和意识的运动和活动"④，因而他们坚信万物有灵，原始宗教意识也随之产生。比如为了讨好某个所谓鬼神，非洲野蛮人用祭祀的方式"收买"它，并通过使自己得到快乐的舞蹈表示尊敬。"非洲的黑人在杀了大象的时候，往往围着它跳舞，以表示对鬼神的敬仰。又比如，原始人有的拔掉自己的上门牙，模仿反

---

① 《普列汉诺夫哲学著作选集》第 5 卷，生活·读书·新知三联书店 1984 年版，第 404 页。
② 《普列汉诺夫哲学著作选集》第 5 卷，生活·读书·新知三联书店 1984 年版，第 404 页。
③ 《普列汉诺夫哲学著作选集》第 5 卷，生活·读书·新知三联书店 1984 年版，第 406 页。
④ 《普列汉诺夫哲学著作选集》第 2 卷，生活·读书·新知三联书店 1962 年版，第 752 页。

刍动物，又有一些把自己的头发编得像角一样，这些模仿动物的倾向往往是和原始民族的宗教信仰相联系的。"①

普列汉诺夫坚持强调两点：第一，不能夸大原始宗教的作用，"在原始民族艺术中占有这样重要地位的丰富多彩和优美如画的舞蹈，是表现和描述在他们生活中具有重大的意义的情感和动作的"，"这些舞蹈是同原始'宗教'没有任何联系的"②；第二，原始宗教作为一种观念形态，归根结底由经济关系所决定，"如果原始宗教具有社会发展因素的意义，那末这种意义完全植根在经济之中"③。比如说神话的产生就与原始民族生产力水平低下和万物有灵论有关。

普列汉诺夫认为宗教是一种观念体系，而"观念是宗教的神话因素"，他特意探讨了"宗教的神话因素"④。一方面由于原始人类改造自然的能力不足，对自然的认识水平粗浅，因而对未知事物的想象空间比较大，"想象创造了许许多多用某种动物的活动来说明大自然现象的故事"⑤，构成了神话。另一方面，"人们对某种现象——不论真实的或虚幻的现象——感到惊异，就力求弄清楚这种现象是如何发生的。这样就产生神话"⑥。普列汉诺夫认为，最早的神话都是以动物为原型，因为

① 《普列汉诺夫哲学著作选集》第 5 卷，生活·读书·新知三联书店 1984 年版，第 334 页。
② 《普列汉诺夫哲学著作选集》第 5 卷，生活·读书·新知三联书店 1984 年版，第 408 页。
③ 《普列汉诺夫哲学著作选集》第 5 卷，生活·读书·新知三联书店 1984 年版，第 407 页。
④ 《普列汉诺夫哲学著作选集》第 3 卷，生活·读书·新知三联书店 1962 年版，第 363 页。
⑤ 《普列汉诺夫哲学著作选集》第 5 卷，生活·读书·新知三联书店 1962 年版，第 342 页。
⑥ 《普列汉诺夫哲学著作选集》第 3 卷，生活·读书·新知三联书店 1962 年版，第 363 页。

原始人认为自身与动物存在着一种血缘关系，因此把神也想象为动物，"最初人是按照动物的样子创造自己的神。人形的神是后来才产生的，这是人在发展自己的生产力方面取得新成就的结果"①。由于他们当时的生产活动主要是开掘和获取自然界本身纯粹的自在之物，不需要经过他们的创造性改造，比如男人捕鱼和猎取动物，女人负责挖掘野生植物等，因此"他们的神话所回答的基本问题不是谁创造人和动物，而是人和动物从哪里来"②。

普列汉诺夫关于原始宗教与艺术的关系是符合马克思恩格斯关于史前文化发展的相关理论，马克思恩格斯也坚持原始艺术的产生与原始宗教观念的发展有着密切联系，"宗教中的对自然力的崇拜，关于人格化的神灵和关于一个主宰神的模糊观念，原始的诗歌……都是这个时期的东西"③。按照马克思恩格斯的观点，神话也是由于对自然的崇拜，并随着宗教观念的变化而变化，马克思曾指出，"任何神话都是用想象和借助想象以征服自然力，支配自然力，把自然力加以形象化"④，但希腊神话和史诗只可能产生在物质生产力和社会关系不发达的古代社会，"同一定社会发展形式结合在一起"⑤，受特定历史阶段的物质生产力水平所制约。也就是说，"思想、观念、意识的生产最初是直接与人们的物质活动，与人们的物质交往，与现实生活的语言交织在一起的。……人们的想象、思维、精神交往在这里还是人们物质行动的直接产物。……表

① 《普列汉诺夫哲学著作选集》第 3 卷，生活·读书·新知三联书店 1962 年版，第 387 页。
② 《普列汉诺夫哲学著作选集》第 3 卷，生活·读书·新知三联书店 1962 年版，第 380 页。
③ 《马克思恩格斯全集》第 45 卷，人民出版社 1985 年版，第 384 页。
④ 《马克思恩格斯选集》第 2 卷，人民出版社 2012 年版，第 711 页。
⑤ 《马克思恩格斯选集》第 2 卷，人民出版社 1995 年版，第 29 页。

现在某一民族的政治、法律、道德、宗教、形而上学等的语言中的精神生产也是这样"①。因此，正如"那些表明艺术往往是在宗教强烈影响下发展起来的事实，一点也不能破坏唯物史观的正确性"②，普列汉诺夫在原始艺术起源宗教因素的问题上，又一次坚持了唯物史观的根本原则。

二、文艺发展论：文艺在阶级社会中的发展

马克思恩格斯实际上是在阶级语境中考察意识形态的含义。意识形态概念的历史性出场便带着一定的阶级批判性质，在清算当时形形色色唯心主义和资产阶级"虚假意识"中应运而生。意识形态本身是一定阶级物质利益、思想情感、观念诉求的反映，文艺这一特殊的意识形态的形式同样不可避免地带有阶级的烙印。普列汉诺夫立足于阶级社会的现实关系这一基本定位上来考察文艺在文明社会的发展机制，明确阶级斗争这一重要推动力，高度概括革命文艺这一特殊的阶级文艺形式，批判现代派艺术的资产阶级本质，并热切期盼无产阶级新生文艺的蓬勃发展。

（一）阶级斗争是阶级社会文艺发展的重要推动力

普列汉诺夫曾在其早期著作《卡尔·马克思的哲学观和社会观》和《阶级斗争学说的最初阶段》中强调阶级斗争对历史的巨大推动作用，

---

① 《马克思恩格斯选集》第 1 卷，人民出版社 1995 年版，第 72 页。

② 《普列汉诺夫哲学著作选集》第 5 卷，生活·读书·新知三联书店 1984 年版，第 407 页。

认为"阶级的对抗就是社会进化的主要动力"①。要认识阶级社会的社会现象，就必须充分考虑到阶级斗争的影响。正如"为了理解艺术是怎样地反映生活的，就必须了解生活的机制。在文明民族那里，阶级斗争是这种机制中的最重要的推动力之一"②，普列汉诺夫强调了文艺的意识形态阶级性的重要性，并认为阶级文学是"一定的阶级在其发展的一定阶段上和在一定的历史情况下的文学"③。普列汉诺夫的观点主要包括以下内容：

第一，阶级矛盾和阶级冲突是推动阶级社会文艺发展的重要因素。普列汉诺夫认为在没有阶级划分的原始社会，各个民族与部落间生产力水平差距不大，原始民族的审美趣味和精神道德差距不大，在这里，人的生产生活活动直接影响着他们的审美趣味。随着社会生产力的发展，生产关系日益复杂，产生不同的利益。按照社会生产力发展状况划分为若干阶级，各个阶级的利益不但不相同，甚至出现彼此对立对抗，"利益的对立引起了社会阶级之间敌对性的冲突，引起了阶级之间的斗争"④。阶级斗争一方面推动着阶级社会整体社会历史进程，另一方面也影响着"一切意识形态的历史"⑤，包括文艺这种特殊的意识形态形式。因此普列汉诺夫明确提出，"在原始的、或多或少共产主义的社会里，

---

① 《普列汉诺夫哲学著作选集》第 2 卷，生活·读书·新知三联书店 1962 年版，第 510 页。

② 《普列汉诺夫哲学著作选集》第 5 卷，生活·读书·新知三联书店 1984 年版，第 496 页。

③ 《普列汉诺夫哲学著作选集》第 5 卷，生活·读书·新知三联书店 1984 年版，第 463 页。

④ 《普列汉诺夫哲学著作选集》第 2 卷，生活·读书·新知三联书店 1962 年版，第 272 页。

⑤ 《普列汉诺夫哲学著作选集》第 5 卷，生活·读书·新知三联书店 1984 年版，第 179 页。

艺术受着经济状况和生产力状况的直接影响。在文明社会里，艺术的发展决定于阶级斗争"①。他认为由于各阶级间社会分工的加剧和社会生产力的发展，"在文明民族那里，艺术对生产技术和生产方式的直接依赖性消失了"②，同时社会生产力的发展使社会经济结构发生变化，引发阶级关系的变化，阶级心理也随之变化，反映在艺术上就表现为新的艺术风格和审美要求出现。"如果生产力的发展在社会经济结构中引起了某种本质上的变化，那末这些阶级的心理也会发生变化，同时'时代精神'和'民族性'也就跟着变化。"③

正如"社会之划分为阶级其本身就是被社会的经济发展制约着的。如果上层阶级所创造的艺术对于生产过程没有任何直接的关系，那末，归根到底这也是经济上的原因"、"'劳动'与艺术两者之间形成了一些中间性的东西"④。在阶级社会里，经济对于文艺的影响是间接的，通过一些中间环节来实现，其中阶级划分的依据就在于经济因素，因而经济因素归根结底还是起决定作用。他举例 17 世纪法国古典主义戏剧的主题主要为国王和英雄人物，普列汉诺夫认为这反映了等级的君主政体，资产阶级在此时是处于从属地位，"等级制度的君主制度本身是法国的持续不断和残酷无情的阶级斗争的历史结果"⑤。随着资本主义

---

① 《普列汉诺夫哲学著作选集》第 2 卷，生活·读书·新知三联书店 1962 年版，第758 页。

② 《普列汉诺夫哲学著作选集》第 5 卷，生活·读书·新知三联书店 1984 年版，第342 页。

③ 《普列汉诺夫哲学著作选集》第 2 卷，生活·读书·新知三联书店 1962 年版，第273 页。

④ 《普列汉诺夫哲学著作选集》第 5 卷，生活·读书·新知三联书店 1984 年版，第470 页。

⑤ 《普列汉诺夫哲学著作选集》第 5 卷，生活·读书·新知三联书店 1984 年版，第479 页。

经济的发展和资产阶级力量的壮大，与贵族阶级间的阶级冲突日益激烈，资产阶级"充满着反对政府的情绪的时候，这些人就开始觉得旧的文学概念不能令人满意"①，因而便出现反映资产阶级思想趣味的资产阶级戏剧。

又比如英国从复辟之后直到18世纪，英国贵族对于莎士比亚一直持否定态度，倾向于反映贵族喜好的法国古典主义悲剧，而莎士比亚戏剧的受众则是广大人民。普列汉诺夫认为"蒲伯惋惜莎士比亚为人民写作，而没有得到上层阶级的庇护"②，受到18世纪法国资产阶级反对贵族的资产阶级革命影响，英国社会才开始对莎士比亚戏剧的狂热，这也是贵族与资产阶级的阶级对抗在精神领域的反映，归根结底还是由于其经济地位的不同和生产力的发展水平。因此他认为"在某一国家和某一时期，阶级斗争愈是尖锐，则这一斗争对于斗争中的各阶级的心理影响也愈是强烈"③，艺术家需要通过塑造阶级斗争中典型人物的心理，来揭示"整个社会阶级或者至少整个社会阶层的心理"④。

但尤其要注意到的是，普列汉诺夫认为阶级斗争对于文艺的影响与它对于哲学、宗教等其他意识形态形式的影响不完全相同。新旧势力在社会意识领域方面的斗争也是它们进行阶级斗争的另一种体现，当一方被另一方视为压迫者后，其统治的思想也会被视为压迫者的思想，"社

---

① 《普列汉诺夫哲学著作选集》第5卷，生活·读书·新知三联书店1984年版，第479页。

② 《普列汉诺夫哲学著作选集》第5卷，生活·读书·新知三联书店1984年版，第465页。

③ 《普列汉诺夫哲学著作选集》第3卷，生活·读书·新知三联书店1962年版，第188页。

④ 《普列汉诺夫哲学著作选集》第5卷，生活·读书·新知三联书店1984年版，第187页。

会意识便和它发生'矛盾'",斗争焦点集中在"那些特殊时期中是旧制度的最有害方面的表现的思想",也就是最为维护旧秩序、与新制度矛盾最深最多的那部分观点——实际上就是旧统治阶级占据绝对统治地位的领域,"而对于其他的思想,即使也是在旧的社会关系的基础上产生起来的,他们也常常是完全淡然置之,有时则按着传统继续保持这些思想"[1]。普列汉诺夫为此举例说,法国唯物主义者进行了反对旧制度的哲学和政治学领域的斗争,却完全没有触及旧文学的传统。狄德罗的美学思想尽管也是新的生产关系的表现,但由于当时特殊的战斗需要,文学领域的斗争很弱,主力主要集中于哲学等领域。

第二,不同的阶级具有不同的审美趣味。一方面,不同阶级呈现不同的艺术倾向。普列汉诺夫认为,"各阶级的人生观和世界观是各不相同的,是按照各阶级的地位、需要、意图,以及各阶级的相互斗争的行程而改变的"[2],社会经济的发展引起不同阶级的划分,各阶级的思想观念由于其地位、需要和意图以及阶级斗争而各不相同。他曾举例说不同社会阶级对于亲人的怀念在感情上相同,但因为怀念而引起的回忆与联想却大相径庭,穷人联想到的是物质层面的"小木屋和小皮袄",富人则更多的是联想到与亲人交往的情感层面,相互陪伴互相关爱的场景。普列汉诺夫认为出现不同是由于二者处于不同的阶级,即不同的经济地位和环境,"这里的问题不在于情感的深厚或细致,而在于印象的联想,而这种联想是依富裕程度的大小,即依经济因素为转移的。无论如何,毫无疑义的是:在社会划分为若干阶级的情况下,经济因素在属于不同

---

[1] 《普列汉诺夫哲学著作选集》第 1 卷,生活·读书·新知三联书店 1959 年版,第 739 页。

[2] 《普列汉诺夫哲学著作选集》第 3 卷,生活·读书·新知三联书店 1962 年版,第 189 页。

阶级的人们生活中所起的作用是不一样的，而经济因素这种作用的不同是由社会的经济结构所决定的"①。又比如在面对四散奔逃的牲畜时，骑士阶级和农民阶级的反应是大相径庭的，农民认为"他们的牲畜安静地在田野里吃草的时候，比在疾驰的骑士面前惊恐地四散奔逃的时候，给人较为愉快的印象"②，由于骑士和农民所处的阶级地位和物质生活环境不同而产生不同的生存和生活需要，从而自然而然会在作品中产生不同的艺术倾向。

另一方面，正如普列汉诺夫所说，"社会是由各个不同的阶级组成的，这些阶级的需要和趣味必然一定要随着社会关系的变化而变化"③，不同阶级甚至同一阶级的审美需要都随着社会历史条件的变化也会发生变化。他用 18 世纪法国戏剧和绘画艺术发展史来说明这点。不论是形式上采用整齐严格的三一律还是表演上刻意体现伟大和崇高而不惜矫揉造作，法国古典主义悲剧迎合贵族精巧细致的审美趣味，模仿贵族歌颂上层贵族生活，迷恋奥古斯都时代的君主政体和古代英雄，表现帝王英雄的崇高，贬低平民。当资本主义经济发展，资产阶级日益壮大后不满足旧的文学概念和戏剧只表现贵族生活，渴望出现表现第三等级愿望和旨趣的戏剧作品，同时资产阶级也需要戏剧作为宣传和影响的手段，流泪喜剧便应运而生并在当时大受欢迎。流泪喜剧美化资产阶级人物，对资产阶级家庭美德进行道德说教，是资产阶级心理的反映。当资产阶级与封建贵族的阶级对立日趋激烈，资产阶级的革命情绪也日趋高涨，单

---

① 《普列汉诺夫哲学著作选集》第 2 卷，生活·读书·新知三联书店 1962 年版，第 321 页。

② 《普列汉诺夫哲学著作选集》第 5 卷，生活·读书·新知三联书店 1984 年版，第 265 页。

③ 《普列汉诺夫哲学著作选集》第 5 卷，生活·读书·新知三联书店 1984 年版，第 178 页。

纯的道德说教已无法解决当时社会矛盾，"不适合表现他们的革命的愿望"①。这时资产阶级又重新描写古代英雄人物，但此时他们迷恋的英雄并不是奥古斯都的君主时代，而是共和时代的英雄人物，在这些英雄人物身上找到不畏强权的革命斗争精神，以期消灭贵族。这时的复古并不是守旧，而是在古代英雄人物的故事中注入革命的新鲜血液，倡导自由和博爱，是一种旧瓶装新酒的全新资产阶级精神内核。当资产阶级实现其政治目的，占据统治地位时，其社会心理又随之发生变化，此时登上历史舞台的便是浪漫主义戏剧。从中可以看出，在阶级社会中，随着社会历史条件变化所带来的阶级地位和历史任务的不同，文艺呈现不同的发展特点和方向。

第三，社会中占统治地位的阶级在文艺也占统治地位。马克思曾在《德意志意识形态》中提出，"统治阶级的思想在每一时代都是占统治地位的思想"②，表明政治上占据统治权的阶级总是会寻求在意识形态领域的主导权。普列汉诺夫充分继承了这点，并认为"某个时期在社会中占统治地位的那个阶级，也在文学和艺术中占有统治地位"③。他的这一思想还吸收了车尔尼雪夫斯基的相关观点，普列汉诺夫认同车尔尼雪夫斯基的观点，认为文学是某个社会阶层自觉的表现，体现为统治阶级的趣味、观点和意图，"老实说，没有一种文学不是产生它的社会或某个社会阶层的自觉的表现。甚至在所谓为艺术而艺术的理论居于占统治的时代，在看来艺术家对与社会利益有关的

① 《普列汉诺夫哲学著作选集》第5卷，生活·读书·新知三联书店1984年版，第481页。
② 《马克思恩格斯选集》第1卷，人三出版社2012年版，第178页。
③ 《普列汉诺夫哲学著作选集》第4卷，生活·读书·新知三联书店1974年版，第365页。

一切都置之不理的时代，文学也表现为社会中的统治阶级的趣味、观点和意图"①。他曾指出，"在这个社会之内还存在各种阶级。凡存在着阶级的地方，阶级斗争就不可避免。凡是有阶级斗争的地方，相互斗争着的任何一个阶级都必须而且自然地力求取得对敌人的完全胜利和对敌人的彻底统治"②，对于另一阶级彻底的领导权同样表现在精神领域，占有统治阶级地位的文学实际上体现了统治阶级的趣味、意图和思想。

普列汉诺夫认为当高等阶级作为领导者时，会普遍对下等阶级进行公然轻视，不仅表现在社会生产过程，还反映在他们的思想意识上。他举例法国中世纪的诗体小调 fabliaux 中对于农民的描述丑陋不堪，而农民同样也看不惯封建主的傲慢无礼，他认为每个阶级对事物现象的观点和看法由其所处的社会经济地位所决定。"这两个阶级当中的每一个阶级都是从他们自己的观点来观察一切东西的，而这种观点的特点是由他们的社会地位来决定的"③，一旦这些统治阶级的代表者致力于科学、哲学或者文学事业时，则或多或少会保持着他们的阶级偏见，他们的最终目的在于宣传对其阶级有益的科学文学，巩固意识形态因素，"以保存对他们有利的社会制度"④。比如法国路易十四时代，君主政体达到鼎盛，法国绘画的主题也是崇尚崇高、尊严、宏伟，表现英雄和帝王，勒

① 《普列汉诺夫哲学著作选集》第 5 卷，生活·读书·新知三联书店 1984 年版，第 351 页。
② 《普列汉诺夫哲学著作选集》第 2 卷，生活·读书·新知三联书店 1962 年版，第 562 页。
③ 《普列汉诺夫哲学著作选集》第 3 卷，生活·读书·新知三联书店 1962 年版，第 187 页。
④ 《普列汉诺夫哲学著作选集》第 5 卷，生活·读书·新知三联书店 1984 年版，第 813 页。

布朗的名画看起来是描绘和歌颂亚历山大大帝的战绩，实际上完全是借古喻今，为歌颂法王路易十四所作。

　　但同时正如普列汉诺夫所说，"一切都在流动着，一切都在变化着。谁到达了顶峰，就往下坡走"①。随着不同阶级的统治地位在改变，文艺这种特殊的意识形态形式也在不同历史阶段进行着自身的流变和建构，"不同社会阶级的美的概念很不相同，有时甚至恰好相反。某个时期在社会中占统治地位的那个阶级，也在文学和艺术中占有统治地位。它把自己的观点和概念带进文学和艺术。但是在不断发展的社会中，不同阶级在不同时期内占有统治地位。同时，任何一个阶级都有它自己的历史：它发展起来，达到鼎盛时期和统治地位，最后则趋于衰亡"②。当原有的统治阶级退出历史舞台后，占统治地位的思想也相应让位于新的统治阶级的思想，陈旧的美学概念也必然发生更替。当路易十五接替路易十四成为统治者后，实际上法国的君主政体日渐走向下坡路，贵族阶级追求寻欢作乐、荒淫放荡的生活，布谢画派就体现了当时法国贵族追求"细腻的感官享受"和"优雅的气派"③，艺术风格主要概括为柔媚、愉快和浓艳。但普列汉诺夫也认识到对于某个阶级而言，相对于其较高的阶级或者统治阶级的意向趣味对其审美理想的影响也很重大，或是模仿他们或是反抗他们，但归根到底还是由生产力发展状况所决定，"所以一个阶级的意向和趣味，是依存于它们的发展程度的，而且是更加依存于它们相对于较高阶级的地位的，这个

---

① 《普列汉诺夫哲学著作选集》第5卷，生活·读书·新知三联书店1984年版，第483页。

② 《普列汉诺夫哲学著作选集》第4卷，生活·读书·新知三联书店1974年版，第365页。

③ 《普列汉诺夫哲学著作选集》第5卷，生活·读书·新知三联书店1984年版，第484页。

地位是由以上所提到过的发展决定的。这就是说，阶级斗争在观念形态的历史中起了主要的作用"①。

（二）革命时期的文艺：特定时期的"政治艺术"

革命是"历史的火车头"②，是"社会进步和政治进步的强大推动力"③。历史上每一次重大的历史变革都势必会引发哲学、艺术、科学等一切精神领域的思想变革和解放，人们的审美意识、审美趣味、审美概念等均会发生新的变化，革命文艺也是革命时期人们社会生活和心理情绪的反映。普列汉诺夫以法国资产阶级革命为例，对革命时期文艺的特征做了具体的概括和分析。

法国大革命时期，资产阶级与封建贵族的矛盾已日趋白热化，引发了对贵族"一切兴趣和传统的憎恨"④，包括精神领域对于旧有传统的否定。这种反传统运动先是从旧有的生活习俗开始。资产阶级要求抛弃日常表达尊敬、忠诚、恭顺的敬语，要求废除鞠躬的习惯，反对华丽阔绰的服饰装扮，认为这些"都是从旧制度继承下来的"，"所有这一切太容易使人想起旧制度了"⑤。普列汉诺夫认为这样极端的情况并不是孤立存在着的，"这绝对不是唯一的现象。服装问

---

① 《普列汉诺夫哲学著作选集》第 2 卷，生活·读书·新知三联书店 1962 年版，第 189 页。

② 《列宁全集》第 11 卷，人民出版社 2017 年版，第 96 页。

③ 《马克思恩格斯选集》第 1 卷，人民出版社 2012 年版，第 595 页。

④ 《普列汉诺夫哲学著作选集》第 5 卷，生活·读书·新知三联书店 1984 年版，第 491 页。

⑤ 《普列汉诺夫哲学著作选集》第 5 卷，生活·读书·新知三联书店 1984 年版，第 491 页。

题当时成了良心问题，这同我国的所谓虚无主义时的情形是相类似的"①，说明在社会剧变时期，这类偏激的行为时常发生。事实上，普列汉诺夫的这一观点是很有道理的，随着新的生产方式和社会力量的出现，而对旧制度旧秩序加以全盘否定的现象在历史上屡见不鲜。比如说近代中国经历剧烈的社会变革，受到西方文化的强烈冲击，也出现过胡适、陈序经等人的全盘西化论，鼓吹否定一切中国文化传统，全盘接收一切西方文化，实际上表现资产阶级思想家的阶级立场。

艺术是社会心理的反映，法国大革命中对贵族生活的批判和否定很快就扩展到艺术领域。普列汉诺夫认为，"艺术在否定贵族时代一切旧的审美传统上达到极端的地步"②，因此可以说，革命时期文艺是特定阶级社会时期，阶级矛盾和阶级对抗达到白热化的产物，反传统甚至可以到极端程度。革命时期，文艺也有着其特殊的作用，可作为精神领域的武器，与旧制度做斗争，普列汉诺夫认为戏剧本身在革命时代以前就是第三等级与"旧制度作斗争的精神武器"，到革命年代更是"毫不客气地嘲笑僧侣和贵族"③。1790 年曾大受欢迎的戏剧《争取到的自由，或者被推翻了的专制》就直接在舞台上上演群众打败贵族的场景，观众可以一起高喊打败贵族的口号，并且跳着大革命时期的卡尔曼纽拉舞蹈来嘲笑国王和命亡者。普列汉诺夫认为这时期的戏剧艺术是"社会生活连同它的矛盾和被这些矛盾所引起的阶级斗争的真实的

① 《普列汉诺夫哲学著作选集》第 5 卷，生活·读书·新知三联书店 1984 年版，第 492 页。

② 《普列汉诺夫哲学著作选集》第 5 卷，生活·读书·新知三联书店 1984 年版，第 493 页。

③ 《普列汉诺夫哲学著作选集》第 5 卷，生活·读书·新知三联书店 1984 年版，第 493 页。

反映"①。随着革命运动的深入，革命情绪日渐高涨，"长裤党"拥有统治地位后，艺术领域则更加"长裤党"化。当时在沙龙中评判艺术作品的标准便是是否能"表现伟大的革命原则"②，评委甚至认为艺术的才能不是在他手上，手的技巧是不重要的，"优秀的画家是那些在边境上为自由而战斗的公民"③，在一个建筑部门的会议上，一个人断言"一切建筑物都应当像公民的美德一样单纯。不需要多余的装饰"④。普列汉诺夫认为法国大革命时期文艺之所以发挥出精神武器的作用，具有独特的意识形态功利性是由于"当时的理想是要求公民为了公共的利益不断地努力工作，以致真正的审美的需要不可能在他们的精神需要的总和中占有很大的地位"⑤，因此革命时期的艺术主要是为阶级斗争服务，主要为政治艺术，不是纯粹满足审美需要的纯艺术作品，政治目的渗透进而控制艺术领域。

但普列汉诺夫作为一名优秀的马克思主义文艺理论家，采用辩证的方法去看待革命时期的文艺现象，他告诫读者不要全盘否定革命时期文艺的历史功绩。他认为政治运动在那个时代并未压制人的审美需要，反而释放艺术家的创作个性，参与社会运动的情绪高涨，"使人民清楚地意识到自己的尊严的伟大的社会运动，强有力地、前所未有地推

---

① 《普列汉诺夫哲学著作选集》第5卷，生活·读书·新知三联书店1984年版，第494页。

② 《普列汉诺夫哲学著作选集》第5卷，生活·读书·新知三联书店1984年版，第494页。

③ 《普列汉诺夫哲学著作选集》第5卷，生活·读书·新知三联书店1984年版，第494页。

④ 《普列汉诺夫哲学著作选集》第5卷，生活·读书·新知三联书店1984年版，第495页。

⑤ 《普列汉诺夫哲学著作选集》第5卷，生活·读书·新知三联书店1984年版，第494页。

动了人民的审美需要的发展"①。也就是说政治的艺术在特定历史时期是可以起到一定的积极作用，"艺术在'成了长裤党的'之后根本没有死亡，也没有不再是艺术，而只是充满了完全新的精神"②，长裤党使文艺成为"全民的事业"③。当然，普列汉诺夫在这里所说的"全民"并不是真正意义上法国的全体公民，而是原先处于被统治地位的第三等级。原先文艺为封建贵族服务，后来文艺回到了人民手中，并发挥着新的历史作用。他举例古希腊艺术很大程度上也是这类政治艺术，法国路易十四时期的法国艺术也是政治性的，但也"并没有妨碍它绽开出彩色缤纷的花朵来"④。又比如 18 世纪末期法国大卫画派的兴起就是法国大革命前夕日益壮大的第三等级革命情绪的反映，醉心于古代共和主义的英雄人物，反映革命者的政治美德，他的画作《布鲁特斯》"使人们意识到那成为生活，也就是当时法国社会生活的最深刻、最迫切的需要的东西"⑤，因而也获得惊人的成功。普列汉诺夫认为大卫画派以其严峻朴素的画风和爱国主义情怀，一扫布谢画派的矫揉造作和浓艳娇媚，体现第三等级在法国大革命时期的精神状态，"只是在形式上是保守的"，"内容是完全充满着最革命的精神的"⑥，因而在艺术领域引发全新变革。

---

① 《普列汉诺夫哲学著作选集》第 5 卷，生活·读书·新知三联书店 1984 年版，第 495 页。
② 《普列汉诺夫哲学著作选集》第 5 卷，生活·读书·新知三联书店 1984 年版，第 495 页。
③ 《普列汉诺夫哲学著作选集》第 5 卷，生活·读书·新知三联书店 1984 年版，第 496 页。
④ 《普列汉诺夫哲学著作选集》第 5 卷，生活·读书·新知三联书店 1984 年版，第 496 页。
⑤ 《普列汉诺夫哲学著作选集》第 5 卷，生活·读书·新知三联书店 1984 年版，第 489 页。
⑥ 《普列汉诺夫哲学著作选集》第 5 卷，生活·读书·新知三联书店 1984 年版，第 488 页。

但他同时又没有肯定革命时期文艺的全部价值，他认为政治艺术是暂时性的，甚至在某个特定的时代也不会代表艺术的全部，也只是其中的一方面。他虽然肯定大卫画派的时代价值，但他也明确指出了大卫画派的致命缺点在于偏重理性，向古代人寻找模范，导致他在绘画中描绘的人物很像古代的雕像，缺乏充足的个性和想象。普列汉诺夫认为大卫画派的这一缺陷不是由于他个人原因造成的，而是有该画派特殊的时代局限。他指出，"理性是当时解放运动的一切代表人物的最突出的特点。而且不仅在当时，——每当旧社会制度日趋衰落，新社会倾向的代表人物把它加以批判的时候，理性就会得到自己广泛发展的场所，而且在一切处于转变时代的文明民族中间获得广泛的发展"①，启蒙主义者试图用自己的观点和意见支配和影响社会历史进程，大卫画派的出现便是适应了资产阶级革命在精神领域的需要。当法国大革命结束，资产阶级夺取了政权后，便不想改革又惧怕改革，失去了革命精神和斗志，因而不再对古代共和主义的英雄人物感兴趣，转而投向浪漫主义艺术风格。很快长裤党也失去了统治地位，政治和艺术又出现了一个新时代，普列汉诺夫认为，"这个新时代所代表的是新的上层阶级的愿望和兴趣，也就是取得了统治地位的资产阶级的愿望和兴趣"②，充满斗争气势的革命艺术也随之慢慢消失。

（三）关于建设无产阶级新文艺的美好期盼

正如"我们社会主义者不应该促使社会意识适应资产阶级的社会存

---

① 《普列汉诺夫哲学著作选集》第5卷，生活·读书·新知三联书店1984年版，第490页。
② 《普列汉诺夫哲学著作选集》第5卷，生活·读书·新知三联书店1984年版，第496页。

在，而应该培养工人具有反对这种存在的思想"①，普列汉诺夫之所以强调文艺的意识形态阶级性和功利性的原因实际上出于建构马克思主义意识形态的现实考虑，希望通过文艺激发无产阶级参与革命的积极性与信心，适应了无产阶级革命运动的需要。他坚持"没有革命的理论就没有名副其实的革命运动"②，要将革命意识灌输给无产阶级，使其形成摧毁资产阶级的革命武器。"要使资产阶级和无产阶级之间的斗争日益积极和坚决，就必须逐步将无产阶级的利益和它的剥削者的利益相对立的意识愈来愈多地灌输给无产阶级。无产阶级的革命意识这就是社会主义者手中的可怕的爆炸物，它能够炸碎现代社会。一切能够说明这种意识的，都应当被认为是革命的工具，因此社会主义者就可以采纳。而一切足以蒙蔽这种意识的，都是反革命的，因此我们必须谴责和否定"③，而文艺便可以作为点燃无产阶级革命意识的思想火炬。

普列汉诺夫认为，无产阶级艺术要坚定无产阶级立场，坚决反对资产阶级的错误思想倾向。他认为资产阶级带有根深蒂固的阶级偏见去审视工人阶级，无疑无法客观体现工人运动的全貌和工人运动的心理动机，将工人阶级视作野蛮的"人群"，认为工人运动是"粗野的、近乎动物式的冲动"④，因此他曾肯定高尔基的无产阶级立场，"高尔基，他本人出身于无产阶级，他知道这是多么地不正确，他以艺术家的资格，

---

① 《普列汉诺夫哲学著作选集》第 3 卷，生活·读书·新知三联书店 1962 年版，第 550 页。
② 《普列汉诺夫哲学著作选集》第 1 卷，生活·读书·新知三联书店 1959 年版，第 98 页。
③ 《普列汉诺夫哲学著作选集》第 2 卷，生活·读书·新知三联书店 1962 年版，第 506 页。
④ 《普列汉诺夫哲学著作选集》第 5 卷，生活·读书·新知三联书店 1984 年版，第 605 页。

通过很有意思的艺术形象向我们表明了这一点"①。

这一方面就需要无产阶级艺术家自身坚定立场，防止混入无产阶级队伍的资产阶级反动分子的腐蚀。他批评反动的资产阶级作家哈姆生的作品：哈姆生极端仇视无产阶级和无产阶级运动，认为劳动人民是粗野的愚蠢的。哈姆生认为随着技术和生产力的进步，无产阶级的地位日益多余，甚至将工人阶级比喻为"寄生者"②，认为他们的生存毫无价值。哈姆生借助其作品中的人物企图营造农民与工人阶级利益的对立，他默认无产阶级利益在这个社会里受保护，得到大多数人的支持，因而在他的作品中捍卫工人阶级利益的工人运动反而是社会的传统，而主人公卡列诺等这些反对拥护无产阶级利益的现实里的大多数人反而成了少数拥有自由思想的革新者、革命者，这纯粹是颠倒黑白。他们即使处于资产阶级和无产阶级的中间地位，实际上也带有资产阶级的固有偏见和资产阶级性质，摇摆不定，即便投靠无产阶级，也是暂时的、不坚定的，是无产阶级运动中的妥协者，对社会主义运动提出种种极为荒唐和不切实际的要求，一旦无产阶级运动无法满足他们对于自身利益的无理要求，他们便迅速倒戈并成为无产阶级的敌人。普列汉诺夫在这里实际上是批评一些混入无产阶级队伍中的资产阶级未能彻底摆脱资产阶级偏见，是无产阶级队伍中的妥协者。无产阶级艺术家应坚定自身的革命立场，对资产阶级反动倾向坚决予以斗争和批判。他在参加威尼斯艺术展时，通过梅尼叶、勃列克和比斯勃鲁克等人的艺术作品来指出，"在比利时工人党的队伍中有为数众多的

① 《普列汉诺夫哲学著作选集》第5卷，生活·读书·新知三联书店1984年版，第605页。
② 《普列汉诺夫哲学著作选集》第5卷，生活·读书·新知三联书店1984年版，第765页。

'知识分子'。但是必须指出，正是这些'知识分子'把他们向来特有的温和和不彻底的色彩带进了党"，使得"远远不能使它完全摆脱资产阶级的影响"①，说明他坚决反对无产阶级文艺残存有资产阶级和小资产阶级的局限性。

另一方面，普列汉诺夫认为无产阶级文艺要在作品中塑造富有斗争精神的无产阶级形象，体现工人阶级的主动性和创造性。他批评威尼斯艺术展中的无产阶级艺术家只表现工人阶级的驯服，却未能体现工人阶级的革命斗争精神。他批评比斯勃鲁克塑造的工厂小女工形象，面容消瘦，驯服地、毫不抱怨地垂着年轻的小脑袋。他认为这确实是"非常好的、简直是出色的作品"，但"在这首诗里听不到任何抗议的音调"，普列汉诺夫认为"这些艺术家的抒情里根本就没有抗议"②。他举例勃列克的石膏群像《渔民的妻子》中女人为在海上遇到风暴的丈夫胆战心惊时显示出的恐怖和驯顺的哀求的表情，梅尼叶的青铜浮雕《下班回来的矿工》"过度的劳动把他们累垮了。他们的头也低垂着，他们低低的前额上没有一点思想的影子"，他认为这些都是"驯服的具体表现"③，表明工人的卑屈地位。普列汉诺夫认同这些表现工人艰难处境和被剥削生活的艺术作品，但认为体现工人阶级生活的逆来顺受是不够的，更应该体现工人阶级的革命精神。他认为无产阶级运动的主要特点就是革命性和战斗性，"现代无产阶级的解放运动并不是什么特殊的东西。这个运动的基本思想就是毅然决然和坚定不移地否定

---

① 《普列汉诺夫哲学著作选集》第 5 卷，生活·读书·新知三联书店 1984 年版，第 522 页。

② 《普列汉诺夫哲学著作选集》第 5 卷，生活·读书·新知三联书店 1984 年版，第 522 页。

③ 《普列汉诺夫哲学著作选集》第 5 卷，生活·读书·新知三联书店 1984 年版，第 523 页。

顺从驯服"①。因此，他高度赞赏高尔基表现的工人阶级形象，"充满着最崇高的自我牺牲精神"②，讴歌大义凛然为集体英勇献身的工人形象，"'走向文明方面的正确出路'在我国也只有一条，那就是把工人阶级团结和组织成为一个政党"③。

普列汉诺夫认为，无产阶级文艺要深刻反映工人阶级的群众心理，这一点通过他对高尔基作品《仇敌》的评价中能看出。他高度赞赏高尔基的《仇敌》，但他是在美学角度而不是单纯的争论角度评价这个作品，他说自己喜欢《仇敌》"并非因为它描绘了阶级斗争"，而是它"对生动的材料的艺术加工"使其满意。普列汉诺夫明确提出"艺术家不是政论家，他不是议论，而是描绘"④，"描写阶级斗争的艺术家，应当向我们表明，剧中人物的精神状态是怎样受阶级斗争的支配的，阶级斗争是怎样决定他们的思想和感情的。总之，这样的艺术家必须同时又是心理学家"⑤。这就要求无产阶级作家善于表现广大工人阶级的心理，体现群众心理。群众的心理是由拥有不同个性特征的个人心理构成，个人是群众的组成部分，个人心理也是群众心理的构成要素，同时群众心理体现个人心理普遍的情感和要求，群众的心理是个性与共性的统一。

---

① 《普列汉诺夫哲学著作选集》第 5 卷，生活·读书·新知三联书店 1984 年版，第 523 页。

② 《普列汉诺夫哲学著作选集》第 5 卷，生活·读书·新知三联书店 1984 年版，第 599 页。

③ 《普列汉诺夫哲学著作选集》第 5 卷，生活·读书·新知三联书店 1984 年版，第 70 页。

④ 《普列汉诺夫哲学著作选集》第 5 卷，生活·读书·新知三联书店 1984 年版，第 591 页。

⑤ 《普列汉诺夫哲学著作选集》第 5 卷，生活·读书·新知三联书店 1984 年版，第 591 页。

随后普列汉诺夫分析了工人运动是群众性、社会性运动的原因，他认为这是现代生产的技术组织和社会化大生产方式的必然结果：一方面，现代技术化大生产过程，无产者只是生产商品的一部分，需要生产者的广泛协作和联合，有组织的进行生产才能产生完整的产品。另一方面，无产者没有生产资料，只能出卖自己的劳动力以图生存，他们除了自己本身以外没有可以在市场出卖的东西，是无依无靠、软弱无力的人。无产者要想获得独立，必须首先认清自己对资本家的人身依赖并力求摆脱或者削弱这种依赖性。要达到这一目的，工人阶级必须实现普遍的联合，以便进行共同斗争。普列汉诺夫认为工人阶级获得独立的途径就必须实现最广泛的联合，进行群体性和社会性的活动。他认为联合和组织是无产阶级运动获得成功的有力策略，"无产阶级运动是群众运动，无产阶级斗争是群众斗争。组成群众的单个人的努力愈是团结，胜利就愈有可能"[1]。他认为高尔基的《仇敌》首先成功表现了工人阶级的群众运动，高尔基一方面塑造了工人阶级中强有力的有觉悟的无产者，同时也热情讴歌了工人群众联合的力量，普列汉诺夫认为在他笔下的有觉悟的无产者非但没有轻视群众运动，还"指望群众"有力的号召群众参与反对资产阶级争取独立的运动，使"工人群众愈来愈响亮地响应他们的召唤"[2]。其次，他认为高尔基的《仇敌》成功的揭示了群众运动的心理，"高尔基的《仇敌》提供了丰富的材料来正确理解工人策略的心理基础"[3]，表现个人恐怖主义并非正确的无产阶级斗争方式，"所谓的恐

---

① 《普列汉诺夫哲学著作选集》第5卷，生活·读书·新知三联书店1984年版，第593页。

② 《普列汉诺夫哲学著作选集》第5卷，生活·读书·新知三联书店1984年版，第596页。

③ 《普列汉诺夫哲学著作选集》第5卷，生活·读书·新知三联书店1984年版，第596页。

怖主义不是无产阶级的斗争手段"①。

另外，他还赞赏了高尔基对无产阶级道德观的描述，并与托尔斯泰道德观做出对比。托尔斯泰认为暴力本身就是恶，以暴抗恶本身就会加剧恶，普列汉诺夫认为假如暴力手段能消除让人作恶的社会根源，能使社会制度变好，那么"勿以暴抗恶"则不攻自破，因为暴力手段反而能减少恶。普列汉诺夫则认为无产阶级的道德就是消灭恶，"马克西姆·高尔基通过列夫欣给我们鲜明地描绘了我所指出的无产阶级道德的这个方面。单凭这一点就足以使他的这个新剧本成为杰出的艺术作品"②，因此他认为无产阶级艺术家高尔基"非常出色地掌握了伟大的、丰富的和强有力的俄罗斯语言"③。

最后，普列汉诺夫发出对无产阶级文艺最殷切的期盼，并指明创造无产阶级文艺的力量并不能寄希望于资产阶级，而必须依靠无产阶级自身，"我们的历史时期已经提出了一种'第四等级的思想'，这种思想具有着使'白奴'再生的惊人的特质，它能在他们的心中激起斗争的渴望，在他们的头脑中燃起觉悟的火花"，这就是马克思主义思想。正如"上层阶级代表人物中间的优秀人物没有能够最终转到无产阶级方面来，他们只能够向不幸者和被压迫者祝'晚安'。谢谢，善良的人们！可是你们的钟慢了：黑夜已经快要完结，'真正的白天'正在开始到来"④，无产

---

① 《普列汉诺夫哲学著作选集》第 5 卷，生活·读书·新知三联书店 1984 年版，第 594 页。
② 《普列汉诺夫哲学著作选集》第 5 卷，生活·读书·新知三联书店 1984 年版，第 614 页。
③ 《普列汉诺夫哲学著作选集》第 5 卷，生活·读书·新知三联书店 1984 年版，第 615 页。
④ 《普列汉诺夫哲学著作选集》第 5 卷，生活·读书·新知三联书店 1984 年版，第 524 页。

阶级文艺不单单是引起社会对于劳苦大众的同情和怜悯，更需要讴歌无产阶级的斗争精神和革命情怀，靠自己建立最广泛的无产阶级联合来创造无产阶级文艺和无产阶级政权。

尤其要注意的是，普列汉诺夫提出的无产阶级文艺并不是波格丹诺夫等人提出的日后被称为无产阶级文化派的理论，是真正扎根于无产阶级革命土壤中，真切反映无产阶级情绪、激励无产阶级革命斗志的具备人民性的文艺。波格丹诺夫从马赫主义出发，鼓吹无产阶级文艺是一种人类一切文化遗产决裂的特殊的无产阶级的阶级文化，甚至卢那察尔斯基都听信并加入他们。普列汉诺夫曾坚决批判了这一理论，"但是，可能卢那察尔斯基先生所说的概念的严整体系，就是指他的最亲近的同道者波格丹诺夫先生最近发表的关于无产阶级文化的那些见解。如果是这样，卢那察尔斯基先生最后的一个反对意见归结起来就是，我只要向波格丹诺夫先生学点东西，我就会更精通些了。我很感谢他的劝告。但是我不打算利用它"[①]。可见，在无产阶级文艺在世界范围内还未大规模出现的当下时代背景下，普列汉诺夫直接明确对无产积极文艺的殷切希望，并且甚至在时间上早于马克思恩格斯的一些关于无产阶级文艺的精辟论断，这在马克思主义文艺学和整体思想发展进程中都有着振臂一呼的作用，直接在实践上影响和鼓舞了无产阶级文艺运动的蓬勃发展。

（四）资产阶级艺术的极端形式：现代派文艺

19 世纪末 20 世纪初，资本主义由自由竞争阶段进入垄断阶段，即

---

① 《普列汉诺夫哲学著作选集》第 5 卷，生活·读书·新知三联书店 1984 年版，第 890 页。

由自由竞争资本主义转变为垄断资本主义，世界历史进入帝国主义时代。帝国主义既是腐朽的、寄生的资本主义，也是过渡的、垂死的资本主义，垄断资本主义使资本主义的一切矛盾更加尖锐化，"资产阶级从上升的、先进的阶级变成了下降的、没落的、内在死亡的、反动的阶级"①。资产阶级在意识形态领域曾经也有战胜封建贵族统治的进步意义，但随着资产主义生产方式的矛盾日益明显，资本主义制度日趋腐朽没落，无产阶级革命时代正在到来，"一切迹象都表明，局势正以最快的速度继续发展，全国正在接近另一个时代，即大多数劳动者不得不把自己的命运托付给革命无产阶级的时代"②，因而资产阶级在意识形态领域的统治也随之失去过去的价值，"由统治阶级的体验所创造的艺术正在衰落下去"③。而资产阶级现代派艺术就是资产阶级艺术衰落的突出表现。

　　普列汉诺夫生活的年代实际上资产阶级现代派艺术还处于生发阶段，流派风格并未如日后一般复杂多样，影响范围也没有特别广泛，普列汉诺以其敏锐的艺术视角对当时的现代派艺术进行了详细的阐述，一是由于他常年旅居海外，对于西欧意大利、法国、德国、瑞典等资产阶级艺术有着直接接触，他经常去参加意大利艺术展览等，比常人更容易受到西欧先进艺术思潮的影响；二是由于他具有很高的艺术修养以及浓厚的艺术兴趣，这让他能更为细致精准地捕捉到艺术领域的前沿信息；三是他是出于建构俄国无产阶级意识形态的革命需要，他认为俄国一直以来深受西欧文学的强烈影响，"俄罗斯文学中往往出现着一些完全适应于西欧的社会关系，但对于俄国比较落后的社会关系却极少适应的思

---

① 《列宁全集》第 26 卷，人民出版社 2017 年版，第 146 页。
② 《列宁全集》第 32 卷，人民出版社 2017 年版，第 48 页。
③ 《普列汉诺夫哲学著作选集》第 5 卷，生活·读书·新知三联书店 1984 年版，第851 页。

潮"①。如果说 18 世纪俄国贵族知识分子沉醉于学习法国百科全书派可以帮助消除他们曾经的一些贵族偏见的话，那么到 19 世纪末 20 世纪初俄国知识分子还在沉迷于资产阶级文化的话，就会产生一种资产阶级偏见思想，"现在，我们有许多'知识分子'迷醉于那些与资产阶级衰落时代相适应的社会的、哲学的和美学的学说。这种迷醉跟十八世纪的人们对百科全书派的理论的迷醉一样，也是抢在我们自己的社会发展进程之前的"②。尽管俄国社会关系并未给资产阶级思想单独产生提供土壤，但随着资产阶级的衰亡，再去沉醉于资产阶级衰落时期的艺术，无疑是有害的，如果同情无产阶级运动的同时还充满着资产阶级偏见，在进行社会主义革命时还残存资产阶级软弱性，"这种混乱甚至在实践上也造成了不小的损失"③。因此，普列汉诺夫认为，资产阶级颓废派艺术尽管是由西欧传入的，但"它仍然是随着目前在西欧占统治阶级的衰落而带来的'萎黄病'的产物"④。

普列汉诺夫在《无产阶级运动和资产阶级艺术》中揭示资产阶级艺术的本质是缺乏思想性，后又在《艺术与社会生活》中，详细阐述了资产阶级现代派艺术的特征、内容、历史演变、思想基础和社会根源等。他的论述虽然存在一定的偏激和局限性，但在当时批判资产阶级消极文艺、捍卫无产积极现实主义艺术的地位有着重要的理论和实践价值，甚

---

① 《普列汉诺夫哲学著作选集》第 5 卷，生活·读书·新知三联书店 1984 年版，第 867 页。

② 《普列汉诺夫哲学著作选集》第 5 卷，生活·读书·新知三联书店 1984 年版，第 868 页。

③ 《普列汉诺夫哲学著作选集》第 5 卷，生活·读书·新知三联书店 1984 年版，第 868 页。

④ 《普列汉诺夫哲学著作选集》第 5 卷，生活·读书·新知三联书店 1984 年版，第 868 页。

至对于我们今天研究现代派艺术都有着不容忽视的意义。

1. 现代派文艺的本质："社会思想贫乏的表现"

普列汉诺夫明确指出，资产阶级现代派文艺实际上是突出现象的外壳，单纯追求离奇古怪、矫揉造作的形式，却完全忽视思想性的形式主义艺术，是"社会思想贫乏"[①]的表现。

普列汉诺夫首先对印象派艺术做出评判。他并未完全否定印象派的价值，"我不是因此想说，我在印象主义里看不出什么好的东西来。完全不是！我认为，印象主义所得到的结果有许多是不成功的，但是我又认为，印象主义所提到日程上来的技术问题是有相当大的价值的"[②]。他认为，印象派成功地表现大自然间纷繁复杂的光影图案，但却浑然忽视思想性，注重光线效果本身没错，可以成功表现奇特多样的自然效果，"扩大自然界给人提供的享受范围"[③]，因而创作出出色的风景画，但"风景画还不是整个绘画"[④]，印象派有些作品仅仅只注重光线效果，"丝毫没有把这些画所应当表达的东西表达出来"[⑤]。因此他认为，"印象主义的无思想性是它的最根本的毛病"[⑥]。

---

① 《普列汉诺夫哲学著作选集》第 5 卷，生活·读书·新知三联书店 1984 年版，第 531 页。

② 《普列汉诺夫哲学著作选集》第 5 卷，生活·读书·新知三联书店 1984 年版，第 506 页。

③ 《普列汉诺夫哲学著作选集》第 5 卷，生活·读书·新知三联书店 1984 年版，第 506 页。

④ 《普列汉诺夫哲学著作选集》第 5 卷，生活·读书·新知三联书店 1984 年版，第 874 页。

⑤ 《普列汉诺夫哲学著作选集》第 5 卷，生活·读书·新知三联书店 1984 年版，第 505 页。

⑥ 《普列汉诺夫哲学著作选集》第 5 卷，生活·读书·新知三联书店 1984 年版，第 506 页。

普列汉诺夫以达·芬奇的名画《最后的晚餐》为例，他认为达·芬奇成功的传达了耶稣因为发现自己被出卖后的悲痛心境，以及不相信自己门徒会出卖自己的震惊情绪，一个戏剧性的瞬间着重强调的是耶稣和门徒当下的精神状态，而如果认为"光线是画中的主角，那末他也就不会想到要描绘这出戏剧了"①。按照印象派的表现方法，那么绘画描绘的对象就并非是墙壁、餐桌、各个角色的皮肤和表情，而是各种各样的光斑等光线效果。普列汉诺夫认为这样只关注现象的外表，却没有深入到"各种各样心情的人"的绘画，无疑"给人的印象会变成无比的苍白"②。他批评印象派画家安格拉达过分追求离奇的光线效果，"安格拉达无论如何不是没有艺术才能的，他倒霉的地方就在于对离奇效果的这种追求上。当一个画家把自己的全部注意力都放在光的效果上，当这些效果成为他的创作的全部内容时，那就很难期望他创作出第一流的艺术作品来，——他的艺术必然要停止在现象的外表上面。可是当他企图以离奇的效果来打动观众时，那就只得承认，他已经走上通向丑恶和可笑的直路了"③。

印象派艺术的形式主义错误给其发展造成非常不利的影响，继印象派艺术以后，现代派艺术为了抗议无思想性的毛病，却走向了象征主义与神秘主义的错误方向。普列汉诺夫认为，象征主义本是艺术家对于艺术无思想性的抗议，但这种抗议本身是缺乏实质内容的、苍白无力的，"在无思想性的基础上产生的，没有任何明确的内容，因而它消失在抽

---

① 《普列汉诺夫哲学著作选集》第 5 卷，生活·读书·新知三联书店 1984 年版，第 874 页。

② 《普列汉诺夫哲学著作选集》第 5 卷，生活·读书·新知三联书店 1984 年版，第 875 页。

③ 《普列汉诺夫哲学著作选集》第 5 卷，生活·读书·新知三联书店 1984 年版，第 505 页。

象性的迷雾里"①，只剩下模糊和纷乱的形象。他举例易卜生在作品进行
道德宣传，却不结合具体的现实基础，因而易卜生不得不采用象征的手
法，使其生动的艺术形象中掺杂了道德说教的抽象概念而"失去血色和
生气"②。普列汉诺夫认为这种对于无思想性的抗议会陷入抽象和混乱的
根源在于没有具备这种抗议的社会条件，资产阶级文艺的社会基础是资
本主义统治，此时的资产阶级处于没落时期，停滞不前，"他们完全不
需要思想性，或者只需要一点点"③，因此"没有思想，艺术就不能存在，
除了导致抽象的和混乱的象征主义之外，不会产生什么其它的结果"④。

　　普列汉诺夫提出摆脱象征主义的方法是走向现实。他认为思想要
是想超越既定现实只有两种情况：一种是堕入抽象的领域，走向象征主
义，一种则是顺应现实，按照现实的发展趋势积累未来发展的力量，为
将来准备基础。"当既定社会的艺术中显现出象征主义的倾向的时候，
这就是一种可靠的迹象，表明这个社会的思想，——或者是这个社会的
在艺术上打下自己印记的阶级的思想，——不能够深刻理解在它面前进
行的社会发展的意义"⑤，象征主义不善于理解既定现实的意义，找不到
超越既定现实的出路，无法深刻认识到当前社会发展的意义，便只有流
于抽象的领域，是思想贫乏的证明。摆脱象征主义的方法只有摆脱虚

---

① 《普列汉诺夫哲学著作选集》第 5 卷，生活·读书·新知三联书店 1984 年版，第
　503 页。
② 《普列汉诺夫哲学著作选集》第 5 卷，生活·读书·新知三联书店 1984 年版，第
　530 页。
③ 《普列汉诺夫哲学著作选集》第 5 卷，生活·读书·新知三联书店 1984 年版，第
　503 页。
④ 《普列汉诺夫哲学著作选集》第 5 卷，生活·读书·新知三联书店 1984 年版，第
　503 页。
⑤ 《普列汉诺夫哲学著作选集》第 5 卷，生活·读书·新知三联书店 1984 年版，第
　531 页。

幻的抽象，走向现实，"象征主义是贫乏状况的一种证明。当思想以对现实的理解武装起来的时候，它就不需要到象征主义的沙漠中去了"①。他批评吉比乌斯等人切断自身与外部世界的一切精神交往，隔绝自我与现实生活的一切社会联系，"变成一个神秘主义者"②，他们的作品充满着孤独、虚无和颓废，他们否定社会发展的必然性，"对社会问题的兴趣完全被神秘主义所浸透"③，对社会现实中的任何事情都毫无兴趣和好感，"必然是极端模糊的"④。

普列汉诺夫还认识到了象征主义受资产阶级欢迎的原因是由于他们对现实的反叛是模糊的、无法实现，是无法撼动资产阶级统治基础的"反叛"，"象征主义者所能创造的艺术形象的不可避免的模糊，是与现代社会的'思想界'所产生的那些实际上完全无力的愿望的不可避免的渺茫相适应的，这种'思想界'甚至在对周围的现实最强烈地感到不满的时候，也不能提高到对于这种现实作革命的否定"⑤。正如易卜生作品中塑造的具有反叛精神的形象实际上只停留在抽象的道德层面，只反对了资产阶级的庸俗风气，并未寻求政治出路，并不撼动资本主义现存秩序，这种模糊不清的"象征主义和抽象议论的因素"，因此反而得到了资产阶级的同情。

---

① 《普列汉诺夫哲学著作选集》第 5 卷，生活·读书·新知三联书店 1984 年版，第 531 页。
② 《普列汉诺夫哲学著作选集》第 5 卷，生活·读书·新知三联书店 1984 年版，第 870 页。
③ 《普列汉诺夫哲学著作选集》第 5 卷，生活·读书·新知三联书店 1984 年版，第 870 页。
④ 《普列汉诺夫哲学著作选集》第 5 卷，生活·读书·新知三联书店 1984 年版，第 866 页。
⑤ 《普列汉诺夫哲学著作选集》第 5 卷，生活·读书·新知三联书店 1984 年版，第 588 页。

普列汉诺认为，"思想并不是什么脱离现实世界而独立存在的东西。任何一个人的思想，都是由他对这个世界的关系所决定和丰富的"①，资产阶级现代派艺术无法从根本上克服无思想性缺点的根源在于腐朽的资产阶级统治和他们固有的阶级和时代局限性。"艺术中的思想性，当然只有在艺术所描写的思想不带庸俗东西的痕迹的时候，才是好的"②，当资产阶级掌握政权后，它逐渐从上升的、进步的、革命的阶级转化为没落的、反动的腐朽的阶级，畏惧反抗情绪，不需要进步和革命思想的启蒙，从注重理性和艺术的思想性转向注重形式、脱离思想的为艺术而艺术的形式主义。处于衰落时期的资产阶级更加腐朽和停滞，没有东西鼓励他们去建功立业，没有东西让其为共同利益自我牺牲，此时的资产阶级内在思想更加是极度空虚的。正如"在这个时代里一切种类的艺术作品主要都是为资产阶级创作的，而资产阶级所特有的概念却是以内容的狭隘和贫乏为特点的。在这些概念里，没有任何人间的东西，没有任何可实现的东西，没有任何伟大的东西，没有任何可以鼓舞社会的人去建立功勋，使他们为了共同的福利而牺牲自己的东西"③，无产阶级艺术具备思想性的现实基础，只有无产阶级艺术才可以摆脱资产阶级的影响，创作出思想内容丰富的现实主义作品。

但普列汉诺夫并未否定资产阶级现代派艺术家追逐艺术形式的革新，他认为"相反地，对新的东西的追求，往往是进步的源泉。但是，

---

① 《普列汉诺夫哲学著作选集》第 5 卷，生活·读书·新知三联书店 1984 年版，第 875 页。
② 《普列汉诺夫哲学著作选集》第 5 卷，生活·读书·新知三联书店 1984 年版，第 513 页。
③ 《普列汉诺夫哲学著作选集》第 5 卷，生活·读书·新知三联书店 1984 年版，第 516 页。

并不是每一个寻求新东西的人都能找到真正新的东西，必须善于寻找新的东西"①。这就需要艺术家顺应时代发展的新潮流，密切联系现实，"一个对于社会生活的新学说茫然无知的人，一个认为除了'自我'之外再没有其他的现实东西的人，当他寻找'新的东西'的时候，除了新的胡说八道之外是什么也找不到的"②。

2. 现代派文艺的根源探究

普列汉诺夫深入剖析了资产阶级现代派艺术产生的思想基础、社会根源和阶级实质。

关于思想基础。普列汉诺夫认为资产阶级现代派艺术产生的思想基础是极端个人主义的主观唯心主义思想在艺术领域的反映。主观唯心主义坚持除了自我以外，不存在任何现实，"我们的'我'就是'唯一的现实'"③。普列汉诺夫认为由于无产阶级解放运动的日益发展，资产阶级原有的道德和情感日渐破灭，他们逐渐找不到现实的出路，认为唯一可以抓到的现实就是自我与外部世界的联系，其他都是虚幻和偶然的，凡是与现实斗争相关的东西都会引发他们的苦闷，"由于他的'我'除了它本身之外在没有其他的联系，它可能仍然会感到苦闷，因此他为它想出一个凌驾于尘世和一切尘世'问题'之上的幻想的'来世'"④。比

---

① 《普列汉诺夫哲学著作选集》第5卷，生活·读书·新知三联书店1984年版，第879页。
② 《普列汉诺夫哲学著作选集》第5卷，生活·读书·新知三联书店1984年版，第879页。
③ 《普列汉诺夫哲学著作选集》第5卷，生活·读书·新知三联书店1984年版，第877页。
④ 《普列汉诺夫哲学著作选集》第5卷，生活·读书·新知三联书店1984年版，第864页。

如象征主义者吉比乌斯认为"我"是特殊的、孤独的，人与人之间互相隔离，心灵与外部世界互相隔绝，追求爱自己像爱上帝一样，失去和外部世界交往的能力，对于现实生活毫无兴趣。普列汉诺夫称这种艺术为颓废派艺术，认为它"说明了社会关系的整个体系的衰落"[1]。普列汉诺夫认为极端主观主义既然认为唯一的现实是他们本人，即"我"，在他们看来，外部世界要么是完全非现实的要么就只有几分现实，外部世界的存在必须只能依靠唯一的现实，就是依靠我们的"我"。"一个人既然认为他自己的'我'就是唯一的现实，要是他会哲学的思辨不感兴趣，就决不会去思索这个'我'是怎样创造外在世界的。他也绝不愿设想外在世界中有什么理性、即规律性存在"[2]，极端主观主义者不注重哲学思辨，否认外部世界的规律性，将世界看成是无意义的偶然性的王国，社会发展在他们眼里不是合乎规律的必然性的存在，而充斥了无意义的历史的偶然性，因而"他们仍然是彻头彻尾的颓废派，他们只能够对那些'不存在的和从来不会有的东西'发生好感，换句话说，也就是不能够对现实中发生的任何事情发生好感"[3]。

就此，普列汉诺夫还特意研究了资产阶级现代派艺术中的立体派绘画艺术。立体派同样将艺术看作是个人自我的表现，他们虽然不像印象派那样局限于感觉的领域，但他们仍然是从自我个体出发去探求事物的本质。他们当中虽然有人承认外部世界的存在，但又认为无法正确认识事物本身的形态，"认为自己有权利随心所欲地

---

① 《普列汉诺夫哲学著作选集》第 5 卷，生活·读书·新知三联书店 1984 年版，第 867 页。

② 《普列汉诺夫哲学著作选集》第 5 卷，生活·读书·新知三联书店 1984 年版，第 872 页。

③ 《普列汉诺夫哲学著作选集》第 5 卷，生活·读书·新知三联书店 1984 年版，第 872 页。

描绘它们"①，认为外部世界是不可认识的。事实上仍旧坚持了除了"我"以外，再也没有任何现实的东西这一极端个人主义观点。普列汉诺夫认为事物之所以能在我们内心中产生形象，就是由于它们可以作用于我们外在感官世界，使我们可以认识和改造世界。他认为格莱兹和梅津热假象外部世界不可认识，便会从"我们个人"中去寻求本质的东西。这里的"个人"既可以理解为一般人类，又可以理解为随随便便哪一个个人，前者导致康德的先验主义唯心主义，后者走向诡辩论，将每个个人都看成是衡量一切事物的标准。比如说绘画表现一个女性，女性是除我以外外部世界的一部分，外部世界是不可被认识的，因此求助于我"个人"。"我的'个人'就赋予女人一种由若干不规则的零乱的立方体所组成的形式，或者简单点说，一种平行六面体的形式"②。普列汉诺夫用反讽的语气，认为这种坚信外部世界不能被认识，而随心所欲作画的态度是令人发笑的。

关于社会根源和阶级实质。普列汉诺夫进一步揭示了资产阶级现代派艺术的社会根源。尽管现代派艺术大肆鼓吹为艺术而艺术，艺术单纯为了表现自我，但他们的主张实际上适应了资本主义发展的需要，无法超越资本主义生产关系，它的社会基础是资本主义的腐朽统治，"是随着目前在西欧占统治阶级的衰落而带来的'萎黄病'的产物"③。这包括以下方面：第一，这些艺术家大多数是极端利己主义者，与狭隘的资产阶级利己主义本质相适应，"一代代的人们都是处在'人人为自己，上

---

① 《普列汉诺夫哲学著作选集》第 5 卷，生活·读书·新知三联书店 1984 年版，第 877 页。

② 《普列汉诺夫哲学著作选集》第 5 卷，生活·读书·新知三联书店 1984 年版，第 878 页。

③ 《普列汉诺夫哲学著作选集》第 5 卷，生活·读书·新知三联书店 1984 年版，第 868 页。

帝为大家'这样一个臭名远扬的原则的培养之下，所以出现了一些只想到自己和只关心自己的利己主义者，那是十分自然的"①，这种利己主义在现代资产阶级中间比其他任何时候都要多得多。他们对社会生活漠不关心，"无谓地纠缠于毫无内容的个人体验和荒诞到病态地步的臆造。这种纠缠最后带来的东西，不但与任何的美没有任何的关系，而且是一种显然荒谬的东西，只有借助于唯心主义认识论的诡辩的歪曲才能为之辩解"，普列汉诺夫认为"资产阶级衰落时期的极端个人主义把艺术家的真正灵感的一切源泉全给堵塞住了"②。

第二，资本主义社会中的现代派艺术创作，以剥削和占有无产阶级劳动为基础。普列汉诺夫认为尽管对政治抱有兴趣的现代颓废派艺术家代表的仍然是资产阶级剥削者的利益诉求，宣扬奴役人民群众，他们幻想有一位天才的领导可以出来领导国家，挽救资产阶级摇摇欲坠的阶级统治。比如现代唯美主义"可就需要有这样一种社会制度，在他们耽于高尚的享受……例如描绘和涂抹立方体和立体几何图形的时候，可以驱使无产阶级替他们劳动。由于他们根本不能够从事任何严肃的劳动，所以每当他们想到那种完全没有懒汉的社会制度的时候，就毫不掩饰地愤怒起来了"③，渴望一种使他们耽于享受的社会制度，以占有无产阶级劳动为基础，畏惧社会主义制度的到来。

第三，现代派艺术受资本主义商品经济规律的制约。普列汉诺夫认为，这些艺术家虽然口头上反对庸俗的小市民习气，但他们的资本

① 《普列汉诺夫哲学著作选集》第 5 卷，生活·读书·新知三联书店 1984 年版，第 864 页。
② 《普列汉诺夫哲学著作选集》第 5 卷，生活·读书·新知三联书店 1984 年版，第 879 页。
③ 《普列汉诺夫哲学著作选集》第 5 卷，生活·读书·新知三联书店 1984 年版，第 883 页。

主义道德实际上是虚伪的、枯燥的，建立在资本主义商品经济基础之上，对于金钱的崇拜并不亚于小市民习气。他明确指出，现代派艺术将"为艺术而艺术变成了为金钱而艺术"，他引用莫克勒的话来说"金钱问题是那样紧密地同艺术问题交织在一起，以致艺术批评也感到自己好象处在窘迫的境地"[①]，他认为将一些尚未问世的天才作品直接进行投机，说明绝大数艺术家狂热的追求经济利益。他讽刺说："在普遍买卖的时期中，艺术也变成可以出卖的东西，这有什么值得大惊小怪的呢？"[②]

最后，普列汉诺夫认为，资本主义的腐朽统治实际上阻碍了现代派艺术的发展，出于衰落时期的艺术本就是衰落和颓废的，"现代的阶级斗争所造成的资产阶级'思想界'的情绪，必然使现代艺术萎靡不振。资本主义在生产方面成为运用现代人类所拥有的一切生产力的阻碍，它在艺术创作方面也是障碍物"[③]。

三、文艺发展的内在机制论：社会心理的中介作用

社会心理是马克思主义哲学的重要范畴，以唯物史观为基本的逻辑理路和理论基础，构成不同于其他文艺心理学派别的重要特征。事实上，文艺作为一种特殊的意识形态形式，不仅具有形象化表达和审美意

---

① 《普列汉诺夫哲学著作选集》第 5 卷，生活·读书·新知三联书店 1984 年版，第 884 页。

② 《普列汉诺夫哲学著作选集》第 5 卷，生活·读书·新知三联书店 1984 年版，第 885 页。

③ 《普列汉诺夫哲学著作选集》第 5 卷，生活·读书·新知三联书店 1984 年版，第 589 页。

义的特殊之处，还拥有特殊的心理表现，反映着审美主体的情感与思想。唯物史观为马克思主义文艺心理学的研究确定了基本原则和发展方向，普列汉诺夫沿着唯物史观这一基本路线，创造性地对于社会心理因素进行更加详尽的阐发，使唯物史观深入到更加具体和微观的日常生活领域，对社会心理机制进行深入剖析，这实际上也是对唯物史观进一步地丰富和发展。

（一）社会心理中介说的哲学基础和生成逻辑

普列汉诺夫的社会心理中介说有其深刻的哲学基础，批判性的吸收和借鉴前人先进的研究成果，包括黑格尔和文艺社会学派们的影响等，继承了马克思恩格斯对于社会心理因素的相关论述以及恩格斯的中间因素论等，产生了独特的生成路径，具体说来有以下方面：

18 世纪法国唯物主义者爱尔维修等人将人们的全部心理活动归咎于感觉的变形，将人看成是能感觉的物质，按照感觉而行动，追求感觉的快乐。"从这个观点观察心理活动，就是说，认为人的一切表象，一切概念和感觉都是周围环境对他作用的结果。"[①]他认为一个民族的性格和习惯不仅随着历史条件而变化，在不同的行业也有着不同的变化，也就是说他此时还是遵循着唯物主义路径，认为人的感觉受周围社会环境的制约，将人看作是周围环境的产物。但同时他们又认为过去一切道德和政治的灾祸都是由于愚昧无知造成，一旦理性通过教育找到真理，这些灾祸就能免除，因此他们将环境及其一切属性看成是意见和观念的结

---

① 《普列汉诺夫哲学著作选集》第 1 卷，生活·读书·新知三联书店 1959 年版，第 572 页。

果，于是陷入了环境决定意见，意见又决定环境的二律背反中。普列汉诺夫认为18世纪唯物主义者清楚的知道"人以及人的'意见'和人的'文化'，乃是社会环境的一个产物"，但他们却没有认识到公共意见的发展历史如同人类发展历史一般是有规律性的，"并不是'世界精神'的属性所决定的，像这些唯心主义者所相信的那样，而是人类的实际生活条件所决定的"①，这里的"实际生活条件"指的就是人类社会的生产力发展水平。

黑格尔从哲学与时代的关系角度阐述了时代精神即社会心理的意义。他认为绝对精神、绝对理性视为历史发展的统治力量，解释历史变为一种是否符合绝对理念这一实用逻辑的过程，而绝对理念实际上是人思维过程的一种人格化的表现，这是一种客观唯心主义的思想。但普列汉诺夫也认为，在对某些具体问题进行分析时，这位辩证法大师也会抛弃他的绝对理念，"离开他的唯心主义的幽灵王国，来呼吸一会儿生活现实的新鲜空气"②。黑格尔认为哲学是每个时代特有的精神实质，哲学、宗教、艺术、法律等社会意识形态"它们有一个共同的根源——时代精神。时代精神是一个贯穿着所有各个文化部门的特定的本质或性格"③。他认为时代精神能体现出每个民族独特的特性，体现每个民族的意识和意志，是现实的反映，因此需要从时代精神即时代心理来研究艺术现象。

继黑格尔之后，英国艺术史家泰纳受其美学思想影响而侧重从社

---

① 《普列汉诺夫哲学著作选集》第2卷，生活·读书·新知三联书店1962年版，第162页。

② 《普列汉诺夫哲学著作选集》第3卷，生活·读书·新知三联书店1984年版，第173页。

③ 北京大学哲学系外国哲学史教研室编：《十八世纪末—十九世纪初德国哲学》，商务印书馆1975年版，第456页。

会因素来考察艺术在社会中的发展问题。他将文艺与社会心理联系在一起，认为任何社会的文学和艺术都可以通过社会心理来说明，要想了解某一国家和民族的文学和艺术的历史，则必须要研究"在它的居民的境况中所曾发生的各种变化的历史"①。但泰纳又将社会环境变化的根源归咎于社会心理，于是得出唯心主义的错误结论"人们的心理是由他们的境况所决定，而他们的境况又是由他们的心理所决定"②，最终彻底陷入抽象人性论的困境，将不同民族对于艺术不同的审美趣味归结于人种的差异。实际上，普列汉诺夫认为唯物史观将"人的天性看做是永远改变着的历史运动的结果，其原因在人之外"③，人只有在实践过程中通过自身的劳动，作用于外部世界时，才会改变了自己的天性，发展自身的能力比如制造工具的能力，"因此人性本身就有一个历史，要辨明这个历史，必须了解人是怎样影响他以外的自然的"④。普列汉诺夫曾这样评价泰纳的观点："当泰纳说人们的心理是随着他们的境况的变化而变化的时候，他是一个唯物主义者，可是当同一个泰纳说人们的境况是由他们的心理所决定的时候，他是在重述十八世纪唯物主义的观点。"⑤ 他在《马克思主义的基本问题》中也谈论道："唯物主义是用经济发展所造成的社会结构等等来解释某一社会

---

① 《普列汉诺夫哲学著作选集》第 5 卷，生活·读书·新知三联书店 1984 年版，第 348 页。

② 《普列汉诺夫哲学著作选集》第 5 卷，生活·读书·新知三联书店 1984 年版，第 348 页。

③ 《普列汉诺夫哲学著作选集》第 1 卷，生活·读书·新知三联书店 1959 年版，第 676 页。

④ 《普列汉诺夫哲学著作选集》第 2 卷，生活·读书·新知三联书店 1962 年版，第 163 页。

⑤ 《普列汉诺夫哲学著作选集》第 5 卷，生活·读书·新知三联书店 1984 年版，第 350 页。

或某一阶级的心理的，而唯心主义者的泰恩却用社会的心理来解释社会制度的起源，因而陷入不可解说的矛盾。"①

马克思恩格斯奠定了普列汉诺夫文艺社会心理学的最重要的理论基础。首先，他们确定了社会心理学说的基本方法论原则。普列汉诺夫坚持认为历史唯物主义始终强调心理问题的重要性。他甚至认为"在马克思看来，历史问题在某些意义下也是一个心理问题"②。他直接引用马克思在《关于费尔巴哈的提纲》口的原话："一切从前的唯物主义——费尔巴哈的唯物主义也包括在内——的主要缺点，就在于它只是以客观或直观的形式，而不是以具体的人的活动的形式，不是以实践的形式，不是从主观上，来考察现实，考察外感觉器官所感受的实物世界。"③他认为费尔巴哈只是从事物最直观的形式中去认识客观世界，认为认识主体"我"只是受客体影响才认识了客体，人在此时是机械的、静止的、被动的存在，而马克思则从实践的角度，充分考虑到人的主观能动性，人可以在改造世界的过程中进一步理解客观世界。在这里，普列汉诺夫认为历史唯物主义区分于之前一切唯物主义的特征在于"给人的生活的一切方面一个唯物主义的说明"，而"人的生活的主观方面，正是心理的方面，'人的精神'，人的感情和观念"④。他的这一看法是颇为正确的，因为作为全面彻底揭示人类社会生活中一切本质和现象的唯物史观，需

---

① 《普列汉诺夫哲学著作选集》第3卷，生活·读书·新知三联书店1962年版，第198页。

② 《普列汉诺夫哲学著作选集》第2卷，生活·读书·新知三联书店1962年版，第186页。

③ 转引自《普列汉诺夫哲学著作选集》第3卷，生活·读书·新知三联书店1962年版，第146页。

④ 《普列汉诺夫哲学著作选集》第2卷，生活·读书·新知三联书店1962年版，第186页。

要揭示社会生活的方方面面，这也就包括人类社会生活的主观方面，比如情感、动机、想象、愿望等微观心理层面。但马克思恩格斯始终坚持社会存在决定社会意识这一唯物史观基本原则，将人类心理意识这种精神本质置于客观的物质生活基础之上，它既不是先验和自在之物，也不是神灵所赐更不是人性的体现，而是人类在基本的实践活动中，对于客观的对象世界能动的反映。

其次，除了为文艺心理学奠定唯物史观的基本原则外，马克思恩格斯在不同场合都直接提及心理因素的意义。人们的精神交往活动往往会伴随着各种各样的认知、情感、感觉、意志等心理活动，制约着交往的深度和广度，马克思曾说："在不同的财产形式上，在社会生存条件上，耸立着由各种不同的，表现独特的情感、幻想、思想方式和人生观构成的整个上层建筑。……整个阶级在其物质条件和相应的社会关系的基础上创造和构成这一切。"① 他在其第一篇政论中更是直接提出，任何人的精神交往活动都不可能"超越心理学规律之上"②。一方面，他们注重外部环境对于人的心理的影响，认为在现代工业革命造就了人与人之间广泛的社会联系，这是社会心理产生的客观现实基础，"工业的历史和工业的已经产生的对象性的存在，是一本打开了的关于人的本质力量的书，是感性地摆在我们面前的人的心理学；对这种心理学人们至今还没有从它同人的本质的联系上，而总是仅仅从外表的效用方面来理解"③。

另一方面，他们也认识到了认同心理机制的意义。马克思曾做了以下的论述："我们现在假定人就是人，而人对世界的关系是一种人的关系，那么你就只能用爱来交换爱，只能用信任来交换信任，等等。如果

---

① 《马克思恩格斯选集》第1卷，人民出版社2012年版，第695页。
② 《马克思恩格斯全集》第1卷，人民出版社1995年版，第133页。
③ 《马克思恩格斯全集》第3卷，人民出版社2002年版，第306页。

你想得到艺术的享受，那你就必须是一个有艺术修养的人。如果你想感化别人，那你就必须是一个实际上能鼓舞和推动别人前进的人。你对人和对自然界的一切关系，都必须是你的现实的个人生活的、与你的意志的对象相符合的特定表现。如果你在恋爱，但没有引起对方的爱，也就是说，如果你的爱作为爱没有使对方产生相应的爱，如果你作为恋爱者通过你的生命表现没有使你成为被爱的人，那么你的爱就是无力的，就是不幸。"①在这里马克思强调了交往中的认同心理，既是认知过程的一个环节，又表现着主体的情感和思想，贯穿着人们精神交往的全过程，是交往得以实现的心理前提，没有情感、价值、理想、志趣、利益等的认同心理，便无法开展进一步的深入交往。恩格斯也多次提及社会心理因素，他曾说，"如果要去探究那些隐藏在——自觉地或不自觉地，而且往往是不自觉地——历史人物的动机背后并且构成历史的真正的最后动力的动力，那么问题涉及的，与其说是个别人物，即使是非常杰出的人物的动机，不如说是使广大群众、使整个整个的民族，并且在每一民族中间又是使整个整个阶级行动起来的动机"②，他在这里使用的阶级动机、民族动机实际上就是一种民族心理的表现。他认为，"在社会历史领域内进行活动的，是具有意识的、经过思虑或凭激情行动的、追求某种目的的人；任何事情的发生都不是没有自觉的意图，没有预期的目的的"③，体现了情感这一心理因素的重要性。

最后，对于普列汉诺夫社会心理学说影响最大的还是恩格斯的中间环节理论。恩格斯晚年曾指出，在他和马克思创立唯物史观初期，他们研究的重点主要是从经济事实中探究政治和法的观念以及由这些观念所

---

① 《马克思恩格斯全集》第 3 卷，人民出版社 2002 年版，第 364—365 页。

② 《马克思恩格斯选集》第 4 卷，人民出版社 2012 年版，第 255—256 页。

③ 《马克思恩格斯选集》第 4 卷，人民出版社 2012 年版，第 253 页。

制约着的行动，当时他们这样做是为了内容而对形式方面有所忽视。而后恩格斯多次强调，在肯定经济基础的最终决定作用的前提下，应充分认识到政治、法律、宗教、艺术等上层建筑之间的相互影响以及它们对于经济基础的反作用，为此他提出了著名的中间环节理论——他在给约·布洛赫的信中批评了当时庸俗的经济决定论思想，提出"青年们有时过分看重经济方面"，而未给"其他参与相互作用的因素以应有的重视"[1]。

在《路德维希·费尔巴哈和德国古典哲学的终结》中，他指出，"更高的即更远离物质经济基础的意识形态，采取了哲学和宗教的形式。在这里，观念同自己的物质存在条件的联系，越来越错综复杂，越来越被一些中间环节弄模糊了。但是这一联系是存在着的"[2]。恩格斯认为不能简单将一切观念形态都与物质经济因素直接联系，对于那些更高地悬浮于空中的思想领域，比如宗教、哲学等，只是在归根到底的意义上由经济基础所决定，在经济因素与这些思想体系中间还存在着一些中间环节，他在《致康·施米特的信》中有过这样一段经典论述："至于那些更高地悬浮于空中的意识形态的领域，即宗教、哲学等等，它们都有一种被历史时期所发现和接受的史前的东西，这种东西我们今天不免要称之为愚昧。……这些关于自然界、关于人本身的性质、关于灵魂、魔力等等的形形色色的虚假观念，多半只是在消极意义上以经济为基础；史前时期低水平的经济发展有关于自然界的虚假观念作为补充，但是有时也作为条件，甚至作为原因。……虽然经济上的需要曾经是，而且越来越是对自然界的认识不断进展的主要动力，但是，要给这一切原始状态的愚昧寻找经济上的原因，那就太迂腐了。……科学的历史，就是逐渐

---

① 《马克思恩格斯选集》第 4 卷，人民出版社 2012 年版，第 606 页。
② 《马克思恩格斯选集》第 4 卷，人民出版社 2012 年版，第 260 页。

消除这种愚昧的历史，或者说，是用新的、但越来越不荒唐的愚昧取而代之的历史。"① 他认为如果要从经济上来说明这一切原始状况的虚假观念产生的原因，是非常迂腐的做法，需要从社会意识自身发展来探讨经济基础与上层建筑的相互关系。恩格斯在给德国学生博尔吉乌斯的信中曾明确说过："政治、法、哲学、宗教、文学、艺术等等的发展是以经济发展为基础的。但是，它们又都互相作用并对经济基础发生作用。这并不是说，只有经济状况才是原因，才是积极的，其余一切都不过是消极的结果。而是说，这是在归根到底不断为自己开辟道路的经济必然性的基础上的相互作用。"② 实际上恩格斯此时已提出中间环节的概念，经济必然性对于政治、经济、法律、艺术等意识形态的决定性意义不一定是直接的，可以通过各种中间环节来实现。恩格斯认为将一切思想体系都与物质经济基础直接相联系的观点，不仅不是真正的唯物论，而且将历史唯物论严重的庸俗化、简单化和形而上学化。他晚年的中间环节理论揭示了社会意识受经济因素制约的途径，进一步深化和丰富了唯物史观，但他在经济基础和意识形态的具体作用机制上，并未来得及做出更多的探讨和论述。

普列汉诺夫重申了恩格斯关于中间因素的理论，反对对经济这一决定因素做庸俗化和抽象化的理解，充分肯定其他因素对意识形态的影响。他认为，"马克思虽然用社会经济的发展来解释一切社会运动，但是他往往只是在最后才用社会经济的发展来说明，就是说，他要用许多其他各种'因素'的中间作用来作前提"③。同时他对恩格斯的中间因素论又做

---

① 《马克思恩格斯选集》第 4 卷，人民出版社 2012 年版，第 611 页。
② 《马克思恩格斯选集》第 4 卷，人民出版社 2012 年版，第 649 页。
③ 《普列汉诺夫哲学著作选集》第 3 卷，生活·读书·新知三联书店 1962 年版，第 188 页。

出创造性的发展：一方面，他进一步批评多种因素相互作用的折衷主义
倾向，认为其是一种抽象分析法，"社会历史因素是一个抽象的东西，对
于它的观念，是由抽象作用产生出来的"①。虽比过去笼统直观的分析方
法前进一步，但将社会的多种因素机械分解，看作彼此孤立的部分，彼
此间的相互作用程度也是同等程度，掩盖了各因素间的不同等的交互作
用和起支配作用的决定因素，使各因素之间的作用陷入大杂烩式的一片
混乱。他认为多种因素的相互作用的程度也是不相等的，"每一个一定的
思想体系在不同的社会发展阶段中以极不相等的程度受其他思想体系的
影响"②。因此解决因素论的抽象空洞，只能采取"社会生活的综合观点"，
即社会综合分析法，具体的历史的分析社会诸要素间的因果联系和相互
影响的程度。辩证唯物论者扬弃了黑格尔的综合分析法中的目的论观点，
认为人们创造历史是为了满足需要，而不是为了沿着某种预先设定好的
路线前进，更不是服从某种抽象的原则，社会的人满足其需要的方法和
需要本身，归根结底"是由人的生产力状况所决定的"③。

　　另一方面，普列汉诺夫认为经济因素与艺术更多时候只是间接的发
生关系，社会经济基础与文艺等意识形态形式间存在的中间环节是诸多
中间因素形成的整体，是一个"极其复杂的力量体系"④，各因素互为因
果、互相影响，但归根结底仍受经济基础的制约。因此他提出社会结构

---

① 《普列汉诺夫哲学著作选集》第 2 卷，生活·读书·新知三联书店 1962 年版，第
265 页。

② 《普列汉诺夫哲学著作选集》第 2 卷，生活·读书·新知三联书店 1962 年版，第
288 页。

③ 《普列汉诺夫哲学著作选集》第 2 卷，生活·读书·新知三联书店 1962 年版，第
267 页。

④ 《普列汉诺夫哲学著作选集》第 3 卷，生活·读书·新知三联书店 1962 年版，第
360 页。

的五项因素公式，揭示了从生产力→生产关系→社会政治制度→社会心理→思想体系从上而下的等级次序，以各因素间的相互作用为前提将社会意识划分为社会心理和思想体系两种形式，并将社会心理作为社会存在表现社会意识的中间环节，同时坚持"'因素'的多样性丝毫没有破坏根本原因的统一性"[1]，肯定社会经济因素的决定作用。普列汉诺夫自己称这项公式"是跟折衷主义完全无缘的"[2]，他认为，"这是一元论的公式。这个一元论的公式彻头彻尾贯穿着唯物主义"[3]。

由此可以看出，普列汉诺夫抛弃了爱尔维修、泰纳等人的人性论观点以及黑格尔绝对精神、民族精神的唯心主义本质，批判性吸收他们思想中的合理内核，并将其建立在唯物史观的基础上，继承并创造性的发展了恩格斯的中间环节论，形成了其文艺社会心理中介说的独特生成逻辑，始终强调"任何一个民族的艺术都是由它的心理所决定的；它的心理是由它的境况所决定的，而它的境况归根到底是受它的生产力状况和它的生产关系制约的。但是能说出这些话的人，从而也就说出了唯物史观"[4]。

（二）文艺与社会心理的关系：社会心理制约着整个艺术生活

普列汉诺夫认为"艺术同经济基础只是间接地发生关系的。因此，

---

[1]《普列汉诺夫哲学著作选集》第 3 卷，生活·读书·新知三联书店 1962 年版，第 180 页。

[2]《普列汉诺夫哲学著作选集》第 3 卷，生活·读书·新知三联书店 1962 年版，第 195 页。

[3]《普列汉诺夫哲学著作选集》第 3 卷，生活·读书·新知三联书店 1962 年版，第 196 页。

[4]《普列汉诺夫哲学著作选集》第 5 卷，生活·读书·新知三联书店 1984 年版，第 350 页。

在讨论艺术时必须考虑到中间的环节"①，对于中间因素的具体内容进行了创造性地阐发，将社会心理作为艺术、宗教、哲学等意识形态形式的中间环节。他认为艺术等意识形态形式反映特定时代、特定阶级和特定民族的社会心理，社会心理是文艺创作的直接源泉，提供给文艺以第一手的、生动鲜活的感性素材。他主要从以下方面揭示社会心理中介的作用机制。

第一，文艺通过社会心理直接反映社会生活。社会心理不同于分散无序的个人心理，它是复杂多样的个人心理中能为其他人普遍接受和认同的部分的总和，也不同于高级的社会意识形式，它是社会意识形式的雏形，通常表现为特定时代、国家和阶级在现实生活实践中自发形成的或继承传统而获得的、未经改造过的感性材料，比如"一切习惯、道德、感觉、观点、意图和理想"②，又比如"只是一定时期、一定国家的一定社会阶级的主要情感和思想状况"③，即每个国家、每个阶级、每个时代都有共同的流行情趣和社会心理。因此社会心理是普遍的、粗糙的、朴素的日常意识，包括情感、习惯、道德、感觉、观点、意图、理想等具体要素。

一方面，社会心理为文艺等意识形态形式提供了题材选择、表现对象和研究素材。文艺创作基于日常生活实践中主体对现实生活的态度、感受、判断、经验等，通过对现实生活的真实而生动的描绘，更易挖掘出个体甚至群体的微观心理特征。普列汉诺夫举例法国大革命阶段，大

---

① 《普列汉诺夫哲学著作选集》第 2 卷，生活·读书·新知三联书店 1962 年版，第 322 页。
② 《普列汉诺夫哲学著作选集》第 1 卷，生活·读书·新知三联书店 1959 年版，第 716 页。
③ 《普列汉诺夫哲学著作选集》第 2 卷，生活·读书·新知三联书店 1962 年版，第 272 页。

卫画派受欢迎的原因。大卫画派严峻朴素，一扫布谢画派的矫揉造作浓艳娇媚，体现第三等级在法国大革命时期的精神状态，大卫虽崇尚古典主义，但他的古典主义只是形式上的是保守的，"内容是完全充满着最革命的精神的"①，他的画作获得了巨大的成功。普列汉诺夫认为是因为"它使人们意识到那成为生活，七就是当时法国社会生活的最深刻、最迫切的需要"，反映资产阶级昂扬的革命斗志，符合资产阶级的利益需求，"准确地反映了一个民族的情感"②。

另一方面，感性层面的社会心理经过加工改造可上升为具有理性形态的意识形态形式。社会心理是原始的、最初的意识阶段，它们必须要经过加工提炼，才能成为高级的意识形态形式。因而普列汉诺夫认为"要了解某一国家的科学思想史或艺术史，只知道它的经济是不够的，必须知道如何从经济过而研究社会心理"③。他认为"文学、艺术、哲学等等表现着社会心理，而社会心理的性质是由构成该社会的人们所处的那些相互关系的持性决定的。这些关系归根到底依存于社会生产力的发展程度。生产力发展的每一个重大的步骤引起人民的社会关系的改变，因而也引起社会心理的改变。社会心理所发生的变化，一定也多少鲜明地既影响到文学，也影响到艺术，又影响到哲学等等"④，艺术与其他意识形态形式相比，更加直接生动的反映特定社会

---

① 《普列汉诺夫哲学著作选集》第5卷，生活·读书·新知三联书店1984年版，第488页。

② 《普列汉诺夫哲学著作选集》第5卷，生活·读书·新知三联书店1984年版，第489页。

③ 《普列汉诺夫哲学著作选集》第2卷，生活·读书·新知三联书店1962年版，第272页。

④ 《普列汉诺夫哲学著作选集》第5卷，生活·读书·新知三联书店1984年版，第245页。

生活下的社会心理。

　　第二，文艺通过社会心理反作用于社会生活。普列汉诺夫认为单纯将文艺作为现实的反映是不够的，必须要揭示"生活的机制"[1]，这个具体机制就是以社会心理为中介的实践生成方式。意识形态作为一种思想观念的存在，不仅仅是反映与被反映、认识与被认识的关系，更需要在日常生活实践中，通过具有不同个性和心理特征的实践主体去完成。社会心理约束并支配着实践主体的思想和行为，对于感性的社会物质实践必然会产生能动的反作用。比如当资本主义经济不断发展，资产阶级日益壮大后便不再满足旧的文学概念和戏剧只表现贵族生活，渴望出现表现第三等级愿望和旨趣的戏剧作品，同时资产阶级也需要戏剧作为宣传和影响的手段，流泪喜剧便应运而生并在当时大受欢迎。流泪喜剧在这里的作用也是一种指导资产阶级革命的宣传工具。又比如普列汉诺夫认为俄国启蒙主义者偏好富有斗争意识的诗歌，也是希望通过文艺这一"较为简便"[2]的方法促进社会智力的发展，指导俄国当时先进阶层的社会实践，推动俄国社会的发展进程。普列汉诺夫还认为当旧的过时的生产关系反映在社会心理上时，先进阶级的心理会凌驾于落后经济关系之上，马不停蹄去"适应那组成将来的经济的萌芽的新的生产关系"[3]，从而在实践中达到改造社会的目的。文艺这种特殊的意识形态形式，"把理性的东西化为感性的东西，在阅读的过程中让作者的感受和体验直接进入读者心理"[4]，内化成一种潜在的精神力

---

[1] 《普列汉诺夫哲学著作选集》第 5 卷，生活·读书·新知三联书店 1984 年版，第 496 页。

[2] 《普列汉诺夫哲学著作选集》第 5 卷，生活·读书·新知三联书店 1984 年版，第 265 页。

[3] 《普列汉诺夫哲学著作选集》第 1 卷，生活·读书·新知三联书店 1959 年版，第 720 页。

[4] 王元骧：《论文艺的意识形态性》，《求是》2005 年第 15 期。

量，更为有效和长久地影响人们的实践活动。

第三，社会心理中介的根源是特定社会的生产力状况。普列汉诺夫认为，18世纪法国启蒙主义者泰纳也注意到了社会心理的作用，但由于他在社会历史观上的唯心主义错误，将社会历史发展又归咎于心理因素，而陷入环境决定心理，心理又决定环境的二律背反中，最终堕入抽象人性论的困境。普列汉诺夫坚持"社会心理永远顺从它的经济的目的，永远适合于它，永远为它所决定"①，深刻揭示了社会心理背后的终极根源仍是社会生产力状况，社会心理是社会经济的派生现象，反映一定社会经济结构。他曾举例澳大利亚土著妇女的舞蹈主要表现她们采集树根的劳动，而18世纪法国贵族美人的舞蹈主要是体现世俗爱情生活，与劳动无关，他认为"这里经济的'因素'就让位给心理的因素了"，认为在非阶级社会里，非生产阶级的艺术则并非由经济直接决定，而是通过心理这一中介因素，但非生产阶级本身便是社会经济发展的结果，因此其艺术归根结底由经济因素决定，即"在这里经济的'因素'就让位给心理的因素了。但是不要忘记，社会里非生产阶级的出现本身就是社会经济发展的产物。这就是说，经济'因素'即使让位给了别的'因素'，但还是保持它的优势的意义"②。他又借用泰纳所举的风景在绘画史上的不同地位，认为文艺复兴初期和鼎盛时期，艺术家轻视风景，文艺复兴末期才开始重视风景，17世纪到18世纪的法国美术家不重视风景，18世纪开始才珍视风景，表明社会关系的改变，使人的社会心理发生改变。正因为不同时代社会关系的

---

① 《普列汉诺夫哲学著作选集》第1卷，生活·读书·新知三联书店1959年版，第715页。

② 《普列汉诺夫哲学著作选集》第3卷，生活·读书·新知三联书店1962年版，第186页。

不同，使得人从自然界有选择性的从自然界汲取自己所需要的材料，产生对自然风景不一样的态度。

但同时他又看到社会心理的变化不一定完全与经济状况完全同步，"社会心理适应于它的经济。在特定的经济基础上命定地建筑着适合于它的意识形态的上层建筑。可是，另一方面，在生产力发展上的每一新步骤把人们在其日常生活的实践中置于新的互相关系中，这个新的关系是和旧的过时的生产关系不相适合的。这个新的从未有过的情况反映于人们的心理上，有力地变化着它。向哪一个方向呢？社会的一些成员坚持旧制度，这是停滞的人们。另一些人——旧制度对他们不利的人们，赞成前进的运动；他们的心理便向那随着时间的到来将会代替旧的、过时的经济关系的生产关系的方面去了。可以看到，心理对于经济的适应继续着，可是迟慢的心理进化先于经济革命"①。也就是社会心理可能随着经济变化而变化，也可能会落后于现存经济状况，这也就可以解释为何先进阶级能批判旧思想、旧秩序，并将其作为经济政治革命的精神先导。他认为社会思想领域中的天才人物能比同时代人更早把握着新产生的社会关系的意义，更能把握时代精神。比如正如"在艺术领域内，天才给特定的社会或特定的社会阶级的占支配地位的审美倾向以最好的表现"②，天才的艺术家可更好的体现特定时代和民族的社会心理和审美趣味。这就从而彻底与一切唯心主义和机械唯物主义划清界限，捍卫了唯物主义一元论的历史地位。

---

① 《普列汉诺夫哲学著作选集》第 1 卷，生活·读书·新知三联书店 1959 年版，第 719 页。

② 《普列汉诺夫哲学著作选集》第 1 卷，生活·读书·新知三联书店 1959 年版，第 741 页。

（三）文艺的社会心理中介说的意义审视

普列汉诺夫针对艺术和社会心理关系的研究和社会心理是文艺反映社会生活的中间环节的理论，站在马克思主义发展史的高度，首次对社会心理理论进行了系统研究，有力批驳了当时认为经济直接决定艺术、宗教、哲学等意识形态的庸俗唯物主义，坚持唯物史观的方法论基础，进一步丰富和发展了马克思主义关于社会心理的学说，甚至在当前历史条件下，都具有重要的理论和实践意义，具体说来有以下几点：

第一，揭示了社会存在反映社会意识的具体方式，在社会结构五层次说互为因果的相互作用中，具体规定了艺术这种特殊意识形态形式的性质、特点和地位。普列汉诺夫十分重视文艺和社会生活的关系，但他从未认同过将文艺简单的看作是社会生活的反映。他认为这一定义实际上是含混的、模糊的，"等于什么也没有说"，并未揭示出"文学把社会表现到什么程度呢？社会既然是发展的，社会发展在文学里是怎样反映的呢？哪些文学形式适应着人类历史发展的各个阶段呢？"[①] 他在《从社会学观点论十八世纪法国戏剧文学和法国绘画》中直接提出"为了理解艺术是怎样地反映生活地，就必须了解生活的机制"[②]，这种生活的机制涵盖了众多因素，其中他认为"因此社会心理学异常重要。甚至在法律和政治制度的历史中都必须估计到它，而在文学、艺术、哲学等学科的历史中，如果没有它，就一步也动不得"[③]。与文学艺术最为贴近的也是

---

① 《普列汉诺夫哲学著作选集》第 2 卷，生活・读书・新知三联书店 1962 年版，第177 页。

② 《普列汉诺夫哲学著作选集》第 5 卷，生活・读书・新知三联书店 1984 年版，第496 页。

③ 《普列汉诺夫哲学著作选集》第 2 卷，生活・读书・新知三联书店 1962 年版，第273 页。

社会心理因素，文艺不仅直接反映着社会心理，也受社会心理的制约。

第二，强调文艺中实践主体的作用，更好深入微观日常生活世界，丰富文艺理论的主题。文艺这种独特的意识形态形式它的存在方式和作用机制不同于经济体系、政治法权、国家机器这种相对独立的宏观实体，文艺一方面可以通过习惯、观念、情感、价值、心理等内在微观要素制约着对个体的生存和发展；另一方面可以作为机理机制和内驱力等多重维度内化于社会的政治、经济、社会生活的一切社会领域中，影响并制约着社会历史运动。传统的文艺理论更加侧重于反映论的角度，关注社会生活中重大历史事件的描绘或者简单经济关系和政治生活的摹写，事实上具体的和微观的日常生活世界的各个领域都可以是艺术理论的研究对象，艺术创作的描绘对象。文艺理论不应该孤立的探讨和强调政治、经济等宏观社会历史因素，更应该将研究视角深入到社会生活的各个层面，置于生活世界的意义结构中加以审视和探究，甚至一直深入到性格结构和心理机制。正如普列汉诺夫所说，艺术家"一方面，理解'弦线'运动的'铁的规律'，另一方面，能够了解的指明，如何在弦线之上，并且正是由于弦线的运动，生长着思想体系的'生动的衣裳'"[①]，艺术家更应该洞察社会历史变革下人的主观世界的深刻变化，体现社会生活重大变化引起的人们观念、道德、情感、习俗等心理的变化。无论是文艺创作还是文艺欣赏，都是主客观统一的产物，都需要审美主体的主观因素，普列汉诺夫正是看到了审美实践主体的自觉能动性，才更加强调文艺的社会心理中介论。

第三，具有系统性和层次性的方法论意义。马克思对于资本主义世

---

① 《普列汉诺夫哲学著作选集》第 1 卷，生活·读书·新知三联书店 1959 年版，第 760 页。

界的剖析就体现了鲜明的系统性和整体性的特点，普列汉诺夫对社会现象的研究也体现了一定系统性和层次性的特点。他认为关于社会历史的学说应该指明"经济的枯燥的骸骨怎样为社会政治形态的生动的血肉包裹着，然后——这是任务的最有趣和诱人的方面——怎样为人类的观念、感觉、意图和理想的血肉包裹着"，因此他的社会结构五项因素公式实际上就是继承了马克思关于探究社会发展理论的系统性原则，将人类社会看作是一个"有完全生命的有机体"[①]。这个有机整体中，生产力、生产关系、社会政治制度、社会心理、思想体系是组成的基本要素，与许许多多相互作用的其他因素一起构成完整统一的系统，其中生产力和生产关系构成的社会运行和发展的根本力量。普列汉诺夫认为任何社会现象的研究都要置于这个有机的社会整体中，其中这五个层次又依据从下到上的等级序列排列着，它们之间相互联系、相互作用，摒弃了多种因素彼此孤立，机械作用的折衷主义倾向，这也体现了层次性的特点。

他将文艺和审美现象也放到由各种因素构成的复杂社会生活中，一方面将艺术和社会心理作为社会结构中的不同层次，将社会心理作为第四层次，而艺术、哲学、宗教等作为经过人们加工的、更高级的社会意识形式，并称其为思想体系。它们之间的关系实际上可以说成是，社会心理是艺术、哲学、宗教等思想体系的直接源泉，是它们进行分析、研究、描写的第一手鲜活的素材和对象，而艺术、哲学、宗教等思想体系则是经过提炼、加工上升的社会心理。可见，文学艺术处于社会结构的最高层，高高飘浮于经济基础之上，通过社会心理作为中介连接与经济政治关系。另一方面，普列汉诺夫的五项因素公式

[①] 《普列汉诺夫哲学著作选集》第 1 卷，生活·读书·新知三联书店 1959 年版，第754 页。

中的各个因素尽管是层层相关、互为因果的严密体系，但他始终坚持生产力是人类社会结构诸因素中最具决定意义的因素。正如"任何一个民族的艺术都是由它的心理所决定的；它的心理是由它的境况所决定的，而它的境况归根到底是受它的生产力状况和它的生产关系制约的，但是能说出这些话的人，从而也就说出了唯物史观"①，普列汉诺夫探讨文艺与社会心理问题始终考虑到社会结构的整体特征。事实上，普列汉诺夫关于社会结构层次性因素的概括，也吸取了泰纳的四项公式，他认为泰纳尽管在历史观上存在根本错误，但他寻求社会结构诸因素间"寻求规律的程序"② 这一方法，"有许多无可争辩的优点"，"使我们对艺术史的了解进了一大步"③。

虽然普列汉诺夫的文艺社会心理中介说也存在一定的纰漏，比如他揭示了个体心理与社会群体心理的关系。他认为群众的心理是由拥有不同个性特征的个人心理构成，个人是群众的组成部分、个人心理也是群众心理的构成要素，同时群众心理体现个人心理普遍的情感和要求，群众的心理是个性与共性的统一。但更多看重社会心理普遍性和共同性的特点，在一定程度上忽视了对个体心理的具体概括和分析。又比如他强调了艺术与社会心理之间的辩证关系，但更多的从宏观的角度进行描述，缺乏对文艺反映社会心理具体机制的深入解读。但是毋庸置疑，普列汉诺夫的文艺社会心理中介说具有巨大的理论和实践意义。

---

① 《普列汉诺夫哲学著作选集》第 5 卷，生活·读书·新知三联书店 1984 年版，第 350 页。

② 《普列汉诺夫哲学著作选集》第 2 卷，生活·读书·新知三联书店 1962 年版，第 179 页。

③ 《普列汉诺夫哲学著作选集》第 2 卷，生活·读书·新知三联书店 1962 年版，第 180 页。

四、文艺发展的内在规律论：意识形态的相对独立性

早在 19 世纪 80 年代恩格斯还健在的年代，就有人批评马克思主义为庸俗的经济决定论者，硬说马克思主义单纯只注重经济因素的决定因素，否定思想和政治因素的反作用。恩格斯在《路德维希·费尔巴哈和德国古典哲学的终结》中特意针对这个问题作出回应，并纠正了当时在德国青年中日益发展起来的庸俗经济论倾向。他论证了政治因素和思想因素在人类社会发展中的作用，阐发了社会意识相对独立性的思想，在坚持社会存在决定社会意识、经济基础决定上层建筑的唯物主义一元论思想的基础上，更为全面的阐发和丰富了历史唯物主义原理。

面对伯恩施坦对于历史唯物主义的公然责难，普列汉诺夫坚决驳斥他关于恩格斯晚年书信缩小生产关系决定力量的谬论，反驳了俄国因素论者和伯恩施坦修正主义者对于马克思主义的歪曲，捍卫了历史唯物主义的基本原则，指出，"说到在人类思想的发展中，或者确切些，在人类的概念和表象的结合中有自己的特殊的规律，这点据我们所知，'经济'唯物主义者之中是没有一个人加以否认的"[①]，也就是对恩格斯的意识形态独立性思想进行了更加具体和详尽的阐发和论证，同时对于社会意识各种具体形式比如艺术、哲学、法权等相对独立性问题分别进行了深入的探究。其中，他对文艺的相对独立性问题论述的最多，主要包括以下方面。

---

① 《普列汉诺夫哲学著作选集》第 1 卷，生活·读书·新知三联书店 1959 年版，第737 页。

（一）文艺的历史继承性

马克思在《德意志意识形态》中曾作出经典论述："历史不外是各个世代的依次交替。每一代都利用以前各代遗留下来的材料、资金和生产力；由于这个缘故，每一代各方面在完全改变了的环境下继续从事所继承的活动，另一方面又通过完全改变了的活动来变更旧的环境"①，即人类不是随心所欲的创造历史，而是在直接碰到的、既定的、从过去继承的条件下创造历史。观念形态具有历史的继承性，在历史的进程中，相近的生产方式、交往方式得到文化的传承，另一方面随着交往的扩大和时代的更新，旧有文化得以补充新的因子。这种不同历史时代的社会意识形式承前启后，代代相传的历史继承性也是社会意识形式相对独立性的重要体现。恩格斯曾在《自然辩证法》中高度赞颂文艺复兴对于古希腊文化的继承："拜占庭灭亡时抢救出来的手抄本、罗马废墟中发掘出来的古代雕像，在惊讶的西方面前展示了一个新世界——希腊的古代"②，在《反杜林论》中论述了古希腊文化与现代文化的关系，尽管希腊文化是在奴隶制基础上产生的，但是如果"没有希腊文化和罗马帝国所奠定的基础，也就没有现代的欧洲。我们永远不应该忘记，我们的全部经济、政治和智力的发展，是以奴隶制既成为必要、同样又得到公认这种状况为前提的。在这个意义上，我们有理由说：没有古代的奴隶制，就没有现代的社会主义"③。文艺的发展也是如此，"希腊艺术的前提是希腊神话，也就是通过人民的幻想用一种不自觉的艺术方式加工过的自然和社会形式本身。这是希

---

① 《马克思恩格斯选集》第 1 卷，人民出版社 2012 年版，第 168 页。
② 《马克思恩格斯选集》第 3 卷，人民出版社 2012 年版，第 846 页。
③ 《马克思恩格斯选集》第 3 卷，人民出版社 2012 年版，第 561 页。

腊艺术的素材"①，各个时代的艺术一方面适应了每个特定历史时代的需要；另一方面又不能脱离前一个时代的文艺遗产，在继承前一时代传统的基础上发展起来。

普列汉诺夫坚持历史唯物主义基本原则的基础上，对于文艺的历史继承性进行了颇有价值的探讨。他认为每个特定时代的意识形态都与前一时代密切相关，"应该预先认识前一时代的智慧状态"②。一个阶级占统治地位的观念从内容上与阶级的经济地位有关，形式上与传统观念有关，"在一个一定的时候的一个阶级里占统治地位的观念，从它们的内容上说，是由这个阶级的社会地位决定的，可是从它们的形式上来说，它们却与那些过去在同一阶级或较高阶级内占过统治地位的观念，是有密切联系的"③。文艺传统为文艺的发展形成了历史的延续性，不仅深层次反映出生产力状况和社会交往方式的世代传承，从具体内容上更是艺术题材、创作手法、写作技巧等的经验继承。

他指出，"每个特定时代的思想体系永远是和前一时代的思想体系有密切的——肯定的或否定的——联系。任何特定时代的'智慧状态'只有在于前一时代的智慧状态的联系中才能理解"④，这其中表明，普列汉诺夫将特定年代文艺传统的继承现象细分为积极意义和消极意义的继承，即肯定传统和否定传统两种形式。肯定意义上的继承形式是"追随着自己前辈们的足迹，发展他们的思想，采用他们的手法"，消极意义

---

① 《马克思恩格斯选集》第 1 卷，人民出版社 2012 年版，第 711 页。
② 《普列汉诺夫哲学著作选集》第 1 卷，生活·读书·新知三联书店 1959 年版，第 735 页。
③ 《普列汉诺夫哲学著作选集》第 2 卷，生活·读书·新知三联书店 1962 年版，第 191 页。
④ 《普列汉诺夫哲学著作选集》第 1 卷，生活·读书·新知三联书店 1959 年版，第 740 页。

上的继承即是否定传统，"反对旧的思想和手法，和他们发生矛盾"①，二者其实在文艺的发展历程上是相辅相成、缺一不可的，共同推动着文艺的进步。就否定传统而言，即与传统发生矛盾，普列汉诺夫认为这个矛盾的原理并不破坏客观真理，甚至会引导我们达到客观真理，"矛盾出现在而且只出现在那有斗争、有运动的地方，而在那有运动的地方——思想便前进，即使经过了迂迴的道路"②，也就是文艺等社会意识形式发展的道路不是直线的，而是在不断发现和解决矛盾中曲折前进的。

普列汉诺夫还指出，对于上述肯定和否定两种意义的继承形式，都不能作抽象和绝对的理解。他认为"一个时代的意识形态绝不会和自己的先辈作 sur toute la ligne（全线的）在人类知识和社会关系的一切问题上的斗争"③，也就是从辩证法的角度出发，对于传统的肯定继承中包含否定的因素，对传统的否定也是辩证的否定，既有克服又有保留。他将一定社会的社会心理领域比作一个国家的行政区域，认为新旧思想的斗争不是全线展开的，而是先"只涉及个别的省"，即某些重点领域或特殊方面，"只有反射的作用才涉及于附近的区域"④。他认为"首先被攻击的是那前一时代的领导权属于它的省份"⑤，新兴阶级对于传统意识形

---

① 《普列汉诺夫哲学著作选集》第 1 卷，生活·读书·新知三联书店 1959 年版，第 734 页。

② 《普列汉诺夫哲学著作选集》第 1 卷，生活·读书·新知三联书店 1959 年版，第 742 页。

③ 《普列汉诺夫哲学著作选集》第 1 卷，生活·读书·新知三联书店 1959 年版，第 736 页。

④ 《普列汉诺夫哲学著作选集》第 1 卷，生活·读书·新知三联书店 1959 年版，第 736 页。

⑤ 《普列汉诺夫哲学著作选集》第 1 卷，生活·读书·新知三联书店 1959 年版，第 736 页。

态领域的主攻方向在于看统治阶级实施领导权的领域，这些领域可能并不是固定的，或在政治上，或在艺术上，或在哲学上等，比如法国大革命时期，法国唯物主义者集中批判了旧制度的哲学和政治的思想的斗争，并未触及文学传统。因此，"最有力的攻击用来攻击那些特定的时期中是旧制度的最有害方面的表现的思想"①，之后才慢慢扩展到其他与这个领域相关的领域。

　　普列汉诺夫认为，新兴阶级在对待前一时代在意识形态领域有领导权的领域，他们的继承方式分为两种，第一种在传统基础上进行继承、补充和改造，在"继承形式上承认旧的领导权而降新的、相反的内容加到统治的概念中去(例子：第一次英国革命)"②；第二种就是完全否认传统意识形态领域占主导地位的范式和理论，集中开辟新的研究领域，即"完全否认它们，而领导权转入新的思想的省份"③。但要注意的是，普列汉诺夫认为除了攻击前一时代统治阶级占主导权的思想领域外，"对于其他的思想，即使也是在旧的社会关系的基础上产生起来的，他们也常常是完全淡然置之，有时则按着传统继续保持这些思想"④。这一观点实际上有其片面性，因为对于新兴阶级而言，不论是哪一个领域，都是旧有统治秩序下的产物，都受旧的社会生产关系的制约，不能完全不管不顾，淡然处之，而是要放在新的历史条件下进行批判性的继承或者扬

---

① 《普列汉诺夫哲学著作选集》第 1 卷，生活·读书·新知三联书店 1959 年版，第739 页。
② 《普列汉诺夫哲学著作选集》第 1 卷，生活·读书·新知三联书店 1959 年版，第736 页。
③ 《普列汉诺夫哲学著作选集》第 1 卷，生活·读书·新知三联书店 1959 年版，第736 页。
④ 《普列汉诺夫哲学著作选集》第 1 卷，生活·读书·新知三联书店 1959 年版，第739 页。

弃，对于旧的统治阶级占主导地位的思想领域也不能全盘否定，同样需要辩证对待。

普列汉诺夫关于意识形态历史继承性的论述，深刻阐明了文艺在传承和发展进程中的选择、模仿和超越机制，对于当前我国特色社会主义文艺实践有着重要启迪。第一，批判性继承中华优秀传统文化。中华优秀传统文化是千百年来广大人民群众创造的精神和物质财富，是传统习俗礼仪、经验习惯等集体无意识自发性的代代传承，成就了大量丰富多彩的文艺精品。对于中华优秀传统文化的继承必然不是对传统的机械复制，而是自觉对传统文化进行批判性继承，随着人类知识的丰富，不断为其增添新内容和新成分。这就需要我们坚定文化的主体意识，自觉认清传统文化的两种因素，从"文化的内生层面""对文化进行自我认知、自我分析、自我判断和文化自省"[1]，继而产生对中华优秀传统文化的价值认同，提升文化选择的能动与自觉能力。第二，批判性吸收外来意识形态的文化、文艺成果。全球化语境下的今天，异质文化相互交流的需求日趋高涨，在跨文化选择、模仿和引进过程中，新的文艺思潮、风格、技巧、体例等相互碰撞，引发对异质文艺发展特性的新探索，这无疑是可以推动文艺自身的发展。但选择和模仿并不意味着一味接受和全盘移植，"任何一种外来文化资源，原封不动地照搬照抄过来是没有意义的，最终要实现本土化，融会贯通为我们自己的东西"[2]，必须要突破原有文艺形态的局限性，结合本民族具体实际，创造符合本民族特色的文艺作品。第三，实现对传统与

---

[1] 张圆梦：《中国传统文化创造性转化和创新性发展的当下思考》，《理论月刊》2018年第7期。

[2] 《习近平总书记在文艺工作座谈会上的重要讲话学习读本》，学习出版社2015年版，第121页。

异质文化、文艺成果的创造性转化和超越。对传统文艺成果的现实性转化和对异质文艺成果的本土化转化，实质上都是一种创造性转化的过程。既实现了文艺自身的超越和创新，是本土文艺发展的内在驱动力，又充分体现了文艺主体的认识与实践能力的提升，是人的自由和全面发展的集中体现。

（二）文艺与经济发展不平衡性

文学艺术的发展并不是同步进行的，在社会历史发展的链条中，有时候社会生产力发展水平不高，但文艺发展却得到蓬勃发展，有时候社会生产力水平较高，但文艺发展速度却显得迟缓。这就是艺术生产与物质生产发展的不平衡性，也是社会意识形式相对独立性的显著表现。

马克思曾在《〈政治经济学批判〉导言》中从两个方面阐述艺术发展和物质生产发展间的不平衡关系。第一，"在艺术本身的领域内，某些具有重大意义的艺术形式只有在艺术发展的不发达阶段上才是可能的"[①]，这是由于艺术领域内部本身就划分为不同的艺术种类所造成的；第二，从"整个艺术领域同社会一般发展的关系"来看，艺术"一定的繁盛时期决不是同社会的一般发展成比例的，因而也决不是同仿佛是社会组织的骨骼的物质基础的一般发展成比例的"[②]。他以希腊艺术和莎士比亚戏剧为例，不论是希腊的奴隶制时代还是英国的文艺复兴时代，与 19 世纪的欧洲社会相比，社会生产力都远远落后于后者，可是却出现具有划时代意义的古希腊文艺和莎士比亚戏剧。恩格斯晚年还论

---

① 《马克思恩格斯选集》第 2 卷，人民出版社 2012 年版，第 710 页。

② 《马克思恩格斯选集》第 2 卷，人民出版社 2012 年版，第 710 页。

述过 18 世纪末至 19 世纪初，德国经济发展落后，却出现了歌德、席勒等杰出的文学家，19 世纪的挪威经济不如英国、法国发达，却出现了"除了俄国以外没有一个国家能与之媲美"的文学繁荣①，因此他提出了一个精辟的论断，"经济上落后的国家在哲学上仍然能够演奏第一小提琴"②。

普列汉诺夫很早就开始强调马克思恩格斯的这一观点，并将其运用到一些具体的批评实践中，对于车尔尼雪夫斯基的评判就是其中较为典型的例子。车尔尼雪夫斯基在评论亚里士多德的《诗学》时，曾对莎士比亚作品的价值作出了错误的判断。他认为应该仿效亚里士多德对于荷马史诗和希腊悲剧作家的比较研究，后者认为索福克勒斯和欧里庇得斯的悲剧在形式和内容上都比荷马史诗更加富有艺术性。因此，车尔尼雪夫斯基认为"我们应该学亚里士多德的榜样，而不以恭维的态度来看待莎士比亚"③。他认为"当我们有了莱辛、歌德、席勒、拜伦的时候，就完全可以容许对莎士比亚采取批判的态度了"④，在他看来，莎士比亚作品的艺术价值在莱辛、歌德、席勒、拜伦之下，批评家们应采取"不偏不倚"的态度对莎士比亚作品进行批判。普列汉诺夫认为，车尔尼雪夫斯基之所以做出这样的判断，是因为车尔尼雪夫斯基坚持认为经济发展与文艺发展相同步，"莎士比亚作为一个剧作家是远胜于车尔尼雪夫斯基所说的那些作家的。当然，在作出一切文学判断时都必须不偏不倚；但是不偏不倚的态度并不是要我们必须承认诗歌的成就总是与生活和教

---

① 《马克思恩格斯选集》第 4 卷，人民出版社 2012 年版，第 596 页。
② 《马克思恩格斯选集》第 4 卷，人民出版社 2012 年版，第 612 页。
③ 《普列汉诺夫哲学著作选集》第 4 卷，生活·读书·新知三联书店 1974 年版，第 373 页。
④ 《普列汉诺夫哲学著作选集》第 4 卷，生活·读书·新知三联书店 1974 年版，第 373 页。

育的成就并肩前进的想法"①。普列汉诺夫认为所有国家的启蒙运动者都会认为，"教育（'学问'）的成就，总是与民族的智力生活和社会生活的其他一切方面的成就成正比例。情况并非如此"②。他举例反驳车尔尼雪夫斯基的想法，18 世纪法国启蒙学者伏尔泰生活的时代社会经济水平远高于高乃依和拉辛生活的年代，但伏尔泰作为艺术家的水平要不可比拟的低于高乃依和拉辛。同样，18 世纪英国的社会生活水平远高于莎士比亚生活的 17 世纪，但莎士比亚戏剧水平远高于 18 世纪的英国戏剧。

普列汉诺夫认为"人类历史运动是这样一个过程，在这个过程中，一个方面的成就不仅不以这个过程的其他一切方面的按比例发展的成就作为前提，而且有时还直接造成其他方面的落后或甚至衰落"③，他在依据马克思恩格斯艺术生产与物质生产发展不平衡规律的基础上，在具体的论述中又引入了政治的因素。他认识到近代西欧经济的巨大发展却未能实现精神生活的大幅度提升，反而造成艺术生产的萧条和精神道德堕落滑坡。他认为"西欧经济生活的巨大发展，决定了生产者阶级和社会财富占有者阶级之间的相互关系，它在 19 世纪下半期导致了资产阶级以及表现这个阶级的道德概念和社会意图的一切艺术和科学的精神堕落"④，但 18 世纪末期的法国资产阶级还属于新兴的革命的资产阶级，

---

① 《普列汉诺夫哲学著作选集》第 4 卷，生活·读书·新知三联书店 1974 年版，第 373 页。

② 《普列汉诺夫哲学著作选集》第 4 卷，生活·读书·新知三联书店 1974 年版，第 374 页。

③ 《普列汉诺夫哲学著作选集》第 4 卷，生活·读书·新知三联书店 1974 年版，第 374 页。

④ 《普列汉诺夫哲学著作选集》第 4 卷，生活·读书·新知三联书店 1974 年版，第 374 页。

急于推翻世俗和宗教的封建贵族统治而建立自己的政权，他们"充满着智力和道德力量"，因此他们在艺术领域也是充满着革命斗志和创作激情，"这种情况并未阻止资产阶级在这个时期所创作的诗歌，比过去社会生活较不发展时期的诗歌后退一步"①。从中可以看出，普列汉诺夫将劳资对抗的加剧和统治阶级道德和精神的堕落视作是近代西欧艺术生产发展不突出的原因。除了经济基础这个根源外，他还揭示出社会心理和政治气候也是影响文明社会艺术发展的必要条件。

他还认识到，同一阶级意识的发展也有先后，这就为先进阶级对落后阶级产生思想影响提供可能，他是从阶级斗争的角度来阐发这一问题。正如"社会分裂为各个阶级是由社会经济发展所引起的。但是思想的发展落后于事物的发展。所以人们对于社会生产过程中人们之间的关系的认知，落后于这些关系的发展。此外，甚至同一个阶级内部，人们意识的发展也不是同样快慢的：某些成员对当时事态的本质了解得快一些，而另一些成员了解得慢一些"②，他指出部分工人阶级自觉和阶级意识发展的较为落后，还尚未充分认识到隐藏在两大对立阶级即资产阶级与无产阶级内部的经济对抗性，普列汉诺夫认为"这是不足为奇的；要知道意识的发展落后于经济的发展"③，从而期望社会主义者对于这些尚未具有无产阶级世界观的工人阶级提供一定的思想引导，培育他们的阶级意识和革命精神，来适应无产阶级革命的需要。

尽管普列汉诺夫并未直接指明造成这种不平衡发展规律的原因

---

① 《普列汉诺夫哲学著作选集》第 4 卷，生活·读书·新知三联书店 1974 年版，第 374 页。

② 《普列汉诺夫哲学著作选集》第 2 卷，生活·读书·新知三联书店 1962 年版，第 546 页。

③ 《普列汉诺夫哲学著作选集》第 3 卷，生活·读书·新知三联书店 1962 年版，第 546 页。

是什么，但他在探索社会存在决定社会意识，社会意识如何反应社会存在的问题时，曾多次强调中间环节的作用。他认为，"经济对艺术和其他意识形态的直接影响一般是极少看得出来的，最常发生影响的是其他的'因素'，即政治、哲学等"①，"马克思虽然用社会经济的发展来解释一切社会运动，但是他往往只是在最后才用社会经济的发展来说明，就是说，他要用许多其他各种'因素'的中间作用来作前提"②，因此讨论艺术这种特殊的意识形态形式时，就必须考虑中间环节。

就艺术而言，它跟社会经济关系之间就存在着诸如政治制度、社会心理以及其他社会意识形态等一系列中间环节。在这些诸多环节中，每一个环节都不是孤立的，它影响着其他的环节也受其他环节的影响，从而形成了一个复杂交错的力量之网，但多种因素的存在也不能抹杀根本原因在于经济因素，"因素的多样性丝毫没有破坏根本原因的统一性"③，经济从归根结底的意义上对艺术的发展起决定性作用。这样，普列汉诺夫就既没有把生活简单化，也没有把艺术与经济的关系简单化，他认为，"'经济'有时候借助于'政治'以影响人们的行为，有时则借助于哲学，有时借助于艺术或任何其他意识形态，只有在社会发展的最后的阶段上，'经济'才以自己本来的'经济'形态出现于人们的意识中。它往往借助所有这些因素的总和来影响人们，并且这些因素的相互关系以及这些因素之中每个个别因素的力量是依一定经济基础上所产生的是

①　《普列汉诺夫哲学著作选集》第 5 卷，生活·读书·新知三联书店 1984 年版，第 245 页。

②　《普列汉诺夫哲学著作选集》第 3 卷，生活·读书·新知三联书店 1962 年版，第 188 页。

③　《普列汉诺夫哲学著作选集》第 3 卷，生活·读书·新知三联书店 1962 年版，第 180 页。

怎样的社会关系为转移的，而这又是由这种基础的性质所决定的"①。在他看来，文学艺术之所以在其发展进程中会出现与物质生产生活发展不平衡的现象，就是因为文艺除了归根结底受到经济因素的制约外，还要直接或者间接地受到社会生活的其他各种复杂因素的影响，即使在经济发展水平相似或者社会经济形态相似的国家或者民族之间，由于影响艺术的各种中间因素力量的不平衡，也会导致艺术与社会经济发展的不平衡。普列汉诺夫这个观点对于我们探究艺术生产与物质生产发展的微观不平衡和宏观平衡规律的原因无疑是具有一定启发作用的。

（三）意识形态之间的相互影响

普列汉诺夫还揭示了文艺的相对独立性的又一重要表现，就是文艺与其他意识形态形式之间相互影响。这既包括社会经济发展不同阶段上意识形态的相互作用，又包括不同国家、民族和地区的意识形态形式之间的相互影响，具体说来有以下内容。

第一，关于文艺与其他意识形态形式的之间的相互影响。普列汉诺夫在《论"经济因素"》中，认为经济因素有时候需要借助不同意识形态如政治、哲学、艺术等间接反映在人们的意识中，支配着他们的行动，并认为不同意识形态间存在相互作用，"在社会经济发展的不同阶段上，任何一种意识形态都要在不同的程度上受到其他各种意识形态的影响"②。因此，要了解艺术的发展，除了要把握决定艺术发展的经济决

---

① 《普列汉诺夫哲学著作选集》第 2 卷，生活·读书·新知三联书店 1962 年版，第 326 页。

② 《普列汉诺夫哲学著作选集》第 2 卷，生活·读书·新知三联书店 1962 年版，第 326 页。

定性因素以外，还要认清它与其他意识形态形式的相互影响。他在讨论19 世纪西欧文学作品之前，首先对于 19 世纪空想社会主义思想进行考察，普列汉诺夫认为 19 世纪空想社会主义流派有助于了解 19 世纪西欧文学，"十九世纪上半叶西欧的文学作品——像任何时代和任何地方的一样——是社会生活的反映……所以，在评论上述文学作品以前，先简短地论述一下空想社会主义者的学说，看来是适当的。这种论述虽然超出狭义的文学史范围，却能够帮助我们了解各种文学流派"①。

普列汉诺夫在考察艺术与其他意识形态之间相互影响时，还强调了"每一个一定的思想体系在不同的社会发展阶段中以极不相等的程度受其他思想体系的影响"②。他认为思想体系之间的影响程度不是均等的，而是不相等的，这也就批驳了抽象的因素论将社会的多种因素机械分解，看作彼此孤立的部分，彼此间的相互作用程度也是同等程度，掩盖了各因素间的不同等的交互作用和起支配作用的决定因素，使各因素之间的作用陷入大杂烩式的一片混乱。他认为因素论的创立一是由于对社会现象有研究兴趣的人往往会致力于找寻各现象之间的联系，二是随着社会科学的分工而来，每一门社会科学学科都有其特殊的观点，都可以作为社会发展的因素，有多少学科便有多少种因素。"'因素'之间存在着相互作用：每一个因素都影响其他一切因素，而本身又受到其他一切因素的影响。结果形成这样一个错综复杂的网，相互影响的、直接作用以及反射作用的网"③，诸因素间的相互作用不是同等作用程度，而是不

---

① 《普列汉诺夫哲学著作选集》第 3 卷，生活·读书·新知三联书店 1962 年版，第 644 页。

② 《普列汉诺夫哲学著作选集》第 2 卷，生活·读书·新知三联书店 1962 年版，第 288 页。

③ 《普列汉诺夫哲学著作选集》第 2 卷，生活·读书·新知三联书店 1962 年版，第 265 页。

均等的、有层次性，存在着支配决定因素的直接或者间接影响。

比如说中世纪的欧洲在意识形态领域占统治地位的意识形态性是宗教神学，艺术和哲学都收到宗教神学的强烈影响，中世纪哲学主要以经院哲学为主，中世纪的文学艺术也被深深地打上了基督教的烙印，甚至可以被称为基督教艺术，主要以教堂建筑和神像雕刻为主，文学创作上虽然出现了早期世俗贵族的骑士文学和市民文学，但仍旧以宗教文学与教会文学为主流。到了近代欧洲，宗教对艺术尽管仍旧有一定影响，但这种影响在其他社会意识形态之中所占据的统治地位逐步被理性主义哲学所取代，近代艺术由世俗审美和理性主义的回归拉开帷幕。但这种意识形态之间的相互作用归根结底是受特定经济基础所制约，"'经济'有时候借助于'政治'以影响人们的行为，有时则借助于哲学，有时借助于艺术或任何其他意识形态，只有在社会发展的最后的阶段上，'经济'才以自己本来的'经济'形态出现于人们的意识中。它往往借助所有这些因素的总和来影响人们，并且这些因素的相互关系以及这些因素之中每个个别因素的力量是依一定经济基础上所产生的是怎样的社会关系为转移的，而这又是由这种基础的性质所决定的"[①]。

第二，不同国家、民族和地区之间的文艺也相互影响。首先，普列汉诺夫认为包括文艺在内的各种意识形态形式在不同的国家和民族都有其独特的发展路线，而这种不同国家和民族文艺发展的多样性特点，是由各个国家、民族和地区社会历史发展的多样性所决定。普列汉诺夫认为国家和民族的社会发展都有其特殊的历史环境，也许和其他国家或社会的社会历史环境相类似，但永远也不可能完全一样，"对于每一个社

---

① 《普列汉诺夫哲学著作选集》第 2 卷，生活·读书·新知三联书店 1962 年版，第 326 页。

会都有一定的影响其发展的社会的历史的环境。每个特定的社会从其邻近的社会方面所受到的影响的总和是永远也不会等于另一个社会在同时所受到的影响的总和。因此，任何社会生活与自己的特殊的历史环境中。这个历史环境也许——而实际上亦时常有过——和其他民族的历史环境很相类似，可是永远也不会和永远也不能和它完全同一样"[1]。他以原始公社的不同形态为例，他认为氏族联合本是人类社会发展特定阶段固有的共同生活的形式。历史环境的不同使得各个氏族崩溃消亡的过程大为不同，影响了氏族崩溃后形成的不同生活形态，"产生于原始共产主义废墟上的私有财产的性质，由于每个特定的社会之周围的历史环境的影响而大不相同"[2]，原始公社瓦解后形成的私有财产制在各个不同的氏族也呈现不同的特点。因此，普列汉诺夫得出结论"特定社会的周围的历史环境的影响，当然亦影响到它的意识形态的发展"[3]。

其次，他揭示出一个国家对另一个国家文学产生影响的三种情形。他认为，"一个国家的文学对于另一个国家的文学的影响是和这两个国家的社会关系的类似成正比例的"[4]，当二者经济关系完全不相同时，即"类似等于零的时候，影响便完全不存在"，比如非洲的黑人民族便至今没法感受到欧洲文学的影响；当二者是社会经济条件相差较大的国家或民族，这个影响便是单方面的，是落后国家对于较发达国家的单向模仿

---

[1]　《普列汉诺夫哲学著作选集》第 1 卷，生活·读书·新知三联书店 1959 年版，第 728 页。

[2]　《普列汉诺夫哲学著作选集》第 1 卷，生活·读书·新知三联书店 1959 年版，第 729 页。

[3]　《普列汉诺夫哲学著作选集》第 1 卷，生活·读书·新知三联书店 1959 年版，第 729 页。

[4]　《普列汉诺夫哲学著作选集》第 1 卷，生活·读书·新知三联书店 1959 年版，第 730 页。

和借鉴。他举例 18 世纪法国文学影响了俄国文学，但其自身却未受到俄国文学的影响。当两个国家或民族的社会关系相似时，二者的影响是相互的，"交换着的民族的双方，都能从另一民族取得一些东西"①，他举例法国文学和英国文学的相互影响。他在这里还强调了异质文化间的模仿与借鉴的情形。

一方面，文艺等各种意识形态形式在不同民族间的相互选择和模仿倾向基于相似的社会关系，社会关系和交往方式类似的国家或者民族，会相互借鉴和模仿，社会经济条件相差较大的国家或民族，由较为落后国家向较为发达国家采取单方面的借鉴和模仿。他认为，每个民族在社会发展的早期阶段，都会觉得本民族审美趣味最为独特、最为优越，但"这些特色本身只有一种暂时的持续性。也就是说，仅仅在一定条件下继续存在"②。当该民族发展自身与其他民族的差异时，便会产生对异族的模仿倾向，"当一个部落被迫承认另一个更进步的部落比自己优越的时候，它的种族自满心理就趋于消失，转过身来去摹仿那些过去认为可笑、甚至可耻、可憎的异族风格"③。同时同一阶级在不同国家采取行动时，也会模仿其中先进一方所创造的思想观念，但形式上是继承还是改造，是先进还是落后，归根结底还是依据不同国家的生产力状况，"一个在与它的敌人作斗争的阶级，在一个国家的文学中，总是争得一个地位。如果同样的阶级在另一个国家里开始行动，就会占有它的先进的姊妹所创造的那些观念和形式。不过它究竟是修改这些观念和形式，越过

---

① 《普列汉诺夫哲学著作选集》第 1 卷，生活·读书·新知三联书店 1959 年版，第730 页。

② 《普列汉诺夫哲学著作选集》第 2 卷，生活·读书·新知三联书店 1962 年版，第276 页。

③ 《普列汉诺夫哲学著作选集》第 2 卷，生活·读书·新知三联书店 1962 年版，第276 页。

它们，还是落在它们后面，则要依它自身的情况今儿创造了这个典型的那个阶级的情况之间的差别而言"[1]。

　　另一方面，他认为模仿并不意味着盲目照搬，要根据具体实际进行创造性模仿。他以 18 世纪俄国悲剧模仿法国古典悲剧却不适当为例，说明模仿者和范本之间必然会存在一定的距离，即"产生模仿者的社会和范本所生活于其中的社会间之距离"[2]。由于俄国社会经济条件与当时法国社会并不同步，所以照搬法国悲剧却无视俄国当时具体历史条件，只能导致囫囵吞枣、不伦不类。普列汉诺夫认为，模仿应是建立在对本国具体实际的清楚认识下而进行的创造性模仿，不同国家社会关系不可能完全相同导致模仿者永远不可能与范本一模一样。他认为当各个国家和民族社会关系影响强烈时，将会导致更为复杂的情况出现，即"全体文明人类所共有的文学"[3] 的出现。普列汉诺夫随即又强调了世界文学和民族文学间的共性与个性问题，"这个全世界的文学亦区分为各个民族的文学。每一种文学派别，每一种哲学思想，在每个不同的文明国家里都具有自己独特的色彩，有时候几乎是新的意义"[4]。

　　最后，他始终坚持不同国家、民族在艺术等意识形态形式上的相互影响的可能性和程度，归根结底由这两个国家或民族的社会发展的不同状况决定。他认为，"在性质上是同样的而在发展程度上不一样的各种

---

① 《普列汉诺夫哲学著作选集》第 2 卷，生活·读书·新知三联书店 1962 年版，第 204 页。

② 《普列汉诺夫哲学著作选集》第 1 卷，生活·读书·新知三联书店 1959 年版，第 729 页。

③ 《普列汉诺夫哲学著作选集》第 1 卷，生活·读书·新知三联书店 1959 年版，第 731 页。

④ 《普列汉诺夫哲学著作选集》第 1 卷，生活·读书·新知三联书店 1959 年版，第 731 页。

社会因素，在不同的欧洲国家中异常不同地配合着，这便使得每个国家异常独特的'智慧和道德风习的状态'，表现于民族文学、哲学、艺术等等之中"①，欧洲各个国家的社会性质相同，但发展程度不同所导致每个国家和民族具有独特的社会心理，体现在哲学和艺术领域，就表现为思想观念的多样性特点。他还认为，不同国家、民族在文学艺术及其他意识形态形式之间的相互影响，不论如何接近，但是"模仿者和范本之间有着一个距离，这距离正就是产生模仿者的社会和范本所生活于其中的社会间之距离"②，不同国家、民族在文学艺术及其他意识形态形式领域相互影响的程度，归根结底取决于二者社会发展的差别程度。比如英国贵族曾模仿法国古典主义的文学，但英国模仿者却永远不能和法国的范本完全相同，因为英国贵族无法将有利于法国古典主义文学繁荣发展的法国的社会关系移植到英国来，而18世纪法国唯物主义者爱尔维修等人将英国的洛克理论奉为圭臬，但普列汉诺夫认为，"在洛克和他的法国的学生之间有着一个距离，这距离正就是在'Glorious Revolution'（光荣的革命）时代的英国社会和法国人民的'Great Rebellion'（伟大的暴动）之前几十年的法国社会之间的距离"③。

（四）文艺的反作用

普列汉诺夫充分考虑到文艺等社会意识对于社会存在积极的反作

---

① 《普列汉诺夫哲学著作选集》第 1 卷，生活·读书·新知三联书店 1959 年版，第 732 页。
② 《普列汉诺夫哲学著作选集》第 1 卷，生活·读书·新知三联书店 1959 年版，第 729 页。
③ 《普列汉诺夫哲学著作选集》第 1 卷，生活·读书·新知三联书店 1959 年版，第 730 页。

用，他明确提出"不是意识决定存在，而是存在决定意识。但这还不是全部的历史唯物主义。必须补充一句：意识一经在存在的基础上产生，就反过来促进存在的进一步发展"①，要想对历史唯物主义作出一个全面、正确的理解就必须承认思想观念在人类发展进程中的重要意义。普列汉诺夫认为人类社会的发展虽然归根结底是决定于经济因素，但是社会历史的前进，特别是当社会的发展进入新旧制度交替的阶段时，总是要通过上层建筑，特别是政治制度的变革来实现，而政治制度的更迭又通常需要以人民的思想观念的变革为先驱。他曾经对政治因素和思想因素在社会发展中的作用做了生动形象的描述。他指出"在人类的漫长曲折的历史发展道路上，有着许多重大意义的伟大转折点。我们就用 A、B、C、D 等等字母来标示这些转折点。当经济发展达到 A 点，一个阶级胜利；当经济发展达到 B 点，先前占统治地位的阶级退居次要地位，新的统治阶级占据了它的位置；最后，假定经济发展达到 S 点，这时阶级斗争已经不再存在，因为社会划分为阶级的现象本身已经消失了。人类从 A 点发展到 B 点，从 B 点发展到 C 点，如此一直到 S 点，它任何时候都不是在一种经济平面上进行的。为了从 A 点到 B 点，从 B 点到 C 点等等，每次都必须上升'上层建筑'并在那里进行一番改造。只有当完成了这种改造之后，才可能达到预期的点。从一个转折点到另一个转折点的道路，总是要通过'上层建筑'。经济几乎永远不会自然而然地取得胜利，关于它永远不可能说 faràda se。不，永远不会 da se，而是永远必须通过上层建筑，永远必须通过一定的政治制度"②，也就是经济

---

① 《普列汉诺夫哲学著作选集》第 3 卷，生活·读书·新知三联书店 1962 年版，第 347 页。

② 《普列汉诺夫哲学著作选集》第 2 卷，生活·读书·新知三联书店 1962 年版，第 237 页。

基础必须通过改造上层建筑包括政治制度来实现，永远不会自然而然的取得胜利。而社会上层建筑的变革，尤其是政治制度的变革，是人们有目的的自觉的实践行为，它必须以思想观念的变革为先导。

因此，普列汉诺夫认为，"政治制度是经济关系的表现。但是这种为经济所决定的政治制度要成为现实，必须先以某种概念的形式通过人的头脑。所以人类如果不先经过自己的概念的一系列变革，就不可能从自己经济发展的一个转折点过渡到另一个转折点"①。依据唯物史观来看，政治制度固然是由社会经济关系所决定，但这种由经济关系所决定的政治制度要成为现实，就必须先以概念的形式通过人的头脑，"人的概念是在社会关系的基础上产生的。而某些概念一旦产生，它们就必然要反过来影响社会关系"②，充分体现了思想因素对于社会历史发展的重大作用。

"不过人们的思想体系一旦在社会存在的基础上产生了，它也就成为历史的一部分。历史科学不能把自己局限成一个社会经济解剖学；它所注意的是直接或间接为社会经济所决定的全部现象的总和，包括思想的作品在内。没有一件历史事实的起源不能用社会经济说明；不过说没有一件历史事实不为一定的意识状况所引导、所伴同、所追随，也是同样正确的"③，唯物史观坚持社会存在决定社会意识，同时又强调社会意识能动的反作用，艺术是上层建筑的重要组成部分，也是社会意识形态的重要形式。普列汉诺夫认为艺术也会对社会

---

① 《普列汉诺夫哲学著作选集》第 2 卷，生活·读书·新知三联书店 1962 年版，第 237 页。

② 《普列汉诺夫哲学著作选集》第 2 卷，生活·读书·新知三联书店 1962 年版，第 230 页。

③ 《普列汉诺夫哲学著作选集》第 2 卷，生活·读书·新知三联书店 1962 年版，第 273 页。

经济产生反作用，表现当时的经济状况"如果原始民族所拥有的生产力的状况决定着他们所特有的装饰品，那末一个部落所使用的装饰品的性质就应该表明它的生产力的状况"[1]。尽管他对艺术的反作用未进行具体的论述，但他关于社会意识反作用的理解，对于我们正确理解这一问题有着重要的价值，他始终强调思想史的发展归根结底由社会生产力发展状况所决定，"意识总追踪者现实关系。人们还不大能自觉地努力废除旧制度建立新法制的地方，就是新法制还没有完全为社会经济准备好的地方"[2]，社会历史发展的薄弱之时就处于社会关系发展不充分之时。

---

[1] 《普列汉诺夫哲学著作选集》第 5 卷，生活·读书·新知三联书店 1984 年版，第 427 页。

[2] 《普列汉诺夫哲学著作选集》第 2 卷，生活·读书·新知三联书店 1962 年版，第 284 页。

第六章 普列汉诺夫关于文艺研究 与批评的方法论阐释

普列汉诺夫的文艺学和美学理论奠定在一个科学的方法论基础之上，并站在无产阶级的立场上，对于文艺批评的原则和方法论作出了具体的论述，使其文艺观具有巨大的研究价值和深远的影响。要想全面、深入、细致的探讨普列汉诺夫文艺学和美学的整体理论逻辑，必须要弄清楚它的理论基础和方法论原则。

一、一元论历史观：普列汉诺夫文艺观的总体方法论基础

普列汉诺夫站在文艺社会学的高度，对于美学的任务作出了具体的规定，高度强调艺术观与历史观的关系，致力于将美学建立在一个科学的历史观基础之上，将唯物史观具体运用在文艺学和美学领域。

（一）"科学的美学"：关于美学是一门科学和它的任务

美学能否能成为一种科学，在近代美学史上一直是一个颇有争议的

问题。针对这一问题，普列汉诺夫曾作出了明确的回答，认为美学是一门科学并确定了美学这门科学的仼务。

关于美学是一门科学的探讨。皮萨列夫鼓吹美学并不是门科学，认为车尔尼雪夫斯基的学位论文讨论美学的目的在于彻底消灭美学。他认为每个人对于美都具有多样化的个人趣味，形成对美形形色色的概念，因此每个人都有自己独特的审美标准和审美概念，"把各种个人趣味强制地统一起来的那种普遍的美学，是不可能存在的"①。普列汉诺夫强烈批评皮萨列夫的这一观点是作为"纯粹的唯心主义者而下论断的"②，把美的概念看成是根据无限多样性的个人趣味为转移，忽视审美趣味发展的必然性。他认为皮萨列夫恰恰忽视了是车尔尼雪夫斯基决定将费尔巴哈唯物主义运用在美学领域，他认为个人意见并不是社会生活变化的根源，却是社会生活变化的结果。"'意见'的变化和多样性本身是由社会生活中的某些变化所决定的"③，社会历史条件的变化赋予个人意见发展以规律性和普遍性的意义，人是社会中的人，社会的发展离不开人，尽管不能否认每个人有特殊的世界观和价值判断，但是"在每个特定的，属于某个阶级的人都有着一定的范围内同样的世界观，并且也是在一定的范围内，对社会现象采取同样的看法"④，某个特定历史时期或者特定阶级之间具有相似的社会心理。即使某个时代的某个阶级内部出现意

---

① 《普列汉诺夫哲学著作选集》第 4 卷，生活·读书·新知三联书店 1974 年版，第 403 页。

② 《普列汉诺夫哲学著作选集》第 4 卷，生活·读书·新知三联书店 1974 年版，第 403 页。

③ 《普列汉诺夫哲学著作选集》第 4 卷，生活·读书·新知三联书店 1974 年版，第 403 页。

④ 《普列汉诺夫哲学著作选集》第 4 卷，生活·读书·新知三联书店 1974 年版，第 404 页。

见分歧，社会心理的各种细微差别，甚至发生新旧观念的斗争，"也决不妨碍我们用科学的观点，即规律性、必然性的观点，去看待意见的发展"①，这也是因为社会历史发展本身是个必然性与偶然性相统一的过程，遵循着"人们的意识决定于他们的存在，他们的意见决定于他们的社会关系"②这一唯物主义哲学规律，因而不能放大多样性的个人意见而忽视共同的社会心理意见。

普列汉诺夫认为车尔尼雪夫斯基在自己的学位论文里表示作为美的概念的基础是美好生活的概念，并随着人们社会阶级地位的变化而变化，"他这样做不仅不破坏美学这门科学，而相反，倒是把美学放在坚实的唯物主义基础上，至少是大体上指出了应当到哪里去寻找解决早由别林斯基向关心美学理论的人提出的那个任务的关键"③，从而反驳了皮萨列夫否定美学是门科学的论断。从中可以看出，普列汉诺夫正是运用社会存在决定社会意识这一基本的唯物史观原则，揭示了审美观念和审美趣味随着社会历史发展的规律性，从而论证了探寻这种普遍规律的美学作为一门科学存在的必然性和必要性。

关于美学这门科学的任务。普列汉诺夫曾多次谈到关于美学的任务这一论题，并作出了大体相似的回答。别林斯基在论捷尔沙文的文章里曾指出真正的美学的任务不在于解决艺术应该是怎样的问题，而在于确定什么是艺术的问题，普列汉诺夫将这一观点称之为"这是完全不愧为

---

① 《普列汉诺夫哲学著作选集》第 4 卷，生活·读书·新知三联书店 1974 年版，第 404 页。

② 《普列汉诺夫哲学著作选集》第 4 卷，生活·读书·新知三联书店 1974 年版，第 404 页。

③ 《普列汉诺夫哲学著作选集》第 4 卷，生活·读书·新知三联书店 1974 年版，第 404 页。

以黑格尔辩证法教育出来的人所发表的真正天才的思想"①，但别林斯基却未能具体提出解决的办法。普列汉诺夫因此认为，要想解决别林斯基提出的这一美学任务，"就必须从各方面去揭露艺术与社会生活的联系，必须善于用科学的、即唯物主义的观点去解释社会生活"②。他明确了科学的美学"是不给艺术任何指示的；它不会对艺术说：你应当遵守某些规则和手法。它只限于考察在各种不同的历史时代占统治地位的各种不同的规则和手法是怎样产生出来的。它不宣扬永恒的艺术规律；它努力研究那些其作用制约着艺术的历史发展的永恒规律"，普列汉诺夫在这里甚至提到"一切在当时都是好的"③这一论断。这里的"一切"并不是泛指绝对无差别的一切，而是特指一定社会历史条件下合乎历史发展潮流的文艺流派、风格和作品，他要求科学的美学竭力要去了解"艺术的历史是在哪些规律的影响下发展的"④。说明他一方面将艺术作为美学这门学科的研究对象，在他的批评论著中，美学常常被看成是艺术批评的理论；另一方面他认为科学的美学要将了解和考察影响艺术发展的客观规律作为自身的任务，"必须从各方面去揭露艺术与社会生活的联系"⑤，探究艺术是如何反映人的审美观念，审美观念又是如何体现人的社会关系和社会心理。

---

① 《普列汉诺夫哲学著作选集》第 4 卷，生活·读书·新知三联书店 1974 年版，第 401 页。

② 《普列汉诺夫哲学著作选集》第 4 卷，生活·读书·新知三联书店 1974 年版，第 402 页。

③ 《普列汉诺夫哲学著作选集》第 5 卷，生活·读书·新知三联书店 1984 年版，第 188 页。

④ 《普列汉诺夫哲学著作选集》第 5 卷，生活·读书·新知三联书店 1984 年版，第 938 页。

⑤ 《普列汉诺夫哲学著作选集》第 4 卷，生活·读书·新知三联书店 1974 年版，第 402 页。

这种研究艺术与社会关系的理论，被称为艺术社会学观点。普列汉诺夫的文艺学和美学理论因此也被认为是属于艺术社会学的范畴，他认为"既然文学是社会的表现，那么当我们讲文学发展以前，显然必须弄明白社会发展的规律和使社会发展的潜伏的力量"①。普列汉诺夫认识到，近代很多文艺理论家和美学家很早就试图揭示文艺与社会的关系，爱尔维修为了说明人类审美趣味的来源不止一次的提及社会状况，复辟时代历史学家圣博甫等人宣称文学革命只能由社会演进而产生，泰纳更是明确指出"现代科学的美学和旧美学的区别，是在于前者是历史的，不是独断的，也就是说，它不是确定许多信条，而是证实一些规律"②。普列汉诺夫认为泰纳清楚地指出了"一个科学的文学史和美术史应该遵循的途径"③，但除了马克思恩格斯，包括泰纳在内所有的这些近代美学家均犯了共同的错误，未能揭示艺术发展的历史根源，这个缺陷普列汉诺夫认为这是由于他们历史观的根本错误，只有坚持马克思主义科学的社会历史观，才能使普列汉诺夫更好地进行艺术社会学的研究。

（二）"历史的美学"：艺术观与历史观的关系

普列汉诺夫十分注重考查艺术观与历史观的关系。他认为艺术观从属于一定的社会历史观，任何美学家的艺术与美学理论都是受社会历史

① 《普列汉诺夫哲学著作选集》第 2 卷，生活·读书·新知三联书店 1962 年版，第 177 页。

② 参见《普列汉诺夫哲学著作选集》第 2 卷，生活·读书·新知三联书店 1962 年版，第 178 页。

③ 《普列汉诺夫哲学著作选集》第 2 卷，生活·读书·新知三联书店 1962 年版，第 178 页。

观的制约和支配。他明确指出，"只要一旦认为艺术史是与社会环境的历史密切结合的，只要一旦表示人的关系中的每一个大变化都引起人的观念中一个相应的变化，就会立刻承认，确定社会环境的演进规律是必要的，就会立刻承认，必须首先辨明那些造成人的关系中的大变化的原因，然后才能正确地建立艺术演进的规律。总之必须把'历史的美学'建立在一个科学的史观上面"①。他曾批评伏伦斯基认为文艺作品的主题思想来源于人的精神深处这一唯心主义思想，强调社会现实环境给予每个特定时代艺术创作以特殊的素材，"每一个时代所特有的艺术总是具有着它自己的特性"②，并回顾了马克思主义以前的近代美学家对于艺术史和社会史关系的探索过程。

18 世纪法国启蒙主义者用唯心主义观察历史，将知识的积累和传播看成是人类历史发展的最主要和最深远的原因，认为人性是思想发展的规律，将人性视为决定文学和艺术发展的决定性力量，认为人所经历的生命阶段对应着思想发展的各个阶段。比如认为人的童年时代对应着文学上的叙事诗，青年时代对应着雄辩和戏剧，壮年时期对应着哲学。

黑格尔作为唯心主义大师，偶尔也会将其美学的种子散播到现实的土地上。比如当他谈及荷兰绘画时，曾从当时的社会生活和社会心理来分析荷兰绘画的特征。荷兰画家的绘画并不以表现崇高的主题为特点，热衷于表现日常生活中最平凡的东西，黑格尔认为这并不违反美学规则，他认为他们"从他们当时的社会生活中采取他们的绘画的内容的；不能责难他们，说他们凭借移速把他们当时的这个现实再现

---

① 《普列汉诺夫哲学著作选集》第 2 卷，生活·读书·新知三联书店 1962 年版，第 181 页。

② 《普列汉诺夫哲学著作选集》第 5 卷，生活·读书·新知三联书店 1984 年版，第 171 页。

出来"①。他提出要了解荷兰画家的绘画，就必须回想一下荷兰人的历史，认为荷兰人在战胜自然灾害、推翻封建王权和神权统治，创造自身历史过程中表现出来的"倔强、忍耐和勇敢"以及"勤劳和进取精神"，"荷兰人十分珍视他们性格的这些特点和他们这种资产阶级的可敬的优裕生活。而荷兰画家们所再现的也就是这些特点和这种优裕生活"②。普列汉诺夫充分肯定了黑格尔对于荷兰绘画的评论，认为"这位伟大的唯心主义者是非常善于用社会生活的发展进程来至少说明艺术史上的某些现象的。要理解荷兰人的绘画，就必须回忆一下他们的历史。这是完全正确的意见"③。他认为如果黑格尔能将这点坚持运用到研究艺术史的整体理论中，那么"诉诸绝对理念的特性的唯心主义者的机智的逻辑体系就会变得毫无用处。唯心主义美学就会自行死亡"④。但黑格尔的唯心主义的历史观终究使其将社会历史看成是绝对精神、绝对理念的外化，解释某一时代的历史变成指明它是适合于绝对理念逻辑发展的某一阶段，某个民族的历史也成为绝对理念发展的某一阶段即符合特殊的理念，而绝对理念本身是人思维过程的人格化，他仍然是依据唯心史观来解释艺术与美学的整体发展进程，并将艺术的历史归根结底用"精神的特性、绝对理念的发展规律来说明"⑤。因此普列

---

① 参见《普列汉诺夫哲学著作选集》第 5 卷，生活·读书·新知三联书店 1984 年版，第 173 页。

② 《普列汉诺夫哲学著作选集》第 5 卷，生活·读书·新知三联书店 1984 年版，第 173 页。

③ 《普列汉诺夫哲学著作选集》第 5 卷，生活·读书·新知三联书店 1984 年版，第 174 页。

④ 《普列汉诺夫哲学著作选集》第 5 卷，生活·读书·新知三联书店 1984 年版，第 174 页。

⑤ 《普列汉诺夫哲学著作选集》第 5 卷，生活·读书·新知三联书店 1984 年版，第 172 页。

汉诺夫认为"黑格尔的美学同他的历史哲学具有何等紧密的理论联系。两者的方法相同，出发点相同：精神运动被宣称为发展的基本原因。因此，这两方面具有同样的缺点：为了把发展进程描绘成为精神运动的结果，有时不得不任意对待材料"①。普列汉诺夫着重分析了 19 世纪复辟时期历史学家的社会学美学的观点。斯达尔夫人认为民族性格是历史条件的产物，文学作为民族精神的反映同样也是历史条件的产物，说明她已开始从社会历史和社会制度而并非人的本性出发来考察文学的发展。普列汉诺夫认为这"就是一个非常有意思的尝试"②，虽然斯达尔夫人未对自己提出的这一任务作出很好的解决，"但是任务提出来了，这已经是非常重要的了。西欧社会生活本身保证了正确解决这个任务"③。著名历史学家基佐认为任何一个国家的文学史都是它社会史的结果，例如，莎士比亚是伊丽莎白时代英国社会关系的习俗的合理产物，他已经开始用社会关系来解释政治制度，并认为公民的财产关系是社会关系的基础。基佐认为剧诗产生于人民，而且是为人民产生的，而后却变成上层阶级所喜爱的娱乐，这是由于上层阶级享有特权逐渐脱离人民，养成自己特殊的观点、风尚、感情和习惯，倾向于精致和雕琢的审美趣味，这一切都影响着戏剧，戏剧领域变得狭窄和单调。只有当上层阶级还没有完全脱离与人民的联系，保留了与人民共同的审美趣味和喜好时，剧诗才能得到有效发展。英国伊丽莎白时代适应了这一要求，并且当时社会环境暂时得到稳定、人民生活福

① 《普列汉诺夫哲学著作选集》第 3 卷，生活·读书·新知三联书店 1962 年版，第 743 页。
② 《普列汉诺夫哲学著作选集》第 5 卷，生活·读书·新知三联书店 1984 年版，第 346 页。
③ 《普列汉诺夫哲学著作选集》第 5 卷，生活·读书·新知三联书店 1984 年版，第 174 页。

利提高，推动了社会知识和智慧的进步。莎士比亚戏剧广受欢迎，当复辟时代到来后，贵族试图移植法国贵族的趣味和习惯，便将莎士比亚戏剧抛诸脑后。普列汉诺夫赞同基佐对于莎士比亚戏剧兴起的社会历史条件的分析，认为"基佐在自己的研究中所走的道路是完全正确的，历史说明问题实际上要比'绝对理念'好得多。假如基佐在这个领域里继续工作下去，或者假如他的观点能被追随他的著作家们掌握得好些，那末我们现在当然就会有许多加工得很好的文学通史的材料了。但是彻底实现基佐的观点，很快就成了资产阶级思想家在精神上无法做到的事情"[1]，基佐本人虽然探讨了戏剧文学与社会的关系，但涉及希腊文学的起源时，仍坚持是人类智力发展的结果，又回到了唯心史观。

泰纳认为，"人们的境况的任何变化，都会引起他们的心理的变化"，而任何一定社会的文学和艺术恰好可以通过心理来说明，因为"人类精神的产物，正如活的自然的产物一样，只能由它们的环境来说明"[2]。因此要了解某一国家的艺术和文学的历史，就必须研究社会环境变化的历史。普列汉诺夫高度肯定这点，认为"这是不容置疑的真理"[3]。但由于泰纳坚持唯心史观，将历史运动看作是人类智力发展的结果，因而虽发现文艺可以用社会心理来说明，人们的心理随着社会环境变化而变化，但在转而去探求社会环境变化的动因时，却又回到了社会心理，所以他的结论是"人们的心理是由他们的境况所决定，而他们的

---

① 《普列汉诺夫哲学著作选集》第 5 卷，生活·读书·新知三联书店 1984 年版，第 177 页。

② 参见《普列汉诺夫哲学著作选集》第 5 卷，生活·读书·新知三联书店 1984 年版，第 348 页。

③ 《普列汉诺夫哲学著作选集》第 5 卷，生活·读书·新知三联书店 1984 年版，第 348 页。

境况又是由他们的心理所决定。于是产生许多的矛盾和困难"①。而他又诉诸人性来解决这一矛盾，采用人性论的变种人种论，将思想体系发展归于种族特征，使得"泰纳的观点不可能继续有成果地发展"②。普列汉诺度评价泰纳时曾明确指出，"当泰纳说人们的心理是随着他们的境况的变化而变化的时候，他是一个唯物主义者，可是当同一个泰纳说人们的境况是由他们的心理所决定的时候，他是在重述十八世纪唯心主义的观点。大概用不着再补充说，他的关于文学和艺术的历史的最成功的见解并非由后一个观点所提示的"③，这样又重蹈 18 世纪启蒙主义者的覆辙。普列汉诺夫认为解决这一问题的根本出路在于"把'历史的美学'建立在一个科学的史观上面"④，也认为"诗的观念所仿佛穿过的'材料'，是艺术家周围的社会环境提供的，而且诗的观念本身，无论在什么'精神深处'产生，都不能不受到这个环境的影响"⑤，他明确指出"任何一个民族的艺术都是由它的心理所决定的；它的心理是由它的境况所决定的，而它的境况归根到底是受它的生产力状况和它的生产关系制约的。但是能说出这些话的人，从而也就说出了唯物史观"⑥，文艺学和美学理论必须建立在唯物主义历史观的基础之上，才能获得愈加牢固的基础。

---

① 《普列汉诺夫哲学著作选集》第 5 卷，生活·读书·新知三联书店 1984 年版，第 348 页。

② 《普列汉诺夫哲学著作选集》第 5 卷，生活·读书·新知三联书店 1984 年版，第 350 页。

③ 《普列汉诺夫哲学著作选集》第 5 卷，生活·读书·新知三联书店 1984 年版，第 350 页。

④ 《普列汉诺夫哲学著作选集》第 2 卷，生活·读书·新知三联书店 1962 年版，第 181 页。

⑤ 《普列汉诺夫哲学著作选集》第 5 卷，生活·读书·新知三联书店 1984 年版，第 170 页。

⑥ 《普列汉诺夫哲学著作选集》第 5 卷，生活·读书·新知三联书店 1984 年版，第 350 页。

（三）一元论历史观：科学的历史观基础

普列汉诺夫认为历史观研究的内容是人类历史运动和进步的原因，"我所说的历史是被看做一门科学的历史，它不仅仅研究现象是怎样发生的，而且希望知道现象为什么那样发生而不按其他方式发生"[①]。他高度评价唯物史观的方法论，"一般说来，马克思和恩格斯在唯物主义方面最伟大的功绩之一，就是他们制定了正确的方法"[②]，唯物史观使人完全解决社会发展的代数，指出应该怎样去发现社会个别现象的原因，"这就是说，唯物主义历史观首先具有方法论上的意义"[③]。他认为，"为了真正批判马克思主义，只有一个办法：正确掌握它的唯物主义方法，并运用这一方法来研究马克思及其朋友和战友恩格斯很少研究过或根本没有研究过的历史发展的那些方面——例如研究思想史。只有采用这样的方法，才可以发现一切科学方法的弱点，如果真有这些弱点的话"[④]。实际上他研究文艺理论的出发点便是探究唯物史观在意识形态领域中的具体运用，他的文艺观建立在其坚实的唯物史观基础之上，他坚持"不是人们的意识决定他们的存在形式，相反地，是社会存在决定他们的意识形式。这就是现代唯物主义者对人类社会和历史的共同特点。我们现在要从这个观点来看一看艺术"。

[①] 《普列汉诺夫哲学著作选集》第 2 卷，生活·读书·新知三联书店 1962 年版，第 720 页。

[②] 《普列汉诺夫哲学著作选集》第 3 卷，生活·读书·新知三联书店 1962 年版，第 158 页。

[③] 《普列汉诺夫哲学著作选集》第 3 卷，生活·读书·新知三联书店 1962 年版，第 157 页。

[④] 《普列汉诺夫哲学著作选集》第 3 卷，生活·读书·新知三联书店 1962 年版，第 213 页。

他在《没有地址的信》中明确指出"在这里我毫不含糊地说，我对于艺术，就像对于一切社会现象一样，是从唯物史观的观点来观察的"[1]，"我的历史观一般讲来就是如此。这是正确的吗？这里还不便于证明它的正确性。这里我请求您假定它是正确的，并且同我一起把这个假定当作我们关于艺术的研究的出发点。不用说，这种关于艺术的个别问题的研究，同时将是对一般历史观的检验"[2]。他也充分践行了这一点，比如运用唯物史观揭示文艺的起源和发展问题，他认为"原始装饰图案同渔猎生活条件之间的密切的因果关系，只是在最近才得到了阐明，但是这种装饰图案现在应当归入有利于唯物史观的最确凿的证据之中"[3]，提出"在下一封信里我要表明，原始民族——德国人所谓的 NaturvÖler——的艺术，从唯物史观的观点来看将多么容易得到阐明"[4]。他回顾了18世纪法国启蒙主义者的美学思想，认为其由于"未建立在牢固的基础之上"，在历史观中存在唯心主义的矛盾因素，导致其无法正确揭示文学历史发展历程背后的根源，"实际上，唯物主义历史观是使我们有可能把人类历史当作有其自己规律的过程来理解的唯一理论。换言之，这是对历史的唯一的科学的说明"[5]。他举例法国艺术史中布谢画派与大卫画派的笔迹特点，是不能用人性的特点来解释这两种风格的差距，"人性是不能解释任何东西。

---

[1]　《普列汉诺夫哲学著作选集》第5卷，生活·读书·新知三联书店1984年版，第309页。
[2]　《普列汉诺夫哲学著作选集》第5卷，生活·读书·新知三联书店1984年版，第311页。
[3]　《普列汉诺夫哲学著作选集》第5卷，生活·读书·新知三联书店1984年版，第440页。
[4]　《普列汉诺夫哲学著作选集》第5卷，生活·读书·新知三联书店1984年版，第399页。
[5]　《普列汉诺夫哲学著作选集》第2卷，生活·读书·新知三联书店1962年版，第384页。

我们还是要请教唯物主义历史观"①，"我深深地确信，从今以后，批评（更确切些说，美学的科学理论）只有依据唯物史观，才能够前进"②。

普列汉诺夫不止一次提到要将唯物史观作为一种方法，用来认识社会现象领域，比如文艺等，并认为不能机械的重复存在决定意识，而要懂得这种作用的具体机制，"唯物主义历史观只是认识社会现象领域的真理的方法，而绝不是一堆现成的结论。谁想要表示自己不愧为这种方法的信徒，他就不能只限于简单的重复：不是意识决定存在，而是存在决定意识；恰恰相反，他应该力求弄清楚，这个存在决定意识的过程实际上是怎样进行的。而要做到这一点，除了研究事实和发现它们的因果联系之外，别无其他途径"③。

二、普列汉诺夫文艺观其他的方法论原则

唯物史观是普列汉诺夫文艺观的基本方法论原则，是他的文艺学和美学理论的基本内容和重要特点，但并不意味着普列汉诺夫在研究艺术现象时，只拘泥于唯物史观的一般方法论原则的运用，他在贯彻这些一般方法论原则的同时，也很重视发挥其他方法论的优势，将历史唯物主义一般方法论进一步扩展化、细致化和具体化。他对于现实主义美学原则的遵循和历史的比较的方法，实际上也是唯物史观一般方法论的具体

---

① 《普列汉诺夫哲学著作选集》第 2 卷，生活·读书·新知三联书店 1962 年版，第 387 页。
② 《普列汉诺夫哲学著作选集》第 2 卷，生活·读书·新知三联书店 1962 年版，第 344 页。
③ 《普列汉诺夫哲学著作选集》第 2 卷，生活·读书·新知三联书店 1962 年版，第 336 页。

运用，同时也是对唯物史观一般方法论原则的补充和丰富，对马克思主义文艺学和美学的发展有着重要的启示意义。

（一）"如实的描写生活"：普列汉诺夫的现实主义美学原则

现实主义是马克思主义美学的重要命题，马克思主义经典作家在同形形色色的唯心主义创作倾向进行持续斗争的过程中，确立了文艺的现实主义美学原则。他们提倡艺术家由唯物史观出发，扎根现实和生活，"通过对现实关系的真实描写"，"每一真实的描述"，"同时也就是说明事物"，展现现实社会关系中活生生的人和人的生活，对于马克思主义美学的发展起到了举足轻重的指导作用。虽然普列汉诺夫生前并未有机会阅读到马克思恩格斯关于现实主义美学的具体论述，因而无法直接获得感悟，但他根据自己对唯物史观的理解和实践经验，在马克思主义文艺学发展史历程中较早地和独立地对这个问题进行了探讨，并在一些观点上与恩格斯相近，这对于我们在当前更好的继承和发展社会主义文艺的现实主义美学传统有着重要的理论和实践意义。他关于现实主义美学原则的阐述主要包括以下几个方面。

1. 关于文艺的真实性原则

恩格斯在评论哈克奈斯的《城市姑娘》时，肯定这部小说"具有现实主义真实性"，但却"还不够现实主义"[1]，明确了文艺的真实性原则。几乎与恩格斯同时，普列汉诺夫在批判民粹派文学的一系列论文中，第一次在美学意义上提出现实主义这一概念，并在后续文艺理论中对于现

---

① 《马克思恩格斯列宁斯大林论文艺》，作家出版社 2010 年版，第 138—139 页。

实主义原则进行了具体的阐述，他认为文艺作品的思想内容必须具备真实性，真实反映社会现实和社会关系，"而艺术作品要是歪曲了现实，它就不是成功的作品"[1]。

第一，普列汉诺夫高度称赞俄国的现实主义美学基础，认为文艺需要真实表现生活。他明确指出："假使文学是人民生活的表现，那末批评对它可以提出的第一个要求就是真实性。"[2]他认为别林斯基美学宝典的第二条规律是表现艺术的真实性与自然性，按照生活的本来面目去描绘生活，"最大的美正是在于真实和朴素，而真实性和自然性构成真正艺术创作的必要条件。诗人应当按照生活本来的面目来描绘生活，不要渲染它，不要歪曲它"[3]。别林斯基认为现代俄国文学的特征便是"〈愈来愈〉密切地接近生活，接近现实，是愈来愈成熟和健壮"[4]，并认为民族的文学是其民族内部生活的表现，他批评俄国文学只是对西方文学的机械模仿，普列汉诺夫充分肯定别林斯基将文学发展与俄国社会发展相联系，认为别林斯基给文学找到了"社会学的根据"[5]。

第二，文艺的真实性并不意味着简单再现生活。车尔尼雪夫斯基从社会和道德的观点看待艺术，认为"没有一种文学不是产生它的社会或

---

[1] 《普列汉诺夫哲学著作选集》第 5 卷，生活·读书·新知三联书店 1984 年版，第 888 页。
[2] 《普列汉诺夫哲学著作选集》第 4 卷，生活·读书·新知三联书店 1974 年版，第 573 页。
[3] 《普列汉诺夫哲学著作选集》第 5 卷，生活·读书·新知三联书店 1984 年版，第 220 页。
[4] 《普列汉诺夫哲学著作选集》第 5 卷，生活·读书·新知三联书店 1984 年版，第 221 页。
[5] 《普列汉诺夫哲学著作选集》第 4 卷，生活·读书·新知三联书店 1974 年版，第 573 页。

某个社会阶层的自觉的表现"①，他认为艺术的本质在于再现生活。车尔尼雪夫斯基曾断言，现实美是高于艺术美的，原因在于一是人的力量和大自然的力量相比较是要薄弱得多，人即使不断修正自己的创作不足，也无法达到自然美的效果；二是美在现实里比在艺术中更为常见，生活中有很多富有戏剧性的事件，但真正美的悲剧和戏剧却很少；三是艺术中完成的作品能完全达到创作者预期效果的少之又少，因此他认为生动现实中存在的美，是唯心主义者没有看到的那些美（即使有也十分微小）。他将艺术之于现实的关系比作"版画对于原画"的关系，"版画不能比原画更好，但是原画只有一幅，而版画可以印成许许多多散布到全世界去，让那些也许永远也看不到原画的人们去享受"②，艺术作品是再现现实的美，人们在欣赏艺术作品时，即使不能亲临现场感受美，但能通过艺术作品产生对现实美的联想和想象。车尔尼雪夫斯基因此认为"许多艺术作品不仅再现生活，而且还给我们说明生活，因此就成了我们的生活教科书"③。普列汉诺夫认为，"在游戏中或艺术中再现生活，具有巨大的社会学意义"④，"车尔尼雪夫斯基正确地把艺术称为'生活'的再现。但是，正因为艺术再现'生活'，所以科学的美学，更确切些说，正确的艺术学说，只有当正确的'生活'学说产生的时候，才能站在牢固的基础上"⑤。

---

① 《普列汉诺夫哲学著作选集》第 4 卷，生活·读书·新知三联书店 1974 年版，第 351 页。
② 《普列汉诺夫哲学著作选集》第 5 卷，生活·读书·新知三联书店 1984 年版，第 278 页。
③ 《普列汉诺夫哲学著作选集》第 5 卷，生活·读书·新知三联书店 1984 年版，第 279 页。
④ 《普列汉诺夫哲学著作选集》第 4 卷，生活·读书·新知三联书店 1974 年版，第 363 页。
⑤ 《普列汉诺夫哲学著作选集》第 5 卷，生活·读书·新知三联书店 1984 年版，第 302 页。

在普列汉诺夫看来，车尔尼雪夫斯基将艺术称为生活的再现是正确的，但他由于缺乏唯物史观的科学基础，而未能对生活做出正确的理解，未能详细说明文艺和经济的联系，无法指出社会历史发展的根本原因。

同时普列汉诺夫认为车尔尼雪夫斯基关于艺术和现实的这个比喻虽然有可取之处，在绘画等很多艺术创作中确实需要对客观世界的摹写，"他在相当大的程度上是正确的"①，但其实是有其片面性的。普列汉诺夫认为艺术有时候也是理想主义与现实主义的混合物，新兴阶级不满意现存秩序，渴望在艺术中表达建立新世界的愿望，"关于作为这种混合物的艺术，就不能说它是力图再现现实中所存在的美"，"他们，也象他们所代表的整个的阶级一样，希望按照自己的理想部分地改造现实，部分地补充现实。就这种艺术家和这种艺术讲来，车尔尼雪夫斯基的思想是错误的"②，艺术作品当然不是对现实生活的简单复制，更多的还有自己的艺术加工与创造，能够表达作者的创作个性。

第三，文艺的真实性并不意味着离开艺术的概括和升华，对现实生活做纯客观的描写，现实主义的真实并不意味着自然主义中的真实。他将以左拉为代表的自然主义称为早期的法国式的现实主义，他们排斥艺术创作中的主观因素，力求事无巨细的记录现实生活，"左拉提出艺术家只是一名记录员，只需陈述事实，对自然不作任何改变和缩减，'把自然还原出来，毫无剔除'"③。普列汉诺夫虽然一定程度上肯定了《萌芽》的进步意义，"早期现实主义者的保守的、部分地甚至是反动

---

① 《普列汉诺夫哲学著作选集》第 5 卷，生活·读书·新知三联书店 1984 年版，第 303 页。

② 《普列汉诺夫哲学著作选集》第 5 卷，生活·读书·新知三联书店 1984 年版，第 304 页。

③ 郑克鲁主编：《外国文学史》（上），高等教育出版社 2006 年版，第 400 页。

的思想方式并没有妨碍他们很好地研究他们周围的环境并创造出在艺术上很有价值的东西来"①。但正如"自然主义能够使一切东西——包括梅毒在内——成为自己的对象。但是当代的工人运动却没有被自然主义所触及"②，由于他们却回避当时风起云涌的工人解放运动，对于他们所描述的无产阶级缺乏必要的同情，使得他们的自然主义创作陷入死胡同，变得枯燥无味又缺乏社会意义。普列汉诺夫认为，现实主义必然不能只停留在现象真实的外壳，他批评左拉的实验方法无法正确表现文艺的真实性，"左拉虽然说他自己已开始倾向于社会主义，但是他的所谓实验的方法对于从艺术上研究和描绘伟大的社会运动却始终没有多大用处。这种方法和那种被马克思称为'自然科学的'唯物主义的观点是有着极其密切的联系的；这种唯物主义不理解：一个社会的人的行动、倾向、趣味和思想习惯，不可能在生理学或病理学中找到充分的说明，因为这是由社会关系所决定的"③，他认为左拉只能表现"平庸的小市民生活的'污秽的泥沼'中产生的'卑鄙的打算'和'卑鄙的情欲'"④。

现实主义的真实绝不是简单的利用实证主义搜集生活的资料进行摹写，只停留在简单的细节真实和现象真实上，普列汉诺夫提出，"这类关系的描述，只有当它象俄罗斯现实主义那样阐明社会关系的某一方面的

---

① 《普列汉诺夫哲学著作选集》第 5 卷，生活·读书·新知三联书店 1984 年版，第846 页。
② 《普列汉诺夫哲学著作选集》第 5 卷，生活·读书·新知三联书店 1984 年版，第847 页。
③ 《普列汉诺夫哲学著作选集》第 5 卷，生活·读书·新知三联书店 1984 年版，第847 页。
④ 《普列汉诺夫哲学著作选集》第 5 卷，生活·读书·新知三联书店 1984 年版，第846 页。

时候，才会有意义。但是法国现实主义者就缺乏社会意义"①。普列汉诺夫对于自然主义有违文艺的真实性的论述是客观而又深刻的，与恩格斯对于左拉自然主义流派的批评实际上是一致的。普列汉诺夫认为巴尔扎克的现实主义才是真正伟大的现实主义，"他把握的是他当时的资产阶级社会给他的那种形态中的热情。他以自然科学者的注意来追踪它们怎样在一定的社会环境里成长和发展。因为这样，他成了最深刻的意义上的现实主义者"②，而恩格斯则将巴尔扎克与左拉作对比，认为左拉鼓吹实证记录现实的方法，与文艺的真实性毫无瓜葛——"巴尔扎克，我认为他是比过去、现在今儿未来的一切左拉都要伟大得多的现实主义大师"③。

第四，文艺的真实性也可以表现为作家在进行艺术创作时，可以为了表现文艺的真实性而暂时违背其政治立场。普列汉诺夫认为俄国在19世纪60年代由平民知识分子创立的民粹派文学按照俄国优秀的现实主义传统，真实反映了农民的愿望、思想和情感。他认为这是"一种极其真实的文学流派"，"我国的民粹派小说是完全现实主义的，而且不是现代法国样式下的现实主义，因为它的现实主义充满着感情，浸透着思想"④。他提出，早期民粹派文学是充满思想感情的现实主义，不是道德和情感空虚的自然主义。60年代的民粹派文学希望去纠正现实生活的缺陷，"无情地揭露了人民生活和国民性格的缺陷"⑤，"为俄罗斯社会发

---

① 《普列汉诺夫哲学著作选集》第 5 卷，生活·读书·新知三联书店 1984 年版，第 847 页。

② ［俄］普列汉诺夫：《论西欧文学》，吕荧译，人民文学出版社 1957 年版，第 106 页。

③ 《马克思恩格斯列宁斯大林论文艺》，作家出版社 2010 年版，第 139 页。

④ 《普列汉诺夫哲学著作选集》第 5 卷，生活·读书·新知三联书店 1984 年版，第 8—9 页。

⑤ 《普列汉诺夫哲学著作选集》第 4 卷，生活·读书·新知三联书店 1974 年版，第 392 页。

展的事业服务"①。70 年代的民粹派则"已经不满足描写我们社会的否定方面，而认为艺术也应该描写它的肯定方面"②，更加注重描绘农民生活中可喜的方面。事实上他们都坚持意见统治世界，都是为了在现实生活中寻求必要的事实材料，来验证他们政治启蒙思想的正确性。普列汉诺夫也指出了"民粹派作家身上社会兴趣胜过了文学兴趣"③，"迫使他拿起笔来写作的，与其说是对艺术创作的需要，倒不如说是想对自己和别人说明我们社会关系的某些方面的愿望"④，他们的创作更多还是适应其改造现实生活的政治需要，带有鲜明的政治倾向性。

但普列汉诺夫认为民粹派作家卡罗宁突破了自身对农村生活固有的政治偏见，没有按照民粹派的观点将俄国村社看成是宁静完美的，即以往的民粹派均否定社会分工，希望保持农业制度的完整性，希望倒退到原始的集体农耕时代，认为资本主义生产方式的发展是暂时的。但卡罗宁与他们不同，他忠实于艺术真实，真实地展现了农民生活，如实地反映了俄国农村社会的新变化，即使他表现出来的现实的农民生活与他民粹主义理想不相符，"卡罗宁先生的独创性是在于，他尽管具有民粹主义的一切偏好和成见，仍然从事于描述我国农民生活的这样一些方面"⑤。普列汉诺夫高度概括了卡罗宁文艺作品中的主要优点："它们

---

① 《普列汉诺夫哲学著作选集》第 5 卷，生活·读书·新知三联书店 1984 年版，第 9 页。
② 《普列汉诺夫哲学著作选集》第 4 卷，生活·读书·新知三联书店 1974 年版，第 392 页。
③ 《普列汉诺夫哲学著作选集》第 5 卷，生活·读书·新知三联书店 1984 年版，第 6 页。
④ 《普列汉诺夫哲学著作选集》第 5 卷，生活·读书·新知三联书店 1984 年版，第 7 页。
⑤ 《普列汉诺夫哲学著作选集》第 5 卷，生活·读书·新知三联书店 1984 年版，第 72 页。

反映了我国现代社会过程中最重要的东西：旧的农村制度的瓦解，农民的天真心境的消失，人民走出自己发展的儿童时代，人民身上新感情的出现、对事物的新看法以及新的智力需求。"①普列汉诺夫认为卡罗宁恰恰是由于坚持了艺术真实，"以小说家的资格推翻他本人在政论的基础上所热烈拥护的一切东西"②，因而备受民粹派文艺批评家的轻视和冷淡——因为后者在卡罗宁的作品中找不到验证民粹派社会理想的材料。

普列汉诺夫赞许卡罗宁坚持艺术真实性原则的观点恰好与恩格斯对巴尔扎克的赞许是一致的。巴尔扎克现实主义的重要特点之一就在于他超越了贵族阶级的政治偏见，歌颂当时的人民群众力量。恩格斯指出，巴尔扎克在其政治立场上实际上是个正统的保皇党，他对于即将要灭亡的贵族阶级予以极大同情，"而他经常毫不掩饰地赞赏的唯一的一批人，却正是他政治上的死对头，圣玛丽修道院的共和党英雄们，这些人在那时（1830—1836 年）的确是人民群众的代表"。恩格斯认为正是巴尔扎克"不得不违背自己的阶级同情和政治偏见"看到历史发展的必然性，真实描写社会生活，揭示社会历史发展的必然趋势，"找到未来的真正的人"，因此他的创作被称为"现实主义的最伟大的胜利之一"，"是老巴尔扎克最大的特点之一"③。

2. 关于文艺的倾向性原则

关于文艺的真实性与倾向性的关系也是普列汉诺夫重点论述的一个

① 《普列汉诺夫哲学著作选集》第 5 卷，生活·读书·新知三联书店 1984 年版，第 76 页。

② 《普列汉诺夫哲学著作选集》第 5 卷，生活·读书·新知三联书店 1984 年版，第 73 页。

③ 《马克思恩格斯列宁斯大林论文艺》，作家出版社 2010 年版，第 140 页。

问题。

　　第一，倾向性是客观存在的，现实主义的真实性本就离不开一定的倾向性。艺术是主客观相统一的产物，主体将个人情感内化于对客观对象的描绘之中，意味着艺术必然融入了主体自身对现实生活的态度、期盼、判断等——尽管作者未必会意识或者承认自己的主观倾向。车尔尼雪夫斯基认为作者是个有思想的人，他对于现实事物必然会产生一定的判断，"他的判断一定会影响到他的作品"[1]，普列汉诺夫无疑是认同这一点的。他举例福楼拜力图保证其创作方法的客观性，"认为自己的责任就是以客观的态度来对待他所描写的社会环境"[2]，反映当时的社会心理，却无法避免其对社会运动的评价夹带主观倾向，维护资产阶级立场，否定民主政治和社会主义。这就正如普列汉诺夫所说："客观性是福楼拜的创作方法的最有力的一面，但是，即使他在艺术创作过程中能够保持客观，而他对当代社会运动的评价却还是非常主观的。"[3]同样的，历史学家也会带有一定的主观偏向，普列汉诺夫认为，"这些主观主义并不妨碍他成为完全客观的历史家，只要他不去曲解那些斗争着的社会力量所据以产生的真实的经济关系"[4]，文艺批评家必然会带有一定"主观的情绪"[5]，但只有符合社会历史发展潮流的倾向性才能与客观真

---

[1]　《普列汉诺夫哲学著作选集》第 5 卷，生活·读书·新知三联书店 1984 年版，第279 页。

[2]　《普列汉诺夫哲学著作选集》第 5 卷，生活·读书·新知三联书店 1984 年版，第843 页。

[3]　《普列汉诺夫哲学著作选集》第 5 卷，生活·读书·新知三联书店 1984 年版，第843 页。

[4]　《普列汉诺夫哲学著作选集》第 5 卷，生活·读书·新知三联书店 1984 年版，第745 页。

[5]　《普列汉诺夫哲学著作选集》第 5 卷，生活·读书·新知三联书店 1984 年版，第194 页。

理相一致，才是真正科学的批判。

第二，要弘扬正确的思想倾向，错误的思想倾向会损害作品的艺术价值。普列汉诺夫强调艺术的思想内容的意义，但思想性本身与艺术性并不冲突，"艺术中的思想性，当然只有在艺术中所描写的思想不带庸俗东西的痕迹的时候，才是好的"[①]。他以易卜生为例，来说明文艺的倾向性的问题。易卜生的思想本身是前后不一致、混乱的、模糊的，这种思想反而破坏了整个作品的艺术性，"这里过错不是在于思想，而是在于艺术家没有本领把思想弄清楚，在于艺术家由于这种或那种原因没有成为彻底有思想的人"[②]，因此普列汉诺夫认为创作主体应表现正确的前后一致的思想倾向，自身思想不要出现混乱。

普列汉诺夫认为易卜生自己并不清楚"反叛"的实质是什么，他对于"反叛"和抗争概念的理解是模糊、混乱的，并不明确抗争的对象和目的，因而"形象不够明确。抽象化和公式化的因素就会侵入艺术作品"[③]。易卜生的道德说教自身是抽象的、没有内容的，"他的道德，就象康德的道德一样，是抽象的，因而是没有内容的"——康德的道德法则也是抽象的，只注重意志的形式，仅仅指出该否定的原则，却并未指出我们应该做什么，借用黑格尔的话来说即是"康德的道德法则没有道德性质"[④]，尽管他将进行道德说教在作品中树立道德榜样来改造社

---

① 《普列汉诺夫哲学著作选集》第 5 卷，生活·读书·新知三联书店 1984 年版，第 513 页。

② 《普列汉诺夫哲学著作选集》第 5 卷，生活·读书·新知三联书店 1984 年版，第 526 页。

③ 《普列汉诺夫哲学著作选集》第 5 卷，生活·读书·新知三联书店 1984 年版，第 527 页。

④ 《普列汉诺夫哲学著作选集》第 5 卷，生活·读书·新知三联书店 1984 年版，第 529 页。

会是他的目的（不寻求政治出路）。普列汉诺夫认为易卜生在《人民公敌》中将主人公精神反叛的原因归咎于自我良心的救赎，为自己安心，这种解释是苍白无力的，这种解决戏剧冲突的方式损害了他作品的"审美价值"[①]。他认为易卜生作品中的独自抗争的精神反叛者，将自己看成是出类拔萃的人，瞧不起群众，瞧不起人民，原因在于易卜生生活的年代资本主义阶级对抗不够激烈，"最新意义上的工人阶级在挪威还没有形成"[②]，因而易卜生眼里的人民并非进步意义的人民，而是小资产阶级国家的形象，即狭隘、小气和精神沉睡。普列汉诺夫认为易卜生蔑视政治，只能转向道德领域，道德侧重于个人约束而带来个人主义倾向，这个错误的思想倾向使"他的某些艺术形象失掉了血色"[③]。

　　普列汉诺夫其实是反对作家完全不过问政治，完全避免任何政治倾向的。在普列汉诺夫看来，易卜生对于政治是漠不关心的，"他的思想是不问政治的。这可以说是他的思想的主要特点"，因而他在文学中找寻道德榜样，这使得他的个人精神反叛毫无实用价值。小资产阶级国家的政治自由如此廉价而使易卜生宁愿"对政治丧失了任何的兴趣"；同时他曾经的政治思想过于陈旧而在当下时代无实际意义，后又没有能吸引到他的政治思想，"因此，他没有其他任何办法，除了走进道德的领域"[④]。这点也是与马克思恩格斯反对思辨主义哲学影响下的道德决定论

---

① 《普列汉诺夫哲学著作选集》第 5 卷，生活·读书·新知三联书店 1984 年版，第535 页。

② 《普列汉诺夫哲学著作选集》第 5 卷，生活·读书·新知三联书店 1984 年版，第554—555 页。

③ 《普列汉诺夫哲学著作选集》第 5 卷，生活·读书·新知三联书店 1984 年版，第579 页。

④ 《普列汉诺夫哲学著作选集》第 5 卷，生活·读书·新知三联书店 1984 年版，第561 页。

倾向的看法是一致的：如恩格斯曾严词批评过欧仁·苏的小说《巴黎的秘密》中主人公玛丽花的形象充满着作者自身抽象的道德说教，妄图用道德感化使人改恶从善，实质上是属于资产阶级的意识形态，是统治阶级维护剥削统治的工具，掩盖其中深刻的阶级矛盾。

　　关于错误的思想倾向损害作品的艺术价值这点，普列汉诺夫明确提出，"当谬误思想成为艺术作品的基础的时候，它就给这部作品带来内在的矛盾，因而必然使作品的美学价值受到损害"①。在他看来，反动的资产阶级作家哈姆生的作品尽管是很有才华的，但他"现代'英雄式的'小市民的反无产阶级的倾向，大大地损害着艺术的利益"②，其塑造的主人公卡列诺消灭工人阶级的思想是彻底反人类的，普列汉诺夫将其视作"荒谬至极的剥削者的利己主义情感"，"在卡列诺的性格里是完全没有艺术真实的"③。正如"一个有才能的艺术家要是被错误的思想所鼓舞，那他一定会损害自己的作品。一个现代艺术家如果在资产阶级与无产阶级的斗争中愿意维护资产者，他也就不可能被正确的思想所鼓舞"④，创作主体要树立正确的政治倾向性，应站在无产阶级立场上，把握社会历史前进的方向。他认为民粹主义的观点使民粹派文学自身出现不可逾越的思想矛盾，甚至严重影响作品的艺术特色，使得"这些小说家的作品的艺术优点成了错误的社会学说的牺牲

---

① 《普列汉诺夫哲学著作选集》第 5 卷，生活·读书·新知三联书店 1984 年版，第 852 页。
② 《普列汉诺夫哲学著作选集》第 5 卷，生活·读书·新知三联书店 1984 年版，第 784 页。
③ 《普列汉诺夫哲学著作选集》第 5 卷，生活·读书·新知三联书店 1984 年版，第 779 页。
④ 《普列汉诺夫哲学著作选集》第 5 卷，生活·读书·新知三联书店 1984 年版，第 863 页。

品"①。普列汉诺夫强调，民粹派知识分子必须"加入正在开始的历史运动，站在无产阶级利益的观点上面"②，才能真正找到解决俄国社会问题的出路，那种背离社会历史发展潮流的"不断谈论人民的前进运动而顽固地向后看的人"在普列汉诺夫看来是"历史的懒汉""注定要失败和失望的"③。

但尤其要注意的是，普列汉诺夫并不是要求文艺作品作为马克思主义理论的政治宣传阵地，而是要求文艺工作者将马克思主义的世界观和方法论作为创作的基本前提，站在马克思主义的基本立场上去真实描绘现实生活——"我们并不是建议我国合法的著作家们宣传马克思主义的基本结论，并且自己承担起倍倍尔或李卜克内西的角色。我们只是奉劝他们掌握这个学说的基本前提"④。

第三，倾向性要寓于形象中表现出来，以生活本来的逻辑来自然而然地呈现出来，不能简单将文艺作为作者政治思想的传声筒。普列汉诺夫反对把倾向性和抽象道德说教强行机械地加到作品中去，"易卜生的弱点就在于不能够找到从道德到政治的出路，它'无条件地一定'影响到他的作品，也就是把象征主义和抽象议论的因素，还可以说是倾向性的因素，带到这些作品里去。它使他的某些艺术形象失去了血色"⑤。

---

① 《普列汉诺夫哲学著作选集》第 5 卷，生活·读书·新知三联书店 1984 年版，第 64 页。
② 《普列汉诺夫哲学著作选集》第 5 卷，生活·读书·新知三联书店 1984 年版，第 65 页。
③ 《普列汉诺夫哲学著作选集》第 5 卷，生活·读书·新知三联书店 1984 年版，第 126 页。
④ 《普列汉诺夫哲学著作选集》第 5 卷，生活·读书·新知三联书店 1984 年版，第 65 页。
⑤ 《普列汉诺夫哲学著作选集》第 5 卷，生活·读书·新知三联书店 1984 年版，第 579 页。

他批评杜勃罗留波夫的文艺批评政论色彩过多，缺乏美学的性质。换言之，普列汉诺夫不赞同杜勃罗留波夫简单地将文学看成一种服务于政治的宣传工具。"如果杜勃罗留波夫的政论同文学批评划清界限，它就会获得更大的成功"①；他批评民粹派小说家纳乌莫夫的作品是完全缺乏艺术性的，"艺术的成分完全服从于政论的成分"②，艺术的形式是表面的、机械附加到作品思想上，纯粹是烘托其政治思想的幌子——"他所有的作品都具有小说的形式，但是甚至浮面地阅读一下，也可以看出，这种形式不过是它们的某种表面的、人为地加在它们上面的东西"③。

他认为政治倾向应该不能脱离作品艺术的特点孤立的存在，要凭借生活逻辑和艺术逻辑的内在力量，依靠艺术形象和情节的塑造，进行艺术化的倾向。它以生活的本来面貌而出现，不是抽象的说教，不是强行加注的政治口号，而是尊重艺术规律自然而然的流露。艺术作品的思想倾向要内化于复杂生动的形象中，通过对艺术形象的塑造，潜在的体现某种思想内容。"艺术家用形象来表达自己的思想，而政论家则借助逻辑的推论来证明自己的思想。"④ 他要求优秀的文艺工作者不仅要把握时代的进步之音，还要运用审美的形式和艺术的手段将倾向性与艺术性相融合，将其思想倾向得心应手的表现出来，"但是不管怎样，可以肯定地说，任何一个多少有点艺术才能的人，只要具有

---

① 《普列汉诺夫哲学著作选集》第 5 卷，生活·读书·新知三联书店 1984 年版，第 811 页。
② 《普列汉诺夫哲学著作选集》第 5 卷，生活·读书·新知三联书店 1984 年版，第 127 页。
③ 《普列汉诺夫哲学著作选集》第 5 卷，生活·读书·新知三联书店 1984 年版，第 128 页。
④ 《普列汉诺夫哲学著作选集》第 5 卷，生活·读书·新知三联书店 1984 年版，第 836 页。

我们时代的伟大的解放思想，他的力量就会大大地增强。只是必须使这些思想成为他的血肉，使得他正像一个艺术家那样把这些思想表达出来"①。

3. 关于文艺的典型性原则

恩格斯曾明确提出，"除细节的真实外，还要真实地再现典型环境中的典型人物"②。他要求在环境的统一中塑造典型人物，要求典型人物体现出一定社会环境的典型特征和历史发展的必然趋势，是马克思主义现实主义美学的重要原则。普列汉诺夫在进行对现实主义倾向性问题的探讨时，也没有忽视文艺的特殊性。现实主义创作原则既然重视作品的真实性，强调作品的思想质量，必然会使现实主义美学注重艺术典型形象的塑造。普列汉诺夫基于优秀的艺术典型的创作实践，提出自己关于艺术典型问题的创作理论。

车尔尼雪夫斯基认为艺术真实也不是要求面面俱到，"诗不能包括一切详细情节，因而必须从它的画面里删掉许多琐碎东西，使我们的注意力集中在几个保留下来的特点上；如果主要的特点恰如其分地保留下来了，那就可以使没有经验的眼睛容易洞察事物的本质"③，他认为体现文艺真实要选择包含主要特点的典型形象和事物，而普列汉诺夫认可这一点。普列汉诺夫认为自然主义事无巨细的摹写社会现实的实验主义写法会导致他们很快陷入死胡同，必须要撷取反映社会关系的某一方面

---

① 《普列汉诺夫哲学著作选集》第 5 卷，生活·读书·新知三联书店 1984 年版，第 886 页。
② 《马克思恩格斯选集》第 4 卷，人民出版社 2012 年版，第 590 页。
③ 《普列汉诺夫哲学著作选集》第 5 卷，生活·读书·新知三联书店 1984 年版，第 279 页。

进行重点表现，"左拉虽然说他自己已开始倾向于社会主义，但是他的所谓实验的方法对于从艺术上研究和描绘伟大的社会运动却始终没有多大用处。这种方法和那种被马克思称为'自然科学的'唯物主义的观点是有着极其密切的联系的；这种唯物主义不理解：一个社会的人的行动、倾向、趣味和思想习惯，不可能在生理学或病理学中找到充分的说明，因为这是由社会关系所决定的"，"一个艺术家如果严格遵循这种方法，就会把他们的'剑齿象'和'鳄鱼'作为个体，而不是作为伟大的整体中的一部分来研究和描写"，"自然主义已陷入死胡同"，他认为"这类关系的描述，只有当它象俄罗斯现实主义那样阐明社会关系的某一方面的时候，才会有意义。但是法国现实主义者就缺乏社会意义"[1]。同样他认为塑造典型人物的心理也可以透视出整个社会阶层的普遍心理，从中揭示出个体心理与社会心理的关系，"艺术家应当把构成他的作品的内容的一半东西加以个性化"[2]，"剧中人的心理在我们心目中之所以具有巨大的重要性，是因为它是整个社会阶级或者至少整个社会阶层的心理，因而个别人物心灵中发生的过程就是历史运动的反映"[3]。

（二）"历史的比较的方法"

历史的方法指的是将一切社会的历史现象，放到一定的历史范围内，按照一定的历史条件，作出具体的历史的分析。普列汉诺夫认为这

---

[1] 《普列汉诺夫哲学著作选集》第 5 卷，生活·读书·新知三联书店 1984 年版，第 847 页。

[2] 《普列汉诺夫哲学著作选集》第 5 卷，生活·读书·新知三联书店 1984 年版，第 186 页。

[3] 《普列汉诺夫哲学著作选集》第 5 卷，生活·读书·新知三联书店 1984 年版，第 187 页。

是一种与启蒙主义者所运用的抽象思考的办法截然不同的辩证的思维方式，脱离社会历史条件，按照批评者自身的想法和理想来评价作品。他认为，用启蒙主义者惯用的抽象的观点和方法来观察问题，只能看到真理和谬误的简单二元对立，这种方法虽然在同已经腐朽没落的封建制度的斗争中曾经产生有益的作用，但却妨碍对事物全貌的研究。别林斯基就曾因为依据抽象的观点，对于普希金及其作品作出了不够客观和全面的评价。普列汉诺夫认为结合普希金所处的具体时代，贵族阶层普遍重物质轻精神、重金钱轻艺术，上流社会骄奢淫逸、冷酷无情、拜金虚荣，普希金深处其中十分痛苦，因而他与周围社会环境的矛盾无法调和而产生了苦闷压抑情绪。普列汉诺夫认为由此产生的唯艺术论情有可原，甚至在当时社会道德堕落的时代表现诗人不与上流社会同流合污的高尚品德。在这里普列汉诺夫结合当时特定历史条件对其作出中肯的评价，同时认为"别林斯基对于纯艺术拥护者的反驳是说服力不强的"[1]。普列汉诺夫认为在文艺研究中，应摒弃启蒙主义者的抽象观点，采用辩证和历史的方法。他认为历史的方法注重现实，依据具体时间和地点的转移来进行研究，"对现实的最注意的研究；对任何特定的对象的最忠实的态度；在其生动的环境中，在一切制约着或伴随着其生存的时间和地点的条件下研究对象"[2]。

　　他对于纯艺术论的批评就是根据具体历史条件的变化，善于用历史的观点进行评判。他以普希金为例，他认为普希金处于亚历山大一世的年代也是渴望战斗的，写下了诸如《自由颂》等饱含战斗主义光辉的诗

---

① 《普列汉诺夫哲学著作选集》第 5 卷，生活·读书·新知三联书店 1984 年版，第 232 页。

② 《普列汉诺夫哲学著作选集》第二卷，生活·读书·新知三联书店 1959 年版，第 638 页。

歌，这时候他的作品是兼顾社会价值的，但在尼古拉一世时代，他的创作态度和理念却发生变化。原因在于尼古拉一世上台后，十二月党人的革命活动遭到失败，面对封建沙皇的腐朽庸俗的统治现实，"当时'社会'上最有教养和最先进的代表人物都退出了舞台"，普希金的情绪也随之发生变化，他既不想成为沙皇政府的统治工具，又无力改变现状，因而"不仅为他周围的社会的庸俗所苦恼"，同时与统治阶级的关系"使他十分愤懑"①。无奈之下，他只好躲进艺术的象牙塔内进行文艺创作。因此，普列汉诺夫认为"处在这样的情况之下，普希金十分自然地会成为为艺术而艺术的理论的拥护者"，他由此得出结论"凡是在艺术家和他们周围的社会环境之间存在着不协调的地方，就会产生为艺术而艺术的倾向"②。如果说普希金时期纯艺术论是有才智的人摆脱现实黑暗渴望获得道德高尚的渠道，但在 19 世纪 40 年代农民问题日趋严峻时，纯艺术论者反对庄稼汉充斥文学就是反对农民解放运动，具有消极反动的意义。因此正如普列汉诺夫所说，"像一切社会生活和社会思想的问题一样，这个问题也不容许绝对的解决。任何事情都取决于时间和地点的条件"③。

比较的方法指的是在事物和现象的相互联系中把握事物和现象特殊本质与规律的方法。普列汉诺夫在进行文艺研究时，广泛运用"比较的、历史的方法"④，主要侧重于横向和纵向两个方面的比较。

---

① 《普列汉诺夫哲学著作选集》第 5 卷，生活·读书·新知三联书店 1984 年版，第 820 页。
② 《普列汉诺夫哲学著作选集》第 5 卷，生活·读书·新知三联书店 1984 年版，第 822 页。
③ 《普列汉诺夫哲学著作选集》第 5 卷，生活·读书·新知三联书店 1984 年版，第 835 页。
④ 《普列汉诺夫哲学著作选集》第 1 卷，生活·读书·新知三联书店 1959 年版，第 779 页。

　　第一，横向比较。普列汉诺夫文艺理论中的横向比较主要针对同一国家、民族和地区美学概念和审美心理的比较。他在这种横向比较中阐明了各个国家、民族和地区之间都存在着或多或少的影响，这种影响可能是单方面的，也有可能是相互影响的（社会关系类似的国家，彼此间文学艺术的影响更强烈）。他针对其社会关系相似程度的不同情形，甚至提出了三种不同的相互影响程度。他认为，拥有相似的社会经济结构的国家，文学和艺术相互影响，同样的阶级在不同国家采取行动时，也会借鉴另外一个国家所创造的思想观念，但形式上是继承还是改造、是先进还是落后，归根结底依据阶级自身状况和国家生产力状况。同时，普列汉诺夫对于同一时代、同一国家的艺术与其他意识形态形式的比较中发现，每个时代的社会意识形态领域通常占主导地位的思想是统治者的思想，"在社会经济发展的不同阶段上，任何一种意识形态都要在不同的程度上受到其他各种意识形态的影响"①，这种意识形态形式对艺术和其他意识形态形式可以起到支配作用。

　　第二，纵向比较。普列汉诺夫在文艺研究时所进行的纵向比较，主要针对的是同一国家、民族或阶级不同社会历史条件下的文艺现象和观点所作出的比较。他认为同一国家、民族与地区在不同时代的意识形态具有历史承继性。"一个时代的意识形态——或者追随着自己先辈们的足迹，发展他们的思想，采用他们的手法，而只允许自己和它'竞争'，或者它们起来反对旧的思想和手法，和他们发生矛盾。"②通过对社会心理的纵向比较，认为一个阶级占统治地位的观念从内容上与阶级的经济

---

① 《普列汉诺夫哲学著作选集》第 2 卷，生活·读书·新知三联书店 1962 年版，第 326 页。

② 《普列汉诺夫哲学著作选集》第 1 卷，生活·读书·新知三联书店 1959 年版，第 734 页。

地位有关，形式上与传统观念有关："在一个一定的时候的一个阶级里占统治地位的观念，从它们的内容上说，是由这个阶级的社会地位决定的，可是从它们的形式上来说，它们却与那些过去在同一阶级或较高阶级内占过统治地位的观念，是有密切联系的。"① 在普列汉诺夫看来，认为每个特定时代的意识形态都与前一时代密切相关，"应该预先认识前一时代的智慧状态"②。尤其要注意的是，普列汉诺夫在对艺术观点和艺术现象进行比较研究的同时，始终坚持"'经济'有时候借助于'政治'以影响人们的行为，有时则借助于哲学，有时借助于艺术或任何其他意识形态，只有在社会发展的最后的阶段上，'经济'才以自己本来的'经济'形态出现于人们的意识中。它往往借助所有这些因素的总和来影响人们，并且这些因素的相互关系以及这些因素之中每个个别因素的力量是依一定经济基础上所产生的是怎样的社会关系为转移的，而这又是由这种基础的性质所决定的"③，比较背后的原因始终是经济因素，始终是社会生产力发展水平所决定。

三、普列汉诺夫关于文艺批评的方法论建构

文艺作品不仅是欣赏者阅读和欣赏的对象，也是批评家、理论家进行研究、评判的对象。文艺批评是对作家、艺术家与作品相关的一切文

---

① 《普列汉诺夫哲学著作选集》第 2 卷，生活·读书·新知三联书店 1962 年版，第191 页。
② 《普列汉诺夫哲学著作选集》第 1 卷，生活·读书·新知三联书店 1959 年版，第735 页。
③ 《普列汉诺夫哲学著作选集》第 2 卷，生活·读书·新知三联书店 1962 年版，第326 页。

艺现象进行评价的应用科学。文艺批评不仅是马克思主义文艺学的重要内容，也是普列汉诺夫文艺理论的关键环节。普列汉诺夫在 19 世纪末 20 世纪初对于文艺批评的理论研究，是将唯物史观的一般方法论原则具体指导批评实践的典范，不仅适应了反对资产阶级文艺侵蚀、捍卫无产阶级文艺果实的战斗需要，还根据对当时文艺思潮和文艺作品的具体分析，对于文艺批评标准、原则和方法、文艺批评论家的修养等重要问题作了深刻独到的论述。尽管他在批评理论上的认识存在一定的缺陷，但基本观点是正确的，对于丰富和发展马克思主义批评理论和文艺学理论都有重要贡献。

（一）文艺批评标准的相对性

文艺批评的任务就是分析和研究文艺作品和文艺现象，并对其作出评价。学术界对于是否存在一个绝对的、永恒不变的美学标准一直以来存在着很大的争议。普列汉诺夫认为，绝对的美的标准是不可能存在的，世界上的万事万物都处于不断的变化之中，人们对于美的概念和美的标准也不例外，也随着社会历史的发展不断流变，不同时代、不同阶级具有不同的审美标准和审美理想。因此在他看来，"绝对的美的标准是不存在的，并且也不可能存在"，"所有的美的标准都是相对的"①。当时，圣彼得堡大学有位名叫弗·那·斯彼朗斯基的副教授鼓吹"对唯一不朽的美的创造性的幻想"，试图证明一种绝对的美的标准存在。普列汉诺夫指责这是一种"地地道道的唯心主义者"，

---

① 《普列汉诺夫哲学著作选集》第 5 卷，生活·读书·新知三联书店 1984 年版，第 887 页。

他认为"所有对这种美的议论，只不过是一些'空话'而已"①，告诫人民不要相信。

他分析了坚持艺术标准的绝对性的认识根源在于缺乏辩证思维。他指出，"他们把艺术看作是一个完全单独的世界，不依赖于意识的其他领域和不依赖历史而存在的"②，绝对论者将艺术看成是不依赖于社会历史和不依赖于社会意识的其他领域而存在的完全独立的世界，完全脱离社会现实，从而导致绝对的美学和文艺批评标准。这种将美学看成是独立于时间与空间之外的观念的发展，将其视作在完全抽象的思维领域发展的观点，"既然同观念的现实发展没有任何共同之处，在人类历史发展过程中必然会导致绝对的结论，也就是说，在这种场合会导致绝对的美学的标准"③，"绝对的观点是和把艺术看作与一切存在的东西一样服从于发展规律的现象的看法不调和的"④。普列汉诺夫认为，只有坚持辩证的思维，才会丢掉绝对的观点。

普列汉诺夫同时指出，"但是，如果没有绝对的美的标准，如果所有美的标准都是相对的，这也并不等于说我们没有任何客观的可能性来判断某一艺术构思表现得好不好"⑤，他认为否定文艺的绝对标准，承认文艺标准的相对性，并不意味着走向另一个极端，即否认文艺批评标准

---

① 《普列汉诺夫哲学著作选集》第 5 卷，生活·读书·新知三联书店 1984 年版，第 887 页。
② 《普列汉诺夫哲学著作选集》第 4 卷，生活·读书·新知三联书店 1974 年版，第 605 页。
③ 《普列汉诺夫哲学著作选集》第 4 卷，生活·读书·新知三联书店 1974 年版，第 606 页。
④ 《普列汉诺夫哲学著作选集》第 4 卷，生活·读书·新知三联书店 1974 年版，第 606 页。
⑤ 《普列汉诺夫哲学著作选集》第 5 卷，生活·读书·新知三联书店 1984 年版，第 887 页。

的存在。他举例，假定画家想描绘一个"穿蓝色衣服的女人"，如果他在自己画布上所画的恰好像这个女人，那么就可以说他画了一幅很好的画；如果他在自己的画布上所表现的并非是一个穿着蓝色衣服的女人，而是一些涂上或浓或淡的蓝颜色的立体几何图形，那么不管他画的是什么，都不算是一幅很好的画。因此，普列汉诺夫明确提出，文艺的客观标准是存在的，"艺术作品的形式同它的思想愈相符合，那末这种描绘就愈成功，这也就是客观的标准"①。他认为正是因为有了这样的标准，人们才有权利断言，雷奥纳多·达·芬奇的画比某一位为了自己的消遣而在纸上乱涂的无名小卒塞密斯毛克利斯的画要好得多。

普列汉诺夫认为卢那察尔斯基断言不存在客观的美的标准，就"犯了包括立体派在内的那么许多资产阶级思想家所犯的错误，也就是极端主观主义的错误"②，他认为应该将形式与内容相统一的标准适用于"艺术的整个宽广的领域"③。但他同时又指出，艺术作品的形式与内容相一致的标准必须以保证思想内容的真实性为前提，他批评卢那察尔斯基的"形式也能同谬误的思想完全相一致"④观点，认为艺术作品的形式要适应于正确的思想，艺术的思想内容要真实反映社会现实和社会关系。他举例德·居莱尔在他的剧本《狮子的宴会》中认为企业主对待工人，就像狮子对待那些依靠从兽王桌上掉下来的残羹剩饭过活的豺狼一样，将

---

① 《普列汉诺夫哲学著作选集》第 5 卷，生活·读书·新知三联书店 1984 年版，第 887 页。

② 《普列汉诺夫哲学著作选集》第 5 卷，生活·读书·新知三联书店 1984 年版，第 888 页。

③ 《普列汉诺夫哲学著作选集》第 5 卷，生活·读书·新知三联书店 1984 年版，第 888 页。

④ 《普列汉诺夫哲学著作选集》第 5 卷，生活·读书·新知三联书店 1984 年版，第 888 页。

企业主和工人的关系扭曲成狮子和豺狼，与企业主与工人在现实中的真实关系相矛盾。普列汉诺夫认为，"在艺术中描绘这个思想，就意味着歪曲现实。而艺术作品要是歪曲了现实，它就不是成功的作品"①。

（二）文艺批评的客观性、历史性和倾向性

客观性、历史性和倾向性相结合的原则，是普列汉诺夫文艺批评理论阐述的重要问题。在他看来，文艺批评既然是对艺术作品和艺术现象的分析和评价，是从个别现象上升为艺术规律的一般认识，严格说来，它就是一种科学研究，他认为科学的美学"是不给艺术任何指示的；它不会对艺术说：你应当遵守某些规则和手法。它只限于考察在各种不同的历史时代占统治地位的各种不同的规则和手法是怎样产生出来的。它不宣扬永恒的艺术规律；它努力研究那些其作用制约着艺术的历史发展的永恒规律"②。具体来说，普列汉诺夫是从以下方面论述的。

第一，他对哲学批评和历史批评进行了分析。普列汉诺夫探讨了别林斯基的哲学式批评。别林斯基认为哲学批评要重视作品的思想内容，而作品的主题思想是可以全面把握整体事物，是具体的思想。普列汉诺夫认为别林斯基的美学宝典并不是完全正确的，受德国唯心主义的影响，他本人也不是始终如一坚持的。比如别林斯基认为艺术作品的思想应囊括对象的各个方面。普列汉诺夫认为在其思想调和时期，则意味着文艺作品必须表现合理的现实，否则就是不全面的、片面的思想。普列

---

① 《普列汉诺夫哲学著作选集》第 5 卷，生活·读书·新知三联书店 1984 年版，第 888 页。
② 《普列汉诺夫哲学著作选集》第 5 卷，生活·读书·新知三联书店 1984 年版，第 188 页。

汉诺夫认为涵盖一切社会关系和社会方面的具体思想不可能存在，"因为生活史太复杂了，以致于我们无法这样做"①，现实关系是丰富多样的。别林斯基之所以那时会抱有这个观点无疑是受黑格尔绝对观念的影响，而后别林斯基转变了观点，开始赞美乔治桑的作品，而之前他认为其是片面的。

别林斯基的哲学批评任务是"从局部和有限当中找出一般和无限的表现"②，普列汉诺夫认为这无疑不是件容易的事，可以将其看成是一种理想，"这对于我们是有益的"③。但普列汉诺夫认为这个时期的别林斯基还是信仰黑格尔的绝对精神论，这里所说的一般性并非事物的内在和本质的规律，而是指绝对精神和绝对理念，因此别林斯基用这种一般性来评价艺术作品仍旧是错误的。当然，对于别林斯基和黑格尔的观点当然也不能一概而论的全盘否定，黑格尔的艺术观"一般说来是有许多真理的，可是真理在他那里，按照大家知道的说法，是头朝下倒立着的，必须善于使它用脚站立起来"④。别林斯基的哲学批评非常重视艺术价值，他认为"哲学批评应当毫不留情地对待那些完全没有艺术价值的作品，而应当十分细心地对待那些只在某种程度上缺少这种价值的作品"⑤，这点普列汉诺夫也是认同的。

① 《普列汉诺夫哲学著作选集》第 4 卷，生活·读书·新知三联书店 1974 年版，第585 页。
② 《普列汉诺夫哲学著作选集》第 5 卷，生活·读书·新知三联书店 1984 年版，第201 页。
③ 《普列汉诺夫哲学著作选集》第 5 卷，生活·读书·新知三联书店 1984 年版，第201 页。
④ 《普列汉诺夫哲学著作选集》第 5 卷，生活·读书·新知三联书店 1984 年版，第186 页。
⑤ 《普列汉诺夫哲学著作选集》第 5 卷，生活·读书·新知三联书店 1984 年版，第201 页。

同时，普列汉诺夫在一定程度上也认同历史的批评，"那末毫无疑问，批评首先应当'依据'的是历史"，"每一个时代所特有的艺术总是具有着它自己的特性"①，艺术在不同时代不可能是千篇一律的。他认为别林斯基对于19世纪40年代纯艺术论者的抨击是出于对于农民解放利益的考虑，是值得肯定的；但他们缺乏历史的观点，对于普希金的批评有失偏颇，"这是由于他们在同敌对者们争论中不善于采取历史的观点"②而采取抽象的观点。普列汉诺夫认为抽象的观点使一切启蒙主义者的特征，只看到现象与事物间简单的二元对立，无法根据具体实际进行全面的历史的分析，从而使"文学批评变成了政论"③。因此，普列汉诺夫并未全盘肯定重视艺术作品历史意义的历史的批评，而认为法国历史的批评的主要缺点在于"不承认美的规律和不注意作品的艺术价值"，重视考察艺术作品"社会和政治的要素"，他在这里引用别林斯基对于历史的批评的意见，认为历史的批评"是对文艺作品的注释"④。

但别林斯基在其思想调和时期犯了忽视作者周围社会历史条件作用的错误，认为了解作者的生活细节是毫无用处的，普列汉诺夫批评了这点，认为"法国的历史的批判在艺术作品方面简直什么也没有说明，但是它在讲到，比方说，伏尔泰的没有艺术意义而只有历史意义的作品的

---

① 《普列汉诺夫哲学著作选集》第5卷，生活·读书·新知三联书店1984年版，第171页。
② 《普列汉诺夫哲学著作选集》第5卷，生活·读书·新知三联书店1984年版，第237页。
③ 《普列汉诺夫哲学著作选集》第5卷，生活·读书·新知三联书店1984年版，第238页。
④ 《普列汉诺夫哲学著作选集》第5卷，生活·读书·新知三联书店1984年版，第202页。

地方，也还有自己的价值"①，因此普列汉诺夫明确"真正的批评"是兼具历史的批评和艺术的批评。而后他肯定别林斯基摒弃绝对观念的错误而接受到辩证观点时的转变，认同他从社会意义和艺术价值两个方面来评判艺术作品，"后来他完全转到辩证的观点时，就更清楚地理解莱蒙托夫创作的社会意义，可是对于它的艺术方面他继续象从前一样的看待"②。但普列汉诺夫又批评过度重视作者私人生活细节而忽视社会大环境现实的圣博甫，后者认为作者个人首倡精神占首要地位，他认为这种对于作品历史意义的阐述是"十分蹩脚"③ 的。

第二，他认为科学文艺批评要注重文本，摒弃主观的道德评价，做到真正客观性与历史性相结合。普列汉诺夫反对启蒙主义者脱离文本本身而对作品所作的伦理评价，用当代抽象的道德原则来评判人物形象和作品价值，符合其道德标准的人物便大加推崇，反之则予以完全否定。比如针对普希金经典长篇诗体小说《叶甫盖尼·奥涅金》中的女性角色达吉雅娜的评价就很明显的表明这一点。别林斯基由于达吉雅娜符合其妇女观，"以爱情的力量感动了他"④，别林斯基便对这个角色表示同情，而对于 19 世纪 60 年代民粹主义批评家皮萨列夫看来达吉雅娜是不符合他们当时的道德评判标准，因而对其完全否定。同样的情况还出现在对于主人公贵族青年奥涅金的评价之上，别林斯基同情奥涅金的"冷静的

---

① 《普列汉诺夫哲学著作选集》第 5 卷，生活·读书·新知三联书店 1984 年版，第 203 页。

② 《普列汉诺夫哲学著作选集》第 5 卷，生活·读书·新知三联书店 1984 年版，第 219 页。

③ 《普列汉诺夫哲学著作选集》第 5 卷，生活·读书·新知三联书店 1984 年版，第 205 页。

④ 《普列汉诺夫哲学著作选集》第 5 卷，生活·读书·新知三联书店 1984 年版，第 241 页。

观点和毫不夸张的言辞"①，但由于 60 年代贵族与其他阶层的矛盾日趋激烈，甚至与整个俄罗斯的发展都产生了巨大的利益冲突，奥涅金便由于他的贵族出身为原罪受到皮萨列夫的尖锐抨击。普列汉诺夫认为"在这里别林斯基是正确的，而皮萨列夫错了"②。他认为批评者不应该抛开作品本身对作品和作家进行是否符合某一派别或者原则的道德评价和乱贴标签。

过去的批评家将奥斯特洛夫斯基看作自己所持理论体系的代表，或认为他是斯拉夫派，或认为他是西欧派，却脱离其文本本身，杜勃罗留波夫认为他二者都不属于。"批评界不愿意直截了当地把奥斯特洛夫斯基看作是描写俄国社会某一部分生活的作家。他们把他看作是这一派或那一派的概念相符合的道德的说教者"③，但文艺批评不能只进行抽象的道德说教却脱离具体的文本分析。普列汉诺夫在这里是认同杜勃罗留波夫"现实的批评"，他注重对艺术作品本身的批评，"它不是发指示，而是进行研究。它不要求作者这样写，而不要那样写；它只是考察他所写的东西，而且不仅仅是他所写的东西"④。现实的批评依据作品和人物所处的现实环境进行分析，不把批评者自身的思想强加给作者，"现实的批评不把自己本人的思想强加在作者身上"⑤，"现实的批评对待艺术家

---

① 《普列汉诺夫哲学著作选集》第 5 卷，生活·读书·新知三联书店 1984 年版，第 243 页。
② 《普列汉诺夫哲学著作选集》第 5 卷，生活·读书·新知三联书店 1984 年版，第 244 页。
③ 《普列汉诺夫哲学著作选集》第 5 卷，生活·读书·新知三联书店 1984 年版，第 787 页。
④ 《普列汉诺夫哲学著作选集》第 5 卷，生活·读书·新知三联书店 1984 年版，第 878 页。
⑤ 《普列汉诺夫哲学著作选集》第 5 卷，生活·读书·新知三联书店 1984 年版，第 787 页。

的作品，正如对待现实生活的现象一样：它研究这些现象，努力确定它们本身的标准，搜集它们的本质的特征，然而决不会由于为什么这是燕麦不是裸麦，是煤炭不是金钢石而大惊小怪"①。也就是说，他希望文艺批评实事求是和客观的从作品文本出发，保持文本的独立性。

第三，反对纯粹的政论式批评。普列汉诺夫认为"不论是杜勃罗留波夫的观点或者车尔尼雪夫斯基的观点，都是来源于费尔巴哈的有关现实的学说"②，杜勃罗留波夫现实的批评，"对艺术家提出的唯一要求，可以用两个字来表示，那就是真实。但是艺术家在自己的作品中所描写的真实，可以或多或少深刻和完满的"③，杜勃罗留波夫眼中的"真实"，是需要作家体现"该时代和该民族的自然愿望"，但在确定这类愿望时，由于其自身的历史唯心主义局限，他认为历史的本质是人人都设法满足"使人人都好"的法则，来使自己好，这便是他眼中的"自然愿望"。他认为由于人缺乏知识，没有经验，没能好好遵守"使人人都好"的这个社会基本法则，而导致社会混乱。普列汉诺夫认为杜勃罗留波夫这里犯的错误与费尔巴哈、车尔尼雪夫斯基以及法国启蒙主义者狄德罗、霍尔巴赫、爱尔维修等人类似，均是将人们的意见和观点视作历史的终极原因，将社会无序发展的原因归咎于缺乏知识和理性，典型的意见支配世界的观点。

比如杜勃罗留波夫认为专横霸道是恶劣社会制度的产物，要消灭它，就必须消灭产生它的社会基础。普列汉诺夫认为这一观点是唯物主

---

① 《普列汉诺夫哲学著作选集》第 5 卷，生活·读书·新知三联书店 1984 年版，第 788 页。

② 《普列汉诺夫哲学著作选集》第 5 卷，生活·读书·新知三联书店 1984 年版，第 791 页。

③ 《普列汉诺夫哲学著作选集》第 5 卷，生活·读书·新知三联书店 1984 年版，第 794 页。

义的，但在涉及如何铲除滋生专横霸道的社会组织这一问题上，杜勃罗留波夫由于其受"意见支配世界"的唯心主义错误思想影响，将社会力量的斗争看成是独断与教育之间的斗争，试图依靠知识分子力量而不是人民群众来反抗专横霸道的势力。普列汉诺夫认为他这里是完全缺乏阶级观点的，杜勃罗留波夫认为只需要知识分子向特权阶级宣传对物质生活保持冷漠的态度就可以消灭专横霸道。普列汉诺夫在这里根据具体历史条件的不同，认为拉萨尔虽和杜勃罗留波夫看似相同，也宣传对物质生活保持冷漠，但二者的宣传客体却大相径庭，前者是对无产阶级说的，而后者则面向特权阶级。普列汉诺夫认为杜勃罗留波夫的批评是政论式的批评，带有鲜明的功利色彩。杜勃罗留波夫认为"文学批评的任务首先在于确定该艺术家是不是表现了该时代和该民族的人为的或者自然的愿望"①，他推崇奥斯特洛夫斯基也是因为将他看成该法则的有力体现者，认为他是一个"善于从最深刻的本质理解和表现自己人民和自己时代的自然愿望的艺术家"②。普列汉诺夫认为按照杜勃罗留波夫的批评原则，当侧重于评判作家"怎样描写现实"时，这种分析是具有"美学的性质"，但当分析集中于作品"表现的究竟是什么样的真实"时，批评便"有转到政论方面去的危险"③。

普列汉诺夫认为杜勃罗留波夫的批评正是政论因素所占的比重大，所以"希望艺术作品能够说明生活"，直接将文学看成是政治宣传的工具，在这里他引用杜勃罗留波夫的原话，"文学本身是一种服务的力量，

---

① 《普列汉诺夫哲学著作选集》第 5 卷，生活·读书·新知三联书店 1984 年版，第 796 页。

② 《普列汉诺夫哲学著作选集》第 5 卷，生活·读书·新知三联书店 1984 年版，第 797 页。

③ 《普列汉诺夫哲学著作选集》第 5 卷，生活·读书·新知三联书店 1984 年版，第 797 页。

它的意义在于宣传，而它旳价值则由它"①。普列汉诺夫认为，这是由于
启蒙主义者的文艺批评偏重理性，采用一些抽象的观点作为标准，"拒
绝以具体的、也就是历史的观点来考察这些关系"②所造成的。他历史
地分析了 19 世纪 60 年代启蒙主义者将文学批评与政论相混合，偏重
理性的原因。一是根源在于受启蒙主义者本身唯心主义历史观的制约，
"偏重理性是一切启蒙时代的始终不变的特性"，启蒙主义者试图用自己
的观点和意见支配和影响社会历叟进程，因而"随时准备利用文学来使
自己的意见占统治地位"③。二是历史必然性，60 年代书报检查机关的
严格审核，使批评家不得不采用"譬喻的方式来表达自己的意思"以逃
避严格的审查制度，"十八世纪的法国启蒙者也不得不考虑到书报检查
机关。但是那些不满意杜勃罗留波夫在论文中把政论和文学批评混合在
一起的人，好像是完全忘记了书报检查机关"④。普列汉诺夫认为解决偏
重理性的方法有两个：一是抛弃社会改革的夙愿，舍弃一切社会功利目
的，转而为艺术而艺术论，二是"摈弃历史唯心主义，以历史唯物主义
来代替它"，利用历史唯物主义存在决定意识的原理，"把偏重理性的因
素引导到适当的范围"⑤。

但普列汉诺夫也并禾全盘否定 60 年代启蒙主义者比如杜勃罗留波

① 《普列汉诺夫哲学著作选集》第 5 卷，生活・读书・新知三联书店 1984 年版，第
　798 页。
② 《普列汉诺夫哲学著作选集》第 5 卷，生活・读书・新知三联书店 1984 年版，第
　801 页。
③ 《普列汉诺夫哲学著作选集》第 5 卷，生活・读书・新知三联书店 1984 年版，第
　812 页。
④ 《普列汉诺夫哲学著作选集》第 5 卷，生活・读书・新知三联书店 1984 年版，第
　812 页。
⑤ 《普列汉诺夫哲学著作选集》第 5 卷，生活・读书・新知三联书店 1984 年版，第
　813 页。

夫等人的艺术批评，他认同他们高度重视文艺的人民性，认为在对现实的描绘中要表现生动的人民形象，杜勃罗留波夫欣赏奥斯特洛夫斯基的戏剧《大雷雨》中的女性角色卡杰琳娜的个性，因为"她在自己的行动中不是遵循抽象的原则，而是遵循'天性'，即自己整个的人。这是一种完整的性格。它的力量和它的必要性就在完整性中"①。普列汉诺夫认为"杜勃罗留波夫非常正确地评定了他所分析的作品的艺术优点，这个情况完全不是偶然的"②，杜勃罗留波夫甚至反对作品带有任何倾向性，但他的批评中确实是政论因素比重偏大，而普列汉诺夫明确这点影响到了文艺批评的整体价值："确实，在他的文学活动中政论家总是比文学批评家占优势。确实也是如此，如果杜勃罗留波夫的政论同文学批评划清界限，它就会获得很大的成功，因为它会更加强烈的影响读者。"③

第四，文艺批评具有一定的倾向性也是无法避免的，坚持符合社会历史发展趋势的倾向性的文艺批评才是具有客观真理性的。正如"如果某一社会阶级的历史和现状必然在这个阶级中产生这些而不是其他的审美趣味和艺术爱好，那末科学的批评家也能产生他们自己一定的趣味和爱好"④。普列汉诺夫认为，文艺批评不可避免的会带有一定"主观的情绪"⑤，即倾向性，同样历史学家也会，但"这些主观主义并不妨碍他成

---

① 《普列汉诺夫哲学著作选集》第5卷，生活·读书·新知三联书店1984年版，第807页。

② 《普列汉诺夫哲学著作选集》第5卷，生活·读书·新知三联书店1984年版，第811页。

③ 《普列汉诺夫哲学著作选集》第5卷，生活·读书·新知三联书店1984年版，第811页。

④ 《普列汉诺夫哲学著作选集》第5卷，生活·读书·新知三联书店1984年版，第193页。

⑤ 《普列汉诺夫哲学著作选集》第5卷，生活·读书·新知三联书店1984年版，第194页。

为完全客观的历史家，只要他不歪曲解那些斗争着的社会力量所据以产生的真实的经济关系"①。他认为造成艺术批评家有倾向性的原因在于这些批评家本身也是社会历史的产物，"因为每一个艺术批评家本身就是他周围的社会环境的产物，所以连他的美学判断也始终是由这一环境的性质决定的。因此他永远不能避免在文学中或艺术中的一个学派和与之相对立的另一学派中偏爱一个"②。

"艺术中的思想性，当然只有在艺术中所描写的思想不带庸俗东西的痕迹的时候，才是好的"③，他认为文艺批评家自身也要坚定符合社会历史潮流的思想倾向。其中的前提便是了解历史，站在历史的高度去审视作品的历史意义，他明确提出，"一个人不清楚了解这种斗争，——它的许多世纪以来的各色各样的过程构成了历史，——他就不能成为自觉的艺术批评家"④。他在这里对基佐的文艺批评作出了肯定的评价，认为基佐采取科学客观的文艺批评态度，"善于把文学的历史同现代社会中的阶级的历史联系在一起"，普列汉诺夫认为他在这里"宣布了完全科学的客观的真理"⑤。同时普列汉诺夫也指出基佐之所以能坚持客观的态度，"唯一的原因是历史使他的阶级对于旧秩序采取了一定的否定态度"⑥。在特定社

---

① 《普列汉诺夫哲学著作选集》第 1 卷，生活·读书·新知三联书店 1959 年版，第745 页。

② 《普列汉诺夫哲学著作选集》第 4 卷，生活·读书·新知三联书店 1974 年版，第607 页。

③ 《普列汉诺夫哲学著作选集》第 5 卷，生活·读书·新知三联书店 1984 年版，第513 页。

④ 《普列汉诺夫哲学著作选集》第 5 卷，生活·读书·新知三联书店 1984 年版，第186 页。

⑤ 《普列汉诺夫哲学著作选集》第 5 卷，生活·读书·新知三联书店 1984 年版，第194 页。

⑥ 《普列汉诺夫哲学著作选集》第 5 卷，生活·读书·新知三联书店 1984 年版，第194 页。

会历史条件下，基佐所处的阶级本身具备先进和革命的意义，因此他在资产阶级革命阶段能够顺应社会历史发展潮流，站在第三等级及人民这边。但是当社会历史发展到贵族对资产阶级的对立已经结束，产生了资产阶级和无产阶级的矛盾后，基佐等人就不再说艺术是社会不同人民的趣味，不再宣扬斗争而是掩饰各种矛盾，企图麻痹工人阶级和劳动人民，这时候他的批评就丧失了艺术真实和现实真实，从而也就丧失了客观真理性——而"现代社会进一步的历史发展更精确地给我们决定了基佐为之谴责旧秩序的那些'人民'，是由哪一些对立的成分组成的；它更清楚地向我们表明了，上述的成分中间哪一种成分有着真正进步的历史意义"①。

第五，除了要求文艺批评家坚定正确的思想倾向之外，普列汉诺夫对文艺批评家还提出来了其他要求。比如他认为文艺批评家不仅要重视作品的美学价值，还要分析作品的思想价值，将作品的形式和内容联系在一起进行考察，"分析艺术作品就是了解它的观念和评价它的形式。批评家应当既评判内容，也评判形式；他应当既是美学家，又是思想家"②。这就需要文艺批评家具备良好的审美感觉。他认为"只有极为发达的思想能力同极为发达的审美感觉结合在一起的人，才可以作艺术作品的优秀批评家"③，这里的审美感觉不仅指的是理论上的审美感觉，还有实践上的审美修养，比如审美鉴赏力、审美感知力、审美领悟力等。

---

① 《普列汉诺夫哲学著作选集》第 5 卷，生活·读书·新知三联书店 1984 年版，第 194 页。
② 《普列汉诺夫哲学著作选集》第 5 卷，生活·读书·新知三联书店 1984 年版，第 260 页。
③ 《普列汉诺夫哲学著作选集》第 5 卷，生活·读书·新知三联书店 1984 年版，第 260 页。

第七章　普列汉诺夫文艺观的
历史评价和当代启示

　　普列汉诺夫文艺观是时代的产物，具有科学性和革命性相统一的特点，深深扎根于俄国现实主义文艺实践，是马克思主义文艺发展史和整体思想发展史的宝贵财富。普列汉诺夫文艺理论是普列汉诺夫整体马克思主义思想的重要组成部分，创造性地继承与发展马克思主义新美学理论，巩固马克思主义在意识形态领域的主导地位。但他的思想仍存在一些认识上的矛盾和局限性，比如理论阐述时出现与唯物辩证法的偏离、具体观点呈现片面性和简单化倾向以及在批评实践过程中出现与既有理论的背道而驰等，造成这些局限性的原因，既是当时特定历史时代的必然产物，包括普列汉诺夫对于社会生理学和抽象人性论的批判，捍卫和建构无产阶级革命理论与实践的需要等，也有其政治路线滑坡的负面影响。但毫无疑问，普列汉诺夫是俄国第一位马克思主义文艺理论大师，对他留下的宝贵的思想遗产应结合具体时代特点进行科学、历史的分析，给予他应有的历史地位，以此更好地指导当前社会主义文艺实践。

一、普列汉诺夫文艺观的特点

任何事物都与其区别于其他一切事物的独特的内在规定性。普列汉诺夫文艺观作为历史唯物主义在艺术领域的具体运用，给马克思主义文艺和整体思想发展史增添了许多新的时代内容，其内在特质与马克思主义内在精神是一致的，集中表现为科学性、革命性、人民性和实践性相统一特点。

力图建构无产阶级意识形态的革命性。普列汉诺夫认为"要使资产阶级和无产阶级之间的斗争日益积极和坚决，就必须逐步将无产阶级的利益和它的剥削者的利益相对立的意识愈来愈多地灌输给无产阶级。无产阶级的革命意识就是社会主义者手中的可怕的爆炸物，它能够粉碎现代社会。一切能够说明白这种意识的，都应当被认识是革命的工具，因此社会主义者就可以采纳。而一切足以蒙蔽这种意识的，都是反革命的，因此我们必须谴责和否定"①，因此他运用唯物史观解决意识形态领域相关问题的终极目的仍在于革命实践的实际需要。他力求将马克思主义在俄国不断大众化和现实化，则必然要求他在批判和解构资产阶级意识形态的基础上，发挥出意识形态的建构意义，成为无产阶级革命运动的理论武器，这无疑闪耀着战斗主义的光辉。他始终站在无产阶级革命的历史高度，强调激发无产阶级的革命意识和斗争热情，希望发挥文艺这一特殊的意识形态形式的社会功利作用：一方面，他认为意识形态具有思想启蒙的作用。他在论述 19 世纪 60

---

① 《普列汉诺夫哲学著作选集》第 2 卷，生活·读书·新知三联书店 1962 年版，第 506 页。

年代启蒙主义者车尔尼雪夫斯基等人的文学活动时指出，启蒙学者只是将文艺作为思想启迪的手段，"向社会传播健全概念"① 是其唯一目标，如果有更方便快捷的方式，他们可能就不会使用文艺这一渠道，虽然他在这里批评启蒙主义者过度注重政治因素，但很明显他也承认文艺作为意识形态的特殊形式，具备思想启蒙的作用。另一方面，他坚持"没有革命的理论就没有名副其实的革命运动"②，希望发挥意识形态的实践动员作用，将革命的、先进的意识形态灌输给无产阶级，"竭力想在工人的头脑中造成一种资产阶级和无产阶级的利益根本对立的最明确的意识"③，使其形成点燃无产阶级革命意识的思想火炬。他批判资产阶级反动文艺，呼唤无产阶级文艺的出现，肯定特殊时代革命文艺的作用，实际上也是出于建构马克思主义意识形态的现实考虑，并希望通过文艺激发无产阶级参与革命的积极性与信心，适应了无产阶级革命运动的需要。

坚持马克思主义历史观和方法论的科学性。马克思主义文艺学本身就是揭示人类对世界的艺术掌握和艺术发展特殊规律的科学理论，有机的渗透在揭示人类历史发展规律的历史科学的统一，而普列汉诺夫文艺观坚持马克思主义的历史唯物主义和辩证唯物主义方法论相结合，对于马克思主义文艺学进行了更加科学的理解和补充。他将唯物史观作为他美学和文艺学研究的理论基础，高度评价唯物史观的方法论，"一般说来，马克思和恩格斯在唯物主义方面最伟大的功绩之一，就是他们制定

① 《普列汉诺夫哲学著作选集》第 5 卷，生活·读书·新知三联书店 1984 年版，第 265 页。
② 《普列汉诺夫哲学著作选集》第 1 卷，生活·读书·新知三联书店 1959 年版，第 98 页。
③ 《普列汉诺夫哲学著作选集》第 3 卷，生活·读书·新知三联书店 1962 年版，第 181 页。

了正确的方法"①，他认为唯物史观使人完全解决社会发展的代数，指出应该怎样去发现社会个别现象的原因，"这就是说，唯物主义历史观首先具有方法论上的意义"②，"在这里我毫不含糊地说，我对于艺术，就象对于一切社会现象一样，是从唯物史观的观点来观察的"③。他以五项因素公式为总纲，揭示文艺发展的根本原因，阐明社会物质生产决定艺术发展的方式和过程，揭示社会心理是艺术反映社会生活的中间环节，同时揭示艺术与阶级斗争和其他思想体系的关系，这不仅是对历史唯物主义的具体运用，更是对其的进一步阐发，彻底和旧唯物主义划清界限。同时，他多次强调"马克思主义世界观的各方面是极密切地相互联系着的"④，因此他对于文艺领域的研究不仅运用了历史唯物主义的方法论，也充分运用了辩证唯物主义方法论。对文艺这一特殊的意识形态形式的相对独立性等问题进行辩证而全面的分析，在批评因素论时也充分注意到各因素间因果联系的层次。正是因为有了科学的方法，普列汉诺夫文艺理论才具有了科学和普遍的意义。正如他自己所认为的，有了正确的方法，"结果里面如有错误，在进一步应用正确方法的时候一定会被发现和被纠正，至于错误的方法则相反，只是在罕见的个别场合可以得到与某一个个别真理不相矛盾的结果"⑤。

---

① 《普列汉诺夫哲学著作选集》第 3 卷，生活·读书·新知三联书店 1962 年版，第 158 页。

② 《普列汉诺夫哲学著作选集》第 3 卷，生活·读书·新知三联书店 1962 年版，第 157 页。

③ 《普列汉诺夫哲学著作选集》第 5 卷，生活·读书·新知三联书店 1984 年版，第 309 页。

④ 《普列汉诺夫哲学著作选集》第 3 卷，生活·读书·新知三联书店 1962 年版，第 216 页。

⑤ 《普列汉诺夫哲学著作选集》第 1 卷，生活·读书·新知三联书店 1959 年版，第 181—185 页。

　　注重真实反映人民情感和生活的人民性。普列汉诺夫虽未直接提出文艺的人民性这一马克思三义文艺理论的基本范畴，但他的文艺观始终渗透着人民性的光辉。他曾高度认同别林斯基等俄国现实主义美学家关于文艺的民族性和人民性的观点。普列汉诺夫认为别林斯基将俄国文学的发展与俄国社会发展状况有意识的联系在一起，给文学理论找到了社会学的根据，"假使文学是人民生活的表现，那末批评对它可以提出的第一个要求就是真实性"①，他在这里实际上认为文艺的人民性表现为文艺作品需要真实的反映人民生活。在叙述 19 世纪社会学美学的探索过程时，他详细引述了基佐关于剧诗与戏剧的产生历史，"剧诗产生在人民中间，而且是为人民产生的。但是它逐渐地到处都成为上层阶级所喜爱的娱乐，而上层阶级的影响必然一定要改变它的全部性质"②，一旦上层阶级脱离人民的审美趣味和需要，戏剧领域也会逐渐狭小，"变得单调了"③。同时，他主张弘扬文艺作品的社会功利价值，这实际上也反映了文艺的人民性的价值旨向：一方面，文本一经生成便成为一种社会存在，必然要经过接受主体的鉴赏和审美活动而走向社会，满足人民群众的精神需要和审美要求；另一方面，文艺作品也只有获得读者大众的广泛认同才可以实现其自身的社会价值。普列汉诺夫明确要求艺术家应顺应时代潮流，反映群众心声，表现时代进步之音，提升作品的内在价值，接受社会群众的评判，"但是一个艺术家如果看不见当代最重要的社会思潮，那末他的作品中所表达的

---

① 《普列汉诺夫哲学著作选集》第 4 卷，生活·读书·新知三联书店 1974 年版，第573 页。
② 《普列汉诺夫哲学著作选集》第 5 卷，生活·读书·新知三联书店 1984 年版，第176 页。
③ 《普列汉诺夫哲学著作选集》第 5 卷，生活·读书·新知三联书店 1984 年版，第176 页。

思想实质的内在价值就会大大地降低。这些作品也就必然因此而受到损害"①。

　　适应俄国无产阶级革命现实需要的实践性。马克思主义是马克思恩格斯在工人运动的实践中所创立的科学体系，自诞生起就是指导工人运动的现实的革命运动。普列汉诺夫作为俄国的马克思主义先驱者，他的文艺理论同样闪耀着实践性的光辉。其一，他的文艺理论本身便伴随着他的革命实践活动而得以不断丰富和深化。在从一名民粹主义者向马克思主义者转化后，普列汉诺夫在对民粹派的批判中开启了他对于马克思主义文艺的理论研究过程，伴随着工人运动和革命实践的现实要求，他崇尚文艺的社会价值，主张文艺反映现实的群众运动，探索阶级社会文艺的特征，殷切呼唤无产阶级的到来，甚至到了晚年其文艺理论也不得不在一定程度上受到其政治实践活动的影响。这些都充分体现普列汉诺夫的文艺理论自始至终都未脱离俄国的革命现实，适应了无产阶级革命实践的现实需要。革命经验的总结，在一定程度上丰富和发展了文艺理论，而后者也始终需要经受实践的检验。其二，他强调文艺作品应反映群众的实践活动和社会心理。正如"理论的对立本身的解决，只有通过实践方式，只有借助于人的实践力量，才是可能的"②，人民群众是实践的主体，普列汉诺夫文艺观实践性的突出表现之一便是他注重工人阶级群体心理的描绘。他批评历史学家过多关注历史运动表面的个人人物，却忽视了历史运动背后的广大人民群众。他认为无产阶级运动是群众运动，对高尔基描写无产阶级联合斗争而不是单人的恐怖主义而大加赞赏。他反对易卜生笔下的主人公斯多克芒医生将知识分子看成是真理的

---

① 《普列汉诺夫哲学著作选集》第 5 卷，生活·读书·新知三联书店 1984 年版，第 848 页。

② 《马克思恩格斯全集》第 3 卷，人民出版社 2002 年版，第 312 页。

掌握者、是优秀的人，普列汉诺夫反驳道："什么样的知识分子在社会中起了革命作用呢？是那些——而且只有那些——在有关社会关系的问题上能够站在被剥削的多数人一边，并且能够放弃'知识分子'所特有的对民众的蔑视态度的知识分子"[①]，他认为知识分子并不是天生的，而是有其产生的阶级必然性，只有站在被剥削的多数人的立场，放弃阶级偏见、联系群众，才是真正进步的知识分子。这些都充分体现普列汉诺夫坚持将文艺扎根于人民群众的日常生活实践中。

二、普列汉诺夫文艺观的历史贡献

普列汉诺夫文艺理论对于马克思主义发展史有着重要的理论和实践贡献，对于马克思恩格斯所创建的马克思主义新美学大厦进一步完善和补充。

（一）创造性地继承与发展马克思主义新美学理论

普列汉诺夫其实从 1876 年在国内参加民粹派运动时就开始阅读马克思的《资本论》，在流亡西欧时期，更是系统的学习和研究马克思恩格斯的经典著作。他初到瑞士日内瓦，由于资金匮乏，只能到处借书读。妻子马尔科夫娜来到他身边，带来一笔钱，使得他生活状况略有好转。他不惜花重金购买马克思的著作《法兰西内战》等以及恩格斯的著作《反杜林论》等，在巴黎居住阶段，也经常去图书馆借阅图书看。1882 年在

---

① 《普列汉诺夫哲学著作选集》第 5 卷，生活·读书·新知三联书店 1984 年版，第539 页。

伯尔尼图书馆详细阅读在巴黎未能读到的《政治经济学批判》和《神圣家族》，并认真写下笔记。马克思恩格斯的整体思想和文艺理论不仅是普列汉诺夫文艺观的理论来源，更是普列汉诺夫文艺观的发展基础，也就是说，普列汉诺夫文艺观进一步丰富和发展马克思主义文艺理论。

马克思恩格斯十分喜爱研究文艺和美学相关问题，他们曾经想写关于文艺学和美学的专著，但因为种种原因未能成行。但他们在其大量经济学哲学著作和友人的通信等对于文艺领域的重要问题与大量经典文艺作品进行了评述和解读。在马克思主义诞生以前的文艺学和美学一直以来是唯心主义美学占据主导地位，近代革命民主主义者别林斯基、车尔尼雪夫斯基和杜勃罗留波夫等人虽竭力摆脱唯心主义的束缚，但仍受费尔巴哈理论的影响，局限于形式逻辑的层次，无法从社会历史实践中把握美的内在规律和艺术的内在本质。马克思恩格斯创建的唯物史观则真正意义上实现了新旧美学的时代变革，为马克思主义新美学的发展奠定了世界观和方法论根基。

普列汉诺夫的文艺理论则在马克思恩格斯开创的新美学大厦中进一步增砖添瓦：一方面，他继承马克思恩格斯创立的美学和文艺学基本原则基础，将唯物史观方法论具体运用在文艺研究上，对于文艺起源和发展、文艺的本质和功能、文艺的特征和倾向、文艺批评的原则和方法等均做出进一步的补充和完善，并写成大量影响深远的文艺学和美学专著；另一方面，他根据唯物史观对于文艺学提出建设性的新观点，比如社会心理思想、美感的二重性、美感起源等，这些均巩固了马克思主义美学的根基，并对卢那察尔斯基、弗里契、列宁等马克思主义者的文艺思想提供良好的启示作用。他将文艺作为社会实践的艺术活动，它有利于人的自由全面发展和人类的自我实现，它创造性地造就了理智与情感、自由与责任、人所追求的生活意义与社会规范之间的多种可能性，并在此基础上兼具审美的现实观照。因此，普列汉诺夫文艺理论将艺术纳入到唯物史观的框架中，在整个马克思主义文艺发展史中占据举足轻重的地位。

（二）捍卫马克思主义在文艺领域的主导地位

列宁曾说，"马克思的学说直接为教育和组织现代社会的先进阶级服务，指出这一阶级的任务，并且证明现代制度由于经济的发展必然要被新的制度所代替，因此这一学说在其生命的途程中每走一步都得经过战斗"①。马克思主义随着时代的发展必然面临着种种挑战和问题，马克思主义在俄国的本土化文本置换中的情形也是如此，与当时俄国现存的理论体系发生激烈碰撞和冲突，其中最为突出的便是民粹主义思潮。民粹主义鼓吹俄国社会发展道路的特殊性，由于看到资本主义社会化大生产带来的农民和手工业者的破产、工人阶级的赤贫、村舍田园美梦的瓦解以及原有道德秩序的崩塌，而产生对资本主义制度和生产方式的极度厌恶，他们幻想抓住村舍的根能避免俄国走上资本主义道路，妄图否定俄国资本主义的发展，"所有的人都指望俄罗斯避免资本主义的非正义和恶，绕过经济发展的资本主义时期变为更好的社会制度。甚至所有的人都想：俄罗斯的落后状态恰恰是它的优势"②。普列汉诺夫充分运用历史唯物主义原理，揭示了俄国资本主义发展的必然性，辩证地评价民粹派知识分子的作品和思想地位，肯定无产阶级在俄国未来社会发展中的历史使命和重要作用，强调意识形态对于指导无产阶级革命运动的突出贡献，他明确指出民粹主义完全不同于马克思恩格斯笔下的原始共产主义，"那时还没有彻底弄清楚，俄

① 《列宁选集》第 2 卷，人民出版社 2012 年版，第 1 页。
② ［俄］尼·别尔嘉耶夫：《俄罗斯思想》，雷永生、邱宇娟译，生活·读书·新知三联书店 1995 年版，第 100 页。

国的农村公社和原始共产主义毫无共同之点。现在这是无可怀疑的"①。

在 19 世纪末 20 世纪初，伯恩施坦等人企图全面修正马克思主义之后，普列汉诺夫肩负起第二国际中捍卫马克思主义的思想领袖，及时地批判了伯恩施坦修正主义、无政府主义、马赫主义等反马克思主义思潮，他不仅从哲学世界观和方法论的层面揭示了伯恩施坦主义的实质和危害，同时发挥马克思主义在文艺这一特殊的意识形态领域中的主导地位，将历史唯物主义和辩证唯物主义方法论原则结合时代特征，进行具体运用和深化。他坚持"马克思的理论不是最后的永恒的真理。这是对的。但是它是我们时代最高的社会真理"②，推动马克思主义民族化、大众化和时代化，从而进一步捍卫和巩固马克思主义在意识形态的主导地位。

（三）推动和启发列宁文艺思想的形成与发展

普列汉诺夫文艺理论推动了列宁文艺思想的形成和发展，"在研究和传播马克思主义方面，从某种特定的意义上可以说他是介于恩格斯与列宁之间的中间环节。他是在马克思和恩格斯之后、列宁之下理论上贡献最多最大的人物之一"③。普列汉诺夫比列宁年长 14 岁，是列宁的师长和战友，尽管最后沦为政敌，但列宁读过普列汉诺夫生前出版的几乎全部著作，对他的思想和活动作出了大量评论和论述，充分肯定普列汉诺夫对于马克思主义发展史的历史贡献。仅在《列宁全集》中论述到普列汉诺夫的文章就

① 转引自郑伟:《普列汉诺夫一元论历史观研究》，社会科学文献出版社 2018 年版，第 215 页。

② 《普列汉诺夫哲学著作选集》第 2 卷，生活·读书·新知三联书店 1962 年版，第 410 页。

③ 高放、高净增:《普列汉诺夫评传》，中国人民大学出版社 1985 年版，第 662 页。

有 292 篇之多，其中全篇专门论述的有 32 篇，书信共有 123 封，保存下来的直接写给他的书信就有 31 封。列宁曾说，"不研究——正是研究——普列汉诺夫所写的全部哲学著作，就不能成为一个自觉的、真正的共产主义者"①；列宁的夫人克鲁普斯卡妮曾回忆道，列宁对普列汉诺夫有"深厚感情"，曾经认真学习过普列汉诺夫的著作②。

　　普列汉诺夫文艺理论对于列宁文艺思想的启迪作用具体表现在，普列汉诺夫十分重视从无产阶级立场考察意识形态的发展问题，尽管未明确提出"党性"原则，但实际上在其论著中多次表达了关于无产阶级文艺党性的相关内容。他批评威尼斯艺术展中的无产阶级艺术家只表现工人阶级的驯服，却未能体现工人阶级的革命斗争精神，认为创造无产阶级艺术只能靠无产阶级自身。赞赏高尔基表现的工人阶级形象，"充满着最崇高的自我牺牲精神"③，讴歌大义凛然为集体英勇献身的工人形象。同时批评反动的资产阶级作家哈姆生极端仇视无产阶级和无产阶级运动的阶级立场阻碍其艺术价值的实现。但尤其要注意的是，普列汉诺夫并未单纯从阶级观点评判艺术作品，他说自己喜欢《仇敌》"并非因为它描绘了阶级斗争"，而是非常满意于它"对生动的材料的艺术加工"④。因而他要求无产阶级作家善于表现广大工人阶级的心理。群众的心理是由拥有不同个性特征的个人心理构成，个人是群众的组成部分，个人心理也是群众心理的构成要素，同时群众心理体现个人心理普遍的情感和要求，群

---

① 《列宁选集》第 4 卷，人民出版社 2012 年版，第 419—420 页。

② 参见 [苏] 康·克鲁普斯卡娅：《回忆列宁》第 1 卷，哲夫译，人民出版社 1982 年版，第 748 页。

③ 《普列汉诺夫哲学著作选集》第 5 卷，生活·读书·新知三联书店 1984 年版，第 599 页。

④ 《普列汉诺夫哲学著作选集》第 5 卷，生活·读书·新知三联书店 1984 年版，第 591 页。

众的心理是个性与共性的统一。这里他实际上坚持了无产阶级文艺的党性原则与创作个性的统一，党性通过文艺这一特殊的意识形态形式自然而然的流露，不能简单等同于政论中的党性。这些均与列宁在 1905 年明确提出的文艺的党性原则有着相通之处，列宁认为党的事业应当成为无产阶级总事业的一部分，实际上也是发展了普列汉诺夫无产阶级文艺学。

三、普列汉诺夫文艺观的缺陷和局限

普列汉诺夫的文艺理论是深刻而又富有创造性的，但他的文艺观毕竟是他个人自身的解读，受到他生活情境、理论旨趣、知识结构等的制约，必然存在着一定的缺陷和局限，具体表现为以下方面。

第一，理论阐述时出现与唯物辩证法的偏离，具体观点呈现片面性和简单化的倾向。比如说他对于资产阶级现代派艺术的批评便趋于简单化：一方面他在分析现代派艺术的社会根源和阶级本质时，将现代派艺术家笼统归结于资产阶级而加以批判，认为他们的艺术创作是占有无产阶级劳动为前提，追求资产阶级剥削统治的社会制度。实际上，卢那察尔斯基在这一问题上的看法比普列汉诺夫更为深刻全面一些，他认为现代派艺术家在生活方式上更接近于小资产阶级，颓废派和象征主义是小资产阶级没落和绝望情绪的体现，表现主义在思想本质上是小资产阶级个人主义和无政府主义的表现，只有立体派是资产阶级对知识分子软弱性的反动。[①]

另一方面普列汉诺夫分析了资产阶级现代派艺术产生的社会根源，

---

① 转引自王秀芳：《美学·艺术·社会》，河北人民出版社 1987 年版，第 236 页。

强调现代派艺术是处于衰落时期的资本主义社会生产关系的产物，这无疑是正确的，但他未认识到其他因素比如科学技术发展的影响等。现代派艺术产生的原因是复杂的，也有新科技革命变革带来的深刻影响。随着近代社会科学技术的发展，对技术理性的盲目崇尚限制了人的主体性和自由性，并压倒人文主义精神成为西方资本主义社会理性文化精神的表征。20 世纪开始人类将理性极度膨胀，人逐渐在控制和征服自然中沦为技术的奴隶，表面是自由的，但实质上从生产到消费、从工作到私人生活都受到无形的异己的文化力量的摆布。资产阶级现代派文艺作品突出的表现了异化主题，本质上基于对人的生存状态和价值旨归的探索，更多倾向于文化批判的角度。普列汉诺夫未能认识到资产阶级现代派艺术产生的复杂原因也是受其社会历史条件的制约，他生活的年代恰恰是现代派艺术滥觞之时，其流派还没有那么丰富，影响范围也没有后来那么广泛，普列汉诺夫在其产生初期便对其本质特征、社会根源、思想基础等问题做出精辟的探讨，已经为现代派艺术的进一步研究提供了丰富的经验材料，他对于现代派艺术研究过程中的哲学方法论原则在当今仍有裨益。又比如他过分突出各个阶级"反映在国家结构、法律、宗教、诗歌和整个艺术创作中的不断斗争"①，即阶级对抗、阶级斗争对于某一阶级心理和阶级艺术的影响。他认为用哲学的观点来阐明艺术作品意味着要表现社会历史进程中的阶级冲突和对抗，"一个人不清楚了解这种斗争，——它的许多世纪以来的各色各样的过程构成了历史，——他就不能成为自觉的艺术批评家"②，又表示"忘记了各种社会成分和社

---

① 《普列汉诺夫哲学著作选集》第 2 卷，生活·读书·新知三联书店 1962 年版，第 544 页。

② 《普列汉诺夫哲学著作选集》第 5 卷，生活·读书·新知三联书店 1984 年版，第 186 页。

会阶层之间的冲突和摩擦，艺术理论家们闭眼不看这个在一切意识形态的历史上能说明很多问题的异常重要的因素"①，而忽视不同阶级中内生存在的共同社会心理、普遍价值共识的描述。

第二，政治上受孟什维克思想的错误影响，批评实践过程中出现与自身理论的背道而驰。这集中反映在普评论高尔基作品上。在评论高尔基的《仇敌》时，普列汉诺夫将塔季雅娜视为布尔什维克的代表，认为他们不考虑个人条件，只凭借个人狂热的革命热情办事，只需要"热情和英雄气概"②，是一种对于革命无益的"浪漫主义的乐观主义""过分的乐观主义"③。实际上塔季雅娜并非是布尔什维克。普列汉诺夫赞同老工人列夫欣把事情"设想得'愈可怕愈好'"④也是一种典型的孟什维克思想。他认为在敌对斗争中，只有孟什维克才有革命者必要的毅力和决心，而布尔什维克急躁冒进，渐进式夺取革命胜利，这是普列汉诺夫在革命危急关头孟什维克错误思想的体现。他认为应对群众进行"长期的、细致耐心的不断感化的工作"，认为布尔什维克如果盲目乐观，"毫无根据的乐观主义，正是由于它毫无根据，周期地被极端的没落精神所代替，所以它确实是几乎任何处在知识分子影响下的年轻的工人运动所诅咒的东西。这个运动所遭受的相当大一部分时代都可以由它得到说明"，"'布尔什维克'的策略就象他笔下的塔季雅娜所认为的那样，是最'热情的'和'英

---

① 《普列汉诺夫哲学著作选集》第 5 卷，生活·读书·新知三联书店 1984 年版，第 179 页。

② 《普列汉诺夫哲学著作选集》第 5 卷，生活·读书·新知三联书店 1984 年版，第 607 页。

③ 《普列汉诺夫哲学著作选集》第 5 卷，生活·读书·新知三联书店 1984 年版，第 604 页。

④ 《普列汉诺夫哲学著作选集》第 5 卷，生活·读书·新知三联书店 1984 年版，第 603 页。

雄主义的'。我们可以期望，他的无产阶级本能迟早会向他揭示这些策略手段是站不住脚的"①。普列汉诺夫在这里强行把塔季雅娜当成布尔什维克而刻意批判讽刺她，实际上她只是个富有正义感的知识分子形象。

在评价高尔基的《母亲》时，他更是直接将批判的矛头指向作品本身。他直接提出高尔基"他的那些政论因素强烈的作品也都是失败的，例如美国生活特写和长篇小说《母亲》。怂恿他扮演思想家和宣传家的角色的人们，给了他很坏的帮助，他不适于扮演这些角色。他的《忏悔》就是这一事实的又一证明"②，在这里普列汉诺夫实际上是站在孟什维克的立场上直接批评高尔基的布尔什维克思想，他不满于《母亲》，并不是在于艺术作品上的不足，而是在于其内涵的思想倾向与他的孟什维克立场相违背，他甚至明确提出高尔基"更不了解现代的社会主义理论"，"作为一个宣传家来处理他们的，他利用他们来表达自己的思想"③。普列汉诺夫在这里批评高尔基宣传政治思想实际上也回到了康德的审美无功利说上，背离了自己认为艺术为社会价值服务的思想，也背离从美学和思想两方面进行文艺批评的原则。

第三，对于托尔斯泰的评价也存在一定的纰漏。普列汉诺夫并未认识到托尔斯泰晚年立场的转变，他认为"托尔斯泰到晚年也始终是一个大地主"④，"托尔斯泰伯爵不但是我国贵族的儿子，而且长时期是我国

---

① 《普列汉诺夫哲学著作选集》第5卷，生活·读书·新知三联书店1984年版，第604页。

② 《普列汉诺夫哲学著作选集》第3卷，生活·读书·新知三联书店1962年版，第436页。

③ 《普列汉诺夫哲学著作选集》第3卷，生活·读书·新知三联书店1962年版，第347页。

④ 《普列汉诺夫哲学著作选集》第5卷，生活·读书·新知三联书店1984年版，第733页。

贵族的思想家"①。造成这一认识缺陷的原因在于一方面他未将托尔斯泰看成是时代的矛盾，即农奴制向资本主义过渡时期，农奴制解放又受到资本主义洗礼的矛盾，只将其看成是作者个人的矛盾。另一方面，他分析了托尔斯泰皈依宗教的原因：一是由于儿童时期虔诚信教的深刻影响，二是托尔斯泰在他的个人和社会生活中找不到解决自身思想苦闷和矛盾的方法，而感到"精神上的空虚"，无奈从现实世界转向天国世界。在这里，普列汉诺夫实际上已认识到"毁灭他的灵魂的是那种围绕着他的环境"②，但却并未进一步剖析影响托尔斯泰思想局限的这一环境的具体内容，因而也就未能看到托尔斯泰晚年立场上的转变。普列汉诺夫同时错误地运用了阶级论的简单的线性思维，认为托尔斯泰直到最后都未能如实反映贵族生活的丑恶一面，将地主剥削农民的残酷现实理想化，他认为托尔斯泰自始至终"关心的仍然是剥削者，而不是被剥削者"③，"他也不能够转到被贵族国家所剥削的群众方面来"④，实际上托尔斯泰晚年已从贵族转变为一个宗法制农民。比较而言，列宁对于托尔斯泰的评价要深刻得多。"托尔斯泰的观点和学说中的矛盾并不是偶然的，而是19世纪最后30多年俄国实际生活所处的矛盾条件的表现。"⑤普列汉诺夫出现这一认识的片面性也有其批判资产阶级试图修正马克思主义的斗争需要，"现在资产阶级在开倒车，现在资产阶级首先总是同情任何

---

① 《普列汉诺夫哲学著作选集》第5卷，生活·读书·新知三联书店1984年版，第746页。

② 《普列汉诺夫哲学著作选集》第5卷，生活·读书·新知三联书店1984年版，第732页。

③ 《普列汉诺夫哲学著作选集》第5卷，生活·读书·新知三联书店1984年版，第747页。

④ 《普列汉诺夫哲学著作选集》第5卷，生活·读书·新知三联书店1984年版，第749页。

⑤ 《列宁选集》第2卷，人民出版社2012年版，第243页。

一种充满保守主义精神的思潮，特别是同情这样的一种思潮，这种思潮的全部实践的本质就在于'勿以暴抗恶'"①。他严厉批判那些妄图用托尔斯泰主义来修正马克思主义的反动言论，捍卫马克思主义的正统地位，"马克思的世界观怎么能和托尔斯泰的世界观牵扯在一起呢？这两者是完全对立的"，"马克思主义世界观是辩证唯物主义。相反地，托尔斯泰不仅是唯心主义者，而且就其思想方法讲来，他终生都是不折不扣的形而上学者"②。

但毋庸置疑的是，普列汉诺夫对于托尔斯泰的评价也有很多可取之处，他认为托尔斯泰的道德论是狭隘的个人否定性道德，寻求个人道德的自我完善，与追求人民幸福、人民命运的"积极的道德学说"相比，是"片面的"③。他充分肯定托尔斯泰的艺术才能，严厉批判他思想上的错误，"我认为他是天才的艺术家和极端软弱的思想家"④，"不用说，在谈到'与托尔斯泰相处是可怕的'的时候，我所指的是思想家托尔斯泰，而不是艺术家托尔斯泰"⑤，"但是这并不妨碍他以他通常的、也就是巨大的才能来描写它"⑥。

---

① 《普列汉诺夫哲学著作选集》第 5 卷，生活·读书·新知三联书店 1984 年版，第 756 页。

② 《普列汉诺夫哲学著作选集》第 5 卷，生活·读书·新知三联书店 1984 年版，第 737 页。

③ 《普列汉诺夫哲学著作选集》第 5 卷，生活·读书·新知三联书店 1984 年版，第 733 页。

④ 《普列汉诺夫哲学著作选集》第 5 卷，生活·读书·新知三联书店 1984 年版，第 723 页。

⑤ 《普列汉诺夫哲学著作选集》第 5 卷，生活·读书·新知三联书店 1984 年版，第 724 页。

⑥ 《普列汉诺夫哲学著作选集》第 5 卷，生活·读书·新知三联书店 1984 年版，第 754 页。

四、普列汉诺夫文艺观的当代启示

在中国特色社会主义伟大实践不断丰富和发展的今天，中国特色社会主义文艺理论不仅是马克思主义中国化的时代成果，汇集了中华民族伟大复兴的精神力量，也受到西方意识形态渗透的多重挑战，严重威胁马克思主义文艺理论的指导地位。倘若我们纵观普列汉诺夫文艺观的整体理论体系，摒弃其中的不良因素，不难看出他的文艺理论对于繁荣当前社会主义文艺建设，巩固马克思主义在意识形态领域的主导地位也有着一定的借鉴作用。

第一，要求我们坚持文艺的审美性与思想性相结合。文艺审美本质论与意识形态论一直以来在学术界产生广泛争议。审美本质论者强调文艺的纯艺术功能，突出文艺的情感审美性与全民娱乐性，意识形态本性论者则突出文艺的政治宣传功能，甚至直接将文艺等同于政治。后又有"审美意识形态"新论，将审美与文艺、意识形态等概念相同一。实际上，审美性只是文艺的一种内在属性，审美意象需要在审美实践中生成，是人类社会活动的产物。艺术作为一种审美的表现，还包括现实性、思想性、社会性的因素。审美意识形态论者将审美特性作为艺术的总体概括，实际上内在消解了文艺的意识形态性，即使他们的本意并非如此。既不能简单将普列汉诺夫看成是"文艺本质的意识形态论"者，而批评他"没有关注文艺自身的独特品格"[1]，也不能将其看成是审美意识形态论者。

实际上，普列汉诺夫并未将文艺与意识形态相等同，他在意识形态

---

[1]　凌继尧：《"审美意识形态"的学术史研究》，《江苏行政学院学报》2016 年第 5 期。

建构的意义上把艺术看成是意识形态的一种特殊形式，已经认识到文艺审美性与意识形态性的统一，既批评资产阶级纯艺术论，又批评民粹派艺术家将文艺与政治等同，对于当前社会主义文艺建设也有一定现实启示作用。社会主义文艺建设必须坚持文艺的审美艺术性与意识形态思想性相结合，锻造"思想精神、艺术精湛、制作精良"①的文艺精品。这就需要一方面坚持文艺创作规律，借助艺术形象的创造来实现审美主客体在精神层面的对话与交流，实现感性与理性、内容与形式、情感与思想的共生——这里的艺术形象既是艺术家从社会现实生活中提炼而成的典型形象，富有现实和时代特征，也是融入主体审美理想审美想象的美感形象，具有美感特征。另一方面发挥文艺创作个性，在物质与内核两个层面把握文艺创新，避免文艺创作的批量复制与抄袭，提倡文艺作品在风格体例、题材手段、思想内容的多样化创新。

第二，坚持文艺的艺术性和社会性相结合。普列汉诺夫既重视文艺的社会价值，又认识到文艺除了需要承载社会价值以外还需要承载艺术价值，并在文艺批评理论与实践中采取历史的美学的观点，兼顾作品的历史意义和艺术价值，深刻阐明了文艺功能的辩证内涵。

一方面，我国社会主义文艺建设具备实现文艺社会性的文化传统。追求实用理性和社会效益本身便是中国人普遍的文化心理结构，试图实现社会改造的实用目的使得一代又一代的知识分子和有志之士积极主动地进行文化选择、补充和超越。李泽厚甚至认为，近代中国思想理论界主要集中于研究社会政治问题，体现了"急迫追求实效的当时青年们的现实要求"②，即一种鲜明的意识形态功利性。另一方面，当前西方国家

---

① 《习近平总书记在文艺工作座谈会上的重要讲话学习读本》，学习出版社 2015 年版，第 29 页。

② 李泽厚：《中国现代思想史论》，生活·读书·新知三联书店 2008 年版，第 27 页。

利用其在经济、政治、文化等各方面的话语优势，对我国不断进行意识形态的渗透，各种西方思潮的涌入极大地威胁了马克思主义在主流意识形态领域的主导权。有学者提出抵御西方意识形态挑战、做好思想理论教育工作必然需要面向大众，进行马克思主义的"科学灌输"，其中应采取柔性灌输的方法，潜移默化的影响人们的实践行为。[①] 文艺作为一种精神产物，兼具审美认识功能与教育启迪功能，无疑可发挥柔性灌输的作用。但由于西方非理性主义思潮的侵袭，我国有部分文艺工作者过度的重视人的"自我表现"，呈现出一种向内转的趋势。不仅进行所谓的"欲望写作"和"下半身写作"，还在恢复"人性"的幌子下渲染非理性主义物质与欲望的感官享受，过度消费人的自然属性，表现出一种极端个人主义倾向，完全脱离文艺的社会价值。正如"文艺之所以成为文艺的底色，也是文艺对社会的责任"[②]，文艺必须要注重文艺的艺术价值与社会价值的结合，让读者在获得审美愉悦的基础上，结合具体生活体验，教育和激励自身。这需要文艺工作者在充分发挥个人艺术才能的同时，坚持社会主义核心价值观，树立正确的思想倾向，切实反映人民群众的利益和诉求，通过对现实生活的真实描绘和社会主义新人形象的塑造，生动展示中国特色社会主义事业的伟大成就，歌颂社会主义的先进人物和现象，激发广大人民群众参与社会主义建设的热情与积极性，凝聚社会主义正能量。

第三，坚持文艺的人民性与党性相结合。普列汉诺夫强调从群众心理出发，在群众的日常生活实践中反映社会历史活动的特征，认为无产

---

① 参见孙来斌：《列宁的灌输理论及其当代价值》，社会科学文献出版社 2017 年版，第 287 页。

② 《习近平总书记在文艺工作座谈会上的重要讲话学习读本》，学习出版社 2015 年版，第 87 页。

阶级文艺需要占有丰富的感性生活的材料。这对于无产阶级文艺坚持党性与人民性相统一的原则有着重要启示。

首先，社会主义文艺必须要坚持党的领导。中国共产党本身便代表了最广大人民群众的根本利益，始终为人民谋福利，实现了党性和人民性的统一。坚持党的领导从本质上来说便是以人民为中心的集中体现。正如"社会主义文艺，从本质上讲，就是人民的文艺"①，人民性也是社会主义文艺的重要范畴。因而坚持党的领导与社会主义文艺的发展方向是高度一致的，党是可以保障社会主义文艺事业的稳定有序健康发展的。这就需要党始终将社会主义文艺建设作为社会主义整体事业的重要部分，根据现实和实际来制定和调整文艺方针政策，坚定马克思主义的指导地位，充分发挥各级文联、作协和宣传部门的作用，加强文艺骨干的队伍建设，完善激励机制，"政治上充分信任、思想上主动引导、工作上创造条件、生活上关心照顾，多为文艺工作者办实事、做好事、解难事，营造有利于出人才、出精品的良好环境"②。

其次，社会主义文艺必须以人民为创作导向。人民群众是社会主义生存和发展的基础，不仅为社会主义文艺提供了丰富的物质和精神前提，也推动着社会主义文艺的发展。社会主义文艺需要深入日常生活世界，扎根群众与现实，洞察人民群众的具体的微观的心理层面，融入人民群众的思想情感，真实反映人民群众的心理状态与现实生活，表达他们的利益诉求。

第四，坚持文艺的继承性与超越性相结合。普列汉诺夫深刻阐明了

---

① 《习近平总书记在文艺工作座谈会上的重要讲话学习读本》，学习出版社 2015 年版，第 55 页。

② 习近平：《加强和改进党对文艺工作的领导是文艺事业繁荣发展的根本保证》，《党建》2016 年第 12 期。

文艺在传承和发展进程中的选择、模仿和超越机制，对于当前我国特色社会主义文艺实践有着重要启迪。首先，批判性继承中华优秀传统文化。中华优秀传统文化是千百年来广大人民群众创造的精神和物质财富，是传统习俗礼仪、经验习惯等集体无意识自发性的代代传承，深深积淀于人们的日常行为模式和思想观念情感等心理层面中，成就了大量丰富多彩的文艺精品。但传统往往是集优劣和好坏于一身的，对于中华优秀传统文化的继承必然不是对传统的机械复制，而是自觉对传统文化进行批判性继承，既要与传统封建伦理主义相冲突，又要吸收与继承其中的优良因子，并随着人类知识的丰富，不断为其增添新内容和新成分。这就需要我们坚定文化的主体意识，自觉认清传统文化的两种因素，从"文化的内生层面""对文化进行自我认知，自我分析、自我判断和文化自省"①，继而产生对中华优秀传统文化的价值认同，提升文化选择的能动与自觉能力。其次，批判性吸收外来意识形态的文化、文艺成果。全球化语境下的今天，异质文化相互交流的需求日趋高涨，在跨文化选择、模仿和引进过程中，新的文艺思潮、风格、技巧、体例等相互碰撞，引发对异质文艺发展特性的新探索，这无疑是可以推动文艺自身的发展。但选择和模仿并不意味着一味接受和全盘移植，"任何一种外来文化资源，原封不动地照搬照抄过来是没有意义的，最终要实现本土化，融会贯通为我们自己的东西"②，必须要突破原有文艺形态的局限性，结合本民族具体实际，创造符合本民族特色的文艺作品。最后，实现对传统与异质文化、文艺成果的创造性转化和超越。对传统文艺成果

---

① 张圆梦：《中国传统文化创造性转化和创新性发展的当下思考》，《理论月刊》2018年第7期。

② 《习近平总书记在文艺工作座谈会上的重要讲话学习读本》，学习出版社2015年版，第121页。

的现实性转化和对异质文艺成果的本土化转化，实质上都是一种创造性转化的过程。既实现了文艺自身的超越和创新，是本土文艺发展的内在驱动力，又充分体现了文艺主体的认识与实践能力的提升，是人的自由和全面发展的集中体现。

参考文献

1.《马克思恩格斯选集》（第 1—4 卷），人民出版社 2012 年版。

2.《马克思恩格斯文集》（第 1—10 卷），人民出版社 2009 年版。

3.《列宁选集》（第 1—4 卷），人民出版社 2012 年版。

4.《列宁全集》（中文第 2 版，第 1—60 卷），人民出版社 2007 年版。

5.《列宁专题文集》（全 5 卷），人民出版社 2009 年版。

6.《斯大林选集》（上、下卷），人民出版社 1979 年版。

7.《毛泽东选集》（第 1—4 卷），人民出版社 1991 年版。

8.《邓小平文选》（第 1—2 卷），人民出版社 1994 年版。

9.《邓小平文选》（第 3 卷），人民出版社 1993 年版。

10.《邓小平文集：1949—1974》（上、中、下卷），人民出版社 2014 年版。

11.《江泽民文选》（第 1—3 卷），人民出版社 2006 年版。

12. 胡锦涛：《论构建社会主义和谐社会》，中央文献出版社 2013 年版。

13.《胡锦涛文选》，人民出版社 2016 年版。

14.《习近平关于实现中华民族伟大复兴的中国梦论述摘编》，中央文献出版社 2013 年版。

15.《习近平总书记在文艺工作座谈会上的重要讲话学习读本》，学习出版社 2015 年版。

16.《习近平谈治国理政》第一卷，外文出版社 2018 年版。

17.《习近平谈治国理政》第二卷，外文出版社 2017 年版。

18.《习近平谈治国理政》第三卷，外文出版社 2020 年版。

19. 格·瓦·普列汉诺夫：《普列汉诺夫美学论文集》（第 1、2 册），曹葆华译，人民出版社 1983 年版。

20.格·瓦·普列汉诺夫:《普列汉诺夫哲学著作选集》(第1—5卷),生活·读书·新知三联书店1974年版。

21.格·瓦·普列汉诺夫:《普列汉诺夫机会主义文选:1903—1908年》(上、下册),虚容译,生活·读书·新知三联书店1965年版。

22.格·瓦·普列汉诺夫:《普列汉诺夫文选》,人民出版社2010年版。

23.格·瓦·普列汉诺夫:《论一元论历史观的发展问题》,王荫庭译,商务印书馆2012年版。

24.格·瓦·普列汉诺夫:《俄国社会思想史》,孙静工译,商务印书馆2009年版。

25.格·瓦·普列汉诺夫:《论西欧文学》,吕荧译,人民文学出版社1957年版。

26.格·瓦·普列汉诺夫:《普列汉诺夫美学论文选》,程代熙译,陕西人民出版社1983年版。

27.《瞿秋白文集》(文学编)第4卷,人民文学出版社1986年版。

28.鲁迅:《鲁迅全集》第7、10卷,人民文学出版社2005年版。

29.《国际共产主义运动文献史料选编》(第3卷),中国人民大学出版社1985年版。

30.中国人民大学马列主义发展史研究所:《马克思主义史》(第1—4卷),人民出版社第1、3、4卷1996年版,第2卷1995年版。

31.顾海良:《马克思主义发展史》,中国人民大学出版社2009年版。

32.安启念:《新编马克思主义哲学发展史》第3版,中国人民大学出版社2015年版。

33.庄福龄:《简明马克思主义史》,人民出版社2004年版。

34.《马克思主义哲学史》编写组:《马克思主义哲学史》,高等教育出版社、人民出版社2012年版。

35.《国际共产主义运动史》编写组:《国际共产主义运动史》,人民出版社、高等教育出版社2012年版。

36.《国际共运史研究资料》(1—16辑),人民出版社1981—1986年版。

37.高放、高敬增:《普列汉诺夫评传》,中国人民大学出版社1985年版。

38.陆贵山、周忠厚主编:《马克思主义文艺学概论》,中国人民出版社

2001 年版。

39. 周忠厚、边平恕、连铗、李寿福主编：《马克思主义文艺学思想发展史》，中国人民出版社 2007 年版。

40. 周忠厚、邹贤敏、印锡华、冯宪光主编：《马克思主义文艺学思想发展史教程》，中国人民出版社 2002 年版。

41. 潘天强：《新编马克思主义文艺学》，复旦大学出版社 2005 年版。

42. 程正民、邱运华、王志耕、张冰：《20 世纪俄国马克思主义文艺理论研究》，北京大学出版社 2012 年版。

43. 陈辽：《马克思主义文艺思想史稿》，四川文艺出版社 1986 年版。

44. 周扬编：《马克思主义与文艺》，作家出版社 1984 年版。

45. 张炯：《论马克思主义与文学》，中国社会科学出版社 2013 年版。

46. 任光宣主编：《俄罗斯文学简史》，北京大学出版社 2006 年版。

47. 曹靖华主编：《俄国文学史》（上卷）修订版，北京大学出版社 2016 年版。

48. 朱光潜：《西方美学史》，人民文学出版社 2017 年版。

49. 郑克鲁主编：《外国文学史》，高等教育出版社 2006 年版。

50. 王秀芳：《美学·艺术·社会》，河北人民出版社 1987 年版。

51. 朱光潜：《文艺心理学》，华东师范大学出版社 2015 年版。

52. 马奇：《艺术的社会学解释——普列汉诺夫美学思想述评》，中国人民大学出版社 1988 年版。

53. 楼昔勇：《普列汉诺夫美学思想研究》，上海人民出版社 1990 年版。

54. 王荫庭：《普列汉诺夫读本》，中央编译出版社 2008 年版。

55. 郑伟：《普列汉诺夫一元论历史观研究》，社会科学文献出版社 2018 年版。

56. 张弛：《普列汉诺夫社会主义革命思想研究》，中央编译出版社 2019 年版。

57. 李清昆、王秀芳：《普列汉诺夫与唯物史观》，河北人民出版社 1984 年版。

58. 程正民：《列宁文艺思想与当代》，北京师范大学出版社 1997 年版。

59. 孙来斌：《列宁的马克思主义理论教育思想研究》，中国社会科学出版社

2003 年版。

60. 孙来斌：《"跨越论"与落后国家经济发展道路》，武汉大学出版社 2006 年版。

61. 张一兵：《回到列宁》，江苏人民出版社 2008 年版。

62. 中共中央党校：《社会主义思想史》，中共中央党校出版社 1988 年版。

63. 唐宝林：《马克思主义在中国一百年》，安徽人民出版社 1997 年版。

64. 李会滨：《社会主义：二十世界的回顾与前瞻》，华中师范大学出版社 1999 年版。

65. 彭大成：《列宁他的社会主义观》，湖南师范大学出版社 2002 年版。

66. 戴世平：《东方社会的思想和历程——从马克思到邓小平》，云南人民出版社 2000 年版。

67. 俞良早：《马克思主义东方学》，人民出版社 2011 年版。

68. 顾海良、颜鹏飞：《新编经济思想史》（第 4 卷），经济科学出版社 2016 年版。

69. 黄楠森：《马克思主义哲学史》，高等教育出版社 1998 年版。

70. 中国作家协会、中央编译局：《马克思恩格斯列宁斯大林论文艺》，作家出版社 2010 年版。

71. 陈力丹：《精神交往论　马克思恩格斯的传播观》，中国人民大学出版社 2008 年版。

72. 中共中央编译局：《回忆马克思》，人民出版社 2005 年版。

73. 中国人民大学马列主义发展史研究所：《马克思恩格斯思想史》，上海人民出版社 1982 年版。

74. 乔明顺：《简明世界史》，北京大学出版社 1991 年版。

75. 李泽厚：《中国现代思想史论》，生活·读书·新知三联书店 2008 年版。

76. 邓晓芒：《黑格尔辩证法讲演录》，北京大学出版社 2005 年版。

77. 《苏联共产党代表大会、代表会议和中央全会决议汇编》（第 1—5 册），人民出版社 1964 年版。

78. 高放、高敬增：《鲁迅与普列汉诺夫》，《天津社会科学》1983 年第 3 期。

79. 何梓焜：《评胡秋原对普列汉诺夫艺术理论的研究》，《江汉论坛》1990 年第 9 期。

80. 贺水贤、孙志娟：《一本研究普列汉诺夫美学思想的专著——评〈美学·艺术·社会〉一书》，《山西师大学报》（社会科学版）1988 年第 3 期。

81. 朱梁：《普列汉诺夫论原始民族的艺术》，《江苏师院学报》1980 年第 3 期。

82. 刘求长：《还原普列汉诺夫的艺术起源论思想——〈没有地址的信〉的艺术起源论思想探析》，《汕头大学学报》（人文社会科学版）2014 年第 5 期。

83. 王庆卫：《马克思主义人类学批评中的艺术起源问题》，《文艺理论与批评》2016 年第 5 期。

84. 何梓焜：《对"社会心理是文艺与社会存在的中间环节"的一些理解》，《学术研究》1993 年第 1 期。

85. 王永芬：《普列汉诺夫的社会心理中介理论阐释》，《重庆师院学报哲社版》1998 年第 4 期。

86. 贾孝敏：《论普列汉诺夫的社会心理思想及其当代价值》，《江汉论坛》2018 年第 2 期。

87. 黄药眠：《试评普列汉带夫的审美理想之生物学的人性论及其他》，《文艺理论研究》1980 年第 2 期。

88. 柳正昌：《普列汉诺夫美感理论的再评价——兼与计永佑同志商榷》，《郑州大学学报》（哲学社会科学版）1988 年第 1 期。

89. 赵宪章：《浅谈普列汉诺夫的文艺社会学理论》，《社会学研究》1986 年第 2 期。

90. 吴元迈：《普列汉诺夫论现实主义》，《文学评论》1980 年第 5 期。

91. 吕德申：《普列汉诺夫文艺思想的几个重要方面》，《北京大学学报》（哲学社会科学版）1985 年第 5 期。

92. 王又如：《试评普列汉诺夫关于功利主义艺术观的论述》，《复旦学报》（社会科学版）1981 年第 4 期。

93. 刘文斌：《文艺的功利性是普遍恒久地存在的——普列汉诺夫对"纯艺术"论的批判》，《内蒙古大学学报》（人文社会科学版）1997 年第 3 期。

94. 冯宪光：《马克思主义文艺批评的心理分析方法》，《四川大学学报》（哲学社会科学版）1997 年第 4 期。

95. 王秀芳：《普列汉诺夫论文艺批评》，《江汉论坛》1984 年第 5 期。

96. 吴章胜：《普列汉诺夫文艺批评思想探析》，《安徽大学学报》（哲学社会科学版）1985 年第 2 期。

97. 张琼：《"30 年代文学"时期的茅盾与普列汉诺夫》，《名作欣赏》2015 年第 19 期。

98. 葛涛：《鲁迅翻译普列汉诺夫文论的手稿研究》，《鲁迅研究月刊》2017 年第 9 期。

99. 胡明：《经典的流播与纠察——瞿秋白译介普列汉诺夫文艺理论的历史是非》，《陕西师范大学学报》（哲学社会科学版）2008 年第 1 期。

100. 本伟：《普列汉诺夫的美感论是人性论吗?》，《辽宁大学学报》1984 年第 6 期。

101. 吴中杰：《"左联"与左翼文学》，《鲁迅研究月刊》1993 年第 4 期。

102. 代迅：《不应遗忘的文艺思想史：普列汉诺夫与现代中国》，《学习与探索》2003 年第 3 期。

103. 陈辽：《论普列汉诺夫对马克思主义美学思想的发展》，《齐鲁学刊》1986 年第 2 期。

104. 邓超：《对普列汉诺夫评价的几点思考》，《当代世界与社会主义》2017 年第 2 期。

105. 周平远：《关于普列汉诺夫研究方法的思考——〈没有地址的信〉札记》，《上饶师专学报》（社会科学版）1990 年第 1 期。

106. 胡明：《经典的流播与纠察——瞿秋白译介普列汉诺夫文艺理论的历史是非》，《陕西师范大学学报》（哲学社会科学版）2008 年第 1 期。

107. 吴日明：《列宁的历史人物评价观》，《南通大学学报》（社会科学版）2017 年第 6 期。

108. 张永清：《马克思主义批评理论的初始形态——试论马克思恩格斯1844—1895 年的批评理论》，《中国人民大学学报》2018 年第 2 期。

109. 傅树声：《评俄文原版〈没有地址的信〉的一条注释——兼论普列汉诺夫美学思想的基本观点》，《社会科学战线》1986 年第 2 期。

110. 樊大为：《论普列汉诺夫的文艺观》，《河北大学学报》1985 年第 4 期。

111. 陈启能：《评两本普列汉诺夫传记》，《世界历史》1980 年第 5 期。

112. 左亚文：《普列汉诺夫的"地理环境决定论"再探》，《湖北行政学院学报》2012 年第 5 期。

113. 陈复兴：《普列汉诺夫的托尔斯泰论》，《扬州师院学报》（社会科学版）1983 年第 2 期。

114. 刘庆福：《普列汉诺夫的文艺论著在中国之回顾》，《学术月刊》1985 年第 9 期。

115. 高翔：《普列汉诺夫的文艺生态观》，《人文杂志》2006 年第 5 期。

116. 邰飞：《普列汉诺夫和列宁对托尔斯泰的评论》，《辽宁大学学报》1995 年第 2 期。

117. 吴元迈：《普列汉诺夫论无产阶级文艺》，《外国文学研究》1979 年第 3 期。

118. 张建华：《普列汉诺夫文论二题——读〈没有地址的信〉札记》，《东南学术》1998 年第 5 期。

119. 丁国旗：《普列汉诺夫文艺思想研究在中国考察》，《阅江学刊》2014 年第 1 期。

120. 李仕芳：《普列汉诺夫文艺思想研究综述》，《河北大学学报》1987 年第 2 期。

121. 阎建国：《普列汉诺夫与托尔斯泰艺术观探析》，《北京科技大学学报》（社会科学版）2001 年第 1 期。

122. 印锡华：《谈普列汉诺夫的唯物主义文艺观》，《徐州师范学院学报》（哲学社会科学版）1980 年第 4 期。

123. 邓志远：《晚年恩格斯的"中间因素"理论解读》，《中山大学学报》（社会科学版）1999 年第 4 期。

124. 王磊：《艺术起源问题管见》，《陕西师大学报》（哲学社会科学版）1981 年第 2 期。

125. 蒋今武：《文艺以社会心理为"中间环节"——普列汉诺夫关于文艺与社会心理关系的论述评析》，《福建学刊》1996 年第 1 期。

126. 黄力之：《艺术本质论：发展马克思主义文艺学的不同尝试——普列汉诺夫和卢卡契的比较研究》，《文艺理论与批评》1991 年第 4 期。

127. 邱运华：《在批评的背后——列宁和普列汉诺夫论托尔斯泰比较研究》，《俄罗斯文艺》1999 年第 3 期。

128. 李心峰：《作为马克思主义艺术学家的普列汉诺夫》，《马克思主义美学研究》2005 年第 1 期。

129. 王祖哲：《关于艺术起源的"劳动说"与席勒的"游戏说"——纪念席勒逝世 200 周年》，《江西社会科学》2005 年第 7 期。

130. 蔡朝辉：《冯雪峰与普列汉诺夫》，《天府新论》2007 年第 5 期。

131. 陈启懋：《列宁和普列汉诺夫：世界社会主义运动中跨世纪的大辩论》，《俄罗斯研究》2008 年第 6 期。

132. 黄海澄：《从现代科学方法论看普列汉诺夫美学思想之一得》，《学术论坛》1986 年第 4 期。

133. 吴中杰：《"左联"与左翼文学》，《鲁迅研究月刊》1993 年第 4 期。

134. 程正民：《从对立到对话——20 世纪俄罗斯马克思主义文艺学发展的轨迹》，《马克思主义美学研究》2008 年第 1 期。

135. 凌继尧：《"审美意识形态"的学术史研究》，《江苏行政学院学报》2016 年第 5 期。

136. 曹谦：《俄苏美学及文论在 20 世纪 80 年代的译介与研究》，《学习与探索》2018 年第 1 期。

137. 朱哲、郑伟：《列宁对普列汉诺夫一元论历史观的继承与超越》，《马克思主义理论学科研究》2017 年第 3 期。

138. 刘红梅：《列宁与普列汉诺夫的承继关系解析——兼论普列汉诺夫的历史地位》，《西安建筑科技大学学报》（社会科学版）2017 年第 4 期。

139. 孙尧天：《论鲁迅对普列汉诺夫的接受及其左转问题》，《西南民族大学学报》（人文社科版）2020 年第 7 期。

140. 王建刚、应舒悦：《普列汉诺夫艺术社会学中的人类学思想》，《学术研究》2019 年第 9 期。

141. 唐晓燕：《意识形态建构理论的源与流：从马克思到列宁》，《学术论坛》2018 年第 4 期。

142. 宋伟、吴泽南：《艺术社会学在中国的理论诉讼——以 1930 年代"普列汉诺夫——弗理契主义"批判为对象》，《当代文坛》2020 年第 5 期。

143. 张圆梦：《中国传统文化创造性转化和创新性发展的当下思考》，《理论月刊》2018 年第 7 期。

144. [苏] 米·约夫楚克、尹·库尔巴托娃：《普列汉诺夫传》，宋洪训、纪涛等译，生活·读书·新知三联书店 1980 年版。

145.[苏] 福明娜：《普列汉诺夫的文学和艺术观》，张祺译，新文艺出版社 1958 年版。

146.[苏] 福明娜：《普列汉诺夫的哲学观点》，汝信译，生活·读书·新知 三联书店 1957 年版。

147.[苏] 福明娜：《普列汉诺夫的哲学遗产》，郭从周译，上海人民书店 1957 年版。

148.[苏] 卢那察尔斯基：《关于艺术的对话》，吴谷鹰译，生活·读书·新 知三联书店 1991 年版。

149.[俄] 瓦·奥·克柳切夫斯基：《俄国史教程》，郝建恒等译，商务印书 馆 2013 年版。

150.[俄] 德·斯·米尔斯基：《俄国文学史》，刘文飞译，人民出版社 2013 年版。

151.[苏] 娜·康·克鲁普斯卡娅：《列宁回忆录》，哲夫译，人民出版社 1971 年版。

152.[俄] 瓦·瓦·津科夫斯基：《俄国哲学史》，张冰译，人民出版社 2013 年版。

153.[苏] 米丁：《历史唯物论》，沈志远译，生活·读书·新知三联书店 1950 年版。

154.[苏] 康·克鲁普斯卡娅：《回忆列宁》，人民出版社 1982 年版。

155.[俄] 尼·别尔嘉耶夫：《俄罗斯思想》，雷永生、邱宇娟译，生活·读 书·新知三联书店 1995 年版。

156.[德] 康德：《判断力批判》，邓晓芒译，人民出版社 2002 年版。

157.[苏] 郭尼克、约夫楚克、凯德洛夫、米丁、奥伊则尔曼、奥库洛夫主 编：《哲学史》（第五卷上册），齐力译，生活·读书·新知三联书店 1976 年版。

158.[苏] 柯兹优拉、西多罗夫：《普列汉诺夫的美学观点》，黄嘉德译，《文 史哲》1955 年第 12 期。

159.[苏] 弗·伊·库列绍夫：《普列汉诺夫的文艺批评思想》，潘泽宏译， 《湘潭大学学报》（社会科学版）1992 年第 4 期。

160.[俄] 列·格·捷依奇：《普列汉诺夫怎样成为马克思主义者》，宋洪训译,《国际共运史研究资料》1983 年第 3 期。

161.[日本] 藏原惟人:《从别林斯基到普列汉诺夫——俄国近代文艺批评简史》,林焕平译,《文艺理论研究》1984 年第 4 期。

162.[苏] 卢那察尔斯基:《文艺学家和文学批评家普列汉诺夫》,《文学批评家》1935 年第 7 期。

163.[苏] 谢尔宾:《普列汉诺夫的美学思想》,苏联《哲学问题》1956 年第 6 期。

164.[苏] 德波林《战斗唯物主义者列宁》,《在马克思主义旗帜下》(俄文版) 1924 年第 1 期。

165. James D. White, *Karl Marx and the Intellectual Origins of Dialectical Materialism*, Palgrave Macmillan, 1996.

166. Ian D. Thatcher, "Russian Social-Patriotism in Paris", in *Leon Trotsky and World War One*, Palgrave Macmillan, 2000.

167. Swiderski E.M., *The Philosophical Foundations of Soviet Aesthetics*, D. Reidel Publishing Company, 1979.

168. Alan Swingewood, *Sociological Poetics and Aesthetic Theory*, Palgrave Macmillan, 1987.

169. Daniela Steila, *Genesis and Development of Plekhanov's Theory of Knowledge, A Marxist Between Anthropological Materialism and Physiology*, Kluwer Academic Publishers, 1991.

170. M. Falkus, "Plekhanov, Georgii Valentinovich (1856–1918)", in *The New Palgrave Dictionary of Economics*, Palgrave Macmillan, 2008.

171. Robert Mayer, "Plekhanov, Lenin and Working-Class Consciousness", *Studies in East European Thought*, Vol 49, No.3, 1997.

172. Robert Mayer, "The Dictatorship of the Proletariat from Plekhanov to Lenin", *Studies in East European Thought*, Vol.45, No.4, 1993.

后　记

　　本书是基于本人近些年的研究方向及成果并不断进行补充、修改和完善而成的。当初选择这一方向，归功于老师多年独到的科研视野，也是出于自己的兴趣爱好使然。为了完成这一成果，自己也算是尽了比较大的努力，但由于科研能力有限，当然未能完全尽善尽美，不过总体说来，还算是达到了之前自己的预定目标。正如《礼记》所言"师也者，教之以事而喻诸德也"，首先，要特别感谢我的恩师北京大学马克思主义学院孙来斌教授日复一日的谆谆教诲，感谢老师教育我做学问前先学会做人。同时，老师在本书的修改和出版上给予了我十分真挚和中肯的意见和建议，可以说，如果没有老师悉心的指导和帮助，就没有今天这本完整的著作。

　　珞珈山麓，郁郁青青，东湖之畔，钟灵毓秀。此间山水，云雾苍苍，黉门书院，真理灼灼。在武汉大学马克思主义学院求学阶段，还非常感谢颜鹏飞教授、左亚文教授、杨军教授、孙居涛教授等各位专家真诚的指导意见和平时对我学习生活的关心和帮助，他们严谨的治学态度和幽默风趣的授课，让我感到如沐春风、受益匪浅，这些都是我毕生宝贵的财富。感谢我最亲爱的爸爸妈妈，是你们给了我无私的爱，你们的包容、理解和帮助是我一路走来温暖的避风港和坚强的后盾；同时要感谢同门的各位师兄师姐真挚的关怀和帮助，感谢王晓南师姐、张留财师兄、胡倩倩师姐、郑伟师兄、高鑫师兄、田晖师姐、潘雯师妹、陈莹莹师妹，感谢那些大家相互支撑和学习的岁月，所有帮助和支持过的人，谢谢你们给过的温暖。

最后要感谢我的单位华中农业大学的领导和同事对本书的支持和帮助，感谢学术界各位前辈优秀理论成果的启发，感谢人民出版社各位编辑老师们的真诚帮助和指导。

在文末掷笔之际，感慨良多，愈发体会搞科研、做学问必须要怀揣着"只要愿意学习，就一定能够学会"① 的科研热忱，"足够的耐心（而要想学点东西，这是首要条件）去踏实地研究问题"② 的务实精神，坚守科学绝不是一种自私自利的享乐。有幸能够致力于科学研究的人，首先应该拿自己的学识为人类服务的初心③。在今后的岁月中，我将继续承载着梦想与希望，不负韶华，不负青春，力争做一名优秀的高校教师，努力践行"在马言马，在马学马，在马信马，在马传马"的原则在投身科学理论的学习、研究和传播过程中，努力实现自己的社会价值。

---

① 《列宁选集》第 4 卷，人民出版社 2012 年版，第 655 页。
② 《马克思恩格斯全集》第 29 卷，人民出版社 1972 年版，第 604 页。
③ 参见《回忆马克思》，人民出版社 2005 年版，第 187 页。

责任编辑：曹　歌
封面设计：胡欣欣
版式设计：东　昌

图书在版编目（CIP）数据

普列汉诺夫的文艺观研究／张圆梦 著 . — 北京：人民出版社，2025.8
ISBN 978－7－01－026125－6

I.①普⋯　II.①张⋯　III.①普列汉诺夫（Plekhanov, Georgi Valentino 1856–1918）－文艺理论－研究　IV.①I0

中国国家版本馆 CIP 数据核字（2023）第 211673 号

普列汉诺夫的文艺观研究
PULIEHANNUOFU DE WENYIGUAN YANJIU

张圆梦　著

人民大版社 出版发行
（100706　北京市东城区隆福寺街 99 号）

北京新华印刷有限公司印刷　新华书店经销

2025 年 8 月第 1 版　2025 年 8 月北京第 1 次印刷
开本：710 毫米 × 1000 毫米 1/16　印张：20.5
字数：236 千字

ISBN 978－7－01－026125－6　定价：88.00 元

邮购地址 100706　北京市东城区隆福寺街 99 号
人民东方图书销售中心　电话（010）65250042　65289539